그들의 오후

윤정모 장편소설

창작과비평사

1998

그들의 오후

ⓒ 윤정모 1998

초판 발행 / 1998년 3월 5일
3쇄 발행 / 1998년 4월 4일

지은이 / 윤정모
펴낸이 / 김윤수
펴낸곳 / (주)창작과비평사

등록 / 1986년 8월 5일 제10-145호
주소 / 서울시 마포구 용강동 50-1 우편번호 121-070
전화 / 영업 718-0541 · 0542
　　　편집 718-0543 · 0544
　　　독자관리 716-7876 · 7877
팩시밀리 / 영업 713-2403 · 편집 703-3843
하이텔 · 천리안 · 나우누리 ID / Changbi

우편대체 / 010041-31-0518274
지로번호 / 3002568

ISBN 89-364-3332-6 03810

그들의 오후

차례

가을과 겨울 사이

1

바람이 대지를 밟고 우우 달려온다. 흡사 백만대군이 몰려오는 말발굽 소리 같다. 바람이 함정에라도 걸렸는지 별안간 곤두박질치듯 멈추고 숨을 죽이던 지붕과 창문이 조심스럽게 긴장을 푸는데 바람은 다시 벌떡벌떡 일어나 일제히 화살을 날린다. 허공을 가르고 윙윙 날아오는 바람소리에 집 앞 미루나무가 공포에 자지러지고 저 아래 과수원 나무들도 벌써 바람갈퀴에 휘잡혀 흑흑 소리 높여 울어댄다.

바람은 오후부터 시작되었다. 처음에는 갯가 갈대를 살랑살랑 타넘고 들녘으로 올라와 버려진 채 말라가는 무우나 배추, 풀 들의 백발을 부채질했고, 저녁부터는 거친 발길로 마당에 뛰어들어 우르르 나뭇더미를 타넘는가 하면 지붕 귀퉁이에 묶여 있는 전깃줄까지 뜯어내려고 생떼를 쓰기도 했다.

별안간 정적이 깃들인다. 그 고요가 수직으로 떨어져내리는가 했더니 바람은 다시 우르르 일어난다. 천지를 뒤흔들다가도 언제 그랬냐는 듯 잠잠해지는 것이 바람이기도 한데 이젠 또 뒷산 나무들이 매섭게 채찍질을 당한 듯 아우, 쉭쉭 비명을 질러댄다. 골짜기를, 무덤의 상석을 쾅쾅 때리고 갈기는 소리. 휘익, 쩍쩍 산껍질이 갈라지는 소리.

그는 몸을 일으켜 천천히 난로로 다가가며 '자연의 음악은 사람이 끌 수가 없다, 그래서 경외스러운 거다?'라고 중얼거린다. 갈고리를 집어 난로문을 열어보니 사위어가던 나무가 풀썩 주저앉으며 받침대 아래로 불티를 떨군다. 그가 장작통의 나무를 집어 하나씩 올려넣자 향긋한 나무냄새가 훅 풍겨나온다. 지난 늦가을 이웃 과수원에서 캐버린 사과나무를 실어와 잘 말렸더니 이렇듯 근사한 향내까지 선사해준다.

바람이 굴뚝을 쑤시는지 연기가 밀려나온다. 그는 난로문을 닫고 큰 구리주전자를 그 위에 올린 후 거실을 돌아본다. 눈이 장식장 쪽으로 저 먼저 달려가고 거기 마시다 둔 양주병이 얼른 나 여기 있다고 손짓을 한다. 안돼. 어젯밤에도 수면제로 마신다는 것이 좀 과했어.

그는 몸을 돌려가며 실내를 살핀다. 밖에서 보면 둥그스름한 통나무 주택, 안에는 창고처럼 거실이 넓다. 정남쪽으로는 통유리창, 그 옆으론 현관문, 거기서부터 둥근 벽이 시작되고 시계방향으로 일곱시와 열한시에 해당하는 공간에 손님방과 자신의 방이 있으며 두 방 사이에 욕실 겸 화장실이 있다. 빈방임에도 손님방의 문고리가 또 그의 시선을 잡아당긴다, 자석처럼. 향나무를 목각해 붙인 목련꽃 손잡이…… 그는 그 손잡이에 들러붙는 시선을 쩍 소리가 나도록 떼서는 열두시, 한시 방향으로 옮겨놓는다. 조리대와 그 옆에 세워진 장식장, 그 속에는 값비싼 그릇들과 크리스탈 유리잔들이 가지런히 놓여 있다. 그리고 골방, 그 골방 끝머리에서 다시 직각으로 꺾어지면 한 벽면이 장식대고 그 위엔 신라시대 토기와 인사동에서 사온 자그마한 석조 다람쥐 한쌍과 등탑이 사이좋게 앉아 있다. 또 그 옆엔 황학동 수집가에게 부탁해서 석달 만에 찾아낸 구식 전축.

그는 전축으로 다가간다. 라디오와 음반 플레이어가 두 단으로 되어 있는 별표, 육십년대 모델이다. 전파상 앞에 서서 오래오래 그 전축을 바라보던 여윈 처녀의 얼굴이 얼핏 떠올랐다 사라진다. 그는 흰 니켈을 입힌 금속 볼륨버튼을 잡고 조심스럽게 돌린다. 다이얼이야 언제나 그 자리, FM에서 클래식이 흘러나온다. 그는 의자를 끌어와 난로 옆에 앉으며 시계를 본다. 여덟시 이십분. 재즈 시간은 언제던가. 색소폰이나 기타로 연주되는 육십년대 재즈엔 향수가 있다. 봄날 아카시아꽃 향기에서 문득 옛 추억을 만난다면 아마 그 연주에서 느끼는 감동과 비슷할 것이다. 그는 이 FM을 그렇게 만났다. 몇년 전 차에서 우연히 다이얼을 돌릴 때 자신이 좋아했던 가곡이 흘러나왔고 '월출봉에 해뜨거든 날 불러달라'는 그 가사는 세월의 각질을 단번에 벗겨내고 향수라는 달콤한 알맹이를 내놓았으며 그때부터 그는 그 감상을 찾으려고 늘 이 주파수에 다이얼을 맞추었다.

바람소리 때문인지 라디오 음률이 바닥으로 기어오는 것 같다. 피아노 소나타, 별로 들은 적이 없는 음악이다. 무슨 상관인가. 그저 심혼을 일깨워주기만 하면 그만이다. 그러나 저 깊은 내면으로 스며들기엔 음색이 너무 밋밋하다. 바람 탓인가. 아들놈은 들리지 않는 음혼까지도 척척 잡아내는데…… 그는 아들 생각을 끌어온다. 지방 현장에 다니다 보니 차에서 보내는 시간이 많다, 가볍게 들을 수 있는 경음악 테이프가 있으면 하나 달라고 했을 때 아들은 캐니 G 것을 내밀며 덧붙여 말했다.

─어떤 작곡가가 말했대요. 이 사람 음악은 저녁에 이브닝드레스를 입은 창녀 같은 거라고. 하지만 아버지 같이 음악에 조예가 없는 분은 우선 이런 음악부터 듣는 게 좋을 거예요.

아들은 물론 아비를 무시해서 한 소리가 아니었고 그 역시 들어보니

마음에 들었다. 그러나 몇번이나 들어봐도 이브닝드레스를 입은 창녀
는 어느 구석에 숨었는지 찾을 수가 없었다. 그것이면 족했다. 감상 수
준을 높이기 위해 새롭게 음악공부를 할 이유도 필요성도 없으니까.

그는 전축 앞으로 의자를 끌어오며 중얼거린다. 음악은 그것을 듣거
나 만든 사람의 수준과 비례한다고? 하지만 듣는 사람의 경운 좀 다르
지. 고전음악 애호가도 때론 대중음악에 감동하기도 하니까. 그는 팔짱
을 끼고 등받이에 머리를 뉜다.

—아버지, 저 독일로 유학가겠어요.

아들은 말했다. 왜 우리나라에서 세계적인 음악가가 많이 나온 줄 아
세요? 음계가 바로 세계 공통어고 처음부터 그 언어로 시작했기 때문
이에요. 그래서 저도…… 알았다, 가거라, 가……

음악이 슬며시 촉수를 뻗어와 저 깊은 곳으로 전류를 방출하면서 허
무를 집어낸다. 그리고 음악은 그 허무를 잡고 내면의 모든 심층을 흔
들어 깨운다. 허무는 사라지고 감상만 야드레한 풀밭처럼 하늘거린다.
음악이 그 풀밭에 도란도란 이야기를 새기는데 바람소리가 끼여든다.
슈베르트의 아르페지오네 소나타 A단조…… 진행자가 말한다.

그는 허리를 쭉 폈다가 자세를 바로잡고 다시 눈을 감는다. 고전음악
은 심혼을 일깨우고 아이들이 좋아하는 빠른 템포의 음악은 흥을 일깨
우고 패티김 노래는 서구화하기 시작했던 우리 세대들의 향수를 일깨
우고 이미자 노래는 식민지의 비애를 느끼게 한다던 한 친구의 말이 떠
오른다. 아들놈은 또 베토벤을 말했던가.

—베토벤의 운명교향곡 말입니다, 맨 앞에 쾅쾅쾅, 하고 비장하게
울리는 그 음절, 어디서 영감을 얻었는지 아세요? 하숙집 주인이 찾아
와 그렇게 문을 두들겼던 거지요, 밀린 하숙비를 내라고. 이 천재적인
음악가는 단순한 문 두들김에서도 비장한 영감을 얻어낸 겁니다. 음악
가들은 말하지요, 베토벤의 교향곡 5번은 운명과의 장렬한 대결에서

얻어낸 예술적 전리품이라고. 그래서인지 들으면 들을수록 운명과 싸우는 불굴의 의지와 투쟁이 느껴지고 그보다 더 깊은 맛은 그 모든 걸 딛고 승화되어가는 예술혼……

그 아들은 소년기부터 듣던 음반들만 낡은 장난감처럼 남겨놓고 홀쩍 떠나갔다. 그리고 선심이라도 쓰듯 아버지도 이제 인생을 찾으라고 했다.

——내 인생이 어디 달아났니?

대답은 그렇게 했음에도 공항까지 바래다주고 돌아올 땐 '인생, 그게 뭐지?' 하는 질문다발이 녀석이 몰래 두고 간 꾸러미처럼 옆자리에 척 앉아 있었다. 인생? 지금 차를 몰고 건축현장으로 가고 있는 이 육신도 인생의 일부이지. 그럼 일부가 아닌 전부를 찾기 위해서는 또다른 일부가 필요하고 그건 여자? 그는 웃었다. 이미 다 늦은 나이에 새로 여자를 찾는다고 무슨 큰 재미나 기쁨이 있겠는가. 주변엔 아직도 사랑놀음이나 외도에 걸신들린 듯이 매달리는 친구도 없지 않지만 그건 일종의 중독성이거나 제 사랑을 찾지 못한 자의 영원한 방황일 것이다.

물론 아들이 말한 인생이란 연애놀이가 아닌 재혼이었을 것이다. 그렇다면 어떤 여자라도 빈집만 채워줄 수 있다면 재혼해서 함께 살아라? 그건 더욱 싫다. 평범한 여자로부터 당한 배신은 아들의 엄마만으로 충분했고 그런 분노들이 이십여년간 혼자 살아오게 한 힘이었다. 그러면 아들이 말한 인생은 어디에 있다는 것인가. 그때 가슴을 뻥 차고 튀어나온 공 하나가 있었다. 더는 기다릴 수 없다고 밖으로 뛰쳐나온 그것은 첫사랑이라는 환상이었다.

그래, 그건 그저 그리움이라는 환상의 배일 뿐이다. 가끔씩 홀연히 나타나기도 하지만 이내 사라지는 그림자 같은 것, 자신은 그 배가 오거나 떠나버린 뒤의 흔적, 물이랑이 찰박찰박 가슴 기슭에 남아 있는 아련한 기분만으로도 충분히 위안이 되었다.

따지고 보면 그리움이란 정서 결핍에 꼭 필요한 영양소 같은 것인지도 모른다. 그녀는 자신을 살게 하거나 버티게 해주는 수액 같은 것, 마음이 겨울일 때면 봄을 준비하는 아지랑이처럼 그 그리움을 끌어오고 정서가 메말라갈 때면 촉촉한 강바람으로도 그리움을 느낀다는 것…… 그래서 혼자 살면서도 가끔은 물안개 속으로 푹 젖어들 수 있었고, 그것만으로도 족했다.

그런데도 그 순간 집요하게 들러붙는 생각은, 그녀는 여태 결혼하지 않았고 어쩌면 자신의 청혼을 바랄지도 모른다는 것이었다. 그는 고개를 저었다. 아니야, 함께 산다고 반드시 그 사랑이 완성되리란 보장도 없으며 자칫 잘 구축해온 환상마저 파괴할지도 몰라. 더욱이 그녀의 독단, 고집에는 자신이 없어. 이젠 그녀에 대한 추억은 실체보다 더 크게 자신을 지배하고 있고 이렇게 사는 것이 훨씬 행복할지도 모르는데 굳이 만나 고뇌와 갈등을 시작할 게 무언가.

그는 벽시계를 훔쳐본다. 한쪽 눈으로만 보아도 시간은 적나라하게 옷을 벗는다. 여덟시 오십분. 젠장, 시골에서는 시계도 느림보다. 일년 전만 해도 언제나 이 시간에 저녁을 먹거나 술자리에 있었는데…… 도시생활이란 마치 자전거 경기장과도 같아 쉼없이 바퀴를 굴려야 하고 수면조차도 안장에 앉은 채 잠깐씩 조는 듯 감질만 냈으며 거의 매일 숙취에 덜미를 잡혀도 하루쯤 푹 쉴 여유가 없었다. 그래서 한없이 쉬고 싶은 것이 소원이었는데 정작 그것이 이루어지고 보니 쓸쓸함만 엿가락처럼 질질 늘어나고 있다?

그는 박박 얼굴을 문지른다, 감상의 겉껍질을 벗겨내듯. 그러나 외로움은 단단하게 눌러붙은 피하지방 같다. 그래, 지금은 아무라도 곁에만 있어줘도 좋겠다. 사람이면 누구든…… 시골길에서 만난 아이가 생각난다. 그는 고기라도 잡은 듯 얼른 그 처녀아이에 대한 기억을 끌어올린다.

지난 가을, 맡았던 다섯 채의 전원주택 건축을 실내장식까지 끝내고 그날은 마무리 단계로 정화조 공사를 마치고 인부들과 해산한 뒤 밤 여덟시 반경 혼자서 서울 사무실로 가는 중이었다. 막 산모퉁이를 돌아나가는데 한 후미진 곳에서 웬 여자아이가 손을 들었다. 그 어두운 곳에 혼자 서 있다는 것이 좀 이상했지만 그래도 차를 세워보았다.

——아저씨, 읍내까지만 태워주세요.

처녀아이는 올라타면서 말했다. 그는 피곤해서 입을 열기가 싫었고 그래서 묵묵히 강을 끼고 산을 돌아 달리기만 했다.

——아저씨, 새로 닦은 길로 가요. 그러면 더 빨리 갈 수 있어요.

산을 헐어내고 새로 닦았다는 길로 가면 중부고속도로로 진입할 수도 있다는 말은 들었지만 한번도 가보지 못했던 터라 그는 아이의 말대로 오른쪽으로 꺾어들었다. 콜타르 바닥이나 중앙선 표시가 아직도 선명할 만큼 지나다니는 차도 거의 없었다. 새 도로가 전조등 위로 서서히 일어나듯 언덕바지가 시작되었고 그가 차에 파워를 넣어 언덕을 넘어서자 안개지역이라는 표지판이 있었다. 그때부터 빙글빙글 돌아가는 커브길이었다. 다시 하나의 고개를 넘어갈 때 별안간 여자애의 손이 다가와 자신의 그곳을 잡았다.

——아저씨, 잠깐 쉬었다 가요. 여기선 지나가는 차도 없어요.

그는 일단 고개를 넘은 뒤 안전한 곳에서 차를 세웠다. 사방이 캄캄하고 다가오는 불빛 하나 없었다. 처녀애는 재빨리 좌석을 뒤로 젖히고 윗옷을 벗었다. 그 공사장 주변은 산과 강이 있어 전원주택뿐만 아니라 연수원 공사터도 많았고 거기서 일하는 건축기사나 자가용 운전자를 상대로 몸을 파는 여자들이 있다는 소린 들었지만 자기한테 걸린 건 처음이었다. 게다가 그 처녀애는 너무 어려 보였다. 그는 앞만 쳐다보며 나직이 물었다.

——물론 돈을 원하는 거겠지?

―오만원만 주면 되어요. 더 주신다면 더욱 좋고요.

　　―그 돈으로 뭘 할 생각이냐?

　　―필요한 데가 있어서 그래요.

　　―얘기해줄 수 없니?

　　―아, 물론 돈만 더 준다면 해드릴 수 있죠.

　　당돌하고도 영악한 아이였다. 그러나 이미 아이를 내려놓고 떠날 수도 없는 처지라 그는 피곤을 꿀꺽 삼키며 말했다.

　　―그래, 진실이면 만원을 더 주마.

　　―만원보다 오만원짜리부터 하세요.

　　―아니다, 만원짜리부터 해라.

　　―거짓말이면 확인해볼 건가요?

　　―경우에 따라선.

　　―할 수 없죠 뭐. 집에 동생들이 있어요. 엄마는 집 나가고 아빠도 엄마를 찾으러 나갔는데 일년째 돌아오지 않아요.

　　그 아이의 집은 그 부근 시골이었다. 고등학교 일학년 때 부모들이 집을 나간 뒤 학교를 그만두고 이럭저럭 산다고 했다. 그가 왜 취직해볼 생각을 하지 않느냐고 물었을 때 미장원이나 상점 점원 월급이 얼만지 아세요? 이십만원 준대요. 출퇴근 버스비를 제하면 라면이야 겨우 먹겠지요. 하지만 동생들 학교까지 그만두게 할 순 없잖아요, 할 만큼 당차기도 했다.

　　―누가 너에게 이런 일로 돈 벌라고 가르쳐주더냐?

　　―읍에서 라면을 사들고 집으로 가는데 서울 아저씨가 차를 태워주데요. 그리고 그 짓을 해주면 돈을 준다기에 시작했죠.

　　시골을 먹어치우는 것이 도시 사람들이라더니 이렇게 어린 여자애들까지도……

　　―그럼 그 아저씨가 너의 순결을 빼앗았단 말이니? 돈 몇푼에?

처녀아이가 웃었다. 아니예요. 우리 옆마을에 좋아하는 남자애가 있어요. 그애랑 먼저 해봤어요. 안개 긴 날 뒷산에서…… 아빠도 집을 나간 날……

생전 처음 보는 그애의 말소리가 이상하게도 무척 귀에 익다는 생각이 들었다. 내가 어디서 비슷한 목소리를 들었더라? 그는 고개를 갸웃거리면서 돈 만원을 꺼내주었다.

—이제 너의 집에 가보자꾸나. 네 말이 모두 사실이면 오만원을 그저 주마.

처녀아이는 옷을 도로 입고 의자를 올린 뒤 그럼 어서 가요,라고 재촉했고 읍내에 도착해서 농협 앞으로 다가갈 때 처녀아이가 저쪽 길로 해서 팔킬로미터만 들어가면 우리 마을이에요,라고 일러주었다. 그는 차를 세우고 돈 오만원을 주면서 너의 진실은 확인된 셈이니 여기서 내려라,라고 말했다. 별안간 피곤해져 집까지 데려다줄 수도 없었다.

그때 그애의 집이라도 알아둘걸. 그래서 어쩌겠다는 거냐? 찾아가서 빵이라도 사주고 오지, 소설 속의 주인공 장 발장처럼. 그러면 다섯 시간은 가볍게 소비할 수가 있는데. 시간이 남아돌면 사람의 생각은 부패한다더니 내 경우가 아닌가? 그저 빵만 사줄 생각을 했으니……

위선 떨지 마, 민기환! 넌 그애한테서 서연이 목소리를 들은 거야. '안개 긴 날 뒷산에서'라고 말할 땐 희미한 촛불과 조그만 궁둥짝이 떠올랐고 그래서 그 어린애가 잡았는데도 꿈틀꿈틀 성기가 일어났잖아. 그래, 그랬어. 그렇다면 넌 다시 그애를 찾아가 옛날 서연이와 했듯이 그 짓을 해보겠다는 것인가? 아니야, 아니야. 다시 그 시절로 되돌려주기만 한다면야 백번 천번도 마다하지 않겠지만 현재 이 나이로 그 어린애의 살점을 사고 싶은 건 아니야. 그러면 왜 그애를 떠올렸지? 그래, 난 그저 얘기가 하고 싶었을 뿐이야. 지금 아무라도 사람 하나만 있었으면 좋겠으니까. 젠장, 저 바람 탓인지도 모르겠어.

다시 벽시계를 훔쳐본다. 아홉시 십분. 겨우 이십분 지났군. 그는 바람소리에 갤갤 주눅들고 있는 라디오를 끄고 한참 손바닥을 비비다가 벌떡 일어나 골방 앞으로 간다. 골방 안엔 이사올 때 넣어두고 아직 정리하지 못한 잡동사니들이 어지럽게 쌓여 있다. 책, 사진첩, 편지, 이제는 버려도 좋을 각종 영수증이나 계약서 따위도 있을 것이다. 들추지 않아도 불편하거나 생활에 지장을 주진 않는다 해도 언젠가 한번은 정리해야 할 것들이다.

그는 안으로 들어서며 '그럼 지금 시작해봐?'라고 자신에게 묻는다. 안돼. 세 시간으로는 어림도 없다. 닦고 훔치고 버리거나 서랍에 간수하고, 수십년간 잠만 자는 과거까지 하나하나 일깨워 악수하고 만나다 보면 하루도 부족할 것이다. 그때 바람소리가 창틀을 할퀴는지 쟁쟁 울려온다. 아들놈이 두고 간 음반들은 어느 구석에 있는가? 베토벤의 운명교향곡 정도면 저 바람소리도 물리치겠지.

그가 음반을 찾으려고 막 허리를 굽히는 순간 현관문 두들기는 소리가 들려온다. 이 밤에 누가? 그는 현관 쪽을 흘낏 돌아본다. 아무 기척이 없다. 바람이 이젠 나하고 놀고 싶은가?

"쾅쾅쾅!"

누군가가 더 세게 문을 두들긴다. 마을에서 누가 왔나? 그는 사람이 찾아왔다는 것만 반가워 누구냐고 묻지도 않고 급히 달려나가 현관문부터 따준다. 긴 머플러 한자락이 바람에 밀려들어와 그의 얼굴을 휘덮는다. 그가 흠칫 물러서자 머플러가 사라지고 한 여인이 보인다. 그는 눈을 홉뜬다. 여인은 머리에 두른 머플러를 걷어내고 있다. 서연이…… 그럴 리가. 그가 눈을 꿈뻑이자 여인은 테가 큰 잠자리안경까지 천천히 벗어낸다. 틀림없군. 말발굽 소리가 그의 가슴을 밟고 지나간다.

"좀 들어가고 싶은데……"

그가 들어오라는 말도 잊은 채 망연히 서 있자 그녀가 일깨워주듯 말했고 그제서야 그의 입술도 실룩 기울어진다.

"귀하신 분께서 여기까지 웬일로……"

"먼길 걸어왔어요. 나 좀 쉬고 싶어요."

걸어왔다? 날 찾아 이 밤, 먼길을 걸어왔다? 속으로 되뇌는 자신의 그 말들이 온몸으로 퍼져 아편꽃처럼 피어난다. 그래, 어차피 너의 방은 준비되어 있지. 그는 손님방 앞으로 말없이 그녀를 영접하고 한손으로 문을 열어주며 그녀를 쳐다본다.

나무로 짠 침대, 등나무 암체어와 다탁, 책상, 옷장. 진작에 네가 온다고만 했더라면 비단 잠옷도 사다놓았을 텐데. 그러나 서연은 방안을 돌아보지도 않고 책상 위에 가방과 코트를 걸쳐둔 채 곧장 침대로 가눕는다. 넌 책상도 살펴보지 않는구나. 네가 갖고 싶어하던 향나무 책상인데……

그는 불을 꺼주고 문을 밀어닫는다. 가슴은 여태도 진정되지 못하고 벌떡거리고 그는 가만히 숨을 몰아쉬며 바깥쪽으로 귀를 기울여본다. 바람은 더 거칠게 온 들녘을 휘젓고 다닌다.

추울지도 모르겠군. 그는 조리대 옆에 설치된 보일러 계기를 올리고 난로로 다가가 문을 열어본다. 장작이 이글이글 불타고 있다. 맨살 한 점 남기지 않고 서로 들러붙어 빨갛게 익어버린 잉걸불에서 절정의 사향내가 풍겨나온다. 절정에도 냄새라는 언어가 있다. 그 옛날 서연에게선 계피냄새가 났지. 지금도 똑같은 냄새가 날까. 이글거리던 나무 한 토막이 바닥으로 툭 떨어져내린다. 그는 더 많은 장작을 올려놓은 뒤 난로를 닫고 끓는 주전자를 내려놓는다. 실내엔 주전자에서 풍겨나온 칡냄새와 나무향기가 기류를 타고 흘러다닌다.

별안간 무료해진다. 서연이가 오기 전에 앙금으로 가라앉았던 무료가 이젠 태풍 속의 바다처럼 출렁거린다. 그 출렁임에도 여러 계단의

퇴적층이 있어 그중 한층이 비죽 튀어나와 속삭인다. 여자가 태풍처럼 왔는데도 넌 가까이 갈 수 없어 무료하다? 하긴 가장 심한 무료는 태풍을 눈앞에 두고도 거기 휩쓸릴 수 없을 때지. 그래도 너에겐 발이 있잖아? 여자에게 가봐. 넌 오랫동안 여자의 자는 얼굴을 보지 못했어. 아니야, 그녀는 여자가 아닌걸. 무슨 소리야. 삼십년 전엔 그 여자와 매일밤 함께 잤잖아. 그래, 그건 삼십년 전일 뿐이지. 그럼 무엇 때문에 넌 그 여자와 여기서 함께 살 생각을 했지?

그는 난롯가를 빙빙 돌다가 우뚝 멈추고 골방 쪽을 본다. 문이 열려있고 불도 켜져 있다. 까짓 것, 밤새껏 과거를 헐어내 그것이라도 정리해봐? 달리 할 일이 없으니까. 과거를 헐어낸다? 가장 큰 과거가 현실로 방문해 지금 침대에서 잠들어 있는데 그것보다 더 흥미로운 과거가 있던가? 아, 그랬지. 난 음악이 듣고 싶었어.

그는 골방으로 다가간다. 음반은 한쪽 구석에 쌓여 있고 그는 그중에서 몇장을 골라들고 거실로 나와 조리대와 난로 사이에 놓인 둥근 탁자 위에 올려두고 마른걸레를 가져와 커버를 훔치기 시작한다. 모두 열장, 그러나 별로 들어본 기억은 없다. 그럼에도 오늘 음악이 듣고 싶어진 것은 바람 탓인가? 정말 그러한가?

마지막으로 집어든 음반은 베토벤의 교향곡 5번이다. 그는 커버의 먼지를 닦아내고 거기에 쓰인 인쇄글을 훑어본다. 제1악장 '운명은 이렇게 문을 두드린다.'

서연이도 그렇게 문을 두들겼다? 그는 자조 한자락을 쓱 빼문다. 한때는 생각했다, 이제 두 사람이 함께 살면서 그 이해할 수 없었던 젊은 날의 행위나 위악을 낱낱이 풀어야 한다고, 그것이 우리가 마무리해야 할 운명적 과업이라고. 그러나 결국 그 말을 하지 못했지.

그는 커버 속에서 음반 알맹이를 빼들고 전축이 놓인 곳으로 다가간다. 운명과 싸우고 싶을 만큼 마음의 큰 짐이나 동요가 없음에도 이 곡을 들으려는 것은 첫 음절이 바람소리보다 더 강한가 확인하고 싶은 때문이다. 마음의 동요가 없다? 그는 잠깐 멈추고 훅, 한숨을 불어낸다. 없다고 생각하는 것이 내 나이에 합당한 거지. 흔히 오십대 남자들은 그저 조금 허무하고 쓸쓸하다고 말해야 어울리는 거고.

그는 전축 뚜껑을 연다. 구입한 뒤 한번도 사용하지 않아 받침대 위에 먼지가 쌓여 있다. 그는 그 먼지를 입김으로 훅, 불어내고 음반을 올린다. 쾅쾅쾅 하는 첫 음절이 저 먼저 터져나올 것만 같다. 그렇군, 그녀의 잠을 방해할 순 없지. 그는 그냥 뚜껑을 닫아버리고 주전자의 칡차를 잔에 따라 의자에 앉는다.

그는 쉬엄쉬엄 칡차를 마시면서 가끔 냄새를 맡아보기도 한다. 텁텁하면서도 향긋한 냄새. 그 칡은 마을에 사는 홀아비가 캐다준 것이다. 썰어서 말려주기까지 하면서 말했다, 물주전자에 넣고 끓여마시면 긴 긴 겨울밤 홀아비의 심심파적은 될 것이라고, 자신도 그렇게 겨울을 난다고. 그는 잔을 내려놓고 다음에 장 보러 갈 땐 계피를 좀 사와야겠다고 생각하면서 거실을 둘러본다. 장식대 맨 가쪽에 놓인 박제된 꿩…… 처음 서울에 와서 함께 시내구경을 다닐 때 서연은 박제가게 앞에서 걸음을 멈추었다.

──저기 꿩 봐라. 참말로 곱다, 그자?

날짐승은 모두 수컷이 더 아름답다는 것을 몰랐을까. 그앤 장끼라도 되고 싶은 듯 그 앞에서 한참이나 발길을 떼지 않았다.

흠, 장끼는 거기에 있고…… 공사장을 드나들면서 수집해둔 문인석과 촛대 등은 바깥마당에 있고…… 현관 옆으론 넓은 통유리…… 커튼 옆에 세워둔 안락의자가 둘…… 일몰이 되면 그녀와 나란히 앉아 석양을 바라보며 그윽한 목소리로 말하고 싶었다. 지는 노을이 더 아름답지 않소. 우리들처럼…… 얼굴이 뜨거워지려고 해서 그는 얼른 바닥을 내려다본다.

그래요, 서연이. 이제 우리는 생활에서 주어지는 사사로운 형식들까지도 줄여가면서 둘만의 시간으로 연장해야 하는 거요. 내 그래서 바닥은 신발을 벗지 않아도 좋게끔 점토를 깔았다오. 이 집 구조를 보시오. 방이나 조리대는 다 벽으로 붙이고 거실만 유독 넓지 않소? 사실 우리들 나이라면 방보다 거실이 더 중요할 것이오. 많은 시간 함께 지낼 수 있는 공간, 둘이서 도란도란 이야기를 하다가도 곧장 산책을 나갈 수 있는 구조. 신발을 찾아 신고 어쩌고 하지도 않고 그냥 손을 잡고 나가기만 하면 되니까…… 언제 이런 구조를 생각했냐구? 오래 전 책에서 봐둔 거요. 전원주택 업자라면 누구나 그런 책을 본다오. 그 책에서 내 마음을 끈 것은 창고 같은 집 구조였소. 솔직히 말하자면, 그 순간에는 이런 창고 같은 집이 있다면 서연이 당신을 훔쳐와 함께 지내고 싶다는 생각이 얼핏, 아니 잠깐 스쳐갔소.
　　그러나 스스로 집을 짓기 시작할 땐 그럴 계획이 아니었다. 화려한 카펫을 깔고 라디에이터를 설치할 작정이었다. 요즘은 농가에서도 거의 기름보일러를 사용해 남아도는 것이 나무라고 했고 산이나 과수원 등지에서 버려진 나무만 주워와도 앞으로 수년은 거실 난방이 해결될 것이며 그것이 분위기를 살리는 데 도움도 될 것 같아 바닥을 점토로 깔고 고철집을 뒤져 큰 난로를 사온 것이었다. 다행히 난로도 옛날 어떤 부자가 별장에서 쓰기 위해 주물로 만든 것이었고 문도 위가 아닌 옆구리에 조각품처럼 달려 있어 억지로 이어붙인 벽난로보다 훨씬 예스럽고 운치있어 보였다.
　　창문이 바람에 덜컹거리는 소리가 들려온다. 서연이 방 쪽인 것 같다. 그녀가 부르는가. 그녀는 집안에서 자고 있는데 영혼이 밖으로 나와 문을 두들기며 자꾸만 열어달라고 보채는 것 같다. 아니다. 서연은 잡아도 잡아도 달아나기만 했다. 그녀의 입술을 빨면서 넋까지 삼키려고 안간힘을 써보아도 그 눈은 언제나 다른 곳에 있었다. 따라서 저 창

20

밖에서 외치는 것은 바로 자신의 넋이다. 서연아, 서연아. 한때 그녀의 거미줄에 걸려서도 헤어날 생각은커녕 더 깊이 조여달라고 애원하던 남자, 결국 거미에 먹히지도 못한 채 말라가는 나비처럼 늙어온 내 인생? 그건 좀 과장이다. 누구라도 인생이란 긴 강을 한 여인에게만 송두리째 지배당할 수는 없는 법, 다만 그녀의 거룻배가 내 강에서는 가장 크다는 것, 그 배는 항상 신기한 박래품을 가득 싣고 온다는 것…… 그런데 그저 환상이기만 하던 그 배가 언제부터 나의 소망이 되었나? 멀리 떨어져 있을수록 더 탐스럽다고 여긴 그 배가 내 인생이란 해안으로 와주기를, 그래서 그만 닻을 내려주기를 간절히 바라게 된 것은……

그리움이 직접적인 갈구로 바뀐 것에는 몇가지의 동인이 있긴 했다. 첫째는 아들도 없는 서울에 굳이 살 필요가 없어졌다는 것, 이제 남의 집만이 아니라 자신의 전원주택도 지어 노후를 보내고 싶다는 것. 그럴 즈음에 해양학을 전공하는 고등학교 동창을 만났고 그 친구의 갯벌탐사에 동행하면서 이 강화에 터를 잡게 되었다. 위치도 아주 마음에 들었다. 조금만 돌아나가면 갯벌과 바다가 있고 마을엔 산과 들이 있다는 것, 그야말로 자연조건은 골고루 다 갖추어진 셈이었다.

그는 계약을 끝낸 즉시 변호사협회를 통해 서연의 사무실 전화번호를 알아냈다. 그러자 별안간 가슴이 끓어올라 목이 메었고 그래서 그는 더듬거리며 말했다. 저어, 기억하실는지, 나 민기환…… 그녀는 그렇지 않아도 연락해볼 참이었다면서 만나자고 했다. 그는 곧장 서울로 차를 몰았다. 기다릴게요……라던 그녀의 말이 태풍처럼 몸을 옥죄어 그는 제대로 숨도 쉴 수가 없었다.

서연아, 날이 갈수록 화려해지는 너의 환상호, 이제 그 치장을 벗고 내 강가에 닻을 내려라. 그리고 내가 준비한 이 스무 개의 항아리를 너의 배에 실어라. 우리들 나이 이제 오십대, 앞으로 칠순까지 산다면 이 항아리는 우리가 함께할 이십년, 그 남은 생애이다. 옛사람들은 말하지 않았느냐. 결혼식을 올리고 살아도 십년을 넘겨야 그게 바로 부부의 인연이라고. 우리가 이십년을 함께 산다면 이승에서의 우리 인연도 그렇게 각박한 것만은 아니지.

그러나 그녀가 만나고 싶어한 것은 그가 아니라 그의 아버지였다. 말하자면 아버지에 대한 진상이었다.

——기환씨 아버지가 보도연맹에 관계되어 감옥에 갔고 또 나오자마자 돌아가셨지요? 거기에 대해 얘기 좀 해주세요. 끌려가기 전 몸담았던 곳이 자유신문?

——건 갑자기 왜?

——이젠 과거 사건도 정리할 때죠. 보도연맹 피해자가 수십만명, 그때 양심적인 언론인도 함께 청소했다는 자료가 나왔어요. 문득 기환씨 아버님 생각이 나더군요. 이 참에 피해자들이 단결해 국가를 상대로 청원을 해보는 거예요. 물론 첫째 명분은 명예회복이고요.

——난 지금 변호사를 만나러 온 게 아니오.

——그럼 동조할 수 없다는 얘긴가요? 바로 당신의 문제인데도?

——난 그것보다 더 중요한 일로 여기에 왔소.

——뭐죠?

그는 고개를 저으며 말했다.

——아니오, 그저 보고 싶었다는 말을 기대했는데……

그녀는 아이처럼 웃었다.

——물론 가끔은 보고 싶기도 했지요. 이번 사건에 협력하면 또 자주 만나게도 될 테고.

그때 그는 알아차렸다. 이 여자는 일 속에서만 그를 만나고 싶어한다고. 그가 대화를 진전시키면 당장 눈을 세모꼴로 뜨고는 '난 할 일이 많아요' 할 것 같았다, 스물 몇살 때처럼. 그런 의미에서 서연은 아직도 철이 들지 않았고 여성으로서 나이도 먹지 않았다. 그는 그만 맥이 빠

22

져 슬그머니 일어나면서 '요즘 일이 많아 과연 협력할 수 있을지 모르겠다'고 얼버무렸다. 그녀는 왜 관심을 갖지 않는지 이해할 수 없다면서도 집 전화번호까지 적힌 명함 한장을 내밀며 결심이 서면 연락하라고 했다.

변호사 이서연…… 그러나 그는 동조할 생각이 없었다. 이미 지난 과거, 그걸 다시 들먹여서 뭘 어쩌겠다는 것인가. 자신이 아버지 나이보다 더 많이 살고 있다는 것도 이미 그 과거를 통과했다는 뜻일 텐데. 그렇다면 이제 완전히 잊어버려도 그만이지 않겠는가. 더욱이 그것은 나의 과거도 아니다. 나의 과거도 미해결투성이인데 무슨 여유가 있다고 아버지 과거까지 참견하라는 것인가. 과거는 나에게도 많다. 항상 과거만 있었고 미래는 없었다. 오늘은 있었지만 내일은 없었다. 이제 나는 내일을 열고 싶은 것이다. 그녀와 함께 새 생활을 시도하고 싶었던 것도 여자와 살기 위해서가 아니라 내일을 준비하고 이제는 미래를 좀 가꿔보겠다는 뜻이었다. 언제 나에게 미래를 생각해볼 여유가 있었던가. 지금은 미래에 대한 청사진이 필요하고 그 그림은 서연이가 그려주어야 한다. 그것은 그녀가 자신에게 해줘야 할 마지막 임무이다. 그래, 서연이 제멋대로 중단시킨 인생의 설계도, 만약 그녀에게 좋은 아이디어가 없다면 미래를 그리는 화가를 찾아서라도 인생도면을 찾아야 한다. 그리고 이제는 나로 하여금 그 도면의 주인이 되게 하고 시간과 삶을 누리게 해야 한다.

그날 그는 얼마나 서운했던지 다시는 연락하지 않겠다고 결심하면서 돌아왔다. 하지만 집이 다 지어진 날 또 편지를 보내고 말았다. 통나무집을 지었다, 나들이삼아 한번 다녀가볼 만큼 주변 경치가 좋다…… 그 편지는 내 아버지 사건 따위는 관심이 없다는 간접적인 표현이기도 했다. 한데 편지를 보낸 스무날쯤 후 놀랍게도 그녀가 장관으로 임명되었다. 그것은 그녀가 점점 더 인연이 없는, 설령 이젠 아버지 사건을 가져간다 해도 만날 수 없는 사람임을 뜻했다.

　그는 몸을 일으켜 주전자를 만져본다. 벌써 식어가고 있다. 그는 물을 좀 더 부은 후 다시 난로 위에 올리고 장작통을 들여다본다. 거의 비고 두어 개만 남아 있다. 오늘은 좀더 오래 불을 피워야 할 것 같다. 그는 장작통을 들고 현관문을 열고 나간다. 바람이 와락 달려든다. 그는 그 바람을 끌어안고 장작더미로 가 사과나무를 가득 담아 집안으로 들어온다. 이번엔 현관문이 발로 차듯 그를 떠밀어 넣는다.

　그는 문고리를 잡고 얼얼한 뺨을 흔들다가 흠칫 숨을 들이쉰다. 서연이가 방문 앞에 서 있다. 다시 눈을 떠보니 문만 그대로 꽉 닫혀 있다. 저 여자는 화장실도 안 가나?

　그는 난로에 장작 몇개를 더 넣은 뒤 주전자의 차를 따라 의자에 앉는다. 차를 입안 가득 넣고 혀와 입천장 사이로 빙빙 돌려보니 온도는 적당하나 끓지 않은 탓인지 약간 비릿한 맛이 느껴진다. 따뜻하고 비릿한 차…… 사람의 체온 같다. 여성의 입속이나 질에서 느껴지는 그런 체온. 이것이 계피차라면 서연이와의 정사 때를 상기할 수도 있을 텐데. 한데 서연은 나와 헤어진 뒤 몇 남자랑 자보았을까. 결혼하지 않았다는 것이 연애까지 해보지 않았다는 말과 등식은 아닐 것이다.

　그는 찻잔을 내려놓고 담배를 찾아온다. 한 이년 끊었던 담배를 시골에 와서 다시 피우기 시작했다, 너무 심심해서. 그러나 지금은 상념을 제어하기 위해서 피운다. 자신의 상념은 자웅동체, 꼬리와 꼬리가 교접을 해 기형아를 만들려고 한다. 찻물의 온도에서 여자의 질을 연상하다니……

　담배를 연달아 빨아본다. 그럴수록 생각은 욕망을 재촉한다. 서연이를 들여다보고 싶다, 이야기를 하고 싶다, 차를 타고 바닷가로 나가고 싶다, 미친 듯한 바람 속에 그녀의 허리를 껴안고 한없이 서 있고 싶다……

그는 길게 매달린 담뱃재를 떨어낸다. 한데 왜 별안간 여기에 올 생각을 했을까. 그렇군, 그녀는 이제 장관이 아니지. 여성부 장관, 그 빛나던 훈장도 육개월 만에 끝났던가. 난로를 사러 골동품 가게에 갔을 때 거기 있던 신문에서 그 사실을 알았다. 이서연 장관 전격 해임. 큰 제목만 보고 기사는 일부러 읽지 않았다. 다만 그녀의 마음이 편치 않겠구나만 생각했을 뿐. 그러면 마음을 달래기 위해 날 찾아왔다? 그때가 벌써 언젠데.

그는 시계를 본다. 열한시 반이다. 이제 잠자리에 들어야 할까. 그러나 잠이 올 것 같지 않다. 그는 거실을 서성이면서 골방 정리를 해? 말아? 하고 자신에게 물어대다 다시 의자에 앉는다. 한데 정말 무슨 일로 찾아왔을까. 아무 일 없이 그냥 찾아올 위인은 아닌데. 장관직을 그만두면서 변호사로 돌아갔을 것이고 그렇다면 예의 그 사건, 조사하려다 중단한 그 사건의 진상을 다시 알고 싶어서 왔는가. 보도연맹? 내 아버지는 보도연맹에 연루된 것이 아니었다. 그저 이승만에게 껄끄러운 기사를 써서 보복당했을 뿐이지. 좌익이란 것도 누명일 뿐이고…… 더욱이 아버지에 대한 나의 기억은 희미한 잔영 몇토막뿐이다. 북과 기생.

거기는 요정이었다. 반공일이었는지도 몰랐다. 아버지는 한 여자와 술상을 받아놓고 말없이 술만 마셨고 기생은 어린애한테 이것저것 집어먹이면서 다섯살이라고? 기환이는 꼭 아빠를 닮았구나, 하고 볼을 비벼주기도 했다. 아버지는 별로 반응을 보이지 않았고 기생도 어린애한테만 정신을 쏟는 척 아버지의 눈길을 피하고 있었다. 마침내 아버지가 자리에서 일어났고 기생의 눈이 잠시 허공을 헤매더니 곧 북을 가져와 그의 손에 들려주었다. 술이 달린 예쁜 북이었다.

아버지는 묵묵히 요정을 나섰고 기생은 문 앞까지 따라와 이번에는 그가 아닌 아버지만 하염없이 바라보았다. 아버지 역시 그가 손을 잡아도 그저 먼곳만 바라보며 걸었다. 전차를 탔을 때 그는 아버지의 눈을 보았고 그 눈 속에 기생이 있다는 것을 어린애의 직감으로 알아차렸다. 그후 계절 하나가 바뀌었고 한참이나 집을 비운 아버지는 삼촌의 등에 업혀 돌아왔다. 어머니는 말없이 뒤안으로만 맴돌았고 아버지는 삼촌에게 자기를 좀 일으켜달라고 부탁했다. 아버지는 삼촌이 포개준 이불에 등을 기대고 앉아 물끄러미 허공을 바라보았다.

그는 아버지에게 다가가 가만히 눈을 들여다보았다. 잔잔하게 흐르고 있는 그것, 맑고 투명하나 만지면 끈적하게 달라붙을 듯한 그것은 애절한 그리움이었고 그는 그 정체가 기생이란 생각을 했다. 그래서 북을 가져와 슬며시 아버지의 손에 들려주었다. 그러나 이미 아버지는 아무것도 보지 않았다. 햇살 속 이슬처럼 스스로가 발효되고 있을 뿐.

다음날 아버지는 돌아가셨고 한달 후 어머니도 친정으로 떠났다. 친정으로 간 것은 아버지의 유언 때문이었다고 할머니와 삼촌들이 나중에 들려주었으나 다른 이야기는 없었다. 중학교 일학년 때 어머니마저 돌아가셨다는 통보를 받고 외가에 갔을 때 외삼촌들로부터 아버지가 감옥살이를 했고 너무 얻어맞아 죽게 되자 석방이 되었으며 그 원인이 무엇 때문인지 비교적 상세하게 들었다. 그리고 기억해야 신상에 이로울 게 없으니 잊으라는 말까지 들었다. 다만 '너희 아버지는 김구 선생을 좋아했고 중학교 때부터 편지 하나로 콧대 높은 여학생까지 간단히 녹일 만큼 문장가였으며 기자가 되어도 동래 학춤을 배우러 다닌 멋쟁이 낭만파였노라'고 덧붙인 말은 아버지의 죄명이 다분히 괘씸죄거나 누명이었다는 간접적인 언질이었을 것이다.

마음이 잔잔해진다. 이제 잠이 올 수 있을까. 그는 손바닥을 좍 펴서 얼굴을 문지를까 하다가 그만둔다. 도인법, 그렇게 얼굴을 문지르면 잠이 달아난다고 요가 하는 사람이 말했지. 그는 몸을 일으켜 서연이 방쪽을 보다가 천천히 자기 방으로 향한다.

저 아래 논바닥 위에서 아이들이 폴짝폴짝 뛰고 있다. 사내아이 둘과 조그만 계집아이. 그렇게 폴짝거리는 모습이 끈에 매달려 조정당하는 인형들 같다. 자세히 보니 아이들은 연을 날리고 있다. 한 아이는 어렵지 않게 연을 날리는데 다른 사내아이의 연은 왠지 오르지 못한다. 그 아이는 그것을 올려보려고 자꾸만 폴짝폴짝 뛰어오른다.

바람이 없을 텐데. 그녀는 천천히 몸을 돌려본다. 얇은 유리막 같은 바람이 얼굴을 핥고 지나간다. 앞에서는 보이지도 느껴지지도 않던 바람이 뒤에서 불어와 서쪽으로 향하고 있다. 그녀는 얼른 아이들을 돌아본다. 한 아이는 아직도 바람 방향을 잡지 못한 채 빙글빙글 돌고 있다. 애야, 연을 서쪽으로 띄워라. 그러다가 문득 자신의 얼굴을 만져본다. 안경이 없다.

그녀는 논바닥으로 내려와 코트 주머니에서 안경을 꺼내 쓰고 고개를 숙인 채 걷기 시작한다. 발바닥에 벼 그루터기의 저항이 느껴진다. 포기가 제법 굵은 것으로 보아 지난해 벼농사가 잘된 논 같다. 그녀는 다시 갈대를 헤치고 논둑으로 올라선다.

이제 조그만 계집아이가 연을 쥐고 공중을 향해 뛰어오르고 있다. 얼레를 쥔 사내아이가 뭐라고 소리치고 계집아이는 다시 연을 잡고 달리다가 우뚝 멈춰서서 풀쩍 뛰어오르며 연을 띄워올린다.

어디선가 할머니의 말소리가 들려온다.

—이제 하늘을 보고 놀아라.

　초등학교에 들어가면서 맨 먼저 배운 것이 딱지치기였다. 그녀는 새 공책까지 찢어 딱지를 만들었고 할머니는 그 딱지를 일일이 풀어 다시 실로 꿰매주며 이건 공부하라고 사준 공책이니 다 쓴 후 딱지를 만들라고 했다. 그녀는 얼른 딱지를 만들고 싶어 숙제를 두 번씩 썼다. 그래도 종이가 부족하자 할머니는 신문지 한 묶음을 사다주었다. 그러나 사내아이들은 딱지치기에 잘 끼워주지 않았다. '너 아무리 머슴애 옷을 입어도 가시내라는 것 안다, 그러니 널랑 동두깨비나 살아라'고 하면서.

　그녀는 딱지치기를 그만두고 팽이를 돌리기 시작했다. 학교만 갔다오면 집 앞에서 팽이를 돌렸고 팽이채로 철썩철썩 갈겨대는 것이 딱지치기보다 훨씬 재미가 있었다. 팽이를 잘 돌리는 것은 생각보다 어렵지 않았다. 정지되어 있는 듯 곱게 돌아가게 하는 것은 모두 실을 풀어올릴 때나 그것을 던질 때의 요령에 의해서였다. 그녀는 두 개의 팽이를 던져놓고 서로 찍어먹는 기술까지 익혔을 때 팽이돌리기를 하고 있는 사내아이들에게 접근했다. 아이들이 그녀를 쳐다보지도 않자 그녀는 자신의 팽이를 공중으로 휙 날렸다가 한가운데로 사뿐 내려앉게 했다. 아이들은 모두 와아, 하고 입을 벌렸고 그녀를 붙여주기 시작했다. 자치기도 그랬다. 혼자서 충분히 숙달한 뒤에야 도전을 했고 그녀는 늘 이겼다. 집안에 팽이와 구슬이 쌓여갈 때 할머니가 말했다.

　　—이제부턴 연을 가지고 놀아라.

　　—연?

　여태 땅만 보는 놀이를 했으니 이제는 하늘을 보고 놀라는 뜻이었고 그녀도 그게 좋을 것 같아 당장 연을 만들기 시작했다. 그러나 그녀가 만든 연은 쉽게 날아오르지 않았다. 그녀는 몹시 속이 상했다. 공부를 못하는 남자애들도 잘 띄우는데 왜 자신은 연을 잘 올리지 못하는가. 그녀는 겨울방학 동안 매일 대나무살을 깎고 창호지를 잘라 연을 만들었으나 연은 잘 떠오르지 않았다. 그녀의 손은 날이 갈수록 조급증에 떨었고 턱밑에는 개구리처럼 화의 주머니가 부풀어 클클 이상한 소리를 냈다. 마침내 더 참지 못하고 칼을 던졌을 때 재봉틀 소리가 뚝 멎으며 할머니가 일어섰다.

—가자.

할머니는 그녀를 앞세우고 철길을 따라 한참 걸었고 철길이 끊긴 그 뒷산으로 돌아가서는 후여! 하고 새를 쫓았다. 할머니가 새를 쫓자 마치 부른 듯이 새들은 일제히 할머니 머리 위로 날아올랐고 할머니가 딱딱 손뼉을 치자 새들은 다시 방향을 잡고 반대편으로 날아갔다. 그때 할머니가 말했다.

—봐라, 새는 하늘이 저희 집 같잖누. 그런데 새는 왜 저렇게 잘 나는지 아뇌?

—날개가 있으니까.

—너의 연에도 창호지 날개를 달아주었지 않뇌. 그런데 왜 날지 않지?

—깃털이 없으니까.

—아니다. 새는 가볍기 때문에 잘 날 수 있는 거다. 뼈가 비어 있거든.

집으로 돌아와 연을 보니 자신이 깎은 대나무살이 너무 굵었다. 그 살이 바람에 부러지지 않을 만큼만 잘라내는 데도 몇차례 공력을 들여야 했고 마침내 멋지게 날아오를 때 할머니는 말했다.

—어드래? 이제 넓은 하늘이 다 네 것이지?

그녀는 아득히 하늘을 보고 있다가 천천히 고개를 숙인다. 그때 저 아래서 와! 와! 하는 아이들 소리가 들려온다. 계집아이는 날아오르는 연을 보고 손뼉을 치고 사내아이는 그 연에 바람 힘을 주려고 얼레를 잡고 뛰다가 건등건등 하늘로 향하는 연을 보며 걸음을 멈춘다. 연은 보기 좋게 꼬리를 흔드는데 성미 급한 그 아이는 너무 빨리 실을 풀어 댄다. 애야, 그건 올바른 요령이 아니야! 연이 치솟아오르고 소녀는 다시 손뼉을 친다. 그건 함정이야. 공중에는 혼자 거칠어 외톨이가 된 바람씨가 있고 그 바람은 하늘에다 나사못을 박으려고 빙빙 돌아오르기도 하는데 너의 연은 그 바람에 잡힌 거란다. 어디 보렴. 그 바람은 반드시 너의 연을 동댕이칠 것이다.

"떨어진다! 떨어져!"

역시 소년의 연이 머리를 아래로 돌리고 급추락을 한다. 도백! 도백! 사십여년 전 목소리들이 공중에서 들려온다. 연이 곤두박질칠 때면 남자애들은 그렇게 소리쳤지. 에잇. 또 도백이다…… 그건 무슨 뜻이었을까. 그녀가 녹슨 철길에 서서 연을 날리면 멀리 사는 아이들도 연을 가져와 얼레를 풀었다. 눈 코 입을 그리고 빨간 크레용으로 연지까지 찍은 그녀의 방패연은 단연 하늘의 주인공이었다. 아이들은 오징어나 가오리연을 날렸고 어떤 아이의 연엔 무서운 올빼미눈이 그려져 있어도 그녀의 각시 방패연은 전혀 주눅들지 않고 하늘 높이 올랐다. 정월 대보름날이었다. 어떤 남자애가 실에 유릿가루를 묻혀와 그녀의 연을 잘라먹었고 그녀의 연은 곧장 먼 하늘로 날아가고 말았다. 그녀는 남의 것을 잘라먹고도 혼자 춤추는 그애의 연을 그대로 봐줄 수 없었고 그래서 줄을 확 잡아챘다.

—너가 내 연을 죽였으니 그 연을 내놔!

—미쳤나. 내가 니 연을 잘라묵었으면 내가 이긴 건데 내 연을 와주노?

그녀는 난 너와 그런 내기를 한 적이 없다, 아무 통고도 없이 잘라먹는 건 위법이다. 그러니 넌 연을 물어내야 한다고 다그쳤고 그애는 슬슬 꽁무니를 뺐고 그래도 달라붙으면 당장 때릴 듯이 종주먹을 쥐었다.

그녀 역시 돌멩이를 쥐고 방어를 했으며 그애가 달아나면 악착같이 달라붙다가 결국 그애의 집까지 따라가고 말았다. 그애의 어머니가 '애야, 연이 날아간 건 아주 좋은 일이란다. 본래 연놀이는 액막이를 하기 위해서인데 그 연이 너의 더위와 모든 액을 가지고 간 것이니 집으로 가라'고 타일러도 그녀는 그저 내 연 물어내요, 내 연, 하고 버티고 서 있었다. 원 여자애가 연놀이하는 것부터, 하고 그애 어머니가 혀를 차다가 귀찮다는 듯 아들의 연을 던져주고는 대문을 닫아버렸다.

그날 저녁 늦게 손녀가 자신의 방패연 대신 올빼미연을 들고 온 것을 보고 밥상을 차려오던 할머니가 말했다.

—그 연 내일 주인 갖다주어라. 원 낮하늘에 노는 연에 올빼미가 뭐냐.

소년은 연날리기를 포기하려는지 얼레를 감고 있다. 얘야, 그녀는 갈대를 헤치고 논둑으로 올라선다. 다시 한번 시도해봐. 네 친구는 저렇게 연을 잘 날리고 있지 않니…… 그러나 아이는 소녀를 앞세우고 아래쪽으로 내려간다.

—장관께서는 별로 실패 없는 인생길을 달려오셨을 텐데 이번 해임은 뜻밖의 추락으로 봐야 합니까?

그녀는 벌떡 허리를 세우고 허공을 노려보며 지그시 입술을 깨문다.

—처음 장관으로 임명되셨을 때 솔직히 궁금했습니다. 재야권 변호사로서 최초의 여성부 장관이 된 내력, 그것도 통수권자가 아닌 여성단체에서 추천한 그런 장관은 어떤 삶을 살아왔나……

그녀는 도리질을 하며 아래를 내려다본다. 혼자 남아 연을 날리던 아이가 흘낏 그녀를 돌아보다가 그대로 얼레를 감는다. 그애도 돌아갈 모양이다. 아이가 실을 다 감고 허리를 굽혀 연을 집어든다. 그녀는 재빨리 논바닥으로 내려서서 성큼성큼 돌산 쪽으로 향한다.

산 하나만 돌아나가면 바다도 볼 수 있소…… 기환의 편지에는 그렇게 씌어 있었다. 차를 가지고 올 경우, 터미널을 지나 전등사 쪽으로 오시오. 전등사를 지나 마니산 방향으로 구킬로미터쯤 달리면 동곳이란 정류장이 있을 거요. 거기서 오른쪽으로 꺾어 주욱 올라오면 과수원 임야가 길게 펼쳐지고 그 야산을 돌아 일킬로쯤 들어오면 기역자로 우뚝 솟아 있는 제법 큰 산이 있소. 들녘 끝머리인데 그 앞에 통나무집이 보일 거요. 외따로 떨어져 있는 바로 그 집이오. 아주 조용하고 산을 돌아나가면 곧 바다도 볼 수 있소. 석양이 장관이오. 지는 해의 아름다움이 많은 생각과 위안을 주는 그런 곳이오. 더욱이 바닷물이 들어올 때는 마치 은어떼들이 달려오는 것 같고……

그녀는 어젯저녁 일곱시 반에 이곳 터미널에 내렸고 곧장 화장실로 들어가 문을 걸어잠근 후 숄과 가발을 벗고 긴 머플러를 두른 다음 느릿느릿 터미널 앞으로 걸어나가 동곳행 버스를 탔다. 동곳 바로 직전에는 더리미라는 마을이 있다는 것을 미리 확인해두고 거기에서 내려 걷기 시작했다. 몇굽이나 산자락을 돌아나가는데다 갓길마저 없어 지나다니는 차 불빛에 그대로 노출되는가 하면 지프 같은 큰 차들은 밝은 전조등으로 그녀의 온몸을 벗기는 듯했다. 행선지를 감추기 위해 한 정거장 전에 내렸던 것인데 오히려 수상쩍음을 신고하고 다닌 꼴이었다. 그녀는 머플러로 가방을 둘둘 싸 시골 아낙처럼 그것을 머리에 이었다. 그렇게 한참 걸어서 동곳 정류장에 도착하자 거기서 오른쪽으로 꺾어들었다. 도로변을 지나 좀 걸어들어가자 곧 어두운 구릉지대였다. 그녀는 다시 머플러를 두르고 언덕길을 따라 올라갔다.

과수원을 지날 땐 맞바람이 몰아쳐 숨을 쉴 수가 없었다. 좁고 후미진 길은 너무나 컴컴했고 바람은 갈까마귀떼들같이 머리카락과 머플러 자락을 잡고 놓아주지 않았다. 과수원을 지나고도 한참을 걸어가자 저 멀리 불빛 하나가 보였다. 그녀는 제발 그것이 통나무집이기를 바랐고 마당으로 들어서서 반쯤 벌어진 커튼 사이로 그가 서성이는 것을 보고서야 제대로 찾아왔다는 걸 알았다.

그가 문을 열어주어 집안으로 들어섰을 때 후끈하고 아늑한 온기가 전신을 감싸 그대로 주저앉을 것만 같았다. 그녀는 지난 나흘간 침실에서 잔 적이 없다. 그가 안내한 침대에는 포근한 구름이불이 저 먼저 보송보송 일어나 그녀를 감싸안았고 그녀는 홀린 듯 이불 속으로 빨려들었다.

그러나 그럼에도 그 침대는 숙면까지 실어오지는 못했다. 마치 박쥐처럼 그녀는 동굴에 거꾸로 매달려 있는 것 같은 느낌이었다. 동굴의 어둠이 이불모양 포근히 감싸오면 깊은 잠에 빠졌다가도 어디서 무슨 소리가 들려오면 얼른 눈을 뜨곤 했다. 소리의 정체가 잡히지 않을 땐 귀를 쫑긋거리기도 했지만 바람일 때는 천장에 더 깊이 발톱을 박고 날개 속에 잠을 묻었다. 그러면 바람은 동굴 밖을 맴돌다가 아득히 멀어져갔고 그녀는 꿈이라는 무겁지도 가볍지도 않은 그 대문을 열었다.

꿈의 정원은 촬영소 세트장같이 일제시대 때 거리 및 그녀가 대학에 다니던 육십년대 거리와 민속촌이 있고 드물게는 꽃과 불의 거리, 막막한 사막도 있었다. 일단 그 정원을 지나야만 가장 안쪽의 문을 열 수가 있는데 그녀의 잠은 풍경도 없는 그 깃털 지대까지는 도달하지 못했다. 한번쯤은 그 문을 열 수도 있었는데 무엇엔가 덜미가 잡혔다. 그녀의 잠은 몇차례나 꿈의 정원만 들락거렸고 그러다가 어느 순간 먼 지평선에 꼬리를 빠뜨린 길고 붉은 도로가 보였다. 도로는 사막 한가운데에 나 있었고 그녀는 새가 되어 그 길 위를 날았다. 도로는 속력을 내어 거꾸로 달렸고 도로가 너무 빨리 달린다 싶을 때 비가 내렸다. 그녀의 날개가 비를 머금은 것 같더니 점점 무거워지면서 몸이 도로 쪽으로 내려앉고 있었다. 그때 검은 구름이 달려와 그녀를 에워싸고는 어디엔가 착륙시켰다. 돌아보니 동굴 속이었고 동굴 천장이 삐꺽거리며 열리더니 빛과 함께 손 하나가 쑥 내려와 그녀의 잠을 휘어잡고 밖으로 끌어냈다.

　──나 좀 나갔다 오리다. 식사는 준비되어 있소.

　문밖에서 남자의 말소리가 들려왔다. 기환이, 기환의 집이었다. 손목을 쳐들어 시계를 보니 열한시였다. 그녀가 침대에서 일어날 때 집 밖에서 시동 걸리는 소리가 들려왔고 막 창문 커튼을 들쳐보는 순간 차는 집 앞을 빠져나가고 있었다. 차의 꽁무니가 사라지자 그 앞으로 잔잔한 전경이 펼쳐졌다. 완만한 경사를 이루고 주욱 내려간 들녘, 거기에 서 있는 몇그루의 나목과 갈대는 오밀조밀 정답고 태평스러웠다. 지난밤의 끔찍한 바람, 끝도 없이 펼쳐진 광야를 요괴에 시달리며 걸어온 듯한 그 절박감은 꿈결인 듯 아득했다.

　그녀는 걸음을 멈춘다. 눈앞에 갯벌이 도도록이 떠오른다. 지금 막 암회색 물감을 손바닥으로 이겨 바른 듯이 표면에 촉촉한 빛이 튀기도 한다. 물이 빠져나간 갯벌, 그 바닥이 코팅을 한 듯 번들거린다. 그녀는 몸을 오른쪽으로 돌려 위쪽을 바라본다. 임산부처럼 배가 불쑥 나온 산자락 너머로 갈대들이 고개를 내밀고 있다. 그녀는 갯벌을 피해 자드락길을 찾아 산 돌출부를 돌아나간다. 갈대밭은 그 너머 버려진 논에 진을 쳤고 발밑에는 급경사를 이룬 갯벌이 입을 쩍 벌리고 있다. 미끄러져내리면 그대로 꿀꺽 삼켜질 것 같다. 천천히 자드락길을 휘돌자 무성한 갈대가 눈앞을 가로막는다.

　사람들은 가파른 그 산 아래에 돌을 쌓아 둑을 만들고 농사를 지었으나 이제는 버려져 갈대가 무성했다. 돌담 아래 갯바닥엔 마른풀들이 길게 누워 있다. 물이 들면 다 잠길 텐데 저런 풀이 살 수 있을까. 다가가 살펴보니 더러는 제법 가지를 뻗은 것이 바다잔디였다. 바다에도 잔디가 사는가. 아니면 갯벌이 잔디를 살게 도와주는가. 그녀는 잔디보다 못한 자신의 처지가 절망스럽다가 곧 기환이를 떠올리면서 여기서는 얼마나 머물 수 있을까 헤아려본다.

그녀는 돌둑으로 올라가 천천히 걷는다. 둑길이 끊어지고 조그만 호수가 펼쳐진다. 갈대밭이 품어안은 호수면엔 하늘도 갈대 그림자도 없다. 완벽한 실종, 그것은 정말 가능할까.

그녀는 자신을 실종시키기로 결심했고 그때 맨 먼저 봉착한 문제는 어디에 숨느냐는 것이었다. 지도를 펼쳐놓고 팔도를 훑어봐도 자기 몸 하나 숨길 곳은 없었다. 막연히 어디로 가야 한다고 생각했을 땐 그래도 몇군데 떠오르는 장소가 있었다. 한적한 바닷가 마을이나 깊은 산속의 산장, 아니면 휴양지 등이었다. 그러나 그것은 위험한 일이었다. 그 어느 곳에도 텔레비전이 있고 사람들은 당연히 자신을 알아볼 것이었다. 그래서 생각해낸 것이 한달이고 두달이고 차를 몰고 다니는 것이었는데 그 또한 마땅한 방법은 아니었다. 이 겨울에 매일 차에서 잘 용기도 없지만 식사 해결을 위해선 부득이 식당을 가야 하고 거기에도 사람의 눈은 있을 터였다.

그러나 더이상 망설일 수만 없는 날이 오고야 말았다. 전화를 받지 않았더니 고장신고가 되어 수리공이 왔고 그것으로 그녀가 집에 있다는 것이 드러날 참이었다. 그녀는 서둘러 짐 정리를 하면서 두 곳의 주소를 챙겼다. 불교계 개혁에 동참했던 주지승과 두레마을을 이끌어가는 목사의 주소였다. 그리고 서랍을 뒤져 편지 하나를 찾아들었다. 민기환. 통나무집을 지었소. 쉬고 싶을 땐 언제든지 오시오…… 그녀는 다시 한번 집안을 돌아보며 단서를 줄 불필요한 것들을 모두 없앤 뒤 가방에 안경과 숄, 머플러, 검은 폴라와 니트 바지, 모직 바지와 재킷, 스웨터, 양말 등과 속옷은 있는 대로 넣은 후 가방을 들었다. 그때 전화벨이 울려왔다. 수화기를 들지 않았는데도 박기자가 우렁우렁 소리치는 것 같았다.

——이상하지 않습니까? 여성지도부에서 천거한 장관을 어떻게 통수권자가 해임할 수 있지요? 치명적인 이유가 있지 않는 한 무슨 권한으로……

전화벨은 너무도 오래 울렸고 그녀는 내내 수화기를 노려보았다. 벨소리가 끊어졌을 때 흠칫 놀라 급히 현관문을 잠근 후 엘리베이터를 피해 허둥지둥 비상계단으로 내려왔다. 때마침 아파트 경비원이 없었다. 화단 앞으로 나와 한숨을 돌리며 그녀는 아파트를 올려다보았다. 오층, 자신의 집만 불이 꺼져 있었다. 커튼까지 모두 내려두었으니 낮에도 엿볼 순 없을 것이다. 그녀는 어두운 곳으로 나와 안경을 썼고 일부러 주위도 돌아보지 않은 채 꼿꼿이 걸어 찻길로 향하면서 자가용도 그대로 두고 왔으니 일단은 성공적이라는 생각을 했다.

——어디로 가실까요?

그녀는 이 시간이면 우등버스가 나으냐, 기차가 나으냐고 물어볼까 하다가 그냥 서울역이라고 말해버렸다. 서울역에 도착하니 열시 반이었고 밤 열한시 발 부산행 열차표가 있었다.

부산에 도착한 것은 새벽이었고 광장에는 찬 바닷바람만 불어댔다. 그녀는 코트깃을 올리며 어디로 갈까 한참 망설였다. 어릴 때 살던 마을이 간절하게 보고 싶었다. 택시를 타고 철길만 찾아내면 주변이 온통 변해버렸다 해도 집을 찾을 수 있을 텐데…… 하지만 그래도 되는가? 그것은 좋지 않은 전조가 될 수도 있다. 보편적으로 수사관들은 범인이 꼭 범죄현장을 가본다고 생각한다. 경우는 달라도 박기자 역시 자신의 도주를 알아차렸다면 그렇게 추측할 수도 있을 것이다.

그녀는 포기하고 새벽 손님을 받는 식당으로 들어가 해장국 한그릇을 시켜먹은 후 시외버스터미널로 갔다.

먼저 간 곳은 광주였다. 송정리에서 기차를 타고 현동역에 내린 때는 밤 아홉시였다. 역 앞에서 현동사에 전화를 걸어보니 주지승은 서울에 갔다고 한다. 그녀는 전화를 끊고 주위를 돌아보았다. 겨울이라 그런지 아니면 그 시간대 열차가 없어서 그런지 오가는 사람도 보이지 않았다. 한적한 시골역 앞에서 서성일 수도 없어 그녀는 아무 버스나 탔는데 마침 그 버스는 큰 기차역이 있는 호계까지 갔다. 역으로 가보니 서울행 열차는 다음날 새벽 다섯시에 있다고 했다.

그녀는 가까운 여관으로 찾아들었다. 따뜻한 아랫목에 누웠으나 잠이 오지 않았다. 그 방이 말벗이나 하자면서 넌 왜 여기에 왔느냐고 물어댔고 그녀가 나는 지금 실종중이라고 대답하자 추리소설을 쓸 작정이냐고 비웃었다. 차라리 도피라고 하는 게 옳지, 안 그래? 넌 오직 그 박기자를 피하고 싶을 뿐이니까. 그렇다면 잘못 결정했어. 서울보다 더 익명성이 보장되는 곳은 없으니까.

익명성이라고? 나도 처음엔 그렇게 생각했지. 냉장고에 식품을 가득 채우고 집안 커튼을 모두 친 후 칩거를 하면 그럭저럭 숨어살 수도 있다고. 그래서 아예 전화코드를 뽑고 밤이 되어도 불도 켜지 않은 채 그런대로 살았어. 한데 느닷없이 전화가 고장났다고 수리반에서 나오고 관리인이 문을 두들기며 장관님, 정말 집에 안 계세요? 무슨 일이 있는 것 아니죠? 하고 숨넘어가듯 물어대고…… 만약 장관직이라는 감투를 써보지 않았다면 가능할 수도 있었겠지. 그래서 넌 도피가 아닌 자신을 완전히 숨기는 실종만이 추적의 꼬리를 잘라버릴 수 있다고 생각했나? 그래, 그랬어. 하지만 그것이 가능한가? 해보는 거지……

그녀는 뜬눈으로 밤을 새운 뒤 이튿날 열차를 탔다. 조치원에서 내려 경부하행선으로 바꿔타고 영동에 내렸을 땐 너무 피곤해 그저 아무 여관이나 들어가 그대로 드러눕고 싶었다. 하지만 그럴 수도 없어 무주로 가는 버스를 탔다. 안호면에서 다시 한목사가 산다는 다수리행 버스를 탔을 땐 어둑한 무렵이었다.

—오지 마을입니다. 산중턱인데다 산자락이 둥글게 마을을 감싸고

있지요. 한 스무 명이 힘을 합쳐 그 마을 땅을 전부 사들인다면 근사한 두레마을을 이룰 수 있어요. 가장 오염이 덜 된 곳이라 몇년만 노력한 다면 땅힘도 금방 돋울 수 있을 거구요.

버스가 다수리 앞을 지나는데 그녀는 내리지 못했다. 일인당 천만원 씩 투자하자던 그 약속도 별안간 장관이 되는 바람에 지킬 수가 없었다 는 것, 그래서 자신의 영토나 움막도 그곳엔 없다는 때늦은 깨우침 때 문만은 아니었다. 무엇보다도 남의 가정집으로 파고든다는 것은 예의 가 아니며 진정한 실종도 이루어질 수 없다는 판단 때문이었다.

그녀는 안경을 벗어 주머니에 찌른다. 조치원과 영동 등 몇군데의 터 미널 화장실에서도 그녀는 이렇듯 안경을 벗었다 썼다를 되풀이했다. 안경만 바꾼 것이 아니라 숄을 두르거나 가발을 쓰기도 했다. 아무도 눈여겨본 사람이 없어도 그랬다. 긴 웨이브 가발을 쓸 땐 머플러를, 부 처님 머리에 붙은 달팽이처럼 동글동글 감아붉은 파마머리 가발을 쓸 땐 큰 숄을 두르기도 했지만 결국 해결해야 할 것은 변장이 아니라 목 적지였고 입속에서 마른 거품이 비어져나올 때 그녀는 강화를 떠올렸 다. 기환의 편지를 챙겨온 것은 인간관계에 대한 단서를 남기지 않겠다 는 생각에서였는데……

그 순간 그녀는 커다란 사실 하나를 깨달았다. 자신에겐 친척 하나 없다는 것을. 수십년간 전혀 불편함이 없었고 그래서 잊어버리기도 했 지만 이제는 기환의 집에라도 가야 한다는 것…… 그렇다면 자기의 실 종이란 일종의 치기였을까?

─장관님은 의지가 대단한 분 같아요. 대학 입학하자마자 가족을 다 잃었다는 분이 남성도 어려운 그 관문을 척척 통과하셨으니……

그녀는 강화도 버스터미널 화장실에서 몹시 망설였다. 그 정도까지 알아낸 기자라면 이미 기환이와의 관계도 캐냈을 텐데. 삼십여년 전에 한 남자와 동거를 했다, 인권변호사로서 여성사건엔 거의 다 관여를 해왔고 결혼보다는 일이 우선이라던 그녀도 알고 보니 삼년이나 동거했던 남자가 있었다…… 그러나 그땐 박기자의 추적보다 더 강렬한 욕구가 그녀를 지배했다. 침실, 몸 누일 곳이 자꾸만 그녀를 부르기도 했다. 그녀는 화장실에서 나와 동곶행 승차구 앞으로 가서도 수없이 가서는 안된다는 생각을 했지만 다리는 이미 버스에 오르고 있었다.

그녀는 갈대밭에서 빠져나와 갯벌과 마주선다. 끝없이 펼쳐진 갯벌, 그러나 은어떼처럼 달려온다는 바닷물은 그 어디에도 없다. 다만 발 아래 규조가 암녹색으로 말라가는 것으로 보아 머잖아 물때가 올 모양이다. 죽으면 회백색으로 탈색될 그 규조가 갯벌에서 사는 모든 생물의 먹이가 된다던가.

그녀는 고개를 쳐들어 하늘을 본다. 아직 서녘으로 가지 못한 해가 공중에 잡혀 있다. 여기 물때는 석양 무렵에만 돌아오는 것일까. 잠시 더 머물면서 바닷물을 보고 갈까 하고 주머니에 손을 넣는데 열쇠가 집힌다. 기환의 집열쇠. 그가 나간 뒤 옷을 걸치고 나와보니 현관문에 쪽지와 함께 열쇠가 걸려 있었다. '산책을 하고 싶으면 문을 잠그고 나가시오.'

그는 돌아왔을까. 열쇠가 이것 하나뿐이라면…… 그녀는 천천히 등을 돌린다.

3

그가 감자를 깎을 때 그녀에게서 움직임이 느껴져 그가 그녀를 돌아보자 탁자에서 마늘을 까던 그녀도 흘끗 쳐다본다. 그래, 우린 곧잘 이런 찌개를 끓여먹었지. 오래 전에. 두부나 유부가 있을 때는 최상의 찌개가 되지만 감자만 있어도 좋았지? 그녀는 다시 눈길을 거두어간다. 아직 눈치를 채지 못했군. 그는 봉지 속의 유부를 펼쳐놓고 조리대 밑에서 뚝배기를 꺼낸다. 이제 된장을 풀고 감자를 썰어넣으면…… 익었어? 익으려고 해. 된장이 끓기 시작하면 우린 더 참지 못하고 젓가락 하나씩을 들고 냄비 속 감자를 꺼내먹기 시작했지. 설컹거리던 감자가 익기도 전에 다 없어져버렸고……

그는 감자를 썰어 뚝배기에 넣는다. 이제 된장을 풀고…… 이 된장은 그때 시장에서 산 시금털털한 그런 것이 아니고 마을 아주머니가 담아준 것이니까 양파와 풋고추를 넣어 끓이면 그때보다 더 맛이 날 거야.

그는 오전 열한시 정각에 집을 나섰다. 시장을 보기 위해서였다. 그녀가 일어난다면 함께 나가 냉장고를 꽉 채울 만큼 사올 참이었는데 그녀는 일어나지 않았다. 지난밤 지친 모습으로 보아 아마도 진종일 잘지도 몰랐다. 옛날에도 그랬다. 시험기간이면 일주일쯤 밤을 꼬박 새워 공부를 했고 시험이 끝나면 사흘간이나 내리 잠만 잤다. 참 별스러움이 많았는데 그녀는 알고 있을까. 별스러움을 카드처럼 펼쳐 그의 넋을 하나하나 채집해갔다는 것을.

그는 차를 끌고 나오다가 문득 뒤를 돌아보았다. 자신이 멋을 부려 지은 그 집은 마치 집배원이 배달해주는 소포 같았다. 잃어버린 시간을 차곡차곡 담아온 통나무 상자…… 어쩌면 서연이가 그녀 자신을 그렇게 상자에 담아와서 풀어달라고 하는 것도 같았다. 집이 언덕에 가려 반쯤 없어져 보일 때 혹시 그 사이 그녀가 떠나버리면 어쩌나 싶어졌으나 아마 그렇지는 않을 것이라는 생각이 들자 아주 선명하게 그녀의 옛집이 떠올랐다. 지붕 한귀퉁이가 날아가버린 루핑집. 그 속에 똑바로 앉아 있던 소녀…… 상동 판자촌에서도 한참 떨어져 있었던 그녀의 집에 처음 간 것은 중학교 삼학년, 사라호 태풍 때였다.

추석 전날 몰아닥친 태풍은 온통 천지를 뒤집어놓은 듯했다. 소년들은 등교하자마자, 해일이 바닷가의 집과 어선을 한방에 날렸다, 멀리서 원목까지 밀고 와 해운대 앞바다에 집채만한 나무기둥을 일렬로 세웠다, 들엔 철판 벼락을 날려 모든 벼를 납작하게 눌러버렸다, 상동 판자촌은 냄비뚜껑을 벗기듯 지붕을 홀랑홀랑 벗겨갔다는 둥, 서로 흥분해서 떠들어댔고 그때 담임이 들어와 모두 집으로 돌아가 삽 한자루씩 들고 오라고 지시했다.

——이번 태풍으로 집에 피해를 입은 사람 손들어봐라. 하나, 둘…… 너희들은 가방을 들고 돌아가 집안일을 도와라. 그밖엔 모두 삽을 가지고 한시간 이내로 집합한다. 해산!

그들이 집에 가서 삽을 가지고 왔을 때 고등학교 형들은 벌써 삽자루를 어깨에 걸고 상동 판자촌으로 가고 있었다. 담임은 사다리와 루핑 망치 등을 챙겨 미리 운동장에 나와 기다렸고 아이들은 사다리를 어깨에 메고 무슨 큰일이라도 하러 가는 듯이 스스로 대견해하며 선생님 뒤를 따랐다.

초등학교와 논밭을 지나가자 저만치 고개마루 판자촌에서 고등학교 형들이 쓰러진 나무를 치우거나 지붕 위에 올라가 복구작업을 돕는 모습들이 활동사진처럼 보였다. 집들은 비스듬히 기울거나 지붕이 조금씩 벗겨지긴 했으나 정말로 냄비뚜껑처럼 홀랑 날아가진 않았다. 반아이들이 피해상황보다도 활기차게 움직이는 형들만 부러워 모두 발길을 멈추자 선생님은 우린 그쪽이 아니야, 이쪽, 이쪽으로 하면서 아카시아 길로 올라섰다.

그 위엔 철길이 있었다. 그 철길은 일제시대 때 새로 놓이다가 해방과 함께 중단된 채 그대로 방치되었는데, 정월 대보름날엔 판자촌 사람들이 거기서 다리밟기를 하거나 아이들이 연을 날리는 장소로 이용되기도 했다. 그의 집은 학교에서 좀 멀었지만 어릴 땐 아이들과 와본 적이 있다. 그때 없던 집들이 철길 양옆으로 줄줄이 들어선 것이 그간의 변화였으며 판자촌의 번성을 말해주었다.

그 판잣집들을 지나자 곧 논밭이었다. 베내지 못한 벼들은 아예 누워버렸으며 농부들이 나와 벼를 일으켜 세우느라 정신이 없었다. 철길은 들을 지나 왼쪽의 산을 끼고 돌아나갔고 산자락으로 돌아가기 직전 선생님이 멈춰서서 저만치 산비탈 아래에 서 있는 외딴집을 가리켰다.

——저 집이다. 할머니 혼자 사시는데 우리가 복구해드려야 한다, 알겠나?

——옛!

아이들은 우렁차게 대답하면서 철길을 벗어나 외딴집으로 향했다. 그 집은 루핑을 덮긴 했으나 벽을 단단한 나무로 잇대어놓아 철길을 놓을 때 감독이 쓰던 조그만 관사 같았다. 할머니는 막 흙에 묻힌 장독을 끌어내는 중이었다. 산에서 토사가 밀려내려오면서 장독대를 덮쳤는데 집을 피해간 것이 다행이라면 다행이었다. 할머니는 학생들을 보고도 말없이 하던 일을 계속했고 선생님은 집을 한바퀴 돌아본 뒤 아이들에게 토사부터 퍼내라고 이른 후 가져온 사다리를 벽에 걸쳐놓았다.

——민기환, 넌 자를 들고 사다리를 올라가 지붕이 얼마나 벗겨졌는지 그것부터 재오너라.

그가 사다리를 타고 올라가보니 루핑뿐만 아니라 바탕으로 깔아둔 판자까지 두 자 가웃 뜯겨져나간 채 펑 뚫렸고 그가 선생님, 두 자가 뚫렸어요,라고 소리치면서 내려다보는데 뜻밖에도 방안에는 교복을 입은 여학생이 앉아 그를 빤히 올려다보고 있었다.

——저리 비켜, 나뭇조각이 떨어질지도 모르니까.

그가 얼결에 그런 주의를 주었고 그녀는 매우 도도하게 그 말을 되받아쳤다.

―떨어지지 않게 조심하면 되잖아!

피, 그래봤자 지붕도 없는 집에 앉아서…… 그는 사다리를 내려오며 그렇게 중얼거렸다. 선생님이 대신 올라가 지붕을 다 고치고 내려올 때 그가 물어보았다. 방안에 여학생이 있지요? 선생님은 못 보았다고 했다. 그러면 난 환영을 보았는가. 뒤숭숭한 꿈속에 곧잘 나타나던, 얼굴도 확실하지 않은 그런 여학생이 잠깐 신기루를 타고 날아왔는가. 고등학교에 진학한 첫해 봄 웅변대회에서 다시 만나지만 않았더라면 아마도 거울에 묻은 흐린 지문처럼 그녀에 대한 환영도 슬그머니 지워지고 말았을 것이다.

해방 이후 아이들 출생이 급격히 늘었는지 아니면 전후 피난민이 많은 탓인지 그의 세대부터 부산시는 학생들이 많아 교실을 5, 6반까지 늘려야 했고 교육도 일대 부흥이 된 듯 다양한 행사가 많았다. 그 고교생 웅변대회도 그중 하나였다. 그는 국어선생의 권유로 참가하게 되었고 순서는 두번째였다. 사라호 태풍은 김해의 전 농토를 짓밟고 바닷가의 어선을 파괴했으며 춥고 배고픈 사람들의 보금자리까지 앗아갔다는 비통한 표현에다 우리의 마음도 그렇게 할퀴고 지나갔지만 그래도 채전터의 어린 싹은 성장을 멈추지 않는다, 우리도 마음을 가다듬고 재난을 이겨나가자는 다분히 감상적인 문구를 서툴게 외쳐나갔다. 국어선생님이 정성껏 손봐준 원고임에도 제대로 다 외우지 않아 한번은 건너뛰고 또 한번은 내용을 잊어버려 한참이나 말을 잇지도 못했다.

그녀의 순서는 다섯번째였다. 오뚝한 콧날과 넓은 이마가 눈에 익은데다 교복도 바로 이웃 A여고의 것이라 쉽게 알아보았는지도 몰랐다. 그녀의 목소리는 정돈되고 고조가 명확해 많은 박수를 받긴 했으나 그 열변에 비해 내용은 지극히 반공적인데다 걸핏하면 무찌르자 공산당 식이었고 또 그럴 때마다 부르르 떨듯 외쳐대 몇몇 인솔교사들은 눈살을 찌푸렸다. 그럼에도 그날의 영예는 그녀에게 돌아갔다. 특상이었다. 시상식이 끝나고 해산할 때 왜 그랬는지 그냥 지나치지 못하고 그는 그녀 앞으로 다가가 면박을 주고 말았다.

—너, 원고는 사람잡는 괴물이 써준 거냐?

그녀의 얼굴이 새빨개지고 무슨 말인가 하려고 할 때 그는 얼른 등을 돌려버렸다. 그리고 그해 가을 진주에서 열린 개천 예술제 때에 또 그녀를 만났다. 돌아오는 기찻간에서였다. 그는 인솔교사도 없이 참석했다가 혼자서 돌아가는 길이었고 그때 한 여학생이 맞은편에 와 앉으며 '장원을 축하한다'가 아니라 '그 장원의 기쁨 누구에게 주고 싶니?'라고 물었다. 그애였다. 그는 그저 흘끗 쳐다보며 '물론 국어선생님께지'라고 대답해버렸다. 그애의 출현이나 질문 모두가 뜻밖이었음에도 곧장 그런 대답이 나온 것은 아마도 그녀가 웅변할 때 불쾌해하던 국어선생님의 얼굴이 떠오른 때문인지도 몰랐다.

—국어선생님이 너 친척이가?

친척은 아니지만 아버지의 후배였다. 그가 시내 고등학교로 가지 않고 집에서 가까운 학교에 진학한 것은 버스를 타지 않아 좋다는 삼촌의 생각과 자기가 돌보고 싶다는 그 선생의 뜻 때문이었다. 국어선생이 그를 불러 토요일 오후마다 문학수업을 시켰던 것은 그에게 특별한 재능이 있어서라기보다 선배에 대한 일종의 보답으로 그 아들도 아버지처럼 키워주고 싶었던 것인지도 몰랐다. 학창시절 아버지는 문장가로서 후배들에게도 인기가 있었다니까.

—난 오늘 입상도 못했어. 우리 할머니가 무척 실망하시겠지……

그녀는 손톱을 꾹꾹 깨물면서 아무래도 문학은 내 체질에 맞지 않아, 할머니는 뭐든 일등을 해야 한다지만…… 하고 중얼거렸다. 그때 그는 '웅변을 잘하면 대중을 설득할 수 있고 문학은 양식있는 사람들을 자기 편으로 만들 수 있다, 네가 무엇이나 다 잘해야만 지하에 계신

네 아버지가 안심하실 것이다'라던 국어선생님 말이 떠올랐다. 불현듯 상에 대한 그애의 집착이 궁금해져서

—너의 할머니께서 일등만 하길 바라는 이유가 뭔데?

하고 물어보았다.

—우리 또래 아이들이 모두 내 이름을 기억해야만 한대.

—그럼 웅변대회 때의 원고내용도 오직 다른 사람에게 기억시키기 위해서였나?

—아, 그건 내가 웅변책을 보고 적당이 인용한 거야. 울할머니도 들어보시더니 그런 내용이라면 상은 받겠구나, 하셨구.

서연의 할머니는 이 사회가 원하는 것을 미리 파악하고 있었다. 그리고 상만 받으면 된다가 아니라 잘 대응하면서 상을 받아야 하며 그래야만 친척 하나 없는 이 사회에 그 누구도 뽑아버릴 수 없는 질긴 뿌리를 서연이가 박을 수 있다고 여겨왔다. 서연이 역시 일류학교에 사법고시까지 척척 통과하면서 할머니가 바라는 대로 살아왔다.

그날 부산에 도착했을 땐 비가 내렸고 그는 우산을 사서 그녀를 집 근처까지 바래다주었다. 할머니와 단둘이 사는 아이라 왠지 그래야만 할 것 같았다. 그들은 철길을 따라 걸었고 그 녹슨 철길가로는 띄엄띄엄 노란 들국화가 피어 비에 젖고 있었다. 우산 속으로 바짝 들어온 그녀의 목에서 추위 탓인지 김이 피어올랐고 그것은 들큼하면서도 비릿한 냄새로 전해져왔다. 다섯살짜리 사촌동생 선화한테서도 그런 냄새가 났다. 양지바른 마루에 앉아 손톱을 깎고 있으면 살며시 다가와 목 뒤에 입술을 갖다댔고 그때 온몸이 저릿하게 울려오는 감격 같은 것…… 그녀의 내려뜨린 손이 가끔 그의 허벅지를 건드리고 어깨가 서로 부딪칠 때면 세상에 태어나 십칠년 동안 맛보지 못했던 황홀감이 전류처럼 오르내리기도 했다. 이상한 조화였다. 네 시간 동안 함께 열차를 탔을 뿐인데 그렇게 단박에 좋아질 수 있을까. 더욱이 그앤 웅변으

로 자신을 매우 불쾌하게 만든 적도 있는데…… 그때부터 그는 피지도 않은 그녀의 꽃에 내려앉아 한사코 봉오리를 열려는 어린 나비였다. 주말마다 만나자고 칭얼대거나 거의 매일 편지를 썼다.

그해 겨울이었다. 철길 끝에서 만난 그들은 말없이 걸어 십리쯤 떨어진 광안리 바다에 나갔고 몽유병에 걸린 듯한 그 희한한 바람에 휘말려 백사장에 나란히 누웠다가 또 일어났다. 몇차례 일어났다 누웠다를 되풀이하다가 별안간 키스를 하고 말았다. 먼저 그가 몽유병에 걸린 듯 눈을 감고 두 손을 뻗어 그애의 조그만 얼굴을 끌어와 차고 싸늘한 입술을 지그시 물었다. 그때의 황홀감이라니! 차디찬 그애의 입술이 서서히 뜨거워올 때의 그 짜릿함이라니. 아무도 가르쳐준 적이 없건만 그들은 아주 자연스럽게 모랫바닥을 뒹굴며 오래오래 입을 맞추었다. 그래서 그날 밤은 절친한 벗이기도 했던 바람과 파도소리에도 전혀 귀를 기울이지 못했다. 시간은 벌집의 꿀을 빨 때처럼 흘러갔고 늦은 밤 그애를 바래다주고 집으로 돌아오니 삼촌이 문을 열어주었다. 그가 마루에 걸터앉고 모자를 벗으니 모래가 좔좔 흘러내렸다. 삼촌이 물었다.

— 니 싸움했나?

싸움이라니요. 삼촌 나 여자애랑 키스하고 왔어요! 정말이라니까요! 키스가 어떻게나 달콤하던지 하마터면 까무러칠 뻔했어요…… 그는 그렇게 소리치면서 자랑하고 싶었다. 뿐만 아니라 그 키스는 중독성이 강한 마약 같아 날마다 하고 싶어 견딜 수가 없었고 늦은 밤에도 갈증이 목에 차오르면 연필을 던지고 그애 집까지 허둥허둥 달려가곤 했다.

집안에는 남포등이 빤하게 켜져 있었으나 아무도 나와보지 않아 그는 추위에 덜덜 떨다가 발길을 돌려야 했다. 그런 날은 집으로 돌아와 밤새워 편지를 썼다. 차마 너의 입술이 그립다, 바람만 스쳐도 너의 입김 같다는 직접적인 표현은 할 수 없었지만 관념과 환상이 뒤섞인 그 편지문구들은 열에 뜬 소년의 아우성이었다. 난 광야를 걷고 있다, 광

포한 바람이 날 몰아치고, 그 바람에 갇힌 조그만 육신은 아아, 커다란 입이 되어 외친다, 한 사람의 이름을…… 또는 오늘도 찾아갔다, 바람 위에 떠 있는 까치집 하나, 호박꽃 등잔만 외로운 그 집…… 또는 하늘 소 한마리가 사랑을 찾아간다, 더듬더듬 끈질기게, 라거나 책에서 읽은 좋은 문구는 그대로 베껴쓰기도 했다.

어쩌면 자신 속에 아버지가 살고 있었던 것일까. 편지 하나로 수많은 여학생을 녹였다는 아버지. 아니다. 그는 진심으로 사랑을 새겼다. 그냥 두면 증발하고 말 것 같은 편지들 속에, 아니 서연의 가슴속에 열일곱살의 시심과 열정과 그 모든 것을 그렇게 새겨놓고 싶었다.

그런 사이 고등학교 이학년이 되었고 라일락도 다 져가던 늦은 봄이었다. 사람들은 잠들어 사방이 조용하고 보름달만 저 혼자 창문으로 들어와 뿌옇게 그리움을 풀어내던 그런 한밤이었다. 어디선가 돌맹이 하나가 날아와 그의 창문 앞에 툭 떨어져내렸다. 나가보니 서연이었다. 일주일 전 그의 학교에서 시화전을 열었을 때도 오지 않던 그녀가 깊은 밤 혼령처럼 그렇게 찾아온 것이었다.

—서연아……

그앤 흰 운동복에다 한쪽 눈에 안대까지 하고 하얀 달빛 속에 서 있었다. 그 모습은 밭둑에서 홀로 사위어가는 조팝꽃 다발처럼 처연해 보였다. 서연아, 시화전 때 왜 오지 않았나 했더니 그새 눈병을 앓았구나. 그는 그애를 이끌고 한적한 풀숲으로 갔다.

—이 밤에 웬일이노?

그가 속삭여 묻자 그녀는 집이 무서워,라고 대답했다. 할머니는 대구에 가고 안 계신데 달빛이 유령처럼 방안을 어슬렁거려 무서워졌다고 했다.

—달빛이 뭐가 무섭노?

그녀는 '나 졸려. 좀 재워줘'라고 했다. 그렇지 않아도 더이상 거기에 세워둘 수가 없었다. 달빛이라는 눈이 사방에서 그들을 보고 있었고 그 것은 어디론가 숨어야 한다는 무언의 지시였다. 그는 그녀를 이끌고 자기 방으로 돌아왔다. 사랑방, 그 방은 아버지가 학생 때부터 써왔고 가끔 술친구들을 불러들일 만큼 안방과도 좀 떨어져 있었기에 잘만 하면 식구들한테 들키지 않을 수 있었다. 또 그 방법밖에 없었다.

그는 그녀의 신발을 들고 들어와 책상 밑에 숨긴 후 이불을 깔았고 그앤 이불을 펴자마자 자리에 쓰러져 누웠다. 달빛이 방안을 점령했고 그애는 키스도 한번 해주지 않은 채 곧 잠이 들고 말았다.

그는 잠이 오지 않았다. 너, 잠들지 마라, 날 시험하지 마라,고 그는 수없이 중얼거리다가 그녀를 흔들어 깨웠다. 그녀는 일어나지 않고 곤히 잠만 잤다. 하얀 면셔츠만 숨결을 따라 오르내렸다. 그는 그녀가 옷을 입고 자면 불편할 것이란 생각이 들어 단추를 풀어주려고 하니 운동복 면셔츠에는 단추가 없었다. 그는 허리께를 더듬어 셔츠를 위로 치켜올렸다. 그때 달빛에 드러난, 아, 하얗고 조그만 젖가슴. 아직 여물지도 않은 두 개의 젖꼭지. 그럼에도 그것은 얼마나 신비롭던지. 녹두알만한 젖꼭지가 그녀의 희고 여윈 가슴에 한쌍의 매화꽃 몽우리처럼 함초롬히 앉아 있었다. 그는 자신도 모르게 그 빈약한 가슴에 얼굴을 묻었다. 이애는 아직 여자가 아니구나. 그러면 그렇게 열렬하고 달콤하게 퍼붓던 키스는…… 그는 속은 것 같으면서도 이상하게도 감동스러워 그녀의 앙가슴에 입을 맞추었으나 그앤 남자의 입술이 가슴에 닿는데도 세상 모르고 잠만 잤다. 그 살에서 어린애의 냄새가 풍겨났다. 그랬다. 그녀는 아직 성숙한 나이가 아니었고 언제까지나 보호해줘야 할 어린 누이였다. 따라서 그들의 입맞춤은 이제 한동안은 중단해야 한다고 그는 생각했다. 더욱이 그애는 자기보다 두 살이나 어리다는 것, 학교에 일찍 보내기 위해 그애 할머니가 나이를 올렸다는 것도 그 얼마 후 알게 되었다.

여름방학 직전 오후부터 비가 쏟아지던 날이었다. 그는 비를 맞고 집으로 돌아와 젖은 옷을 벗어내면서 문득 서연이를 생각했다. 그래, 우산을 들고 나가자. 그는 대충 옷을 갈아 입고 서둘러 정류장으로 나갔다. 버스를 두 대 보내고 나자 그애가 내렸다. 학교에서부터 비를 맞았는지 그애의 몸은 온통 젖어 있었다. 그가 우산을 받쳐주었음에도 그앤 사방을 두리번거리기만 했다. 할머니를 찾는 모양이었다. 할머니가 마중 나와 있지 않음을 확인한 후에야 그앤 그의 우산 속으로 들어왔다.

아카시아숲을 지나 철길로 올라서면서 문득 그는 그애의 가슴을 보았다. 커다란 가슴 두 개가 배꼽 쪽으로 내려와 있었다. 그애의 가슴은 저렇게 내려올 것도 없다, 그렇다면 사과를 집어넣었는가. 그는 그 행동이 우스워 비죽 웃음을 빼물었는데 다음 순간 의심이 생겼다. 이앤 누구를 의식하고 이렇게 가슴을 부풀렸을까. 가슴을 본 나는 아닐 것이다. 그럼 누구…… 설령 상대가 없다고 해도 그앤 아직 그런 행동을 해선 안될 것 같았고 또 정체도 모를 질투심까지 일어 슬며시 말해보았다.

—너 앞가슴 좀 봐라. 그게 뭐고?

그앤 너무도 태연하게 대답했다

—응, 이거? 브라자 속에 솜을 넣었더니 비에 젖어서 자꾸 처지는 거다.

—왜 솜을 넣노?

—가슴이 적으면 아이들이 무시하거든.

—어떤 아이들이?

—우리반 아이들.

그애는 급장으로서 반아이들을 통솔하기 위해 자신의 미성숙을 그런 식으로 보완하려 했던 것일까. 하지만 말해주고 싶었다, 남학생은 그렇지 않다고. 성기의 크고 작음을 공공연히 표현하는 부류는 대체로 정신보다는 육체를 더 중시하거나 공부와는 거리가 먼 아이들이라고.

—그럼 그렇게 처질 때면 어떻게 올리노?

—많이 젖었을 땐 골목에 들어가 꾹 짜면 된다.

—손자국이 나면?

—다 방법이 있어.

그럼에도 비오는 날이면 그애의 솜 가슴이 얼마나 걱정스러웠던가. 골목에 들어가서 꾹 짜게 만들지 않으려면 우산을 들고 그애를 데리러 가야 한다고, 공부시간에도 창밖을 보며 그런 생각에 쫓기곤 했다. 그러나 그애 학교는 시내에 있고 버스로 여섯 정거장을 가야 했다. 급히 달려간다고 해도 학생들은 모두 돌아간 뒤였지. 어쩌다가 만나도 그앤 선생님과 나오거나 그를 보고도 모른 척했다. 나에게 오빠가 없다는 것은 선생님들이 다 아시거든. 그애의 대답은 그랬다.

그때쯤 그는 편지를 자제했다. 성숙의 열기로 밤마다 몸부림치는 자신의 이야기를 서연이가 이해하기엔 아직 이르다는 결론을 내렸고 자신은 그 사이 대학문예 응모작품이나 매달릴 작정이었다. 그래야만 앞질러가는 육체의 키를 정신이 따라잡을 수 있을 것이었다.

그런데 겨울방학이 가까울 무렵 그애한테서 편지가 왔다. 편지쓰는데 인색한 아이라 내용도 극히 짧아 '토요일 우리집에 와' 하는 것뿐이었다. 그애 할머니가 또 멀리 다니러 가신 모양이었다. 그는 밤 열시경 삼촌한테 물려받은 검정색 야전점퍼와 군화, 플래시까지 챙겨들고 그애의 집을 향했다. 왠지 집을 지켜주는 남자라면 그런 차림이어야 든든해 보일 것 같았다.

철길로 올라서자 바람이 그를 날려버릴 태세였다. 그는 몸을 돌려 바람을 피하거나 점퍼깃 속에 얼굴을 묻고 침목을 건너뛰었다. 불빛이 깜빡깜빡 다가왔다. 그애의 루핑집은 나뭇가지에 매달린 새둥지처럼 철길가에 납작 웅크리고 있었고, 불빛마저 없었다면 그나마 찾을 수도 없을 만큼 어둠 또한 짙었다.

그가 마당으로 들어서자 개도 없건만 그녀는 용케도 알고 문을 열어주었다. 그가 방으로 들어가자 그녀는 먼저 남폿불을 꺼버렸다. 그리고 그의 손을 잡고 이불 속으로 들어가 가만히 눕게 했다.

—서연아……

벌써 자니, 이야기 좀 하자고 말하려는데 그애의 손가락이 그의 입을 막았다.

—왜 그래, 집에 누가 있나?

그애의 입술이 귀로 바짝 다가와 뭐라고 속삭였다. 무슨 소린지 알아들을 수가 없었고 입김이 어떻게나 간지럽던지 그는 그만 끼륵 웃고 말았다. 넌 어떻게 된 게 날이 갈수록 내 어린 사촌동생과 똑같아지니. 뽀뽀를 해주고 큰오빠와 결혼하겠다는 고 여섯살짜리 기집애와…… 그런 생각을 할 때 그애가 다시 속삭였다.

—우리집엔 귀신이 있다니까……

—뭐라구?

그가 벌떡 일어나려고 하자 그녀가 그를 꼭 잡으며, 모른 척 누워 있어. 아니면 귀신들이 할머니한테 일러줄 거야,라고 빠르게 말했다. 그는 또 속으로 웃었다. 선화가 곶감 하나를 들고 궁리를 하다가, 오빠, 이건 아주 쓴 거니까 먹으면 안돼,라고 하듯이 그앤 또 귀신을 빌려 남자에 대한 경계심을 해결하고 싶은 모양이었다. 그는 어진 오라비처럼 가만히 숨을 죽여주었고 그앤 곧 잠이 드는 듯했다.

그는 잠이 오지 않았다. 어쩌면 이 방에 정말로 귀신이 있을지도 모른다는 두려움이 찾아들기도 했다. 지붕을 훑어대는 바람소리 때문이었는지도 모른다. 그즈음 읽은 소설에서도 밤마다 영혼이 찾아와 '히스크리프, 문을 열어달라'고 애원하지 않던가. 또 어릴 때 집에서 했던 굿판과 할머니가 애절하게 울어대던 기억도 났다. 그것은 아버지를 위한 진혼굿이었다. 감옥에서 퍼렇게 멍들어 나와 이틀을 지탱하지 못하고 죽어버린 아버지. 중절모에 양복을 입은 그 점잖은 아버지는 무당의 입을 통해 할머니께 호소하고 있었다. 억울해요. 어머니, 억울해요…… 할머니는 슬피 울었지만 그는 납득할 수 없었다. 사랑하는 기생과 헤어지면서도 뒤를 돌아보지 않던 아버지가, 감옥에서 나와서도 말없이 허공만 보다가 돌아가신 그 과묵한 양반이 그렇게 지절거린다는 것이 도무지 이상스러웠던 때문이었다. 그러나 그것이 다 진실이라 해도 여기엔 무당도 없는데 어떻게 귀신이 나온단 말인가. 그래, 잠이나 자자. 서연이도 잘 자는데.

그러나 잠이 오지 않았다. 그앤 아직 어린애다, 성숙할 때까지 자신이 지켜줘야 한다고 생각했음에도 마음 한쪽에서는 입만 맞추자, 키스만, 키스만, 하는 욕구가 끓어올랐다. 그것은 또 옆건반까지 두드려가듯 그애의 젖가슴까지 궁금하게 했다. 그새 좀 여물었을까.

학교에서 나이 많은 아이들은 여성의 나체사진을 돌려보며 키득거렸다. '야, 그 젖가슴 되게 크네. 한번 먹어봤으면.' 그때 그의 뇌리에서는 중학교 일학년 때 짝꿍의 '우리 삼촌은 아직도 철이 덜 들었나봐, 밤마다 숙모님 젖을 먹고 자'라는 이야기와 서연의 작은 가슴이 동시에 떠올랐고 그래서 '야, 어린애 젖도 먹을 수 있냐'고 묻고 말았다. 그 발언은 사상 최대의 실수였다. 아이들은 당장 손가락질 하며 '인마 이거 늘 점잖은 척하더니 이제 보니 변태 아니냐'고 윽박질렀다. 어떤 아이는 옆구리를 쥐어박기도 했다. 그렇다고 서연의 젖가슴, 바로 그애 것이 막 매달린 풋사과 반쪽만하다는 말은 할 수가 없었다. 가슴이 작은 애는 그 구멍이 생겼을까라고 물어보지 않은 것만도 큰 다행이었다.

남자란 섹스를 할 땐 뼈처럼 단단해지고 보통땐 번데기가 되지만 정액과 오줌이 나오는 통로는 처음부터 하나로 타고나는 대신 여성은 어릴 땐 오줌통로만 생기다가 생리를 시작해야만 비로소 그 구멍도 새로 생겨난다고 아이들은 말했다. 서연은 아직 멀었다고, 한 일이년은 더 기다려야 한다고, 생각은 그렇게 하면서도 바람소리는 자꾸만 마음을 뒤흔들었고 그 뜨거운 혼란이 자신의 성기를 향해 일어섯! 하고 명령했고 그것이 너무 세게 일어나는 통에 바지 천장에 머리가 받쳐 낑낑거렸다. 더이상 참을 수 없을 때, 딱 한번 가슴만 만져보고 자자, 만져보기만 하자고 그의 손이 그녀의 가슴으로 다가갈 때 '이 새끼 변태 아니냐'던 친구의 말이 이명으로 들려오면서 번쩍 하고 이성이 눈을 떴다.

그렇게 한차례 마음의 전쟁을 치르고 나자 잠이 쏟아져왔다. 새벽이 올 무렵이었다. 마당을 쓸고 다니는 바람이 잠속으로 뛰어들고 있을 때 그애의 손이 더듬더듬 다가오더니 그를 끌어안았다. 그는 그애의 손을 꼭 잡아주었다. 그애는 손을 빼내 가슴을 더듬더니 그의 젖꼭지를 만졌고 그는 아기한테 젖을 맡기고 잠든 엄마처럼 다시 꿈길을 여는데 그애가 급히 그의 배를 타고 올라왔다. 이미 아랫도리는 벗었고 목덜미에 색색 쏟아내는 입김은 뜨거웠다. 그는 그애 역시 그 짓을 해보고 싶어 한다는 것을 직감했고 그건 그애가 이미 여자가 되었다는 증거라 싶었다. 그래서 그는 그녀를 도로 누이고 옷을 벗은 뒤 삽입을 시도해보았다. 잘되지가 않았다. 처음엔 으레 그렇다던 말을 상기하면서 한참이나 애를 썼다. 막 그애의 살 속으로 파고드는 순간 서연은 싸늘하게 식어가는 입술로 말했다.

——그만, 죽을 것 같아.

입술을 포개보니 그앤 정말 시체처럼 식어가는 중이었다. 그럼에도 자신은 금방이라도 사정하고 말 것 같아 급히 팬티를 찾아 입었으나 바지를 다 입기도 전에 정액이 실실 흘러 속옷을 적시기 시작했다.

"마늘 다져야겠는데, 도마와 칼은 어디 있죠?"

그는 깜짝 놀란다. 휴우, 소리나지 않게 한숨을 쉰 뒤 그는 도마와 칼

을 건네준다. 다행히 그녀는 그를 보지 않고 도마만 받아간다. 그는 벌
겋게 달아 있는 얼굴을 가만가만 누른 뒤 뚝배기를 가스불에 올린다.
그녀가 마늘을 다지기 시작한다. 제법 손놀림이 안정되어 있다. 너도
밥을 해먹고 살았단 말이지? 왠지 믿어지지가 않는군.

끓으려는지 뚝배기 안쪽에 벌써 미세한 방울이 생겨난다. 그는 썰어
둔 양파와 풋고추를 넣는다. 멸치를 넣으면 더 맛이 날 텐데? 아니야.
그땐 그런 걸 넣지 않아도 맛이 있었지. 그래, 그때와 똑같이. 그가 유
부와 파를 차례로 넣고 나자 그녀가 도마를 들고 와 다진 마늘을 넣는
다. 마늘냄새가 아닌 산뜻한 미안수 냄새가 스쳐간다. 그녀가 쓰는 미
안수는 오이에서 추출한 것인가보다. 그녀가 더 도울 것 없어요? 하고
묻는다.

"없소. 탁자에 앉아 조금만 기다려요, 금방 찌개가 끓을 테니."

그녀가 욕실로 손을 씻으러 가고 그는 끓기 시작하는 된장찌개에서
거품을 걷어낸다.

그는 그렇게 추억을 회상하면서 시장에 도착했다. 그때 그는 머릿속
에 적어온 쇠고기 안심과 상추, 깻잎, 그녀가 좋아하는 조기까지 사겠
다는 찬거리 생각을 싹 지워버리고 그 옛날처럼, 그래 감자와 양파, 하
면서 야채전만 돌아다니다 온 것이었다.

찌개가 끓어넘친다. 그가 탁자 위에 뚝배기를 옮겨놓자 그녀는 밥통
에서 밥을 푸기 시작한다. 그는 수저를 놓은 뒤 구운 김을 꺼내놓는데
그녀는 식탁에 앉아 먼저 찌개를 맛본다.

"늘 이렇게 먹고 살아요?"

그는 문득 깨닫는다. 이 여자에겐 자신과 같은 추억이 없다는 것을.
두 사람이 똑같이 만들었는데 한사람에겐 원판 그대로 남아 있음에도
또 한사람에겐 광선 먹은 필름이 될 수도 있다는 것을. 그렇다면 이 여
자의 추억 속엔 나란 존재의 어떤 부분이 얼마만큼 남아 있을까? 그녀

가 그의 표정을 보고 얼른 정정한다.

"내 말은 남자 혼자 만들기엔 이런 음식이 번거롭지 않느냐는 거예요."

"어서 먹읍시다."

찌개는 옛날처럼 맛이 없다. 역시 멸치를 넣어야 했나보다. 세월 또한 맛을 잃어간다…… 그는 예전처럼 감자를 꺼내 먹어본다. 파근파근하게 익어 맛은 그래도 괜찮은 편이다. 서연의 숟가락도 감자를 찾는다. 그는 그 위에 유부를 올려줄까 하다가 그만둔다. 그녀는 밥을 반이나 남기고 수저를 놓는다.

"내일 함께 시장에 갑시다. 오늘은 뭘 좋아하는지 몰라 대충 사온 것이오."

그녀는 밥그릇을 들고 일어나다 말고 도로 앉는다. 그리고 무슨 말인가 할 듯하다가 입꼬리만 씹는다. 우리집에 온 까닭을 말하고 싶은 걸까? 그런 얘긴 할 필요가 없는데. 그저 이렇게 함께 지내기만 하면…… 혹시 옛날 이야기를 하고 싶은지도 모르지. 그녀가 계속 입술만 씹고 있자 그가 먼저 입을 연다.

"할머니 제사는 지내요?"

"할머니? 아, 그럼요. 물론이지요."

그는 서연씬 아이도 없고 그 뒤엔 누가 제사를 지낼 것이냐고 내쳐 물으려다 입을 다문다. 사실 그것이 궁금하긴 했지만 지금 이 순간 서연이가 원하는 대화는 그런 게 아닐 것이라 싶다. 적당한 이야깃거리를 찾으려고 수저도 놓지 못하고 말을 빙빙 돌리는데 그녀가 다시 밥그릇을 들고 일어선다. 그가 급히 말한다.

"설거지는 내가 할게요."

그는 그녀가 정말요?라고 말하면 뭐라고 대답할까 생각해본다. 젊은 시절에도 우린 곧잘 그랬잖소? 아니면 당신은 손님이니까…… 그러나 그녀는 묻지도 않고 그릇만 개수대에 두고 돌아온다. 심술 한가닥이 꼬리뼈를 건드린다. 우리집에 왔는데, 잠깐이라도 옛날 연습을 해보면 안 되니?

그가 설거지를 시작하자 그녀는 라디오 다이얼을 돌려 뉴스를 틀었고 스피커에서는 기다렸다는 듯 정가 소식이 흘러나온다. 그는 물을 세게 틀어 자신의 귀에 들리지 않도록 그 소리를 묻어버린다. 서연은 언제나 내게서 다른 데로 향해가고 있었다. 그녀의 넋은 자신의 육신보다 그림자에 있을 때가 더 많았다. 그는 그림자라도 밟기 위해 다가가고 또 다가갔으나 빈 육신의 서늘함만 느끼곤 했다.

그날 이후 그녀는 그를 부르지도 만나주지도 않았다. 한겨울 흔치 않은 눈이 내릴 때 그는 그녀의 집엘 찾아갔다. 그녀는 방에 없는지 할머니의 재봉틀 돌리는 소리만 들려왔다. 그는 다시 그녀에게 편지를 썼다. 편지마다 목말라 죽어가는 소년의 절규를 그득그득 실어보내도 답장은 오지 않았다.

고3, 또 하나의 봄이 익어갈 때였다. 아카시아 꽃향기가 교실을 지배했다. 그 들큰한 향내에 남학생들은 멀미를 했고 어떤 아이는 더 참지 못하고 화장실로 달려가 토하거나 자위를 했다. 그 역시 입시책을 펼쳐놓았지만 생각은 늘 서연이만 더듬고 있었다. 그애가 자신의 젖꼭지를 잡던 일, 팬티를 벗고 자신의 배를 올라타던 일, 그때 만져본 조그만 궁둥짝, 성숙을 앞당겨보려고 거의 필사적으로 할딱이던 그애의 숨결, 목덜미에 남아 오래도록 지워지지 않던 입김……

그는 그애의 미성숙에 애가 마르고 자신의 성숙에 화가 났으며 그래서 이제 그런 몽상을 버리고 느긋하게 시간을 기다려야 한다고 다짐했는데도 어느 순간 또 서연이의 배꼽과 가슴, 궁둥이를 더듬고 있는 것이었다. 그랬다. 서연은 이미 빨갛고 선명한 실핏줄을 그의 몸 구석구석에 심어 심장과 함께 매순간 뛰게 했다. 그 맥박이 너무 강해 도저히 가라앉힐 수 없던 어느날, 그는 버스정류장에 나가 그녀를 기다렸다. 습기처럼 사방에서 어둠이 축축하게 스며들 무렵 그녀는 버스에서 내렸고 그를 발견하고는 우뚝 걸음을 멈추었다.

——오랜만이네.

——학교수업은 벌써 끝났을 텐데?

그가 말했고 그녀는 그래도 오늘은 일찍 오는 편이야,라고 대답했다.

——너 내 편지들 받았나?

——응, 아직 읽지 못했어. 대학시험 끝나면 읽으려고.

——편지 읽는 데 시간이 그렇게 많이 걸리나?

——그럼, 읽고 나면 또 생각까지 해야 하니까.

그리고 물었다. 넌 대학 안 가니? 가야지. 서울 쪽? 그래, 넌?

——나도 그래. 내 책상서랍엔 언제나 계피사탕이 가득가득 담겨 있단다. 울할머니가 사다둔 것이지. 그걸 깨물면 밤새껏 졸음을 쫓을 수가 있다나. 그래도 졸면 할머니가 깨워. 넌 이 등불 혼자 타게 할 거냐?

그날 서연에게선 밤에 달뜨던 모습을 찾아볼 수가 없었다. 또 상타기에서도 완전히 물러난 듯 대학 이야기만 했다. 그는 문득 부끄러워졌다. 그애가 불을 켜고 공부를 하는 시간 자신은 그애를 꿈길로 불러오고 그것도 모자라 끌어안고 몽정까지 했다…… 한 며칠 아카시아 꽃내와 함께 유별나게 끓어대던 욕정도 그 순간 진정되었다. 그녀를 바래다주고 돌아오는 길에 계피사탕을 사면서 대학문예에 당선할 때까지 그녀에게 편지도 쓰지 않겠다고 결심했다. 하지만 그 나이의 결심이란 얼마나 부질없는 것이던가.

여름으로 들어설 때 그는 또 마중을 나가고 말았다. 비 때문이었다. 저녁을 먹고 한참 공부를 하는데 바람이 불면서 폭우가 쏟아지기 시작했다. 그는 우산을 챙겨들고 정류장으로 나갔으나 몇대의 버스가 지나가도 그녀는 오지 않았다. 버스 한대가 지나갈 때마다 그의 마음은 둘로 분리가 되어 하나는 그애한테 방해만 될 뿐이다, 이만 떠나자고 등을 밀었고, 또 한 마음은 어깨를 잡으며 마지막 버스까지 기다려야 한다고 속삭였다. 비바람에 바지가 젖어올랐고 어깨까지 축축해졌으며 가로등 불빛에 드러난 자신의 가슴으론 하얀 김이 몽실몽실 뿜어져나왔다. 그것은 속에서 끓어대는 뜨거운 열망이 기다림으로 졸아들면서 그렇게 술술 흘러나오는 것 같았다. 저만치서 우산을 들고 서 있는 사람들이 그것을 볼 것 같아 그는 어두운 구석으로 물러나 있었다.

다음 버스에서 마침내 한 여학생이 내렸다. 서연이었다. 그가 입속으로 서연이! 하고 외치면서 그쪽으로 다가가려는 순간 누군가가 먼저 그녀에게 다가가 우의를 내밀었다. 그녀의 할머니였다. 중3 때 보았을 땐 몰랐는데 할머닌 생각보다 키가 컸다. 서연은 우의를 입고 할머니가 펼치는 우산에 꼭 들러붙어 걸어가고 있었다. 그는 멀찍이서 그들을 따라갔다. 그들은 아카시아 언덕을 오르면서 미끄러지지 않으려고 서로 붙잡더니 철길에 올라서서는 맞바람을 피해 똑같이 고개를 숙이고 그 어두운 길을 하염없이 걸어갔다. 할머니가 먼저 방안으로 들어가 남포등을 켰고 그녀는 부엌으로 들어가 세수를 했다.

──서연아……

그는 가만히 그애 이름을 부르며 부엌 쪽으로 다가가려는데 할머니가 수건을 들고 나왔다. 그때 서연이 세숫대야의 물을 버리고 그 수건을 받아 얼굴을 닦으며 방안으로 들어갔다. 왠지 그는 그대로 돌아가기가 억울했고 그래서 불빛만 바라보는데 그 남포등은 자정이 지나도 꺼지지 않았다. 그래, 넌 그렇게 해서 원하는 법대를 갔지. 네가 졸면 네 할머니는 재봉틀을 들들 소리나게 돌려 널 깨웠고. 한데 그 할머니는……

뉴스시간이 끝났는지 서연이가 다른 데로 다이얼을 돌리고 있다. 그는 잠깐 돌아보다가 설거지를 계속한다. 서연은 식사를 충분히 하지 않았다. 역시 반찬을 더 준비할 걸 그랬나. 입맛이 예전 같을 수야 없는데 너무 성급하게 과거를 살려내려고 했던 게 아니었나. 고등학교 때 책갈피에 말린 꽃잎을 수년 후 물에 불린 적이 있었다. 용케도 납작하게 말라버린 꽃잎이 물을 먹고 스멀스멀 살아나기 시작했다. 그때 그는 과거도, 지나버린 시간도 그렇게 되살릴 수 있다고 생각했다. 그렇다 해도 벌써 수십년이 지났다. 그때도 서연인 입이 짧았는데……

별안간 음악이 크게 울린다. 쾅쾅쾅! 어젯밤 걸어두고 틀지 못한 운명교향곡을 서연이가 튼 모양이다. 소리가 줄어드는가 했더니 아예 꺼버린다. 그래도 그 전축에 대해서는 한마디하겠지. 이거 어디서 많이 본 것 같은데요? 그래, 당신이 허기져 있을 때, 꿈으로만 배를 채우던 그때 갖고 싶어했던 별표 전축이지. 춥고 흐린 날 당신은 전파상 앞에 서서 '저기에 음반을 걸면 별이 쏟아져나올 거야'라고 나에게 말했는데…… 그러나 그녀가 다시 난롯가로 가자 그의 척추로 뻗쳐오르던 기대 한자락은 급하강하는 온도계의 붉은 액정처럼 주욱 내려간다.

문득 손에 수세미만 들려 있는 것이 보인다. 그는 수세미를 놓고 수돗물을 잠근 후 주전자에 물을 부어 난로 위에 올리고 잠깐 그녀를 바라본다. 그녀는 땅바닥을 내려다보면서 서성이고 있다. 심심한가? 신문이라도 사올 걸 그랬나? 아니면 텔레비전이라도. 신문이나 텔레비전은 요란한 소식만 전할 뿐 사는 데 별 도움도 되지 않아 구입하지 않았는데……

그는 장작통을 집어든다. 오늘밤은 서연이가 거실에 앉아 오래 머물지도 모르는데…… 그는 마당에 나가 장작을 골라 담으며 낮에 사온 백포도주를 떠올린다. 얼음통과 잔을 준비하고 한잔 하겠소? 아니, 배경음악부터 잔잔하게 깔고 부드러운 목소리로 자, 우리 한잔 하면서 잃어버린 지난날들을 되찾아봅시다……

4

　그녀가 난로 위의 주전자 뚜껑을 여는 순간 전화벨이 울린다. 그녀는 깜짝 놀라 주전자 뚜껑을 떨어뜨린다. 그때 현관으로 들어서던 기환이가 그 자리에 장작통을 내려둔 채 달려가 전화를 받는데 그녀는 뚜껑을 집어올리며 귀를 기울인다.

　"네에. 어, 그래, 너였구나. 베를린에 눈이 엄청 왔다구? 저런…… 뭐, 사람들도 죽어? 안정된 나라에 거참, 이변이구나…… 주로 집 없는 사람들이라구? 그럴 테지…… 네 하숙집은 따뜻하냐? 음식은 잘 먹구? 오냐, 돈 아끼지 말고 가끔 한국음식도 사먹어라…… 그래, 그래. 전화할 일 있으면 컬렉트콜로 하고…… 여기도 어제는 바람이 엄청나게 불었다. 나의 일? 글쎄, 봄이 돼봐야 알겠지. 아직 계획 잡힌 건 없다. 건축업이야 본래 겨울이면 방학이잖나…… 그러엄, 그래서 오랜만에 잘 쉬고 있다. 오냐, 너도……"

　아들의 전화인가보다. 베를린 운운하는 것으로 보아 유학을 떠난 모양이다. 그가 수화기를 놓고 다시 장작통을 집어오며 말한다.

　"현수요. 독일로 유학갔다오. 벌써 이년쯤 되었소. 거기서 애인도 생긴 모양이고……"

　다시 전화가 울려온다. 그는 난로문을 열다가 흘낏 장식대 쪽을 보았으나 전화벨 소리가 자지러지는데도 한참이나 난로 속을 살핀 후에야 느릿느릿 움직여 수화기를 집어든다.

"네, 누구요? 그런 사람 없습니다."

누굴 찾은 걸까. 갯벌에서 본 사람이 번개처럼 스쳐간다. 자드락길로 돌아나올 때 뻘밭에서 자그마한 물체가 보였다. 사람이었다. 남자가 갯벌 속에서 뭔가를 찾고 있는 듯했는데 움직이는 모습이 이상했다. 한걸음씩 나아가면서 반복적으로 다리를 쑥 뽑아올려 앞으로 옮겼고 다음은 팔을 쭉 뻗어 갯벌에 찔러넣는 것이 사람이 아닌 로봇 같았다. 그래, 그 동작이 예사롭지 않았다. 어쩌면 나를 의식하고 일부러 그랬는지도 모른다.

"와인 한잔 하겠소?"

그가 탁자 앞에서 술병을 들어 보이며 묻는다. 와인? 그녀는 고개를 저으며 서성이다가 별안간 몸을 딱 멈추고 그를 돌아본다.

"차 좀 쓸 수 있나요?"

그는 술병을 탁자에 내려놓으며 쳐다보지도 않고 되묻는다.

"차? 어딜 가시려구?"

"좀 나가고 싶어요."

그는 바지 주머니에서 차 열쇠를 꺼내 그걸 건네주며 말한다.

"함께 가면 안되겠소?"

"금방 돌아올 거예요."

그녀는 서둘러 현관을 나와 시동을 걸었고 그가 따라나와 의자를 앞으로 당겨야 할 텐데, 하고 말했으나 못 들은 척 기어를 넣고 가속페달을 밟는다. 좁은 길이 마른 북어처럼 벌떡벌떡 일어날 때야 그녀는 차를 세우고 의자를 조금 앞으로 당긴 후 룸미러와 사이드미러 위치를 조정한다. 그리고 다시 가속기로 발을 옮기는데 자신의 입에서 '난 지금 어디로 가려는 거지?' 하는 말이 튀어나온다. 게다가 도망치듯이…… 잘못 걸려온 전화 때문에? 전화를 건 사람이 갯벌에서 본 그 남자라고 생각했던가? 우습군. 그 사람은 낙지를 잡았을 뿐이고 난 그저 멀리서 잠깐 지켜봤을 따름이다. 그런데 왜 별안간 달아나고 싶다는 충동이 전신을 휩쓸어댔을까. 그가 박기자로 보였던가? 벌써 그렇게 날 따라잡고 있다고?

전조등 앞으로 과수원이 다가와 거기서부터 길이 좀 넓어지자 어디엔가 틈입자가 있을 듯한 불안이 느껴진다. 어쩌면 지난밤의 바람이라도 잠복했다 튀어나올까. 하지만 난 지금 차 안에 있다. 번호판도 색깔도 다른 차…… 아, 그렇군! 가방만 들고 나왔으면 이 차로 안전하게 여행할 수도 있을 텐데……

과수원 지대를 지나니 포장도로가 나온다. 어디로 간다? 우선 걸어왔던 길까지 갔다가 적당한 곳에서 돌아오지. 구불구불한 길이 낫자루처럼 어둠을 쓱쓱 베어와 뒤로 휙휙 던지곤 한다. 한뼘의 갓길도 없는 지방도로. 어젯밤 내가 이 길에서 수많은 전조등에 의해 몸수색을 당했더란 말이지. 그렇다면 혹시 동곶에서 안마을로 접어들 때 누가 보았을까. 그래서 아무도 없던 갯벌에 별안간 남자가…… 아니다. 그럴 리가 없다. 설령 누군가가 보았다 해도 그들이 본 것은 감색 정장에 흰 블라우스를 입고 한때 텔레비전에도 오르내리던 그런 장관의 모습이 아니라 머리에 임을 올린 촌부였을 것이다.

그녀는 등받이에 허리를 펴올리면서 자신에게 이른다. 마음이 가라앉을 때까지 그저 어디론가 좀 달렸다 오는 거다. 가다가 바다가 나오면 차를 세우고 바람을 쐬자. 그리고 나면 기분도 한결 나아질 것이다. 그녀는 가속기에서 조금씩 발을 떼 속력을 늦춘다. 가까운 사물처럼 기환의 얼굴이 떠오른다. 열쇠를 달라고 했을 때 뚜껑을 닫던 모습. 그러나 그것은 의문부호가 마음속에 들어 있다는 뜻이며 그것을 표내고 싶지 않을 때 곧잘 나타나던 표정이었다. 보도연맹사건 추적 때도 사무실까지 와서 흔쾌한 대답 대신 그런 모호한 표정만 남기고 갔다.

그녀가 산책에서 돌아온 지 한 시간쯤 후에 기환이도 귀가했다. 커튼 한 귀퉁이를 들치고 내다보니 그는 시장봉지를 들고 내리더니 현관문을 두들겼다. 바로 그 열쇠 때문에 자신이 빨리 돌아왔음에도 그가 쾅쾅 문을 두들기는 것이 집에 사람이 있다는 것을 고의로 선전하는 것 같아 울컥 화가 치밀었다. 더욱이 그는 여벌 열쇠를 가지고 있었다. 그녀가 막 문을 열려고 할 때 그는 스스로 문을 따고 들어와서는 어둡군, 커튼을 젖히면 훤할 텐데,라고 중얼거렸다. 그때 그녀의 목에서는 '나 이만 떠나야겠군요'라는 말이 미끈한 덩어리처럼 치밀어올랐다. 그 말을 뱉어서는 안된다는 자각이 그 충동을 눌렀을 때에야 비로소 부엌일을 도울 생각이 났다.

그가 말없이 감자를 벗기고 그녀 자신이 마늘을 까면서부터 집안은 아주 조용했다. 바람조차 숨죽인 그 완벽한 정일함은 시골이 아니면 도저히 맛볼 수 없는 평온을 가져왔고 마음은 어느새 여기서 오래 머물고 싶다는 희망을 그리기 시작했다. 그 희망은 또 혹시 방문객은 없을까, 마을 사람들은? 하는 염려로 이어졌고 그래서 그에게 직접 한번 확인해보기 위해 고개를 쳐들었다. 입속으론 '난 여기서 얼마나 머물 수 있지요?'라는 말을 굴리면서. 그런데 그의 시선이 먼저 다가와 있었다. 그는 그녀의 시선을 무자위처럼 서서히 끌어올리면서 내 눈속을 봐, 뭐가 있지? 하고 묻는 것 같았다. 스스로 내용물을 둘둘 말면서 그것을 한번 풀어보라는 듯이. 그녀는 그만 눈길을 거두어오며 자신에게 말했다. 나에겐 지금 그럴 마음의 여유가 없어. 당신이 비록 아주 재미난 수수께끼를 가지고 있다고 해도.

—자, 식사합시다.

그가 뚝배기를 탁자로 옮겨왔다. 구수한 된장찌개 냄새가 식욕을 돋우었고 그녀가 한참 맛있게 먹는데 그가 중얼거렸다.

—남자 혼자 살다보니 김치를 담그지 못했소.

그때 그녀는 여자도 혼자 살다보면 김치를 담그지 못할 때가 많아요, 라고 말하려는데 갑자기 '독신이라는 것이 단점이 되지 않느냐'고 묻던 박기자가 떠올랐다. 그러자 그만 위장이 딱 정지하면서 입맛이 가셨다.

전조등 앞으로 '검문소'라는 입간판과 삼거리가 나란히 다가오고 빈 초소가 지나간다. 밤이라 군인들은 다 철수한 모양이다. 그녀는 자신도, 이제 불안을 쫓아내고 이 고즈넉한 밤처럼 잔잔한 상념을 가져와야 한다, 그러자면 드넓은 평원이나 푸른 산을 상상해야 한다고 생각하기 시작한다. 그러자 막 평원이 아슴아슴 다가오는데 그 풍경이 그만 사막으로 바뀐다. 자신은 지금 오직 모래밖에 없는 사막을 달리는 중이고 그 완벽한 소외감도 괜찮다고 느끼는 찰나에 저만치 앞에서 누가 손을 들고 있다. 사파리를 입은 젊은 남자다. 그녀는 브레이크를 밟아 속력을 줄이다가 남자가 손을 내리고 길가로 붙어설 때 얼른 가속기를 밟는다. 룸미러 속에도 뛰어들지 못한 그 남자는 어둠과 함께 감쪽같이 사라져버린다. 자세히 볼 수 없었음에도 그녀는 '역시 박기자는 아니군' 하고 중얼거린다.

한데 박기자는 왜 나에게 집착하게 되었을까. 진실로 나에 대해 알고 싶은 게 무엇일까. 처음에는 진지하고도 정중했는데 왜 날이 갈수록 태도와 질문이 달라지기 시작했을까. 그는 독신이면서 장관까지 되었으나 이내 실각한 그녀의 비상과 추락을 연구해보고 싶다면서 접근해왔다. 만약 내가 계속 장관직을 지키고 있었다면 그의 관심이 그렇게 날을 세웠을까? 해임된 첫날 짐을 꾸려나올 때만 해도 그렇지 않았는데…… 그때 그는 청사 앞에서 기다리고 있다가 천천히 다가오며 말했다.

—이해할 수 없어요. 어떻게 여성단체에서 천거한 장관을 그렇게 간단히 해임할 수 있지요?

그의 관심을 부추긴 기본 빌미는 '실각'에 있었을까? 그럴 것이다.

너무 빨리 끝났으니까. 여성들이 처음으로 띄워올린 애드벌룬이 허무할 만큼 급추락하고 말았으니까. 급추락? 아니야, 육개월만 해도 장수지…… 생각하고 싶지도 않은데 또 의회장 전경이 떠오른다.

　—여성부가 신설된 지 몇달 안됩니다. 그럼에도 의원님들은 공격만 하시는군요. 이제 막 걸음마를 시작한 아이에게 회초리는 적당한 사랑법이 아닙니다.

　처음 폐수사건이 터졌을 때였다. 그 사건은 중금속과 페놀로 오염된 강물이 취수원으로 흘러들어 두통과 유산이 발생했다고 여성 수만명이 관공서를 에워싸고 시위를 하는 데서 비롯되었다. 그때 환경부에서는 여성들이 나왔으니 여성부의 일이라고 떠넘겼다. 그녀는 그건 엄밀히 환경부의 일이라고 통보했고 그런만큼 당연히 현장에도 가보지 않았다. 그런데 국회에서 제동을 걸고 나왔다. 그럼 당신들이 국회에 법안을 제출한다면 그것은 여성부 일이 아니고 법무부 소관이 되느냐? 여성 전체가 들고일어났다면 당연히 여성부 일인데 처음부터 떠넘기기 작전이냐? 그렇게 일을 무서워할 거면 뭣 때문에 굳이 여성부를 신설했느냐…… 더욱이 책임 회피 운운할 때는 모욕감도 느꼈다. 그렇다고 법적으로 판가름하자는 말은 입밖에도 낼 수가 없었다. 그래서 여성부에서 떠안기로 했고 그날 그렇게 발언했던 것인데 한 의원이 빈정거렸다.

　—국회에 와서 사랑법? 그럼 장관이 말하는 사랑법에 대해 말해보시오. 우린 좀 배울 테니까.

　—물론 나이가 어린만큼 시행착오도 있을 것입니다. 그러나 의원님들께서는 왜 그런 식으로 처리했느냐, 그게 합당하냐고 따지기에 앞서 이 부서를 돕고 협조해서 여성부를 먼저 튼튼하게 자리잡도록 도와야 할 것입니다. 또 좋은 안건과 고견을 항시라도 말씀해주시고……

　—이것보시오. 여기가 나이가 어린 장관을 훈련시키는 그런 교육장

이오?

——나이가 어리다는 것은 제 나이가 아니라 여성부입니다.

폐수사건도 따지고 보면 의원들이 함께 풀어야 할 문제인데 장관만 들볶는 게 어이가 없었다. 그래서 그녀는 단호하게 말해버렸다. '이제 공격만을 위한 그런 질문엔 더이상 대답하지 않겠다'고. 그런데 그날 오후 장관실로 전화가 걸려왔다. 통수권자였다.

——이장관, 여성이 그렇게 뻣뻣해서야 무슨 매력이오. 궁지에 몰릴 때는 여성의 무기를 살려서 애원하듯 눈물을 보이고 그래봐요. 그러면 의원들도 남잔데 마음이 약해지지 않겠소. 국회질의는 물론 기자들까지 잘 다루어야만 동정표를 얻을 수 있는 거요.

그때도 그녀는 깨닫지 못했다. 여성부는 동정표나 기대하고 그것으로 유지해나가라는 그들의 참뜻을. 때문에 그녀는 장관이 되어서 울고 짜면 그들이 더 얕잡아볼 거라고 말했다. 그리고 두 달 후 의원들은 여성의 간통으로 서로 이혼을 해도 재산을 반반씩 나눠? 말도 안되는 소리! 하고 삿대질까지 했다. 그때도 그녀는 참아내지 못했다.

——그러고 보니 문제는 대다수 의원들이 남성이라는 데 있군요!

누군가가 그래서?라고 반문했으며 그녀는 내일 답변하겠다고 말했다. 퇴장해서 나오는데 이번엔 대기실에서 기자들이 다가들며 질문공세를 퍼부었다. 장관께서 상정한 법안이 의원님들의 동의 없이 통과될 수 있다고 생각하십니까? 아니 그 법안이 이 나라 국민들 정서에 맞다고 보십니까? 그녀는 일절 대답을 않고 장관실로 돌아왔고 두 시간 후에 또 전화를 받았다.

——장관, 왜 그렇게 공격당할 발언만 하는 거요. 여성이면 부드럽게 애교를 부려가며 말해야지. 웃는 얼굴에 침 못 뱉는다고 그래도 공격만 하겠소. 예를 들어 전에 장관이 말한 '적당한 사랑법이 아닙니다!' 그게 어디 발언이오, 훈계지. 또 문제는 남성의원들만 있다는 오늘의 발언,

66

그건 자칫하면 그들의 기득권까지 넘보는 말이라 아주 위험해요. 여성들의 아우성으로 여성부가 신설되기는 했지만 아직 이 나라 실정은…… 그 왜 있지 않소. 역사는 밤에 이루어진다고. 여성부 정책과 법안을 통과시키려면 남성들을 어루고 쓰다듬어야만 가능할 수 있고 또 그렇게 유도해가야지. 장관이 아무리 독신이라도 여성이지 않소, 여성……

그녀는 모욕을 느꼈다. 장관이라는 직책이 여성인 것과 무슨 상관인가. 게다가 역사는 밤에 이루어진다? 장관도 여성이니만큼 침실정책이나 펴라? 이건 여성부 하나를 만들어놓고 전남성의 장난감이나 되라는 게 아닌가. 그녀는 척추 마디마다 쇠고리를 채운 듯 전신이 불편해서 견딜 수 없었고 의자에 앉았다 섰다를 몇차례나 반복했다. 비서가 녹차를 가져왔을 때야 조금 진정이 되었다. 그래, 이것도 일종의 관심표명이겠지. 집권부 비서실에서 장관들의 발언을 일일이 녹취해 칭찬과 간섭을 하도록 한다는데 그것도 일하는 권력자 상을 만들기 위해서일 것이다. 그렇다면 참자. 내가 참음으로써 여성부 일이 잘 돌아갈 수 있다면 참아야 한다. 그렇게 자신과 타협을 하고 퇴근차 나오는데 이번엔 또 어느 일간지 기자가 승강기 앞에서 기다리고 있다가 얼른 달라붙었다.

——아까 국회에서 문제는 대다수 의원들이 남성이라는 데 있다고 하셨는데 그렇다면 그건 의원들부터 성비를 갖춰야 한다는 뜻이었습니까?

——………

——설마 남성의원들 전체와 싸워보겠다는 것은 아니겠지요?

——이것봐요, 기자님, 난 남성들에겐 관심이 없어요.

그리고 승용차를 탔던 것인데 이튿날 아침 조간신문에는 '여성부 장관이 입법부가 아닌 남성의원들과 대결을 선언한 것은 여성들의 요망

사항인 법안처리를 위해서가 아니라 자신을 선출해준 여성단체에 비위를 맞추기 위한 일종의 인기관리나 그를 위한 제스처 같다'라는 기사가 실려 있었다.

그녀는 그 신문을 꼼꼼히 읽지 않았다. 그날은 꼭 법안을 통과시켜야 했기에 그에 대한 브리핑 준비만으로도 바빴던 때문이었다. 하지만 국회에 나가자마자 의원들의 야릇한 표정과 맞닥뜨렸고 그럼에도 그녀는 준비해간 원고를 끝까지 읽은 뒤 처음으로 상정하는 법안인만큼 여러 의원들의 협조를 바란다고 정중하게 덧붙였다.

─장관, 장관의 뜻은 법안처리가 아니라 인기관리에 있다면서요?

그녀는 발끈 화가 치밀었고 그래서 그만 언성을 높이고 말았다.

─세상에 인기관리를 위해 자기를 내던지기도 한답디까?

─뭐요, 던져?

─정정하겠습니다. 여러 의원님들, 이 법안은 그간 억눌리며 살아온 전 여성들의 요구며 희망입니다. 의원님들도 아시지 않습니까. 간통죄마저 폐지되고 보니 남성들이 내놓고 바람을 피워도 여성들은 어디가서 하소연할 곳조차 없습니다.

─그래서 여성들도 맞바람을 피우겠다는 것 아니오?

─여성들이 어디에 가서 바람을 피웁니까. 남성들처럼 곳곳에 상대가 있는 것도 아니지 않습니까.

─어느 통계에서 보니 요즘 주부들 반수 이상이 혼외정사를 하며 애인을 두고 있다는데 그건 상대가 없는 거요?

─그런 반박은 아무 도움이 되지 않습니다. 의원님들, 낙후된 여성권익을 옹호해낸다는 것은 곧 남성들의 의식수준도 향상시키는 것이기도 합니다. 부디 선처 바랍니다.

그런데 그날 또 전화를 받았다.

─이번에는 남성들의 의식수준이 형편없다고 했다는데…… 이것

봐요, 장관 당신은 정치를 몰라도 너무 몰라.

—전 정치가가 아니라 행정가일 뿐이에요.

—정치를 통하지 않는 행정도 있던가요? 역시 당신은……

그리고 말소리가 들리지 않았다. 그녀가 여보세요, 여보세요, 하고 불러대자 비서실에서 받아 '장관께서는 이미 정도를 넘었어요!'라고 경고한 뒤 전화를 끊어버렸다. 그제야 정무장관의 귀띔이 떠올랐다. 미국에서 교수를 하다 온 그 여성장관은 말했다.

—우리 통수권자가 원하는 대답이 '네'밖에 없다는 것에 처음엔 대단히 놀랐어요. 대꾸는 절대로 원치 않고 변명이나 말꼬투리는 금기사항이지요. 그럼에도 여러 장관들은 알현하거나 전화를 받는 것만으로도 감지덕지해요. 왜냐구요? 그 절대자에겐 임명권이 있으니까.

그렇다면 그녀는 안심해도 좋았다. 그녀는 각 여성단체와 지도자들의 투표에 의해서 선출되었으니까. 그럼에도 그녀는 그 며칠 후 전격 해임되고 말았다. 여성들이 여성부 장관을 스스로 뽑는 자율권을 획득했고 또 그렇게 선출했지만 해임권은 집권자에게 있었던 것이다.

이정표가 다가온다. 초지진과 전등사가 갈라지는 곳. 그녀는 초지진 쪽으로 차를 꺾어돌린다. 사거리를 지나자 사방은 조밀하게 짠 검은 비로드같이 캄캄하고 전조등은 밝은 색 바이어스를 치는 재봉틀처럼 길가 사물을 당기고 박으며 지나간다. 그녀는 문득 시계를 본다. 일곱시 오십오분. 푸른 숫자가 막 오십육으로 바뀐다. 곧 여덟시 뉴스가 시작되겠군. 그녀는 핸들에서 오른손을 떼 라디오 버튼을 누른다. 잔잔한 클래식 음악이 흘러나온다. FM인 모양이군. 그녀는 다이얼을 돌려 AM으로 맞춘 후 볼륨을 줄인다. '사랑의 유령은 오늘밤 당신의 침실을 방문할 것이다……' 그리고 또 하나의 책광고에 이어 마침내 뉴스가 시작된다.

——……야당 A의원이 그 비리에 대한 증거자료를 가지고 있다면 왜 제시하지 못하느냐, 이것은 우리 당의 이미지 훼손을 위한……

기환의 집에서 일곱시에 들었던 내용과 똑같다. 첫 소식부터 정가 이야기, 이럴 때 이 나라엔 정치밖에 없는 것 같다. 그러나 그것은 복싱경기의 중계 같은 것, 중계자의 임무는 내용보다 흥분을 전달하면 그만. 잘 싸운다, KO, 역전승…… 대변인들이 반대당을 물어뜯는 논평 또한 녹음테이프 같다. 누가 그랬던가. '항상 물어뜯기는 정책만 발표해서 야당의 집중포화를 기다리는 것이 여당의 술책'이라고. 그래야만 야당이 근사한 정책을 고안해내는 대신 여당 물어뜯을 생각만 하게 된다. 그것이 정치발전을 저지할 수 있는 주요한 수단이며 국민의식을 제자리에 묶어두는 방법이라고. 그렇게 하지 않으면 국민들의 습관성 표찍기에 중대한 이변을 초래할 수 있다. 담아두면 먼지가 될 그런 티끌 같은 이야기들을 흔들고 부풀려 말의 홍수를 만들고 유비통신까지 차단해야 저희들끼리 콸콸 흘러갈 수 있다고.

정가의 비리와 폭로가 차례로 지루하게 흘러나오더니 별안간 외국통신원의 전화가 전송된다. 방송국이 다른가. 이건 일곱시 프로에 없었는데…… 여기는 런던, 빠리, 독일…… 날씨가 흐리다, 오십년 만의 폭설이다, 떼제베도 전력공급 중단으로 운행을 멈추었고 독일 북부는 교통이 두절되었으며 이딸리아 고속도로엔 삼백대의 자동차가 연쇄충돌……

그녀는 다른 데로 다이얼을 돌린다. 거기서도 순서만 바뀐 내용이 똑같이 보도되어 막 끄려고 할 찰나 신임 여성부 장관이 했다는 답변이 토막소식으로 흘러나온다.

——여성부 일은 여성들만의 권익을 위해 창설된 것이 아닌 줄 압니다. 따라서 여성사업은 남녀의 균형발전과 민주주의의 얼을 잡아가는 데 지렛대가 되어야 한다고 생각합니다.

되어야 한다,가 아닌 되어야 한다고 생각합니다…… 그래 그렇게 하면 훈계가 아닌 발언으로 받아들이겠지. 하지만 그래도 너무 당당하게 들려. 그건 위험신호야. 그렇게 소신을 밝히는 순간 그들은 뜨거운 번철을 준비하지. 넌 원숭이, 올라가! 올라가! 그녀는 라디오를 탁 꺼버린다. 그러자 박기자의 말이 침입자처럼 뛰어든다.

—장관님, 해임 이유가 정말 그것뿐이라고 생각하세요?

그녀는 자신도 모르게 핸들을 내려쳐 그 바람에 빠앙, 하는 경적이 울린다. 빈 거리에서, 아무것도 없는 빈 거리에서 내가 또…… 그녀는 차창 유리를 내리고 찬바람을 들이쉬며 중얼거린다. 그래, 다른 이유가 뭐라는 게냐. 내가 뇌물사건에 관련되었어? 치정사건을 벌였어?

—혹시 미혼이나 독신이 장관에겐 단점이 될 수 있다는 생각은 안 해보셨어요?

그건 그냥 지나가는 질문에 불과했다. 더욱이 그땐 해임 전이었고 그는 우호적이었다.

—장관님, 변호사 시절엔 시국사건을 더러 맡았었지요?

—주로 성폭력사건에만 참여했지요.

—그렇군요. 그 여학생 성고문사건 때 장관님은 '운동권 학생들이 성을 혁명의 도구로 이용한다'는 검사논지를 '검찰에서는 성을 이용해 수사의 도구로 삼았다'고 되받아쳤다지요?

그때는 박기자가 제법이라는 생각이 들었다. 나이로 봐서 십여년 전엔 고등학생이었을 텐데 자신이 잘 모르던 시대까지 들춰 사전지식으로 챙겼다는 것은 그만큼 성의를 가졌거나 진지함 때문이라고 여겼다. 그럼 박기자가 진지하지 않았던가?

—의붓아버지를 살해한 은수양 사건 말이에요. 장관께선 그때 그녀 어머니 변론을 맡으셨지요?

—그랬지요.

——전 그때 이해할 수가 없었어요. 어린 딸이 의붓아버지의 성노리 개가 되고 있는데도 묵인하거나 부추기기까지 했다는 어머니, 그 정신 파탄자를 어떻게 장관께서 변론하고 또 무죄까지 받아낸 것인지……

——그 어머니는 정신착란자였어요. 남편의 폭력이 그렇게 만들었지요.

——그럼 정신과 검사를 의뢰해본 뒤 수임하신 겁니까?

——그런 셈이지요. 의뢰해온 여성단체에서 먼저 정신과 의견서를 보내왔으니까요. 그 소견서엔 정신손상의 원인과 경로, 현재의 증상까지 비교적 상세히 기록되어 있었어요. 그녀는 중증이었습니다. 특히 밤, 남편이 자기 딸을 괴롭히는 그 시간대엔 뇌파가 극도로 혼란해진대요.

박기자는 오해해서 미안하다고 정중하게 말했다. 그리고 덧붙였다.

——아시겠지만 요즘 여성단체가 균형을 잃어간다고 생각하는 사람들이 많아요. 옥석을 가리거나 엄격한 기준도 없이 여성과 관계된 일이라면 무조건 문제화부터 시키려 든다고. 장관님도 그렇게 떠밀려 그 사건을 맡았지 않았나 여겼는데 제가 잘못 생각했군요.

그때 자신은 박기자의 심지가 의외로 깊다는 생각을 했고 그래서 '여성들이 균형감각을 잃어간다'는 그 말을 잊지 말아야 할 충고 같아 머릿속에 새겨두기까지 했다. 그러면 어느 지점에서 그가 돌변했나? 처음은 순수했던 사람이 무슨 일로 성급한 수사관처럼 잘못된 질문을 남발하기 시작했나. 또 자신은 어느 순간부터 그가 무서워지기 시작했나?

——장관께서는 결혼을 어떻게 생각하시는지요?

——결혼생활은 곧 가정이 형성된다는 것이고 가정은 사회에서 잘 지켜줘야 할 기본단위이지요.

——공교롭게도 얼마 전 영국의 어느 여성장관이 이런 말을 했지요. 결혼생활과 가족은 아주 중요하고 잘 지켜져야 한다, 자신이 미혼인 것

은 슈퍼우먼이 아니어 두 가지 일을 할 수 없었던 때문이다……

그리고 묘하게 웃었다. 그렇게 웃지만 않았어도 내가 박기자는 날 아류로 보느냐는 따위의 경솔한 말을 하지 않았을 것이고, 그 역시 '한국의 여성운동가치고 서구 아류 아닌 사람 얼마나 있죠?'라고 구겨진 속내를 드러내지 않아도 되었을 것이다. 그때 그녀는 박기자를 바라보면서, 너의 진의를 알아서 마치 뜯지 않고 둔 절교편지를 새삼 읽어서 잡쳐버린 그런 기분이구나,라고 생각했다.

그녀는 활활 고개를 젓는다. 넌 기억까지 각색할 참이냐? 그런 말을 한 사람은 다른 일간지의 기자였다. 장관 재직시 그 기자가 여성고관들에게 반감을 가지고 있다는 것을 비서실 귀띔으로 알았고 그래서 두번 다시 상대하지 않았다. 상대하지 않았다? 그가 올 필요가 없었던 게지. 기자란 다리에 붙은 거머리처럼 맘대로 떼낼 수 있는 그런 존재가 아니니까.

숨이 막힐 것 같다고 느끼는 순간 저만치 앞에서 반짝이는 두 개의 물체가 보인다. 야행성 동물 같다. 너구리인가. 그녀는 급히 차를 세우고 문을 열고 나간다. 전조등 앞과 바퀴 주변을 살펴보아도 눈에 띄는 것이 없다. 잘 피해간 모양이라고 안심하며 그녀는 다시 차에 올라앉아 기어를 넣는다. 또 뉴스가 듣고 싶어진다, 마약처럼. 낮에 산책 후 기환의 집에 돌아갔을 때도 간절하게 뉴스가 듣고 싶었지만 빈집이라 소리를 낼 수가 없었다. 그리고 그와 함께 저녁을 먹으면서도 눈은 자주 시계로 갔다. 넌 그 뉴스에서 뭘 기대하는 거지? 이서연 전장관 실종?

그녀는 자신을 비웃으면서도 어느 겨를엔가 라디오를 틀고 있다. 음악도 뉴스도 아닌 멘트가 흘러나온다. '역사는 승리하지 않고 가르칠 뿐이다.' 그녀는 픽 웃으며 라디오를 꺼버리고 속력을 올린다. 진행자의 멘트가 차에 갇혀 사라지지도 않고 계속 맴돈다.

역사는 승리하지 않고 가르칠 뿐이다? 얼마나 가르쳤지? 얼마나? 하긴 여성부가 만들어진 것도 억압이라는 교훈을 통해서였다고 볼 수 있겠군. 그러자 장관시절 단체장회의에서 어느 여성지도자의 격려말이 떠오른다.

—이제 법안이 작성되었고 통과시키는 일만 남았는데 장관, 잘 싸울 자신 있지요?

그녀는 설레설레 고개를 젓는다. 여성이 잘 싸울 수 있는 무기란 논리가 아닌 눈물……

별안간 바다냄새가 다가온다. 갈대들은 도로 양옆으로 줄지어 서 어디론가 울면서 끌려가는 여자들처럼 처연해 보인다. 그녀의 의식이 갈대 속으로 들어가 '갈대는 그래도 꺾어지지는 않는다'는 관용어를 집어 온다. 그래, 바람이 불 때마다 아으, 아으 소리치는 것은 질긴 여성들의 삶처럼 고통스럽기 때문일 것이다.

문득 가슴을 꽉 조인 듯 답답해진다. 해임당했을 때의 심정…… 그 순간은 정말이지 견딜 수가 없었다. 더욱이 그 사실을 통보가 아닌 신문에서 접했을 때 자신은 낱낱이 공중분해당하는 기분이었다. 해임 이유도 납득할 수가 없었다. '여성적인 품위를 갖추지 못했다, 그것도 비서실의 조심스런 추측일 뿐이다……' 그때 그녀는 생전 처음으로 자살을 생각해보았다. 그런 수모를 당하고도 산다는 것이 억울했다. 기득권을 빼앗겨서가 아니었다. 정상에 올라 사방을 둘러보고 막 깃발을 꽂으려던 그때에 누군가가 발길로 걷어찼고 자신은 비명도 지르지 못한 채 바닥으로 굴러떨어진 것이었다. 실로 어이가 없었다. 그간 어떻게 살아왔는가. 장관이 되기 전에도 법률가로서, 지도층 여성으로서 그 정상을 지키기 위해 한순간도 긴장을 풀지 못했다. 성고문에서 의부, 악부 살해사건까지 해결하려고 대전, 대구, 전주를 뛰어다니며 버스나 열차에서 잠을 자며 보낸 세월이었다.

바퀴에 미끄러운 것이 감지되어 얼른 앞을 살펴본다. 바닥엔 흙이 몇 점 떨어져 있고 양옆으론 아직도 갈대가 줄지어 서 있다. 그녀는 나직이 한숨을 토해내며 중얼거린다. 여성부라는 그 부서를 여성들이 어떻게 만들었는데, 여성들은 또 무엇 때문에 자신을 선출했는데…… 그래, 그래. 여성들에겐 다른 사람을 선출할 권한이 있다, 장관이 될 사람은 자기말고도 얼마든지 있다는 것을 깨닫는 데는 그리 많은 시간이 걸리지는 않았어. 일주일이 지나자 마음이 정리되었고 한사람의 시민, 아니 변호사로 돌아가겠다고 결정한 후 여성단체 비상소집 회의에 참석했다. 의장이 '해임에 불복하겠느냐'고 물었을 때 '아니오. 후임장관을 선출해주세요'라고 선선히 말했다. 그래, 난 그러고 싶었어. 다시 변호사로 생업에 충실하고 여성부에서 원하는 법률안도 제대로 연구, 검토하면서 그 후원에만 전념할 작정이었어. 그래서 사무실에 출근해 일에 파묻히기 시작했는데 박기자가 복병처럼 나타난 것이다.

가든식당과 모텔의 불빛이 다가온다. 왼편 갈대숲 속에 띄엄띄엄 앉아 있는 그 건물의 넓은 마당에는 몇대의 차들이 주차되어 있다. 그녀는 재빨리 그 앞을 지나친다. 은은한 네온이 걸린 통나무집 까페가 잠깐 그녀를 유혹했으나 그녀는 그 기분을 짓밟듯 세게 가속기를 밟는다. 갈대길이 끝나고 갑자기 도로폭이 좁아졌고 상점과 마을이 나온다. 그녀가 돌아나올 길을 찾는데 마을 끝머리에 능선길이 보인다. 그것을 넘어가자 섬으로 들어가는 방죽이 보인다.

그녀는 방죽을 넘기 전 넓은 공터에 차를 세우고 앞을 바라본다. 두 줄기 전조등 속으로 바닷물이 주욱 빨려오는 것 같다. 다시 살펴보니 바닷물은 방죽까지 그득 차올라 있다. 낮 동안 집을 비웠다가 돌아온 바다…… 어떤 반가운 이미지가 와락 달려들었다가 실체도 보이지 않고 사라진다. 그게 뭘까. 잠깐 동안 반딧불처럼 다가왔다 사라진 것은……

천천히 차문을 열어본다. 갯바람이 급하게 불어닥치고 그 서늘함은 밖에서 돌아온 아이의 손처럼 목덜미를 휘감는다. 뭔가 속에서 울컥울컥 올라와 가슴을 저릿하게 휘저으며 그 모든 것을 쓸어가는 듯한 이 기분은…… 아, 외로움. 왜 그런 사치스런 감정이 내게…… 그녀는 창문을 닫고 핸들에 이마를 묻는다. 나가서 바닷물이라도 보고 올까. 내가 바다를 보는 게 아니라 오히려 바다가 날 보겠다면? 그녀는 전조등마저 끄고 머리를 뒤로 젖힌다.

넌 지금 울고 싶은 건가? 미래가 두려워서? 아니야. 우리는 가끔 운전면허 취득 때를 생각하지. 특히 몇번 실패한 사람일수록 왜 첫번째 붙지 못했을까 종종 되새길 때가 있지. 첫번째 그 T자 코스, 기어만 말을 잘 들었으면 시간 낭비하지 않고 통과할 수 있었을 텐데. 그러나 몇년 지나고 보면 한번에 붙으나 두번째 붙으나 시간은 전혀 구멍나거나 잘려나가지 않고 그대로 붙어온 걸 알 수 있다. 그래, 지금 울고 싶도록 답답한 이 마음도 한 생애를 두고 보면 아무것도 아니야. 그저 생각의 주행에 뛰어든 하찮은 풍경이거나 거기에서 느낀 짧은 감상일 뿐. 마음이 포근한 커튼처럼 나붓나붓 가라앉는다. 그 순간 한 날쌘 손이 마음자락을 획 잡아챈다.

—피하신다고 물러날 제가 아닙니다.

그래, 박기자…… 내가 당신에게 추적당하고 있는 것은 감상이나 스쳐 지나도 될 풍경이 아니란 것을 안다. 하지만 지금은 좀 떠나달라. 아니면 휴전이라도 할까? 난 지금 휴식이 필요해. 가능하면 며칠만이라도 내 의식에서 사라져달라. 내가 나 자신을 돌아보고 그 수수께끼를 정리할 동안만이라도……

어디선가 통통배 소리가 들려온다. 가까운 곳에서 고기를 잡는가. 통통통, 긴 포물선으로 사라져가는 소리. 저 배는 바닷물이 집을 비우기 전에 돌아올까. 깜빡깜빡 반딧불이 되살아난다. 연아, 할마이 갔다오

76

마. 싫어, 무서워. 무시기 소리냐, 큰일 할 아이가. 할마이 없어도 이 집에선 널 지켜주는 신님들이 계시는데…… 신님도 무서워, 할머니 없으면 다 무섭단 말이야……

그녀의 과거라는 것은 어릴 때 혼자 발견해두었다가 까맣게 잊어버린 동굴 지도와 같다. 그러나 그 지도는 워낙 선명해서 언제라도 나서기만 하면 쉽게 찾을 수 있고 그 동굴은 초입에 들어서기만 하면 긴 철로로 변한다는 것도 알고 있다. 한번도 기차가 달려본 적이 없는 녹슨 철길. 버스에서 내려 아카시아 비탈길로 올라가 철길로 들어서면 거기서부터 천칠백오십팔 개의 침목. 끝머리엔 동굴 끝, 집이 있다. 그녀의 지도는 다섯 벌쯤 색깔이 다르게 그려져 클립에 끼워져 있다. 맨 첫장은 비가 부슬부슬 내리는 것으로 시작된다. 철길 양편은 황량한 벌판, 아니 푸른 밀밭, 막 패기 시작한 키큰 밀들이 비를 맞고 있다. 할머니는 큰 이삿짐을 머리에 이고 한손에는 보퉁이 또 한손엔 손녀를 잡고 말했다.

—서연이는 몇살이누?

—다섯살.

—내년에 학교를 가려면 어떻게 해야 한다구?

—셈을 잘해야 하지.

—그래, 이 침목도 세면서 밟아라. 이걸 다 세야만 학교 가서 급장을 하지.

—오십…… 오십여섯.

손녀는 백까지밖에 셀 수가 없었다. 숫자의 벽에 부딪치자 잠이 밧줄처럼 목을 걸었다. 손녀는 고개를 끄덕끄덕 떨구었고 할머니는 짐과 함께 조는 손녀를 끌고 가느라 애를 썼다. 서연아, 눈뜨거라, 저기 우리 집이 보이네…… 길고 긴 밤의 고개를 넘은 듯 그렇게 먼먼 길을 아득하게 걸어온 그 끝머리에 새로 이사갈 집이 있었다. 영도의 판잣집 셋

방에 비하면 궁전같이 큰 루핑집이었다.

둘쨋장을 들치면 아이가 할머니 젖가슴을 헤치고 있다. 밖에서 놀다가도 야릇한 바람 한줄기가 뺨에 입을 맞추면 목젖 어디서부터 갈증처럼 허전함이 고여오고 그러면 아이는 집안으로 달려가 할머니 저고리를 풀고 젖가슴을 만졌다. 유독 축 처져내린 왼쪽 젖가슴. 할머니, 왜 왼쪽 젖이 더 커? 그녀는 아주 어렸을 때부터 할머니가 왼쪽 가슴을 자신에게 맡기고 오른손으로는 항상 일을 했다는 것을 어렴풋이 기억하면서도 그렇게 물었다. 할머니는 네가 늘 그 젖만 당겨서 그런 게지,라고 대답했다. 초등학교 입학할 때까지 가끔 빨아보기도 했던 할머니의 빈 젖. 하얀 젖이 목을 적시는 대신 보이진 않지만 맑고 투명한 이슬 같은 것이 솔솔 흘러나와 목젖으로 넘어가고 그와 함께 찾아오는 평온한 느낌.

아이들이 너 엄마는 없나?라고 물으면 할머니가 우리 엄마다,라고 대답했던 것은 할머니가 엄마 대신이라는 뜻이라기보다 너희들의 엄마 이름은 엄마지만 우리 엄마 이름은 할머니라는 뜻이기도 했다. 그녀는 엄마를 몰랐으므로 그 부재에 대한 슬픔도 몰랐다. 할머니에게도 젖이 있었으니까. 한데 그 젖도 그만 만져야 할 때가 왔다. 초등학교 입학 전 찻길 부근까지 나가 이발소에서 상고머리를 하고 오던 날 할머니는 말했다.

─넌 이제 학생이 된다. 그것은 어린애가 아니라는 뜻이며 할미 젖도 그만 만져야 한다는 것이다. 알겠뇨?

그러나 벼락이 치거나 바람이 심한 날은 자신도 모르게 할머니 품을 파고들어 젖을 만졌고 그래야만 안심이 되어 잠이 왔다. 고등학교에 들어가서도 한동안은 그랬다.

셋쨋장을 넘기면 상고머리 아이가 풍뎅이와 달팽이를 잡아가지고 집앞에서 놀면 할머니가 옷감을 싼 보자기를 들고 나온다. 서연아, 할마이 이 바느질감 갖다주고 오마. 아이는 철길에 나가 돌멩이를 철로 위에 나란히 올려가며 놀았고 크고 작은 돌멩이가 철로 위로 길게 늘어나 집과 거리를 넓힐 때쯤 저 멀리 가물가물 할머니가 오곤 했다.

아이는 벌떡 일어나 뛰어갔고 할머니는 아이를 덥석 안았는데 손에 감춘 것을 얼른 보여주지 않았다. 아이는 두 팔로 할머니 허리를 감고 뒤를 더듬어댔고 한참 그렇게 용을 써야만 할머니는 손에 든 것을 내밀었다. 빨간 꽃그림이 그려진 삼각형 종이 속엔 옥수수튀밥이 들어 있거나 때론 별사탕이 들어 있기도 했다. 그리고 한손엔 자반고등어나 절인 오징어, 양미리 꾸러미, 새우젓 등이 있었다. 가끔은 싱싱한 바닷장어를 사와 반으로 가른 뒤 구워주었고 말린 갈치를 고추장에 졸여주기도 했으나 할머니 당신은 살코기를 즐기지 않고 늘 뼈만 핥아먹으면서 난 이게 좋아, 이게 좋아라고 했다.

미국으로 시집간 딸이 친정어머니가 온다기에 온 시장을 돌며 간신히 닭발을 구해 삶아주었더니 엄마가 울더라는 이야기…… 아, 할머니가 살아 계셨다면 나도 그랬을 것이다. 생선을 사다 살은 다 발라먹고 뼈만 드렸을 것이다. '할머닌 뼈만 좋아했잖아? 그러면 할머니도 울까. 저 하나 먹이려고 자신은 뼈만 핥아먹으며 애지중지 키웠는데 이 철부지는 그렇게도 이 할미 심정을 몰랐구나…… 울음이 치밀 것 같다. 그러나 할머니는 우는 것을 싫어해 시험점수를 잘못 받아오는 것보다 더 질색을 했다.

—울다니, 일등해야 할 애도 운다더냐?

밤마다 들들대던 재봉틀 소리. 거기에서 비단 한복이 나왔고 모시옷이 나왔고 써지 두루마기도 나왔고 그녀의 옷도 나왔다. 담요를 잘라 만든 멜빵바지와 항상 품이 큰 양복 같은 윗도리, 여름이면 검은색 반바지에 흰 셔츠, 명절 때면 노란 메리야스나 찌지미 셔츠, 항상 검은색 운동화. 초등학교 삼학년 때 담임은 할머니를 불렀고 그 다음날부터 할머니는 치마를 입히고 머리를 길러주었다.

　──네 선생님이 약속하셨다. 네가 여자애 옷을 입어도 급장을 시켜준다고.

　정말 급장을 시키기 위해 할머니는 그때까지 손녀에게 남장을 시켰던 것일까. 급장이 되고 합격통지서를 받을 때마다 할머니는 말했다. 늘 그 자리를 지켜야 한다고. 그러고도 부엌에서 불을 땔 때면 누구에겐가 말하듯 혼자 중얼거리곤 했지. 얼마나 대견하우. 나이도 어려 학교에 간 거이……

　방과후에 철길가에 핀 꽃을 한아름 꺾어가면 너 부급장도 꽃을 꺾으며 노느냐고 물었다.

　──그앤 참새를 잡아.

　그럼 너도 참새나 매미, 나비를 잡으라고 이르던 할머니. 철저하게 남자애들이 하는 놀이를 가르치던 할머니. 그래야만 남자들과 경쟁할 수 있다고 생각한 별난 노인…… 그래요, 할머니. 당신의 소망대로 수많은 남자들을 젖히고 사법고시에 합격했고 또 장관까지 해보았어요. 이름을 기억하는 사람이 많을수록 내 자리가 든든해진다고 했는데 난 아직 뿌리조차 내리지 못했어요. 그 누구도 뽑아버릴 수 없는 깊은 뿌리는 대체 어떻게 내릴 수 있는가요?

　넷쨋장, 거기서부터 지도의 색깔이 달라지기 시작한다. 사계절의 변화와 그 변화에 따라 색이 입혀지지만 생물체나 사물의 모습이 때론 중복되고 때론 빠진다. 꽃과 나비, 할미새나 굴뚝새, 항상 바쁘게 쏘다니는 참새떼는 그냥 캐리캐처로 바탕그림을 이루고 그 위에 몇개의 영상이 곁들여진다. 할머니가 돌아가신 후 그녀가 서울에서 학교를 다니고 변호사 개업을 할 때까지, 데생에서 드로잉과 완성된 그림이 나오듯 몇개의 덧칠해진 부분이 있다. 버스를 타기 시작할 때부터 그녀는 가끔 작은 우체부로 변하기도 했다. 손에 전보 한장을 들고 철길을 달려가며 소리치는 어린 우체부. 할머니, 중학교에 붙었어! 일등이야…… 할머니, 고등학교에 붙었어! 장학생이야! 할머니……

버스에서 내려 초등학교를 지나 아카시아숲으로 올라서면 반대편에는 판잣집이 날마다 대합조개처럼 늘어났지만 그녀의 지도에는 온데간데없이 사라지고 새파란 밀밭과 그 가운데 빨간 지붕의 조그만 역이 서 있다. 열차가 들어올 때면 딸랑딸랑 선로 바뀌는 소리가 들리고 증기를 폭폭 뿜다가 멈춰서면 몇사람이 가방을 들고 타거나 내린다. 다시 기차가 뿌웅, 하고 기적을 울리며 칙칙폭폭 떠나고 나면 텅 빈 승강장에는 단 한사람만 남아 있다. 그 사람은 사방을 살피다가 별안간 두 귀를 막고 아악, 비명을 지르며 그림자차럼 서서히 쓰러져간다. 그 사람은 한번도 다른 곳으로 떠나본 적이 없는 앉은뱅이거나 외눈박이였다. 처음에는 어디서든 기적소리가 들리면 헛간이나 방안에서 쓰러지다가 나중엔 꼭 그 역으로 나와 빈 승강장에서 혼자 쓰러지는 것이었다.

그것은 고1 때 개천예술제에서 써냈다가 입상도 하지 못한 「기적소리」란 산문이었다. 어쩌면 그 이미지는 할머니의 푸념이 공중으로 떠돌아다니다가 저 혼자 키가 크고 살이 찌는 그런 이야기를 표현해낸 것인지도 몰랐다.

──철길아, 철길아, 넌 왜 하필이면 우리집 뒷산에서 끊어져 있누. 끊어져……

뒷산에 나무나 대나무를 베거나 솔잎을 따러 갈 때면 할머니는 그렇게 흥얼거렸다. 그 목소리는 너무나 청승스러웠고 새를 부르거나 귀신과 이야기할 때처럼 구울구울하는 것과도 영 달랐다.

──할매, 고향가고 싶노?

──으응, 우리 서연이 고향이 아닌 할마이 고향.

할머니는 꼭 그렇게 고향을 분리해서 말했다. 서연이 고향은 김해, 할마이 고향은 니북…… 어린 나이에 남한으로 시집와서 기억이 흐릿하다면서도 할머니는 그곳에서 연날리기 대회며 동치미에 국수를 말아 먹을 때의 이야기를 너무도 선명하게 들려주었다.

한 소녀가 철길을 타박타박 걷는다. 녹슨 철길가에 꽃들은 소담스럽게 피어 있고 때론 큰 개구리나 엄지손톱만한 거미가 성큼성큼 철길을 건너기도 한다. 그때부터 소녀의 의식은 철길처럼 두 가닥으로 흘렀다. 늘 침목을 헤아리는 것은 무의식이었다. 의식의 한 가닥엔 학교 앞에서 버스정류장까지 늘어져 있는 상점의 간판들이 떠올라 옥수네 집, 국수, 우동, 단팥죽, 만두가 그대로 재현된다. 어느날은 잠자리에서 커다란 간판에 덕지덕지 붙어 있던 영화 포스터의 한문이, 읽지도 못한 그 한문이 머리에 그대로 찍혀 낱낱이 떠올랐고 그것이 지워지지 않아 잠을 이루지 못한 때도 있었다. 아마 그 원인은 할머니가 만들어준 것인지도 몰랐다.

—선생님이 말씀하시면 넌 얼른 입속으로 되받아 외워라. 그날 배운 것은 무엇이든 그날 다 외워야 한다.

소녀는 마침내 노랗게 피어 있는 애기똥풀을 발견하고 그것을 꺾어 손톱마다 노란 진액을 짜 바른다. 그러다보면 상점거리도 간판도 지워지고 손톱에서 말라가는 노란 진액만 보였다. 그제서야 입으로는 '아가씨 손톱처럼 빨간색이 되어라, 봉숭아 꽃물이 되어라'고 중얼거리고 무의식적으로 또 칠백열, 칠백열하나…… 천…… 천칠백…… 하다가 침목을 버리고 왼편으로 꺾어진다.

저 멀리 집이 보인다. 언제나처럼 할머니가 서 있다. 다가가면 할머니는 소꿉장난을 시작한다. 그녀에게 남자옷을 입혀놓고 너는 신랑이다라고 하면서 밥을 푸고 국을 담아 공손히 들고 온다. 오늘은 무얼 배우셨어요? 나? 애들한테 모르고 진짜 나이를 말했더니 나는 가끔 바보가 된대. 제 나이도 잘 모른다고.

저 멀리 집이 보인다. 할머니가 서 있다. 서연아, 지금 생각해보니 니가 여식으로 태어난 것이 다행이구나. 경쟁자가 적으니 쑥쑥 차고 오를 수도 있고 또 넌……

집이 점점 다가온다. 할머니는 간데없고 낯선 사람들만 서 있다. 영구차도 보이고 상복도 입지 못한 자신이 망연히 하늘을 보고 있다. 아, 할머니…… 그녀는 핸들에 이마를 묻는다.

5

차의 빨간 미등이 서서히 꼬리를 감춘다. 바람 속에 왔다가 어둠과 함께 사라져간다? 무슨 영화제목 같군. 그는 현관을 열고 들어와서는 가만히 멈췄다가 욕실 거울 앞으로 간다. 삶은 닭껍질 피부에 허연 귀밑머리를 한 남자가 낯선 사람처럼 다가든다. 그는 거칠게 얼굴을 문지른다. 손바닥에 불이 일 것 같아도 멈추지 않는다. 그렇게 하면 세월의 껍질이 떨어져나가는가. 껍질이 벗겨져나가면 그 자리에 투명한 새살이라도 돋아나는가. 그는 중얼거리다가 문득 손길을 멈춘다. 성난 피부가 벌겋게 두드러진다.

그는 천천히 거실로 걸어나와 탁자 위에 올려진 포도주병과 잔 두 개를 내려다본다. 입가에 자조가 뱀껍질처럼 들러붙는다. 그는 급히 진열장으로 가 그저께 밤에 먹다둔 양주병을 들고 와 의자에 앉으며 자, 이제 뭘 하지? 하고 괜히 중얼거려본다. 뭘 하긴, 술이나 마시는 거지. 잔을 끌어와 술을 따르자 짙은 갈색의 양주가 콜롱거리며 차오른다. 서연이가 보이고 사라진 빨간 미등이 떠오른다. 그 순간 그는 달려가서 애원하고 싶어진다. 가지 마, 다시는 안 올 거지, 날 두고 가지 마…… 그 충동이 너무 강렬해 마치 신파극 주인공이 된 것 같다. 어떻게 그런 기분에 젖을 수 있었을까. 울고불고 매달리고 싶은, 어린애들한테서나 우러나올 수 있는 그런 충동이……

그는 술잔을 단숨에 비운다. 강한 알코올 기운이 식도에서 위로 치솟으며 뇌리를 건드리고 하나의 해답을 툭 뱉어낸다. 감상도 재연될 수 있다. 풀잎처럼 보드라운 마음을 온통 짓이겨대는 아픔, 그것은 서연이가 그에게 준 것이었다. 먼 기억 속에 묻혀버린 그 풀잎 하나가 떠나는 그녀를 보자 또 애절하게 몸을 뒤튼 것이라고.

그는 빈 술잔을 채우며 중얼거린다. 하기야 내 의식수준이란 것은 그 정도지. 그쯤에서 머물러버렸으니까. 내 꿈과 희망 그 모든 것을 서연에게 준 순간 내 의식의 성장은 멈추어졌지. 서연이가 자기 육신의 성장을 멈춘 것처럼. 멈추어? 아니야, 서연이가 피어나면 그 속에 나도 함께 있는 것이라고 생각했지. 그것도 아니야. 내가 문학을 포기하고 그녀에게 투신한 것은 서연이의 성공이 더 필사적인 무게를 지녔던 때문이었다. 그녀에게서 성공은 생명이며 사는 이유의 전부였으니까. 그럼에도 나는 그녀의 성공 하나를 민 것이 아니라 그녀의 생 속에 함께 깃들이기를 원했다. 그녀는 내 존재가 무거워 떠나갔다. 정말로 그랬던가? 그렇게 수없이 내게 등을 보인 것도 떠나는 연습이었던 것일까? '그애의 등'을 생각하자 여러 개의 등이 날아와 나란히 줄을 선다. 마치 도화지 한장에 주욱 그려붙인 듯이. 하나, 둘, 셋…… 먼저 교복을 입은 등이 부엌문 밖으로 사라진다. 아니야, 그땐 사복을 입었어.

고3 겨울, 입시 얼마 전 문우회 회원들의 소집이 있었다. 고등학교 졸업을 하면 그 활동도 끝나는지라 입시생들에겐 마지막 모임 비슷한 것이었고 거기엔 서연이도 와 있었다. 개천예술제에 참석했던 이력으로 그녀의 이름이 명단에 있었던 모양이었다. 회장은 문예응모에 입상한 수험생들과 그 수험생이 지원하는 대학을 파악한 후, 대학문예만이 아닌 '학원' 같은 잡지에서 입상한 경력이 있는 사람도 국어선생의 추천서가 있으면 가능하다는 말을 지루하게 늘어놓았는데 그때 서연이는 졸고 있었다. 자신의 지망사항과는 상관없으니 그럴 수도 있었겠지만 얼굴빛이 창백한 것이 공부를 하느라 몹시 지친 것 같았다. 그는 해산할 때를 기다렸다가 그녀에게 다가갔다.

—서연아, 요즘도 매일 계피사탕을 먹으며 밤을 새우나?

—아니, 네 시간씩은 자. 그래도 수업시간 내내 졸립단다.

—이젠 가끔 기분도 환기시키고 그래야 되는 것 아니가?

—그래서 바닷가에도 나가봤는데 난 백사장에 앉아서 잠만 자다 왔어.

—그럼 이번 토요일 우리집에 올래? 문우회 아이들 몇명 모여 조촐한 송별연을 하기로 했어.

—무슨 송별연?

—고등학교 시절 안녕, 뭐 그런 거지.

—봐서…… 그래, 가도록 할게.

그날은 삼촌이 가족들과 함께 기장 처가에 가 집을 비웠다. 문학반 친구들은 술과 과자를 사왔다. 여학생이 둘이나 왔고 물론 그녀도 와주었다. 그날 따라 아이들은 대학문예에 당선한 것을 축하한다면서 그에게만 술잔을 건넸고 너무 마신 나머지 그는 언제 곯아떨어졌는지도 모르게 잠이 들었다.

그러다가 일어나보니 방안은 텅 비었다. 부엌문을 열자 거기에 서연이와 창식이가 앉아 있었다. 장작을 때는지 불그림자가 두 사람 얼굴에 어른거렸다. 서연의 머리는 창식의 어깨 위에 올려져 있었으며 태평스레 눈을 감은 것이 보통 사이로 보이지 않았다. 창식이 너, 서연이와 키스한 거지? 그렇지? 그 뜨겁고 비이성적인 질투심이 그의 마음을 얇은 창호지처럼 호르륵 불사르는 것 같았다. 콧구멍도 등줄기도 확확 타올랐지만 그러나 문을 박차고 나갈 수가 없었다. 그는 그대로 서서 두 손을 그러쥐었다. 가장 가까운 친구와 자신의 일부 같은 여자애…… 그러나 더 참을 수 없어 슬그머니 문을 열었다. 곧 창식의 눈이 치솟아 그에게로 다가왔다. 녀석은 놀라지도 않고 장작을 밀어넣으며 말했다.

—방이 추워서 함께 불때자고 나왔는데 이렇게 잠이 들어……

그때 서연이가 눈을 뜨고 내가 잤나 하고 말하더니 이제 통금이 지났으니 집에 가겠다고 부엌문을 열고 나갔다. 그는 따라가고 싶었지만 그럴 수가 없었다. 다른 남자의 어깨에 머리를 기댔다는 분노와 그래도 아닌 척해야 한다는 위선이 다리 한짝씩을 잡고 늘어졌던 것이다. 그는 창식에게 말해보았다.

—혼자 가는데 좀 데려다주고 와. 난 더 자고 싶으니까.

—왜 내가 가노? 니가 갔다 와.

창식이가 손을 털고 방으로 들어왔고 그는 툴툴거리며 그러나 황급히 신발을 꿰고 나갔다. 그녀는 새벽바람 속에 혼자서 걸어가고 있었다. 작은 짐승처럼 등을 웅크리고. 그 등에서 그가 훔친 것은 안쓰러움이 아닌 배신감이었다. 어떻게 그럴 수 있니. 난 너에게 방해가 될까봐 만나고 싶은 것도 참으며 기다려왔는데…… 그는 그만 걸음을 멈추어버렸고 그럼에도 그앤 돌아보지 않았다. 그는 그것에 또 화가 나 도르르 뛰어가 그녀 옆에 딱 붙어섰다. 그제서야 그녀가 돌아보며 말했다.

—그애 어깨 참 따뜻하더라.

척추마디가 낱낱이 해체되는 것 같았다. 그리고 그것이 다시 달라붙으면서 창식에 대한 욕설이 입속에서 줄줄이 거미줄을 쳐댔다. 창식이 어깨가 따뜻하다구? 웃기지 마. 그 녀석이 얼마나 이기주의잔데. 그 녀석 낯짝은 허여멀쑥해서 영국신사란 별명을 가졌고 대학 콩쿠르에서도 입상한 적이 있지만 그앤 서울로 진학하지 않는다, 그애 집은 시골이고 소 팔아서 공부를 하는데 그애 마을엔 마음에 둔 여자애가 있으며, 그 앤그앤그앤…… 촌놈 같잖게 멋있어 보이지만 아직 고추도 여물지 않았다. 아니 사실은 그게 너무너무 커서 너랑은 절대로, 절대로……

생각지도 않고 들은 적도 없는 말들이 마구 입속에서 새끼를 쳤고 서연이가 이만 가봐,라고 말했을 때 그는 우뚝 멈춰서면서 얼른 정신을 가다듬었다. 입을 열지 않은 게 얼마나 다행이랴 싶던가. 그때부터 그는 자기 마음속에 이상한 질투귀신이 있다는 것을 깨달았다. 만약 그 귀신이 부추기는 대로 마구 지껄여대기라도 했다면 아마도 서연이와의 인연은 영원히 끝나고 말았을 것이다. 그녀는 문학인의 인격이 아름답다고 믿고 있을 것이며 그렇게 인식하도록 애쓴 것은 바로 자신이었다.

끝나? 그때 끝장이 났다면 나는 어떻게 되었을까. 대학을 졸업할 수 있었을까. 내 인생도 다른 길을 갔을까. 아버지처럼 언론일에 종사하거나 시인이 되고…… 그랬다면 그녀와 동거한 삼년 동안의 추억보다 더 풍요로운 인생이 내게 와주었을까. 공사장에서 자갈을 지고 비계다리를 오르거나 엑스트라를 하고 스페어로 택시를 몰고…… 그렇게 살지 않았을까. 급하게 배운 전기배선공, 감전사고로 죽을 뻔한 그런 일은 없었을까.

창식이가 생각난다. 잘 안 팔리는 소설에다 원고료까지 십수년 전 수준이다보니 입에 풀칠하기도 힘들다던 그 귀공자는 얼마 전 그를 만났을 때 '네가 장관과 결혼했으면 문학을 포기하진 않았겠지?'라고 말했다. 물론 서연이를 두고 한 말이었다. 그때 그는 피식 웃었다. 만약 그렇게 되어 성공의 신이 그녀가 아닌 그를 밀었다면 서연이는 가난한 시인의 아내가 되어 끼니를 걱정하고 아들이나 남편의 떨어진 내의를 줄여서 입고 구두가 없어 외출도 못 하고…… 그는 활활 고개를 젓는다. 그랬으면 서연이는 죽었을지도 모른다. 가난을 못이겨서가 아니라 자신이 원하는 그런 뿌리를 얻지 못해서. 그래, 서연의 성공은 바로 그녀 자신의 운명이었다. 내가 그녀 곁에 있든 없든 상관없이 나아갈 그녀의 길.

그날 이후 그는 그녀를 만나지 않았다. 마음도 꼬여 있었지만 시간도 없었다. 서울에 와서 대학 입학시험을 쳤고 특기생으로 합격을 했다. 입학 전 다시 상경을 준비하고 있을 때 서연이한테서 전보가 날아왔다. 내용은 그저 '우리집에 좀 와' 하는 것뿐이었다. 사실 그애의 합격 여부가 궁금하기도 했지만 찾아가거나 편지를 쓰지 않았던 것은 이 참에 남자의 자존심이 어떤 것인지 본때라도 한번 보여주고 싶은 때문이었다. 아쉬우면 제가 오겠지, 그전에는 절대로 먼저 연락하지 않겠다고 벼르기도 했다.

한데 그앤 좀 만나달라고 매달린 것이 아니라 건방지게도 전보 한통을 날린 것뿐이었다. 흠, 별안간 또 할머니가 어딜 가신 겐가? 그래서 그때처럼 집을 지켜달라는 것인가? 그는 배배 꼬인 자신의 마음을 푸는 대신 먼저 그애의 버릇을 고치려고 절대로 가지 않아야 한다고 다짐했다. 그러면서도 어느 순간 야전잠바를 걸쳤고 곧 문밖으로 나가 신발을 신고 있었다.

철길을 달릴수록 발걸음이 빨라졌고 그렇게 마구 뛰어갈 때 그애 집 앞에 사람들이 모여 있는 것이 보였다. 영구차도 있었다. 그애의 할머니가 돌아가신 것이었다. 그가 가까이 가자 그녀는 마치 오빠라도 만난 듯 그에게 매달리며 말했다.

—사람들이 화장을 해야 한대. 그건 안돼, 안돼……

영구차는 이미 시동이 걸렸고 사람들은 그녀에게 어서 타라고 재촉했다. 그녀는 그의 팔을 잡아끌고 버스에 올랐다. 그는 아무 준비도 없이 당감동 화장터까지 따라갔다. 할머니의 관이 화구로 들어가자 서연의 얼굴이 창백해졌고 그가 다가가 손을 잡자 그 눈에서 소리없는 눈물이 줄줄 쏟아져내렸다. 서연아…… 그애는 꼼짝도 않고 서서 눈물을 흘렸는데 속눈썹을 적시고 끝없이 흘러내리는 그 눈물을 타고 그애의 넋이 빠져나가는 것 같아 더럭 겁이 났다.

—서연아……

서연아, 왜 그래. 내가 있는데. 내가 니 곁에 있는데. 니 할머니 앞에서 다짐할게, 널 지켜주겠다고. 사실은 처음부터 넌 그냥 여자애가 아니라 내 피붙이라는 생각을 했어. 부모형제가 없다고 신이 나에게 널 만나게 해준 것이라고. 내 처지와 흡사한 널 준 거라고. 그러니 이제 눈물을 거두어. 난 오빠처럼 영원히 널 지켜줄 거야…… 그때 파리한 그애 입술에서 주술 같은 말이 흘러나왔다.

—할머니, 미안해요. 난 화장하지 않겠다고 했는데 사람들이 와서…… 할머니, 미안해요, 미안해요……

돌아오는 길에도 서연이는 그렇게 중얼거렸다. 철길로 올라서서 침목을 하나하나 밟아대며 화장하지 않겠다고 했는데, 할머니, 사람들이 내 말을 듣지 않았어요, 우리집 마당에 할머니를 묻어두고 방학 때마다 올 생각이었는데, 사람들은 절대로 안된대요. 할머니 이제 어떻게 해요? 집안에서 할머니와 놀던 그 귀신들은 다 어떻게……

그날 밤 그가 등잔불을 켜줄 때 서연이가 말했다.

—이제 갈 거지? 가지 마……

—그래……

—삼우제를 치르면 할머니 영혼도 떠나실 거야. 그 뒤에 돌아가.

그애는 자기를 지켜주는 사람이 곁에 있어야만 할머니가 안심한다고 생각한 것이었다. 그리고 영정도 없는 상 위에 매일 아침 물을 떠다놓고 절을 했다. 삼우제 날, 그 빈소를 철거해야 할 때가 되자 그앤 푹 젖은 목소리로 혼례식을 갖자고 말했다. 오늘밤만 지나면 할머니가 이 집을 떠나실 거라고, 화장을 하면 삼우제와 함께 영혼도 떠난다, 그전에 자기는 할머니께 어른 되는 걸 보여드려야 한다, 그래야 할머니도 안심하고 떠나실 거라고. 상 위에 켜둔 촛불도 끄지 않고 그앤 이불을 폈고 그의 손을 잡아끌었다.

그녀가 자기의 보호자이며 유일한 혈육인 할머니마저 돌아가시자 다 급한 김에 그라도 잡아두기 위해 그런 방법을 고안해냈다는 것을 그는 알아차렸다. 그 역시 기꺼이 아니 엄숙하게 그애의 제안을 받아들였다.

그는 그애가 말한 신님이니 귀신이니 시신을 화장하면 그 혼도 떠나 버린다는 말은 믿지 않았지만 왠지 할머니 영혼만은 그를 보고 있는 것 같았다. 그애의 뜻대로 아직 이르긴 하지만 어른이 되는 것이야말로 할 머니에게 보여줄 수 있는 유일한 모습 같기는 했다. 할머니의 궁극적 소망도 서연이가 배필을 만나 가정을 가지는 것이었을 테니까. 그애 곁 에 피붙이 같은 사람 하나 없다면 그 영혼은 내내 한숨을 쉬어야 할 테 니까.

첫 행위는 쉽지가 않았다. 그애의 입술은 얼음을 문 듯 내내 싸늘했 다. 그는 그애의 숨이 멎지 않았나 자주 귀를 기울였다. 오늘은 꼭 어른 이 되어야 한다는 신념으로 그녀는 그 엄청난 고통을 참아냈다. 그가 두려워 멈추기라도 하면 괜찮아, 괜찮아, 하고 차가운 입으로 부추겼 다. 일년 전보다 더 크게 자란 것도 없으련만 그 순간 그앤 마치 진혼미 사를 드리는 신부처럼 엄숙했다.

그는 잔을 들여다본다. 반쯤 남아 있는 것을 깨끗이 비운 후 또 한잔 을 따른다. 얼음을 넣어 마시면 좀 부드러울 테지만 오늘은 그것도 귀 찮아진다. 그는 다시 잔을 집어들며 자신에게 묻는다. 왜 천천히 마시 지 못하고 이렇게 빠른 속도로 잔을 드는 거지? 손이 심심해서? 그는 잔을 놓고 담배를 찾아온다. 취하면 안돼. 서연은 그런 것을 아주 싫어 하지.

　　ー주정뱅이들 어떻게 보이는지 알아? 술걸레 같아. 숙취의 고통을

90

당해본 사람들이 어떻게 또 그렇게 퍼마실 수 있지?

　서연이는 그랬다. 사람들이 하는 짓을 뭐든 해보지만 고통이 따르거나 위험부담이 있는 것은 두번 다시 되풀이하지 않았다. 처음 서울에 와서 창경원에 갔을 때 그앤 코끼리 앞에도 가지 않았다. 울할머니는 말했어. 불난 곳이나 물가에 가지 마라, 위험하다, 동물원에 가도 큰 짐승 곁에는 가지 마라, 우리가 고장나면 그 짐승이 뛰쳐나올 수 있다…… 그리고 회전기구를 타자고 했을 때 그앤 묘한 얼굴로 너 먼저 타봐,라고 말했다. 그러니까 자신이 해보지 않은 것에 절대로 덤비는 일이 없었고 타인이 시범을 보여 이상이 없을 때야 동참을 했다. 아마 여름날 낯선 강이나 바닷가에 가서 물에 들어가자고 해도 깊지 않다는 걸 확인시켜주지 않으면 결코 물에 들어가지 않을 것이다. 가끔 그는 궁금했다. 할머니가 머슴애처럼 키웠다는데 그앤 왜 그렇게 두려움이 많을까.

　그는 라이터를 철컥철컥 켜대다가 지그시 불꽃을 바라보며 혼자 웃는다. 딱 한가지 예외가 있었지. 성교, 서연에겐 고통을 겪고도 계속 되풀이한 일이란 아마 그것뿐일 거야. 일주일에 한 번씩만 해야 한다고 그애가 못을 박아도 잘만 설득하면 두 번도 응해주었지. 그애가 감각을 느끼면서부터 거웃이 생겨났다는 것은 또 얼마나 경이롭던지. 하지만 그앤 시침을 뗐다.

　—난 그런 것 없어.

　그는 있는데 왜 없느냐고 말하려다 그냥 왜?라고 물어보았다.

　—머리를 많이 써야 하니까 육체의 성장을 보류시켰지.

　—그럼 나는 공부를 못해서 그것이 많은가……

　그가 그렇게 능청을 떨자 그애 눈이 단박에 반짝이며 물었다.

　—몇개나 났는데 그래?

　—그걸 어떻게 헤아리노?

―어디 봐, 내가 헤아려줄게.

　―천재라도 그건 못 헤아려.

　―너 짐승 아니가? 어떻게 사람이 그렇게 털이 많을 수 있어?

　―몰라. 우리 삼촌도 별종이래.

　그는 또 슬몃 웃는다. 남에겐 모순, 그애한텐 진실. 사람의 사고방식이 모두 그렇게 다르다니…… 그래, 우리는 그렇게 살았다, 오누이처럼. 가끔 서로의 성장과 그 육신 변화를 탐구하기도 하면서.

　그래서 그는 그녀를 도와 집을 처분하고 이삿짐을 꾸리고 서울로 함께 와 방을 얻고 동거를 시작했다. 집은 장례를 도와주기도 했던 상동 판잣집 아저씨가 샀다. 그것은 미리 약조한 일로서 할머니가 돌아가시기 전에 서울로 이사갈 것이라며 그 집을 내놓았다는 것이다. 흥정한 금액을 다 준다면서 돈 삼십만원을 내놓았다. 그애는 돈보다도 할머니가 자기와 함께 서울로 이사갈 생각이었다는 그 말에 더 위안을 받는 듯했다. 그래서 주저없이 돈을 받으며 모레쯤 집을 비워주겠다는 약속을 했다. 마당에 할머니를 묻지 못한 부채의식은 좀 덜어진 모양이었다. 할머니 당신이 미리 그 터전을 팔았으니까. 또 그 아저씨의 말을 믿을 수밖에 없었던 것이 할머니 당신이 짐을 정리했던 흔적이 여기저기서 드러났다. 특히 단단히 묶인 고리짝 속엔 놋수저와 옷가지들, 그리고 돈 이십만원도 함께 들어 있었다.

　그 돈으로 그들은 혜화동에 전세방을 얻고 예금통장을 만들어 소꿉장난 같은 살림을 시작했다. 하지만 그 나이의 돈이란 얼마나 어설프며 또 잘 부스러지는 과자 같던가. 그와 그녀는 돈을 아껴쓰는 법을 배우지 못했다. 배가 고프지 않아도 간식가게로 달려갔고 여름날에는 하루에 몇번씩이나 팥빙수를 사먹었다. 토요일엔 광나루로 나가 뱃놀이를 했다. 그러는 사이 그애 할머니가 마련해둔 돈은 얼음보다 더 빨리 녹아들었다. 게다가 그녀의 입은 또 얼마나 짧고 고급이던가. 멸치라도 생선이 있어야 밥을 먹었고 장조림이 먹고 싶다, 울할머니가 굴 넣고 끓여주던 그 미역국이 먹고 싶다는 등 음식타령은 날이 갈수록 잦아졌다. 그렇게 일년이 지나자 예금액은커녕 전세금까지 줄여야 했고 그애의 등록금도 불안한 지경에 이르렀다.

그땐 왜 그렇게 철들이 없었을까. 할머니 영혼 앞에서 첫날밤을 치르고 다른 부부들처럼 살림을 하면서도 그앤 전혀 어른 될 기색을 보이지 않았는데 그 책임은 전적으로 할머니에게 있는 것 같았다. 무엇이든 먹이고 입혔고 그애로 하여금 공부만 하게 만들었다. 여성으로서 가져야 할 살림살이에 대한 지혜, 모성본능, 남부터 먼저 생각하는 품성은 가르쳐주지 못한 것이었다. 하긴 시간이 없었는지도 모른다. 법대에만 가면 천천히 가르칠 계획이었는데 그만 세상을 떠나게 된 것인지도. 어쩌면 애초부터 할머니의 생각은 그랬던 것일까. 혼자뿐인 사람이 이 세상을 살아가는 방법이란 옆을 보는 것이 아니라 자기 앞만 봐야 하는 것이라고.

그래, 어차피 우린 그렇게 서로 달랐다. 또 그래서 만난 것인지도 모르고. 그녀의 할머니가 아닌 내 할머니가 걱정했던 것은 내게 부모가 없다는 것보다 조건없이 사랑할 수 있는 상대, 형제가 없다는 것이었다. 돌아가시기 전에 네 사촌동생들을 사랑하면 그게 다 네 친형제가 된다고 자주 이른 것도, 사촌들에게 친형제 대접을 받으려면 먼저 대접할 줄 알아야 한다는 것보다, 혼자 된 아이라 자칫 사랑법을 모를 수도 있는데 사람이 되려면 먼저 사랑할 줄 알아야 하고 그래야 그 넋이 썩거나 굳지 않고 사람들 속으로 온전히 흘러들 수 있다는 뜻이었을 것이다. 어머니를 친정에 돌려보낼 때도 할머니는 죽은 사람과 함께 살면 반쪽이 썩는다, 넌 아직 젊으니 산 사람을 찾아가라고 했다니까. 그래서 서연이가 요구만 하고 수틀리면 금방 등을 돌리거나 몇차례 배반을 해도 자신은 그런 것까지도 사랑해야 한다, 사랑은 육체의 일부라 믿다고 떼어버릴 수는 없는 것이라고 생각했는지도 모른다.

　그는 희미하게 웃는다. 내가 그런 장한 생각을 했다고? 하긴 처음부터 그녀가 내 배필이라는 생각을 했으니까. 바닷가에서의 첫 키스는 그 확인이었지. 태고 적부터 찾아헤매던 나의 연분과의 접속……

　그는 술잔을 채우고 그것을 천천히 비운다. 그런데 난 정말 생각처럼 완벽하게 그녀를 사랑해주었던가? 그애의 변덕이 밉고 그애를 부양하는 일이 부담스러워 달아날 생각은 하지 않았던가. 그래, 돌이켜보면 나도 잘못한 일이 많았을 것이다. 가장 큰 잘못은 최선을 다하지 못했다는 것…… 그 나이라는 것은 되는 일보다 안되는 일이 더 많았던 것…… 그의 얼굴에 통한이 떠오르더니 그것이 발그레한 홍조로 변한다. 취기가 몰고 온 환상일까, 또 어느새 그녀와의 추억이 펼쳐진다. 어릴 때 누구에게겐가 선물받은 아라비아의 부채같이. 생각해보면 실수투성이의 시절이었는데 왜 그때가 이토록 눈부시게 아름다워지는 것일까. 지금 내 인생이 황혼기라서? 아무 수확도 얻지 못한 농부가 성급하게 다음 봄을 꿈꾸듯 내 인생의 빈 들녘에는 추억밖에 수확할 것이 없어서?

　서울생활 일년 동안은 서로 익숙해지는 일로 바빴다. 그앤 가끔 학교에 결석까지 하며 그에게 산정호수에 가자, 인천에 가자, 교외선 기차를 타러 가자고 졸랐고 과 학우들에게 듣고 온 이야기를 풀어대며 수색에 딸기밭이 있다더라, 명동에 가면 문인들이 모이는 술집이 있다는데 넌 아느냐, 영화 보러 가자고 했다. 자연히 공부할 시간이 없었고 밥 지어먹고 학교 가는 일만으로도 매일 허덕였다. 거기다 성교까지 하고 나면 이튿날은 당연히 늦잠을 잤고 결석을 했다. 그애는 또 아무리 일찍 자도 먼저 일어나는 법을 몰랐고 꼭 깨워줘야 했다. 그가 먼저 일어나 밥을 짓거나 라면을 삶으면 그앤 허둥지둥 밥을 먹고 학교에 갔다. 그리고 토요일에는 당연히 영화를 보거나 진종일 시내를 배회했다.

그게 언제였을까? 그가 첫째 시간이 비어 그녀 먼저 학교에 보내고 자신은 집에 남아 설거지와 방청소를 했던 것은. 그는 그녀가 벗어던지고 간 옷을 집어 못에 걸었고 그때 브래지어가 툭 떨어져내렸다. 그녀는 서두르느라 착용하지도 않고 그냥 학교에 간 모양이었다. 그런데 브래지어 속이 누더기였다. 해진 것을 기운 것이 아니었다. 누구의 러닝셔츠인지 자르고 뭉쳐 그 속에 넣고 누덕누덕 기워둔 것이었다. 그애 학과엔 남자가 대다수일 텐데 왜 또 이런 짓을 할까. 문득 창식의 어깨에 머리를 기대던 모습이 떠오르면서 이앤 자기 과 남학생들의 관심을 끌고 싶은 모양이라 생각했다. 그러자 묘한 심술이 붕붕 발동을 걸어왔다. 흠, 네가 너희 과 남학생들한테 배웠다면서 그 저속한 노래를 불러댈 때부터 알아봤어. 뭐, 키스만은 되도 그것만은 안돼?

키스만은 되도 키스만은 되도 가슴만은 안돼요. 아무리 꼬셔도 가슴만은 안돼요. 가슴만은 되도 가슴만은 되도 요것만은 안돼요. 아무리 꼬셔도 요것만은……

요것만은 하고 그애가 아랫도리를 가르키던 모습이 연상되면서 속이 뒤틀렸다. 그 당시 학교마다 남학생들은 술자리에서 그런 노래를 불렀고 그녀 또한 남학생들 속에 있다보니 배울 수도 있었을 텐데 그는 마치 그녀가 남학생들 앞에 그런 노래를 부르고 다니는 것 같아 불쾌했다. 그날 학교에서 돌아왔을 때 기어이 내뱉고 말았다.

—너 설마 대학에서도 과대표를 하려고 브래지어에 그런 것 넣고 다니는 것은 아니겠지?

그앤 몹시 자존심이 상한 얼굴로 노려보았고 하루 종일 그와 말을 하지 않았다. 마음을 풀었을 때 이렇게 투덜거렸다.

—너랑 살다보니 가슴이 작은 것도 약점이라는 걸 알았단 말이야.

—그건 무슨 소리고?

—명동에 나갔을 때 넌 가슴 큰 여자만 봤잖아!

그애가 그런데 신경을 쓰느라 학과점수가 떨어졌던가. 그애 할머니는 육체의 성장이 더딘 그애한테 머리를 많이 쓰는 사람은 가슴과 엉덩이가 작은 법이라고 했고(아마 위로삼아 그렇게 말했을 테지만) 그녀 또한 정신의 성장을 최대한으로 높이기 위해 육체의 성장은 보류시켰다고 한 것은 그렇다면 일면 타당한 점도 있었던가. 좋은 성적으로 입학한 그앤 어느새 꼴찌가 되어갔고 따라서 장학금도 없어졌다. 그것은 둘 중 한사람은 학업을 포기해야 한다는 뜻이기도 했다. 그럼에도 그녀는 그 상황을 전혀 알지 못하며 학교생활을 유지하고 있었다.

이학년 이학기 때던가, 그가 집에서 등록금을 받아와 서연이 등록금을 내고 자신은 일자리를 알아보고 있을 때 삼촌으로부터 편지가 날아왔다. 하숙집도 알아둘 겸 상경하겠다는 것이었다. 그는 삼촌네 가족한테 동거 사실을 속이고 있다는 죄책감보다 당장 들통날 게 더 걱정이 되어 밥도 먹을 수가 없었다. 고민에 고민을 거듭하다가 중앙우체국까지 걸어나가 전보를 띄웠다.

'가정교사로 입주했음. 곧 연락하겠음.'

그것은 이제 하숙비마저 받을 수 없다는, 축구의 자살골과 같았음에도 방법은 그것밖에 없었다. 이제는 일을 해야 한다. 그러나 무슨 일을? 정말로 가정교사? 영어 수학은 바닥을 기는데 누가 나한테 아이를 맡겨? 그는 그런 질문을 해대면서 침울하게 집으로 돌아왔다. 서연은 먼저 돌아와 있다가 그를 보자마자 '존슨 대통령이 온단다' 하고 그의 안색은 살피지도 않고 반색하며 말했다. 그 역시 능청스럽게 그래서? 하고 되물어주었다.

──존슨 대통령이 우리나라에 온다는데 미술과 애들이 벽보를 그려 붙였어. 난쟁이와 걸리버. 난 요술방망이를 만들고 싶어. 김포공항에서 카퍼레이드로 두 대통령이 시내로 들어올 때 중앙청 앞에서 방망이를 두들기는 거야. 존슨아, 키가 작아져라, 키가 커져라…… 자꾸 그렇게

반복하면 연도의 사람들이 그 걸리버한테 박수치는 걸 잊을 게 아냐?

그때 그는 말했다. 나 같으면 키가 아니라 바지를 벗기겠다고.

—바지? 야, 그거 정말 기발한 생각이다! 존슨의 바지야, 벗겨져라, 입혀져라, 벗겨져라……

—너무 빨리 하면 사람들이 존슨 고추를 볼 짬이 없잖아.

그는 또 술을 찔끔 마신다. 속이 찌르르해지고 배꼽 아래서부터 따뜻함이 올라온다. 불현듯 꽁치 한마리가 떠오른다. 감동적인 영화를 보았을 때처럼 저 먼저 마음이 아려든다. 새끼줄에 매달린 꽁치 한마리……

그의 나이 스물두살 때였다. 파산해서 가난의 홍수 속으로 휘말려들었을 때 그는 「제3지대」란 연속극의 엑스트라를 했다. 그의 역할은 주먹패 똘마니로 주인공에게 한방 얻어맞고 나가떨어지는 것이었는데 주인공의 실수로 정말 얻어맞아 입술이 터지고 출연료 천원을 받았다. 그는 시장에 들러 꽁치 한마리와 쌀 한되를 사서 집으로 돌아왔다. 그녀는 공부를 하느라 그가 온 줄도 몰랐다. 그는 소리를 죽여가며 냄비에 밥을 짓고 꽁치를 구워 들여갔다. 책상도 팔고 없어 사과궤짝에서 공부를 하던 그앤 책을 내려놓고 냄비와 꽁치 접시를 받아올리며 수저를 들었고 그에겐 먹어보라는 말도 없이 살점부터 발라먹기 시작했다.

그는 수저질을 멈춘 채 먹는 데만 열중한 그애의 이마를 가만히 바라보았다. 기름기가 다 빠져나간 혜실한 얼굴, 잔주름이 실핏줄처럼 늘어 위에서 내려다보면 조그만 노인이 아귀들린 듯 먹고 있는 것 같았다. 그때 뼛속으로 맑은 물처럼 감동이 흘렀다. 처음엔 놀자며 보채고 공부는 뒷전이었는데, 어느 순간 책상으로 돌아와 등수를 따라잡더니 이젠 고시까지 준비하려고 넌 너의 몸을 그렇게 기름 짜듯 짜대고 있는 거니. 재미도 없고 골치만 아픈 그런 공부를 위해서…… 대체 너의 조그만 체구 어디에 그런 집념이 살아 있는 거니?

그때 그는 아프게 깨달았다. 만약 자신마저 돌아오지 않으면 그앤 책상에 앉은 채 그대로 죽어갈 것이라고. 그간 너무 힘겨워 달아날 마음도 없지 않았는데 이제는 사법고시가 있는 그날까지만이라도 꽁치 한 마리씩은 매일 먹이겠다고 그는 새롭게 다짐을 했다.

—밖에 나가 바람도 좀 쐬고 해라.

그녀에게 당부하고 충무로로 나갔지만 일은 매일 있는 것이 아니었다. 그는 방세와 꽁치 걱정으로 웃어야 할 장면에 성을 냈다. 그나마 공칠 때는 버스에서 칫솔이나 옐로우 잡지를 팔았고…… 그러는 사이 그녀는 무사히 시험을 치렀고 그리고는 아주 떠나갔다. 그것이 마지막 보인 그녀의 등이었던가? 아니야, 등이라니. 그건 그녀가 남겨준 두툼한 앨범 중 한 부분일 뿐이야. 시간이 지나고 보니 그조차 이해할 수 있는 일……

밖에서 차소리가 들린다. 흠, 이제야 돌아오는군. 그래, 넌 날 두고 떠날 수가 없지. 떠나봐야 부처님 손바닥인걸. 차문 닫히는 소리가 들려도 그는 꿈쩍않고 앉아 있다. 마침내 찬바람과 함께 그녀가 들어오고 뒤이어 현관문이 닫힌다.

"나 혼자 술을 하고 있소."

그는 말하면서 생각보다 자신이 많이 취했다는 것을 느낀다. 그녀는 차 열쇠를 들고 다가온다.

"거실이 춥군요."

그녀는 탁자 위에 열쇠를 내려놓은 뒤 난로문을 열고 장작을 넣는다. 주부처럼 그 손놀림이 익숙하다. 그녀가 몸을 일으킨다. 가까이 좀 와, 가까이…… 그녀가 돌아서서 그를 빤히 쳐다본다.

"술 하고 싶으면 저기 와인이 있소."

그녀는 고개를 저으며 돌아선다. 난 지금 너와 이야기를 하고 싶어.

아니야, 솔직히 키스를 하고 싶어. 광안리에서 했던 그 첫 키스처럼 오래오래 입술을 붙이고 싶어. 그 달콤한 환상이 깨어질까봐 그 누구와도 하지 않았던 키스. 그래, 넌 더 깊은 키스로 내게 말해줘야 해. 마침내 우린 옛날을 찾은 것이라고. 그는 뚜벅뚜벅 다가가 그녀의 팔을 잡아챈다.

"취했군요."

그녀가 그의 손을 떨쳐내고 자기 방으로 향한다. 그는 그녀의 등을 향해 소리치고 싶어진다. 넌 내 집에 와서도 등 보이는 연습만 하니, 응! 철컥, 하고 방문이 닫힌다. 내가 좀 취했군. 그는 바람을 쐬기 위해 현관문을 열고 밖으로 나간다.

어둠 저쪽에서 겨울풍경이 나 여기 있소, 하는 것 같고 간간이 바람도 지나간다. 황량한 겨울들판…… 그래, 서연아, 우리의 인생은 지금 가을과 겨울 사이에 들어섰다. 서둘러 수확하지 않으면 영영 때를 놓치고 마는 그런 시기, 내가 널 원하고 네가 떠났던 그때로 돌아가 다시 시작하고 싶은 것은 이제는 너와의 수확기를 가져야 하기 때문이다. 이른 봄날 내가 땀흘려 뿌린 씨앗들이 시간의 홍수에 다 휩쓸려간다 해도 어느 구석엔가 뿌리를 내리고 열매를 맺는 유실수 한그루만 있다면 그것이라도 우린 수확해야 하는 것이다. 더 늦기 전에, 우리의 인생 정원에 눈이 내리기 전에.

떠도는 넋들

1

서연은 화장대 거울 앞에 앉는다. 꽃무늬 조각의 둥근 테, 그 큰 거울 속으로 방안 가구들이 실루엣처럼 어른거리고 그녀는 잘 치장된 공간이다. 누가 사용하던 방일까, 하고 방주인을 생각해보는데 등뒤의 갓등 불빛이 불쑥 뛰어들며 묻는다.

'사람이 절망을 할 때 그 고통을 에너지로 환산하면 얼마나 되지? 평생을 살면서 했던 절망을 다 합치면 그 무게나 양은?'

또 그런 소리냐! 그녀는 벌떡 일어나 갓등을 꺼버리고 팔걸이의자에 눌러앉는다. 어둠이 무거운 커튼처럼 철컥 내려앉고 사방은 캄캄해져 눈을 감지 않아도 보이는 게 없는데 그 소리가 또 어둠을 뚫으려고 징징 쇳소리를 낸다. 그녀는 무릎을 올리고 거기에 머리를 파묻는다. 귀까지 가렸건만 그 소리가 먼저 따라와 지다위를 건다.

'왜 대답을 피하는 거야. 넌 지금 절망을 안고 있으면서.'

그래, 알고 있지. 내가 가장 일찍이 터득한 것도 바로 그거야. 절망이 아무리 커도 사람들은 벌떡벌떡 일어나지만 나 자신은 그렇지 못하다는 것, 소소한 절망이라도 여러번 거듭되면 끝내 시들고 만다는 것도. 그래서 내내 살얼음을 딛듯 살아온 거야. 갈등이나 번뇌를 초래하는 일도 가능한 한 멀리해왔고 그렇게 정도만 잘 지키면 그 절망이라는 것이 피해갈 줄 알았는데 결국 그렇지 못했어.

그녀는 번쩍 고개를 쳐들고는 활활 흔들어댄다. 절망이 아니야, 그것은. 그것은…… 오래 전 핵분열 때 떨어져나온 하나의 원소야. 그 원소를 내버려두면 악성 병균같이 심장까지 급습할 수도 있어 미리 조치를 취했고 아주 기세를 꺾은 뒤 망각의 늪으로 던져버렸어. 멀리, 나도 모르는 곳으로.

그랬다. 그녀는 그 원소의 정체를 알아서는 안되었고 완전한 비밀로 묻어두기 위해서는 자신조차 속여야 했다. 나는 그것이 무엇인지도 모른다. 그것은 열 겹의 보자기로 싸여 있어 도저히 알 수 없는 비밀이다…… 만약 그 비밀이 정체를 드러내면 애써 쌓아온 삶의 축대는 일시에 뒤흔들리고 그것은 어떤 면역체로도 감당하기 어려울 것이니 내 의식까지도 그 비밀 근처엔 얼씬거리지 말아야 한다. 아니, 의식과 무의식이 힘을 합쳐 다시는 드러나지 않게 그 원소 자체를 소멸시켜야 한다…… 그래야만 죽을 때 통쾌한 유언을 할 수가 있다. 어때 내가 이겼지?

그녀는 그렇게 비밀이 지켜질 줄 알았다. 그런데 박기자가 나타나서 대단한 몽상이군, 하고 비웃었다. 비로소 그녀는 자신의 능력으론 도저히 어쩔 수 없다는 것을 깨달았다. 그 각성은 예리한 칼날처럼 그녀의 심장을 찔렀고 심장은 수박처럼 쫙 갈라지면서 피 대신 절망, 아니 절망보다 강도가 센 공포를 내뿜었다. 그러나 그녀는 자신을 공포에만 맡겨둘 수가 없었다. 재난을 당하면 우선 대피부터 해야 하듯 스스로를 실종시킨 것이었다.

하지만 그녀는 곧 박기자보다 더 큰 적을 만나고 말았다. 그것은 바로 자신의 기억이었다. 아니 기억으로 가장한 원소였다. 원소가 기억의 옷을 입고 호시탐탐 기회를 노리다가 그녀가 방심하는 사이 표창으로 날아온 것이다. 처음은 그것이 표창인 줄도 몰랐다. 그녀는 그저 '할머니에겐 자주 찾아오던 귀신 친구 셋이 있었다'는 생각을 하는데 기억의 원소가 까악 소리를 치며 표창을 던진 것이었다.

'그들은 귀신이 아니었잖아. 할머니는 귀신을 빌려 네 가계를 이야기했던 거지.'

그 기억의 표창을 만난 것은 바닷가에서였다. 그녀는 그것을 피해보려고 서둘러 차 시동을 걸었고 막 전조등을 켜는데 그 불속으로 퍼런 표창이 함께 뛰어드는 것이었다. 그녀는 얼른 전조등을 꺼버렸다. 무의식이 대리석 무덤까지 만들어 깊이깊이 묻어버렸던 그 기억은 어둠속에서도 나 이렇게 되살아왔소, 하고 얼굴을 쑥 내밀 태세였다. 그 순간 그녀는 얼른 딴청을 피우며 '통통배 소리가 들려오네. 물이 빠질 때인가. 저것 좀 봐, 넘치는 바닷물이 두꺼운 벨벳 커튼이 되어 바다를 휘덮고 있어'라고 중얼거렸다. 그럼에도 더 빨리 달려오는 말이 있었다.

──풀잎마다 넋들이 앉아 운다구? 지나는 사람에게 바짓가랑이를 잡고 인사하자고 졸라도 모른 체 그냥 지나갔다구?

의식의 동시행위, 어릴 때 침목을 밟으며 숫자를 세면서도 다른 한편으로는 태연하게 꽃과 나비를 쫓던 것과 같이 내면에서 잘 훈련된 의식의 이중활동도 이땐 작동을 멈추어버리고 달려오는 말을 그저 바라보고만 있었다.

──견장 달구 번쩍번쩍 보기가 좋구뢰. 귀신이어두 보기가 좋아.

그녀는 부적을 내밀고 주술을 외우듯 차창 밖을 노려보며 '어떤 기억은 캐내려고 할 때 더 깊이 숨어버린다더라, 그래 난 캐내는 척할 테니 넌 숨어라, 숨어' 하고 크게 말한다. 그리고 숨으려는 기억을 도와주기 위해 잡다한 생각을 챙겨 자갈처럼 그 위를 덮어주었다. 그러면서 그 기억이 서운해서 벌떡 일어나지 않도록 '그래, 넌 가느다란 금맥처럼 바위 깊숙이 숨어버렸지만, 금전꾼들은 광산의 돌을 전부 파뒤집는 한이 있어도 너를 찾으려 들 것이다. 넌 그 손에 걸려들면 안돼. 그러면 넌 끝장인 거야' 하고 중얼거렸다. 그럼에도 그 힘센 원소는 숨어 있으려 들지 않았다.

'견장 달린 귀신이 어떻게 되었다구? 서른두살에 죽어 귀신이 되었다구?'

그녀는 대리석 뚜껑을 찾아 그 원소를 덮으려고 낑낑대면서 '기억들이란 도마뱀처럼 꼬리만 툭툭 잘라줄 뿐 몸통을 보이지 않는다. 그러니 꼬리야, 너도 들어가, 들어가'라고 거의 사정하듯이 말한 그때 통통배 불빛이 정말 원정군처럼 나타났다. 그녀는 통통배 불빛을 바라보며 '그래, 그 귀신들은 그저 할머니의 친구들이었을 뿐이야'라고 하며 생각의 허물을 벗었다. 그리고 잔잔한 바다를 내다보며 거기서 부드럽고 따뜻한 한타래의 실을 집어냈다. 그것은 할머니에 대한 그리움이었다.

할머니가 어린 손녀의 팬티와 속셔츠를 다림질하고 있다…… 날이 궂지 않아도 할머니는 꼭꼭 다림질해 입혔고 그래야만 손녀가 구김살 없는 인생을 살아낼 수 있다고 믿었다. 초등학교 사학년 때부터이던가 사교시가 끝나는 종이 울리면 할머니는 어김없이 나타났다. 품에 도시락을 껴안고 하얀 운동장으로 허위허위 걸어올 때면 그녀는 달려나가 할머니 손부터 찾았다. 할머니는 치마폭에 홍시를 닦아주며 이건 여기서 먹고 들어가라고 일렀다.

지우산을 쓰고 오는 할머니가 보였다. 얼굴은 우산 속에 가려 있지만 그 아래로 노란 장화 두 짝이 병아리처럼 꼬물거리면 틀림없이 할머니였고 할머니가 손녀의 우산과 장화를 챙겨들고 오는 길이었다. 할머니와 신발, 생각만 해도 마음이 더워지는 그 모습들. 겨울날 아침이면 할머니는 아궁이 앞에 쭈그리고 앉아 운동화를 불에 말려주었다. 어느날은 솜두루마기를 지어주었더니 품삯을 넉넉히 주더라면서 빨간 털구두를 사오셨다. 할머니는 손녀의 털구두를 사주기 위해 잠을 줄였다. 귀신과 이야기를 하다가도 그녀가 잠들면 벌떡 일어나 남포등 아래서 재봉틀을 돌렸다.

헐떡헐떡, 숨찬 기침소리가 들려오고 고통에 맡긴 그 무방비의 얼굴이 크게 확대되어왔다. 그녀가 고등학교 이학년 때 할머니는 마침내 발병하고 말았다. 해수였다. 숨이 호흡기를 꾹꾹 짓누르듯 차오면 할머니는 얼른 에페드린 병을 찾아 하얗고 조그만 알약 두 알을 삼켰다.

——할머니, 세 알씩 먹으라고 했어.

할머니는 약을 아껴 먹다가 결국 더 강도가 센 주사를 맞아야 했다.

——학교에서 돌아올 때 보스민 한병 사오라우.

할머니는 주사기와 약솜, 소독약을 약국에서 사오게 해서는 헐떡거리며 손녀에게 지시를 했다.

——주사기는 삶아라…… 약은 한 눈금만 넣고…… 옳지, 약솜에 소독약을 묻힌 뒤 할미 팔뚝에 꾹 찔러라.

할머니는 병원에 가서 주사맞는 그 돈을 아끼기 위해 손녀에게 주사 놓는 법을 가르쳤고 그녀는 한달에 두어 번은 '네가 주사를 놓으면 하나도 아프지 않다'는 그 말에 속아 아무 생각 없이 주사바늘을 찔러댔다.

할머니는 스스로 주사를 놓다가 돌아가셨을까. 해수병은 늘 괜찮다가도 별안간 터져나왔고 헐떡이는 시간이 길어질수록 회복도 더디어 발병하면 곧 주사액으로 가라앉혀야 했다. 그러므로 약병은 항시 차 있어야 했다.

그날 할머니는 약병이 거의 비어간다고 시내 큰 약국에 가서 보스민 한병만 사오라고, 그 약이 너무 비싸니까 싼 것은 없는지 약국 아저씨한테 단단히 물어보고 오라고 이른 후 그녀를 시내로 보냈고, 그녀는 '대학에 붙어도 나아지는 게 하나도 없다'고 투덜거리며 집을 나섰다. 그리고 약을 사서 돌아오는 길에 철길 침목을 밟으며 법관이 되면 보스민을 만드는 외국으로 할머니를 데려가거나 거기 큰 병원에 입원시켜 병부터 낫게 할 것이라는 제법 기특한 생각까지 했는데, 마당에 들어서서 보니 할머니는 문지방을 베고 죽어 있었다.

회한이 온몸을 슬픔으로 지배할 때 그녀는 전조등을 켰다. 그리고 차를 돌려나오면서 오늘은 숙면할 수 있겠다고 생각했다. 그렇게 할머니의 사랑을 그리움으로 되새긴 날은 꿈에서도 따뜻한 털구두를 신었다.

그런데 화려한 불싸라기가 걸려 있던 그 가든식당 앞으로 지나올 때였다. 어디선가 검은 물체가 날아왔다. 비닐봉투였다. 비닐은 창 앞을 툭 치더니 날아가지도 않고 그대로 들러붙었다. 그녀는 그것을 벗겨내려고 와이퍼를 돌렸으나 비닐은 와이퍼 끝자락에 걸려 올라갔다 내려갔다만 했다. 당황한 그녀가 와이퍼를 고속으로 올리자 검은 비닐은 숨쉴 틈 없이 오가며 시야를 가로막았다. 그녀는 간신히 와이퍼를 끄고 앞을 보았다. 비닐은 와이퍼 끝자락에 붙어 파르르 떨고 있었다. 그리고 달려드는 바람에 휙 뜯겨나가는가 했으나 옆 차창에 붙어 너울너울 따라오는 것이었다. 그녀는 아악, 소리를 질렀다. 검은 비닐이 수녀의 베일로 보였고 수녀의 얼굴까지 싸안고 둥둥 따라오는 것 같아 그녀는 필사적으로 차를 몰았다.

검문소가 저만치 보일 때 논바닥으로 미끄러져나간 사료차가 보였다. 그녀는 비로소 속력을 늦추며 천천히 그 옆을 지나갔다. 차 곁에서 견인차를 기다리느라 떨고 있는 기사를 보았을 때 춥겠다는 생각이 깃들였고 그 생각이 수녀나 비닐에 대한 망상을 몰아냈는지 검문소를 지날 땐 텅 빈 듯 마음이 허전해졌다.

라디오를 켜자 헨델의 오르간 콘체르토가 흘렀고 기환이와 그의 턴테이블에 올려져 있던 베토벤의 운명교향곡이 나란히 떠올랐다. 라디오 주파수도 FM에 맞추어져 있는 것으로 보아 그는 클래식을 즐겨 듣는가보다. 하긴 시인 지망생이었으니까. 시인들은 이야기도 즐겁게 할까. 그가 자지 않고 기다리고 있다면 난롯가에 앉아 살아온 이야기나 들어볼까. 시인은 되었는지, 왜 재혼은 하지 않았는지……

그렇게 마음먹고 집에 도착해보니 그는 취해 있었고 팔을 잡아채는 것이 강압으로 느껴져 얼른 방에 들어오고 말았다. 세수를 하고 싶었지만 그가 거실에 있어 나가기 싫었다. 그래서 거울 앞에 앉아 미안수로 얼굴을 닦으려는데 갓등 불빛이 뛰어들어 그녀 신경을 건드린 것이었다.

그래, 난 이제 자야 해. 잠은 가장 확실한 현실의 도피처…… 그녀는 무릎을 내리고 벌떡 일어나 침대로 들어간다. 이불을 뒤집어쓰자 금방 포근해지고 저리던 다리가 풀리면서 한 발 한 발 잠이 다가온다. 오늘밤 꿈에는 할머니를 만나야겠어. 그리고 일러줘야 해. 이 기억의 원소는 내 것이 아니잖아. 데려가요, 제발…… 그때 또 한 목소리가 들려온다.

―나는 곧 죽을 것이다. 죽기 직전에 너에게 얘기하겠다고 너의 엄마와 약속했단다.

수녀, 그 수녀! 그녀는 벌떡 일어나 창을 본다. 어둠이 까만 얼굴로 창에 매달려 제발 내 얘기를 들으라고 애원을 한다. 그녀는 다시 이불을 둘러쓰고 귀를 틀어막는다. 수녀가 앙상한 팔을 뻗어와 이불을 들치는 것 같다. 그녀는 다시 벌떡 일어나 방안을 서성인다. 가장 두꺼운 대리석 뚜껑을 찾아 모든 기억들을 무덤 속에 꼭꼭 처넣고 싶은데 수녀가 안돼, 안돼! 하고 소리친다. 그녀는 황급히 벽으로 다가가 전등 스위치를 올린다. 불빛이 천장에서 화살처럼 쏟아지자 그녀는 쫓기듯 방문을 열고 나간다.

거실엔 기환이가 있다. 안락의자에 앉아 잠들어 있는 그를 보자 왠지 안심이 된다. 그 옛날 추위에 떨다가 집으로 돌아가면 할머니가 재봉틀 앞에 앉아 있을 때처럼.

그녀는 방문을 밀어닫고 거기에 등을 기대며 기환을 바라본다. 실내는 어둑하고 천장의 작은 불줄기가 내려와 늘어뜨린 그의 팔뚝을 잡고 있다. 그녀는 그를 향해 소리없는 호소를 보낸다. 기환씨, 눈을 떠라. 그리고 날 좀 숨겨달라. 아무도 모르는 너의 비밀 방으로. 바람조차 들어올 수 없는 아늑한 밀실, 추억의 방이어도 좋다. 나를 완벽하게 숨겨줄 수만 있다면 그 어디든…… 수녀가 찾을 수 없는 어둡고 깊숙한 방…… 그보다도 이 순간 내가 나를 완벽하게 버릴 수 있는 그 무엇…… 섹스면 더 좋겠지.

그녀는 등을 떼내고 천천히 기환을 향해 걸어간다. 걸음이 점점 빨라진다. 그래, 너와 섹스를 하고 나면 내 생활의 리듬은 파괴될 것이고 정서혼란은 다른 길을 찾을 것이다. 마침내 그의 등이 눈앞에 다가오고 그녀는 그 등을 끌어당기려고 팔을 뻗다가 주춤 멈춘다. 자괴감이 그의 등을 가로막는다. 섹스 후에 찾아들 낭패감. 그녀는 자신의 팔을 거두고 조용히 돌아선다.

등뒤에서 일어나는 기척이 들리는가 했더니 어느새 기환이 다가와 양팔로 그녀의 어깨를 잡는다. 그녀는 돌아서며 그의 눈을 살핀다. 그 눈이 말하고 있다. 너는 지금 너 자신을 이식시키고 싶은 거지? 그 방법은 타인과의 교접뿐이다. 교접을 통해 그 모든 것을 나에게 주고 네 지친 넋은 휴식을 취하라. 그가 그녀를 와락 껴안는다. 그 포옹은 서늘할 만큼 절박하다. 이번엔 결코 먹이를 놓칠 수 없다는 늙은 짐승처럼. 그가 그의 방으로 그녀를 이끌어가면서 입술을 목덜미에 묻는다. 그 입술이 미늘같이 깊숙이 박혀드는가 했더니 그가 그녀를 휙 안아올린다.

기환은 그녀를 침대에 눕힌 후 서둘러 옷을 벗긴다. 그녀는 배꼽으로 스쳐가는 그의 손길에서 '남자'라는 명사를 떠올린다. 남자, 이 세상엔 몇명의 남자가 있을까. 성별은 하나지만 역할은 다 다른 이름, 할아버지 아버지 오빠 남편…… 어느 쪽도 자신과는 인연이 없다. 그런데 내가 왜?

그녀는 얼른 몸을 뒤집어 그의 입술을 피한다. 잠깐 주춤하던 기환이 다시 그녀 어깨로 입술을 가져온다. 그래, 피하는 건 아무 도움도 되지 않아. 나는 이 남자에게 나를 버리는 것이 아니라 이 순간 내 육신에 나 자신을 맡기는 거다. 남자가 아닌 내 실존…… 그의 입김이 점점 뜨거워진다.

그녀는 탁자에 앉아 거기 놓인 포도주 병과 잔을 끌어당긴다.

──이상해. 너무 긴장했나봐.

기환이 쩔쩔매다가 결국 포기했고 그녀는 옷을 걸치고 그의 방을 나오며 생각했다. 나는 궤도에서 이탈하지 않았어. 얼마나 다행인가.

그녀는 포도주를 따르며 '나는 이제 낭패감에 빠지지 않아도 된다. 얼마나 다행인가'라고 다시 읊조린다.

한모금의 술이 목구멍에 걸려 유치한 질문을 던진다. '여자 앞에서 남자의 그것이 발기되지 않을 수도 있었던가? 나이가 든 때문인가?' 그녀는 술을 마신 후 두 손으로 술잔을 감아쥔다. 전에는 성기가 웃는 것과 성을 내는 것 두 종류가 있다고 생각했고 기환의 그것은 늘 성나 있는 것으로 각인되었는데……

기억의 앵글이 빙글 각도를 돌리면서 하얗고 통통한 성기를 보여준다. 최초로 본 남자의 성기, 그것은 정박아의 것이었다.

──오빠야, 고치에 흙 묻는다. 옷 입어라.

108

초등학교 일학년 때 방과후 반친구 집에 들렀고 그 집 마당에는 친구보다 몸이 큰 남자애가 팬티도 입지 않고 흙장난을 하고 있었다. 친구는 마루에 던져둔 팬티를 들고 왔고 조그만 손으로 오빠의 고추에 묻은 흙을 털어낸 후 옷을 입혀주었다. 열살쯤 되는 남자애는 그녀를 보고 히죽이 웃으며 한쪽 다리를 들어 팬티를 입었고 그때 그녀는 자신의 것과 전혀 다르게 생긴 남자애의 성기를 보았다. 허옇고 살찐 그 성기가 바보의 입처럼 웃고 있었다.

한데 기환의 성기는 왜 성을 내지 않았을까. 그의 변명처럼 정말 긴장한 탓일까. 예전엔 익숙했는데 새삼 긴장할 수도 있을까. 그녀는 다시 술잔을 기울인다. 처음엔 그의 성기가 너무 크다는 것에 놀랐던가…… 어린 소녀에겐 남자에 대한 호기심도 존재인식의 한 방법이었던지 그 바보의 고추가 머리에서 떠나지 않았고 남자의 고추가 그 크기라면 얼마든지 가능할 줄 알았는데 기환의 그것은 삽자루보다 긴 것 같았고 잘못하면 죽지 않을까 두려웠다. 그래서 다시는 그런 짓을 하지 않으리라 다짐했는데 할머니가 돌아가셨다.

그녀는 할머니가 저 세상으로 떠났다는 슬픔에 앞서 홀로 남겨졌다는 공포에 질려버렸다. 할머니를 마당에라도 묻어두면 훨씬 나을 것 같았는데 사람들은 그녀의 그런 뜻을 이해하지 못했다. 가족과 함께 살고 있는 사람들일수록 냉혹해서 이승 사람과 저승 사람은 당장 헤어져야 한다고 할머니의 시신을 화장터로 데려갔다. 영원히 한몸으로 묶여 있으리라 믿었던 할머니가 거짓말같이 분해되어 사라져갔고 그녀는 안돼! 안돼! 하고 외치며 허공을 그러쥐었다. 사람들이 할머니의 유골봉지를 그녀에게 안겨준 그 순간 곁에 서 있는 기환을 보았다.

'소용없어, 움직이지도 않는 이런 유골은. 나에게 필요한 것은 살아 있는 사람이야.'

기환이가 결코 할머니 같을 수 없음에도 겁에 질린 자신의 넋은 절박하게 그를 원했고 삼우제를 지내는 동안 내내 기환이를 붙잡아둘 방법만 궁리했다. 왜 그런 생각을 하게 되었는지 모르지만 자신이 기환에게 확실하게 들러붙을 수 있는 길은 성교뿐이라 생각했다.

한데 그 멍청이는 사흘이나 함께 밥을 먹고 잠자리에 들면서도 손끝 하나 건드리지 않았고 할머니의 죽음, 오직 그 감상에만 깊이 함몰되어 있었다. 하긴 그는 문학소년이었으니까. 세상을 미화하는 데만 뜻과 의지가 있던 그에겐 뿌리를 달라고 외치는 부초들의 절규가 들리지 않았을 테고 이 사회엔 흙을 찾지 못해 죽어가는 풀씨가 얼마든지 있다는 것도 알 턱이 없었을 테니까.

그래, 그는 감상주의자였어. 가난도 시련도 삶도 모두 감상적으로 절망하고 감상적으로 고뇌를 했지. 그가 곧잘 표현하던 상동 판자촌 사람들의 생활, 그 민초들조차도 온 들에 군락하는 숱한 풀들처럼 땅에 든든한 뿌리를 박고 있다는 것, 그 뿌리는 서로 엉겨 있어 쉽게 뽑히지 않는다는 것은 알지도 알려고도 하지 않았어. 그에겐 그나마 의지할 수 있는 거처가 있었으니까. 그 거처가 있는 한 감상이라는 위선을 벗을 필요가 없었고 뿌리 없는 존재의 비극을 볼 이유가 없었겠지.

그래서 그녀는 갈급해하며 눈치만 보다가 마침내 비장의 무기를 들이대고 말았다.

—우리 결혼하자.

그때 그녀의 몸은 아직도 열너댓짜리 같았다. 그래서 꾀를 찾는다고 기환의 삽자루 같은 성기가 자신을 죽일지도 모르니까 그만두자는 것과, 설령 죽어도 이제는 그에게라도 붙어야 한다는 생각을 저울질하고 있었다. 그러다가 마침내 그를 유혹했고 그 첫 행위는 정말이지 상상을 초월하는 것이었다. 끝났을 땐 살아 있다, 이젠 살아갈 수 있다, 살아갈 수 있는 작은 텃밭을 얻었다는 안도감들이 나란히 허공에 새겨졌다.

—우리 한번만 더 하자.

그 뒤부턴 기환의 요구가 잦아졌고 그 행위가 거듭될수록 서로 점점 더 긴밀해지더니 마침내 자신의 몸도 짜릿한 요술을 부리기 시작했다. 그때 비로소 그녀는 그가 자신의 일부가 되었다고 안심을 했는데 어느 순간엔가 설익은 섹스 따위로 완전한 일체가 될 수 없음을 깨달았다. 아니 기환의 실체가 보이면서 그는 든든한 텃밭도 울타리도 아니라는 것, 자신이 바위옷이고 그가 바위라면 그의 면적은 넓지도 비옥하지도 않다는 것, 바위는커녕 부스러져가는 부토, 아니 형편없이 작은 돌멩이 라는 것을……

그녀는 술잔을 비우고 또 따르면서 그의 실체를 본 때는 언제였을까, 생각해본다. 동거 삼년 몇개월이 좀체 고개를 쳐들지 않는데 문득 한대 의 버스가 나타난다.

그녀는 버스 맨 뒷자리에 혼자 앉아 있었다. 대학 3학년 겨울이던가, 연수중인 한 선배를 만나고 돌아오는 길이었다. 정류장에서 낯익은 청 년이 가방을 들고 올라왔다. 기환이었다. 그녀가 알은체를 하려고 막 손을 쳐드는데 그는 그녀를 보지 못한 채 가방을 열고 칫솔을 꺼내들었 다.

──이 칫솔로 말할 것 같으면 미국에서 공부하고 돌아온 의학박사의 특허품으로 구강건강을 위해 특수 솔로 만든 제품으로서……

그때쯤 그녀는 자신도 모르게 바닥으로 내려앉아 의자 등받이에 몸 을 숨겼고 그때 한 여자애의 묻는 소리가 들려왔다.

──그 칫솔 본사가 어디죠?

──부산 초량에 있습니다.

기환은 사뭇 풀이 죽은 목소리로 대답한 후 차례로 칫솔을 팔기 시작 했다. 마침 뒷자리가 비어 있었던 덕에 그는 두어 자리 앞쯤에서 되돌 아갔고 다음 정류장에서 내렸다. 그녀는 버스가 출발하고도 한참이나 의자에 올라앉지 못했고 눈을 꼭 감은 채 의자 등받이만 쥐어짰다.

그녀는 희미하게 웃는다. 그때 만약 기환이가 본사가 어디냐고 묻는 그 처녀애한테 '왜요, 전화 걸어보게요? 전화 걸 돈 있으면 칫솔이나 사세요' 하고 당당하게 되받아주기라도 했더라면 자신이 기댄 바위엔 뚝심이 있다고 믿었을까. 그래서 평생을 그에게 묻을 생각을 했을까. 아니야, 그건 시작에 불과했어. 그는 내가 기식할 수 있는 숙주가 아니었어. 할머니가 늘 말씀하셨듯이 '넌 혼자라 뿌리가 약하다. 사람들 속에 든든한 뿌리를 내리자면 힘이 아주 세야' 했고 그 힘을 얻자면 물이 있는 쪽으로 뿌리를 뻗어야 했다. 설령 그런 것을 의식하지는 못했다 해도 무의식이 벌써 그런 방향으로 움직여가고 있었다.

그런데 그를 버리고도 나에겐 왜 죄의식조차 남아 있지 않을까. 무엇이 죄의식까지 깡그리 거두어올 수 있었을까. 바위옷은 한자락이 들떠 있다 해도 그 바위가 거부하지 않는다면 다시 부착해보려고 노력하는 것이 원칙이다. 여자, 그래 여자였어. 그에게 여자가 생겼을 때 이번엔 그 바위 자체가 온몸으로 저항하는 것 같았지. 나에게서 떨어져나가, 제발.

—네가 자꾸 한눈을 팔면 나도 다른 여자한테 갈 수 있어.

그가 그런 이야기를 했을 때 그녀는 코방귀를 뀌었다. 웃기지 마. 넌 내가 놓아주지 않는다면 누구한테도 갈 수가 없어. 넌 내 낚시고리에 단단히 걸려 있단 말이다. 그날 밤 그는 잠꼬대를 했다.

—정아, 정아……

그녀는 벌떡 일어나 그를 흔들어깨웠다.

—이것봐, 기환씨, 누굴 부른 거야? 난 서연인데 왜 이름까지 바꿔 부르고 그래, 응?

그는 잠에 취한 듯 머리를 흔들더니 등 돌려 누우며 말했다.

—나도…… 여자가 생겼어.

—여자?

그녀는 픽 웃으며 자리에 누웠다. 그녀가 아는 기환은 절대로 그럴 수 없는 남자였다. 한데 이튿날 기환은 그녀가 일어나기 전에 나갔고 그녀는 그의 주머니를 뒤지다가 쪽지 하나를 발견했다. '사장실 다방 일곱시.' 여자의 글씨였고 그날 기환은 돌아오지 않았다. 그녀는 가슴에 끓는 고통을 할머니처럼 가라앉혀보려고 에페드린 대신 담배 한갑을 사와 처음으로 밤새껏 피워대며 그를 기다렸다. 그러나 그는 아침에도 돌아오지 않았다. 절망의 해가 온누리에 왕겨처럼 깔렸고 그녀는 그것을 서걱서걱 밟으며 그를 찾아 사장실 다방으로 갔다.

그 다방은 명동에 있었는데 다른 곳과 달리 탁자가 회의실용 원탁으로 되어 있는 것이 인상에 남았다. 그녀는 구석자리를 잡고 앉아 차를 시켰으나 그 차를 마실 수가 없었다. 주머니에 돈 한푼이 없었고 기환을 만나지 못한다면 집까지 걸어가야 할 참이었다. 그녀는 물만 마시면서 진종일 기다리다가 저녁 무렵, 어쩌면 그 사이 집에 와 있을지도 모른다는 생각이 들어 찻값으로 맡길 학생증을 꺼내었고 그때 그가 들어와 반대편 구석자리에 앉았다. 그 역시 차를 시켜놓고 시계를 보다가 어디론가 전화를 걸고 돌아와 느긋하게 담배를 빼물었다. 그녀는 더 지켜보고 있을 수가 없어 그의 자리로 다가갔다. 상대가 나타나면 자신만 비참해진다는 것 따윈 생각할 여유도 없이 그의 앞자리에 앉으니 그의 눈이 커다랗게 벌어졌다.

—너 여기 웬일이고?

—너, 너 유부남이 바람을 피우면 어떻게 되는지 법조항을 읽어줄까?

—내가 유부남이라구?

그의 얼굴에 희미한 웃음이 지나갔다. 다시 입술이 꼼지락거릴 때 그녀는 그가 누가 법대생 아니랄까봐 그러니? 하고 말할 줄 알았다. 한데 그의 대답은 전혀 예상 밖이었다.

—우린 법적으로 결혼한 게 아니잖아.

—뭐라구? 넌 법을 몰라서 그러는데 우린 사실혼 관계야.

—사실혼? 그게 무슨 의미가 있지?

그녀는 대답 대신 그의 담뱃갑에서 담배 하나를 빼물었고 연기를 들이켜며 그를 쳐다보았다. 이상했다. 그 순간 그의 코가 피노키오처럼 길어져 보였다. 눈알도 튀어나왔다가 들어갔다가 조화를 부렸고 얼굴도 두꺼비 등처럼 수축과 팽창을 해대는 것이었다. 영양실조는 그때 이미 진행중이었고 허약한 몸에다 독한 담배까지 피워 그런 환각을 만들어내고 있음에도 그녀는 몸 걱정 대신 아직도 생생한 이성을 빌려 의과대학 친구의 말을 비상금처럼 찾아냈다.

'중절수술이 왜 불임의 원인이 되는지 아니? 아기를 긁어내려고 쇠붙이를 사용하는데 그 기구가 자궁벽에 숱한 흠집을 남기게 돼. 그러면 자궁벽은 우둘두둘 해지고 그러면 아기의 태반이 그 자궁벽에 유착할 수가 없는 거야. 자궁벽이 대리석처럼 단단하고도 매끄러워야만 아기는 태반을 그 벽에 흡착시킬 수가 있지. 물론 사람들마다 다 그런 건 아니고⋯⋯'

그녀는 담배를 끄고 벌떡 몸을 일으키며 말했다.

—알았어. 우리가 무슨 사실혼⋯⋯ 잘 있어.

그녀는 다방을 나왔다. 그가 다른 여자를 만나 잘살든 말든 그건 이미 상관이 없었다. 태아도 건강한 자궁을 만나야 태어날 수 있다면 길어졌다 짧아지는 그의 코, 실룩거리는 그의 뺨은 이미 상처입은 자궁벽이었고 그런 자궁에는 자신이 더이상 붙어 있을 수 없다는 자각이 들었다. 그동안 마음을 괴롭혔던 질투심이나 절망 따위의 고통을 깨끗이 날려보낸 순간 그녀의 발길은 빵집 앞에 머물러 있었다. 배가 고프다. 기환이가 있다면 저 빵을 사줄 텐데⋯⋯ 그는 왜 하필 지금 떠날 생각을 했을까. 내가 가정교사도 그만두고 고시에 매달리려고 칩거를 하는 이

때에……

　문이 살며시 열리는가 했더니 기환이가 나온다. 그도 잠이 오지 않는
모양이다. 그녀는 술잔만 내려다볼 뿐 그를 쳐다보지 않는다. 기환이가
그녀의 맞은편에 조용히 앉아 술잔을 끌어당기는데도 그녀는 놓쳐버린
자신의 상념만 되끌어온다. 그래, 정아. 그 여자가 기환의 부인이 되었
을까. 결혼은 한참 뒤에 한 것으로 아는데. 그러면 내가 그와 헤어진 것
은 몇년도? 상관없다. 그와 나의 동거 햇수는 연표가 아니다. 기억의
저편에 숨겨둔 것은 사건과 행위와 상황뿐. 그녀는 비로소 눈을 들어
그를 쳐다본다.

　"미안하오. 내가 너무 긴장했던 모양이오."

　그가 자신의 잔에 술을 따르며 계속한다.

　"남자는 긴장하면 그럴 수도 있지만 곧 회복하기도 한다오."

　회복? 웃음이 물방울처럼 입꼬리에 매달리는데 그녀는 그것을 툭 떨
어내고 물어본다.

　"내가 온 것이 기환씨 생활을 긴장시키는가요?"

　"아니…… 기다리던 충격이었다고 할까."

　그녀는 기환이가 자신의 의식을 부여잡고 추억이나 기억으로 이끌어
갈 작정임을 느꼈고 그녀의 무의식은 그보다 한발 앞서 그의 이혼으로
달려간다.

　"그런데…… 부인과는 왜 헤어졌나요?"

　기환이 망설이다가 나직이 대답한다.

　"내가 부덕한 소치였지……"

　판사로 임관되어 우배석을 맡고 있을 때였다. 어느날 재판을 끝내고
덕수궁 앞으로 걸어나올 때 그녀는 우연히 창식이를 만나 기환의 소식
을 들었다.

─나 지금 기환이를 만나러 가는 중인데…… 함께 가시겠소?

그녀는 고개를 저었다.

─지금 그 녀석 가장 큰 시련에 직면해 있어요. 이혼을 했거든요. 아이 데리고 어렵게 산다는데……

─아이를 데리고?

─안 바쁘면 잠깐 가시지요.

그녀는 그와 함께 택시를 타고 금호동으로 갔다. 창식은 골목길을 휘돌아 자꾸만 올라갔다. 그녀는 직접 만나는 것이 어색할 것 같아 두어집 아래서 기다렸고 창식은 혼자 그의 셋방에 다녀와서는 아이를 데리고 공사판에 나간 모양이라고 말했다. 창식은 공사장까지도 함께 가자고 졸랐고 그녀는 절대로 만나지 않는다는 조건하에 동행을 했다.

그녀는 공사장 입구에서 기다렸고 창식은 연립주택 공사장 쪽으로 걸어 들어갔다. 인부들이 골조를 져나르는 것이 보였고 모랫더미 옆에서 혼자 두꺼비집을 짓고 노는 어린 사내애도 보였다. 그녀가 그애 쪽으로 다가가자 어린애는 그녀를 보고 싱긋 웃었다. 이상하게 마음을 끄는 그런 미소였다.

─몇살?

조그만 주먹을 펴더니 손가락 한개를 접었다. 네살임을 그렇게 표현하고 또 티없이 웃었다.

─아빠 이름은?

─민기환.

그때 저만치 공사장에서 기환이 골조통을 놓고 나오는 것이 보였다. 창식이가 다가가며 이야기를 걸 때 그녀는 돌아섰다. 그때 양심 한자락이 그녀를 잡고 늘어졌지만 그녀는 뒤도 돌아보지 않았다.

그런데 웬일인지 기환의 아기에 대한 생각이 근 보름간이나 뇌리에서 떠나지 않았다. 그래서 어느 비오는 날 그녀는 혼자서 금호동 그의 셋집으로 찾아가보기도 했다. 낮은 담벽 옆 그의 방안에서는 아이의 까르륵 웃는 소리와 그의 목소리가 감자 찌는 냄새보다 더 맛나게 들려왔다. 그녀는 발길을 돌렸다. 애아빠의 웃음소리는 그녀에게 안심을 주었고 그 안심이 그에 대한 생각들을 차근차근 지워갔다. 그리고 또 창식을 만났을 때 그애가 중학에 들어갔다는 소식을 들었다. 그때 돈을 주었던가…… 기억이 희미하다.

"아이 엄마가 교사였다고 한 것 같은데……"

"그랬소."

"그런데 왜……"

"별 이유 없이 사람들은 헤어지기도 한다오."

그는 그것으로 대답을 마감하겠다는 듯 술잔을 비운다.

"결혼생활은 몇년이나?"

"삼년쯤…… 자, 이제 그만하고 다른 이야기나 합시다."

"가정법률상담소에 오는 수많은 이혼부부를 보면 대부분이 남자의 폭력이나 외도가 주원인이던데……"

"그렇소. 잘못은 내게 있었소. 직접 폭력을 휘두르거나 외도를 한 건 아니지만……"

바람이 조리대 뒤창에서 덜컹덜컹 노크를 한다. 그는 흘깃 창을 보다가 자신의 빈 잔을 채운다. 그녀는 침묵이 탁자 위로 엿물처럼 흘러내린다고 느끼고 그 침묵이 불순한 의도를 보이기 전 다른 무엇을 찾아야 한다고 자신에게 이른다. 그래, 이럴 때는 한가하게, 심심파적으로 이집 저 집을 기웃거리는 노파처럼 그의 지나온 인생이나 들여다보자…… 그는 어떻게 살아왔을까? 내가 그의 아들에게 말을 걸었던 건 알고 있었을까? 그래서 독일에서 온 전화를 받았을 때 대뜸 현수요, 그렇게 말했던 것일까? 그가 잔을 내밀며 묻는다. 자신의 인생살이는 감추고 싶다는 듯이.

"난 말이오. 지금도 가끔 서연씨 할머니가 생각나오."

"우리 할머니?"

"할머니를 찾아온다던 귀신…… 그 인상이 내겐 무척이나 강했던 모양이오."

그녀의 미간이 서서히 좁혀든다. 또 귀신 이야기……

"아마 창식이를 기억할 거요. 그는 요즘 우리 민족을 지배해온 귀신들 이름과 그 숫자 연구에 깊이 빠져 있다오. 단군신 이래 녹두신까지 수천은 되겠지?"

귀신, 그런 건 없어. 사람들은 존재의 불안 때문에 그런 허상을 만들었던 거지. 그래야 모든 불안을 떠넘길 수가 있으니까. 그녀의 이성 한 자락이 슬쩍 입귀를 쳐들고 그런 말을 속삭이자 그녀의 입이 커튼을 치듯 말한다.

"수천명이나?"

그래, 바다도 심층은 따로 존재한다. 배는 심해를 들여다보지 않고도 목적지에 갈 수 있다. 파도와 해와 바람을 벗삼기만 한다면 그 항해는 유쾌할 수도 있다.

"창식이 말로는 귀신도 다 역사적인 인물이라더군. 그 이름을 보니까 별의별 귀신들이 다 있는데 그래, 할머님께 찾아왔다는 귀신은……"

귀신도 역사적이란 말에 그녀의 기억 원소가 바람 속의 치마폭처럼 한자락 휙 쳐들리는데 그녀는 얼른 그것을 누르며 부인하듯 말한다.

"그냥 억울하게 죽은 귀신들이었어요. 구천으로 떠돌다가 할머니를 만나 말벗을 삼았다고나 할까."

"구천으로 떠돌던 귀신이라면 슬픈 객귀들이겠구려."

그녀는 휘말리면 안된다, 그러자면 먼저 선수를 잡아야 한다, 그렇고 말고, 그 귀신들은 오직 할머니의 친구들이었을 뿐인데,라고 자신에게

118

속삭이며 나직이 이야기를 시작한다.

"슬픈지 기쁜지는 잘 모르겠고……"

할머니의 귀신 친구는 셋이었다. 천둥 번개가 치거나 바람이 심한 날 밤이면 어김없이 찾아와 횃댓보를 쳐둔 대나무 걸대에 앉아 할머니에게 이야기를 걸었다. 귀신들은 기억력이 좋아 그녀나 할머니의 생일을 잊지 않았고 그럴 때 할머니는 이렇게 말머리를 열었다.

—떡도 미역국도 다 먹였다우. 많이 먹었으니 튼튼하게 자랄 거외다.

그것은 손녀의 생일이란 뜻이고 당신의 생일날은 또 이렇게 말했다.

—국수를 먹었다우. 내레 오래 살아야 되잖우.

그녀는 한번도 귀신들을 본 적이 없었다. 귀신들은 꼭 그녀가 잠이 드는 그 순간에 왔고 막 꿈의 오솔길로 들어설 때 할머니는 귀신을 맞아들였다.

—수염 휠휠 날리며 바삐도 오시는구려.

그 말소리가 들리면 그녀는 꿈길에서 되돌아나오거나 내처 들어갔고 어떤 땐 주춤 멈추어 서서 오늘은 '수염 휠휠'이니 노인이 온 모양이라고 짐작했다. 대체로 귀신들은 번갈아 찾아왔다. 장군님이신가? 할 때는 장군귀신이, 이 겨울에 또 앵두를 물고 왔구나, 하면 그건 앵두귀신이었는데 그 귀신들은 순전히 할머니가 지칭하는 호칭에 의해 그 존재를 알렸다. 또 장군과 앵두귀신한텐 늘 하시게,라고 하는 대신 수염귀신에게만은 하시오, 하는 걸 보면 귀신들 중에서도 수염귀신이 가장 연장자인 것 같았다.

비가 추적추적 내리던 어느 여름날 밤, 할머니는 모기장 속에 누워 수염귀신과 두런두런 이야기를 했다.

—처음 직장이라고 잡은 거이 탄쟁이였단 말입네까? 탄 캐는 건 어렵지 않은데 흰 바지저고리가 까맣게 되어 새악시한테 면목이 없었다

구뢰? 그 새악시두 힘들었겠쇠다. 맨날 그놈의 바지저고리 빨아대느라. 뭐라구요? 초창기 땐 그랬지만 얼마 후부텀 바지저고리 대신 작업복을 입었다구? 학생들 교복 같은 그거? 나두 기억이 나구뢰. 우리 아바이가 어릴 때 들려준 이야기론 처음엔 기관사두 저고리 옷고름을 휠휠 휘날리며 기찰 몰았대누면……

그리고 할머니는 추임새처럼 덧붙였다.

─참, 신님도 고달프게 살다 돌아간 분이구뢰.

그러나 어떤 날은 존칭과 하대말을 뒤섞어 사용해서 할머니가 누구와 이야기하는지 알 수가 없었고 또 목소리가 개구리처럼 공기주머니에 넣고 빙빙 돌리거나 구울구울해서 무슨 말인지 알아들을 수가 없었다. 특히 장군귀신과 앵두귀신이 찾아올 때가 그랬다.

"할머니의 귀신 친구들은 근세에 살았던 혼령들인가보구려. 처음 채탄 때 광부들이 바지저고리를 입었다는 것은 나도 어디선가 읽은 것 같은데."

그녀는 팔꿈치를 세우고 깍지 낀 주먹에 턱을 고인 후 지그시 기환을 쏘아본다. 그래서 너도 알아차렸다는 거니? 그 혼령들이 어느 일가의 가계 이야기를 했다는 것을? 기환이 담배를 찾아와 불을 붙이며 농담처럼 말한다.

"내가 만약 서연씨를 다시 만나지 못하고 죽었다면 어떤 귀신이 되었을까?"

"………"

"장가는 들어본 사람이니 몽달귀신은 아닐 테고……"

그는 실룩 웃으며 그녀를 쳐다본다. 그녀는 주먹에 이마를 묻는다. 피곤이 몰아쳐오는데 어떤 이야기가 방금 켜진 네온처럼 번쩍하고 다가온다.

─신님 이야기를 듣고 보니 딱도 하구려. 그래, 신님이 못 찾는 넋

을 낸들 어디 가서 찾으란 말이오……

그녀는 아프도록 입술을 깨물면서 얼른 기억의 쟁기를 찾아들고 다른 곳을 뒤지기 시작한다. 그러나 이미 소용이 없다.

—안강에도 가보았소, 낙동강에도 가보았소.

그녀는 휙 고개를 돌려 뒤창을 올려다본다. 무언가가 부옇게 매달려 있다. 커튼이 아니다. 자세히 보니 여명이다. 그때 기환이도 창을 올려다보며 말한다.

"벌써 새벽이 온 모양이오."

그리고 그는 커튼을 열어보려고 창가로 간다.

"열지 말아요. 이젠 자야 할 테니……"

그녀가 몸을 일으키자 그가 다가와 어깨를 감싸안고 그녀의 방으로 데려다준다. 그녀는 그 방이 싫었지만 이젠 잠이 구원해줄 텐데,라고 생각하며 침대에 누웠고 그가 이불자락을 여며주며 말한다.

"푹 자요. 내일은 멋진 하루를 만듭시다."

그가 돌아서 나가자 그녀는 이불로 얼굴을 덮으며 나직이 고맙다고 말한다. 언제 떠날 거냐고 묻지 않는 기환에게. 그러자 무거운 피로가 기다렸다는 듯 덮쳐오고 그것과 함께 잠도 솟고라져온다.

2

이불로 얼굴을 덮어도 잠이 오지 않는다. 그는 몸을 뒤집어 엎드려본다. 성기가 부풀어 압박이 느껴진다. 젠장 말 안 듣는 자식 같다더니 필

요할 땐 일어나지도 않고…… 그는 바로 누워 이불을 내린다. 지금 건
너가서 다시 시도해볼까. 새벽엔 절대 실패하지 않을 자신이 있는데.
아니야, 서연은 잠이 들었을 텐데. 그녀는 잠이 들면 세상을 다 줘도 싫
다고 하는데.

그는 천장을 올려다본다. 두꺼운 커튼이 여명을 가로막아 천장은 아
직도 한밤 같다. 한데 왜 그것이 일어나지 않았을까. 흔히 이 나이가 되
면 발기부전이 온다고 했는데 나에게도 벌써 그것이 온 것일까. 젊었을
때 너무 탕진해서 정액창고가 비워졌다? 그럴 리 없다. 아들이 대학간
뒤부터는 별로 사용하지도 않았는데. 통계적으로 늙은 재혼자들은 첫
날밤 젊은이들 못잖게 몇차례나 관계를 한다고 하고 나는 이 집을 지을
땐 서연이와 밤새껏 합궁하는 꿈을 꾸었다. 그래서 침대를 들일 때도
온몸이 달아오르곤 했는데…… 그래, 너무 긴장했던 탓이야. 난 내 몸
속에 저축된 그녀에 대한 사랑을 어서 빨리 되돌려주고 싶어 안달이 났
고 그 조급증에 쫓기다가 결국 이렇게 된 거야. 그녀를 즐겁게 해주고
싶었는데…… 그녀에게도 최상의 절정을 주자면 그래, 느긋이 마음먹
고 기를 돌리듯 뇌 속 피질에서 말초신경까지 에너지를 넉넉히 충전한
뒤……

그녀의 젖가슴이 떠오른다. 어린 처녀아이처럼 여태도 조그맣게 올
라붙어 있는 젖가슴. 입술을 가져가도 반응을 보이지 않았다. 그녀의
감각도 녹이 슨 것일까. 옛날에는 조그만 젖꼭지도 제법 빳빳해졌는데.
그가 계속 자극을 주자 그녀는 등을 돌려버렸다, 싫다는 듯이. 이 방에
들어올 땐 그녀의 눈도 간절히 원했는데. 그래서 내 그것이 시르죽었던
것일까. 오늘은 정말이지 그녀를 흠씬 즐겁게 해준 후 '것봐, 남자가
있어야겠지?'라고 하고 싶었는데. 그리고 나란히 누워 땀을 들이며 이
런 이야기도 하고 싶었다.

'서연아, 여자가 요구를 많이 해 동성연애를 한다거나 더 자극적인

것을 원해 변태가 되어가는 남자도 있다지만 사랑하는 여인만을 위해 밤새껏 성교를 하고 싶은 남자도 있는 거란다.'

해양학을 하는 영섭은 그런다고 했다. 아내가 그만하라고 할 때까지 자기는 사정하지 않는다고. 물론 농담이었을 테지만 자기 앞머리가 벗겨진 것도 아내가 그만하라고 하도 밀어서 그렇게 되었다고. 그러자 또 창식의 말이 떠오른다.

——아이들의 혼전성교, 그거 무조건 반대할 것만 아니더라. 사실 말이지, 우리가 성에 눈뜰 땐 여성들도 절정에 도달한다는 것 잘 몰랐잖아? 그저 일방통행이었지. 그런데 요즘 여자애들 어쩌는지 알아? 남자애가 먼저 사정하고 끝내면 벌떡 일어나서 '재수없어!' 그러거나 '야, 좀 배우고나 덤벼, 응!' 그런대. 그만 하면 자기밖에 모르는 남자애들 교육 잘 시키는 거지 뭐, 안 그래?

그는 가만히 웃으며 '그럼그럼, 남녀가 서로 반쪽이라면 성교는 합일이고 합일의 매개는 동시 절정인 거지. 그럼에도 남자가 일방통행을 해버린다면 그건 합일에 대한 모독인 거야 하고 중얼거린다. 그러니까 서연아, 다음번엔, 아니 오늘밤에라도 그 기회가 온다면 네가 그만하라고 애원할 때까지 난 버틸 거야. 난 말이야, 가끔 신기할 때도 있어. 모든 사람이 다 성기를 가지고 있다는 것, 이 세상엔 똑같이 부여받은 기쁨이란 하나도 없는데 그 기쁨만은 누구나 타고난다는 것……

문득 한 이야기가 떠오른다. 그는 빙긋 웃으며 다시 중얼거린다. 서연아, 사는 데 재미를 찾지 못한 한 청년이 말이야, 자살을 준비해놓고 마지막으로 자위를 했는데 온몸을 무아지경으로 만든 자신의 성기를 내려다보며 이렇게 중얼거렸다더라. 이거, 요술방망이 아냐? 내가 이걸 가졌단 말이지? 흠, 내가 이 요술방망이를 혼자 사용할 게 아니라 여자와 함께 하면 그 여자의 절정도 내 것이 된다는 것인데…… 그래서 그 청년은 마침내 결혼을 했고 자식이라는 재미까지 덤으로 얻었다는 우스갯소리도 있듯이 성기, 그건 정말 요술방망이 같잖아? 사용할 때마다 무엇으로도 대신할 수 없는 절정을 주고 그것만이 사랑과 가정을 만들 수 있다는 것이 어떨 땐 기적 같다는 생각도 들어.

눈이 슬슬 감겨온다. 자야겠군. 서연이와 멋진 사랑을 위해서라도 푹 자두어야 해. 그는 눈을 감는다. 그런데 서연의 질문 하나가 잠을 젖히고 불쑥 뛰어든다.

—애엄마와는 몇년이나 살았는데?

삼년, 당신보다 더 짧은 세월. 내 인생엔 여자와 사는 운이 적었던 모양이야. 그래서 남은 인생은 당신이 채워줘야 해.

—부인과는 왜 헤어졌지요?

참으로 많은 사람들이 그걸 물었다. 왜 헤어졌느냐, 웬만하면 참고 살지 왜 이혼을 해서 홀아비 궁상을 떠느냐…… 창식이가 다그쳤을 때도 그는 그 까닭을 말하지 못했다. 아내의 외도보다 아내를 그렇게 몰아간 자신의 이중성을 설명할 수 없었던 때문이다.

한데 그때 내 마음엔 왜 그런 고약한 심보가 준동했던 것일까. 사랑이야 마음대로 되지 않는다 해도 아이까지 낳아준 여성인데 어이하여 사랑도 작은 감동도 우러나지 않았을까. 서연이만큼 매력이 없어서? 매력이란 대체로 꽃이 자기의 부족함을 보완하기 위해 향기를 풀어 벌을 불러들이는 것과 같은 것이라면 아내에겐 그럴 필요성이 없었다. 남들이 다 인정해주는 미인이었으니까. 그런데 왜 나는 아내의 사랑에 취해보지도 취하려고 노력하지도 않았을까. 그때도 나는 서연이와의 가능성을 꿈꾸고 있었던가?

서연이와 헤어졌을 땐 한편으론 홀가분한 마음도 없지 않았다. 그녀가 떠나지 않았다 해도 그는 더이상 그녀를 부양할 힘도 능력도 없었고 생활을 영위해갈 자신감도 남아 있지 않았다. 서연이가 첫 시험을 친 후 선배와 자취하기로 했다면서 자신의 짐을 챙겨 떠나자 빈방에는 그의 옷가지만 남았다. 그는 잡동사니로 남은 자신의 껍질, 그 빈 껍데기까지도 생활로 채워야 한다는 것이 무서워 도망치듯 군입대를 했다.

자기상실에 빠진 청년에게 군대는 좋은 도피처였다. 그러나 그곳에서도 외아들이란 게 드러나 이년 만에 의가사 제대를 했고 마치 쫓겨나온 듯 막막한 심정으로 귀가열차에 올랐다. 차창으로 지나가는 풍경은 모두 낯설었다. 그 풍경들이 역 앞 펨프들처럼 물어댔다. 너 돈 있니? 잘 데는? 돈 있으면 와, 재워줄게…… 난 돈이 없어요, 잘 데도 갈 곳도 없어요……

산다는 것은 먹고 자는 것, 먹고 자기 위해서는 지붕과 밥상이 있어야 한다는 것, 가족이 없어도 혼자여도 그것은 해결되어야 한다는 것…… 그는 진저리를 쳤다. 다시 일용할 양식을 찾아 충무로로 노동판으로 나가거나, 아니면 버스에서 칫솔을 팔거나, 그도 아니면 당장 몸 누일 곳을 찾아 전기배선공의 합숙소로 기웃거리는 자신의 모습이 선명하게 되살아났다. 그것은 정말이지 죽기보다 더 싫었다.

그는 한달간 삼촌집에서 기식했고 눈치가 보일 때 서울행 열차를 탔다. 그에겐 군대에서 딴 운전면허증이 있었다. 운전이라면 환멸도 치욕도 느껴보지 못한 새로운 분야라 곧장 택시회사를 찾아가 스페어 운전수로 취직했고 마치 지리공부를 하듯 서울 시내로 차를 몰고 다녔다.

한달쯤 지난 어느날 길눈이 대충 트여갈 무렵 뜻밖에도 호영이가 그의 택시를 탔다. 호영은 배우 지망생으로 그가 단역일을 할 때 알게 된 친구였는데 녀석이 대뜸 지싯거렸다.

—너 엘비스 프레슬리라도 될까봐 운전대를 잡았냐? 아서라, 이 나라엔 택시운전사한테 가수나 배우가 되라고 매달리는 매니저는 없어.

—난 배우가 되고 싶어 엑스트라를 했던 게 아니야.

—그럼 입에 풀칠하기 위해서 이젠 운전대를 잡았단 말이지? 벌어먹여야 할 식구도 없다는 놈이 구질구질하긴.

그리고 녀석은 구질구질한 일에서 벗어날 수 있는 일이 어느 술집에 있다면서 쉬는 날 그곳으로 오라고 했다.

　—술집?

　—그래, 이름은 '낭만'인데 말이야. 주로 영화배우나 감독 지망생, 문학도 들이 출입을 하지.

　—난 영화도 문학도 담 쌓은지 오래야.

　—인마, 누가 너더러 예술삐리들과 어울리래? 술 사주고 밥 사주는 여자들이 거기 있단 말이다. 부잣집 여자애들이냐고? 야, 아직도 부잣집 기집애들이 건달이나 쫓아다니는 그런 순정의 시댄줄 아냐? 그런 시댄 엄앵란과 신성일이 「맨발의 청춘」으로 벌써 끝내버렸어. 그럼 어떤 여자들이냐구? 와보면 알아. 여자들은 낭만을 찾고 그런 멋쟁이들이 또 얼마나 순진한지……

　그 술집엔 주로 정부청사에 근무하는 비서나 출판사 직원, 여교사들이 오고 그녀들은 예술가 지망생들을 좋아하며 특히 익살이나 '설'을 잘 푸는 사람한텐 사족을 못 쓴다는 것이었다. 또 거기에서 인기관리를 하자면 '구라' 내용도 자꾸 바꾸어야 하며 그것조차 영화 대사를 하듯 잘 다듬어서 풀어야 한다는 것이었다.

　—그럼 거기 나가는 다른 사람들도 다 너처럼 '구라'를 풀어대냐?

　그는 여자보다도 구라 운운하는 게 솔깃해서 그렇게 물어보았다.

　—그럼 이 자리 저 자리에서 허풍을 떠는 것은 남자들이고 까르르 웃거나 넋을 놓아버리는 것은 여자들이지. 이야기 내용도 제스처도 천양지차라 연기자들 콘테스트에 온 것 같다니까. 그러나 진짜는 술 취한 뒤에 벌어지는데……

　그는 그 술집에서 아내를 만났다. 녀석의 말처럼 술취한 뒤에 만났다고 하는 것이 옳을 것이다. 그리고 택시운전도 그만두었다.

　첫날 그는 여덟시에 호영이를 만나 함께 '낭만'으로 들어갔다. 벌써 여자 손님들이 두어 자리를 차지하고 있었고 호영은 빈자리를 잡고 앉아 맥주를 시킨 뒤 먼저 한모금 마셨다. 이마의 주름살을 한껏 잡은 뒤혀가 풀렸는지 녀석은 '설'을 풀기 시작했다.

—난 요즘 이런 꿈에 시달려. 할리우드나 깐느에 사는 유능한 감독이 자꾸 나를 찾아오는 거야. 너 숨지 말고 이리 나와, 어서! 이상하게도 꿈에는 내가 자꾸 그 감독들을 피하고 있는 거야.

녀석은 옆자리 여성들에겐 전혀 관심이 없는 척 자기 이야기에 도취되어 있는 듯했으나 실상은 곁눈질로 관찰하고 있었다. '설'의 내용도 여성들의 신분에 따라 달라진다는 것도 점차 알게 되었다. 게다가 녀석은 배우였다. 배우들은 대체로 타고난 익살꾼들로서 사람을 즐겁게 해주려는 욕구가 있다지만 녀석의 대사법이나 '설'에는 항상 미늘이 준비되어 누군가를 잡아채려는 데 그 목적이 있었다.

—그리고 오늘은 말이야, 아침부터 어떤 소리가 계속 따라다니는거야……

녀석이 연기를 하듯 고개를 저었다. 그는 심각한 배역을 보여주려고 애쓰는 녀석에게 그만 염증이 치밀었다. 그 느끼한 기분을 혓바닥에 올려 도르르 만 뒤 알약처럼 삼키려고 술잔을 드는데 등뒤에서 여자의 한숨소리가 나직이 들려왔다. 주변의 미세한 반응까지도 놓치지 않던 녀석은 더한층 신이 올라 이제 비상과 추락에 시달리는 천재 시인의 표정으로 하늘과 땅을 내려다보면서 말을 이었다

—하늘도 땅도 아닌 어느 별에서 오는 소리라는데 마치 천둥 번개같아. 처음엔 번개처럼 머릿속이 번쩍하고 나면 뒤이어 쿵 하고 울리는천둥소리. 그렇게 울려오는 소리를 분석해보면 여긴 영화라는 이름의별이다. 모든 것이 영화로 이루어진다. 빛이라는 망원경으로 너를 관찰해보건데 넌 정말 타고난 재능을 가진 것 같다. 지금 우리는 특수 비행기를 제작중인데 그것이 완성되면 널 초빙하러 가겠다……

그때쯤 그가 믿지 않았던 일이 정말 일어났다. 옆자리 여성들의 관심이 노골적으로 쏠려왔고 마침내는 '합석해도 될까요?'라고 물어왔다. 녀석은 '우리 인구가 적으니 그 자리로 가죠 뭐' 하고 술잔을 들고 구렁이 담 넘어가듯 슬그머니 옮겨앉았다. 그것은 일차로 술값 해결을 위한 것이었다. 그도 녀석과 함께 엉덩이를 옮겨가며 허무맹랑한 이야기에 마음을 빼앗기는 그 여성들을 주욱 살펴보았다. 녀석의 '구라'는 끝도 없이 이어졌다. 여성들은 술과 그의 말에 취해 통금이 가까운 것도 잊고 있었다. 녀석이, 나는 상대를 정했다, 너도 골라잡으라는 눈치를 보내왔고 그는 옆자리에 앉은 여성을 힐끔 훔쳐보았다. 그녀는 녀석에게 매료되어 녀석과 가까워진 친구를 부러운 눈으로 바라보고 있었다. 그는 구역질이 났지만 그녀에게 눈을 찡긋해보았다. 뜻밖에도 반응은 즉각 돌아왔다. 그녀가 바로 아내였고 막 교사가 된 그 순진한 여성은 그의 눈길이 거미줄인지도 모르고 그렇게 걸려든 것이었다.

그날 그는 아내를 여관으로 유인했다. 첫날치고는 괜찮은 성과였고 통금이 그를 도와주었다. 그는 당장 여자의 옷을 벗겼고 서둘러 그 짓을 하면서 '그런 허무맹랑한 이야기에 넋을 팔 만큼 너의 영혼이 값싼 거냐, 이 너절한 여자야'라고 속으로 비웃었고 뒤이어 '내가 그 녀석의 친구란 것만도 감지덕지했단 말이지? 그러니까 내가 꿩 아니면 닭이란 말이지?' 하고 마치 보복을 하듯 거칠게 다루었다.

그렇게 한차례 폭풍우같이 여자를 휩쓸어버린 뒤 돌아누워 잠이 드는데 그녀의 손이 다시 그의 등을 어루만졌다. 그 손과 피부가 살이 델 만큼 뜨거워 그는 그녀가 한번 더 원한다는 것을 직감했다. 그는 그녀가 만족하지 못했거나 막 성에 눈을 떠서 물오른 젊음을 맘껏 발산해보고 싶어 그런다고 생각해볼 수도 있었건만 그런 마음은 어디로 갔는지 단번에 음흉한 미소를 똬리처럼 감아대며 '오호, 너도 이미 성을 안다는 것인데 그렇다면 녹초로 만들어주지' 했고, 밤새껏 풍구질을 해댔다. 그래야만 여자를 깔아뭉개고 이길 수 있다는 듯이.

그 일이 있은 뒤부터 아내는 그를 만나기 위해 퇴근길마다 '낭만'으로 왔고 그는 그녀를 보면 얼른 뒤돌아서 나오곤 했다. 호영이가 다른 여성들과 구라판을 벌이고 있어도 그녀는 구석자리에 앉아 오직 그만을 기다렸다.

보름째 그는 술집 '낭만'으로 출근하는 길이었다. 낮에 실컷 자서인지 충전된 배터리처럼 귓바퀴로 힘이 넘쳐나는 것이 느껴져왔다. 그는 말끔한 양복으로 단장하고 천천히 걸었다. 오후의 쓸쓸한 해가 길바닥에 드러눕고 퇴근하는 직장여성들의 신발소리가 그 거리를 메웠다. 그는 이 세상에는 허무뿐이라는 듯 아주 쓸쓸한 표정으로 바닥을 내려다보며 휘적휘적 걸으며 지붕에 걸린 해가 꼴깍 넘어가는 것을 보았다. 백미터 전방에는 술집 '낭만'의 통나무문과 갈대발이 보였다. 그는 잠깐 멈춰서서 술집에는 한시간쯤 후에 가는 게 효과적이라는 판단을 내린 후 우선 가까운 다방으로 들어갔다.

그는 차를 시키고 천장을 향해 담배연기를 내뿜으며 그 여자에 대해 생각해보았다. 그녀는 오늘도 퇴근하자마자 달려와 자기를 기다리고 있을 것이다. 어제도 그제도 그는 발을 걷고 안으로 들어가다가 그녀를 발견하면 곧장 나와버리곤 했는데 어제 그녀는 뒤쫓아 나와 애타는 목소리로 그를 불렀다.

─나 좀 보고 가요. 부탁이에요……

그는 모른 척 그냥 걸었는데 그녀가 달려와 그의 팔을 잡으며 말했다.

─결혼하면 만날 수 있나요? 그럼 우리 결혼해요!

그 말을 듣는 순간 그의 등은 놀라서 경직되었고 그때부터 내내 결혼을 생각했다. 남자에겐 결혼도 직업이 될 수 있다, 그녀가 교사라면 남편이라는 자신의 직업은 별로 너절하지는 않을 것이라는 비열한 유혹에 시달렸다. 마침내 악마에게 영혼을 팔듯 오늘 이렇게 그녀를 만나러 나온 것이었다.

그는 연기를 뿜어대며 그녀와의 잠자리를 냉정하게 돌아보았다. 계산된 성교엔 기쁨이 없다. 그래도 그 기쁨을 팔 수는 있다. 이것이 스물여섯살에 휘어잡은 내 호구지책의 방편? 무슨 상관인가.

그는 시계를 보았다. 아홉시였다. 그는 다방을 나와 술집으로 갔고 그녀는 그를 보자마자 울먹이기부터 했다. 그는 '나와!'라고 말한 뒤 곧장 여관으로 향했고 그녀는 고개를 숙인 채 묵묵히 따라왔다. 그는 여관 방에서 맥주 두 병을 시켜 그녀와 한 병씩 나누어 마시면서 한마디도 입을 열지 않았다. 술병이 비워지자 불을 끄고 애무를 시작했다. 그날 밤 그는 포르노에서 본 것, 이야기로 들은 것 등 모든 행위를 취해가며 아내를 색녀로 만들었다. 그는 사정도 자제하면서 아내에게 숨돌릴 틈도 주지 않고 거듭거듭 그 짓을 했다. 새벽에 삼십분쯤 잔 뒤 그는 다시 그녀의 잠든 감각을 하나하나 예민하게 일깨워 놓은 뒤 마지막 카드를 내밀었다.

—결혼하자고 했지? 나에겐 이런 능력밖에 없어. 그래도 좋은가?

—사랑해요, 사랑해……

그는 그녀의 신음소리를 더 높이기 위해 질탕하게 풍구를 돌린 후 이 여자는 곧 결혼날짜를 잡아올 것이라고 확신하며 잠들었다.

모든 것이 그의 의도대로 되어갔다. 그녀의 부모도 의외로 순순히 결혼을 허락했다. 그는 부산으로 내려가 삼촌에게 그 사실을 알렸다. 삼촌은 그가 근본도 없는 여자를 데려올까봐 걱정이라도 했던지 아내가 교사라고 하자 그만 입이 벌어졌다.

—지하에 계신 네 아버지도 이젠 안심을 하겠구나. 내가 고등학교 때 네 아버지가 말했다. 가장 이상적인 결혼은 초등학교 때 짝사랑했던 여선생 같은 아내를 만나는 거라고. 보통 어른들은 엄마 같은 여자가

가장 훌륭한 아내라고 하지만 그런 여자를 얻으면 그 남자는 평생 응석받이로 살기 쉽다. 응석받이가 사회에서 무슨 일을 하겠나. 후회 없는 결혼은 평생 배우고 본받을 수 있고 자식농사도 잘 지어주는 그런 여자라야 하는 거다.

삼촌은 아내가 그에게 모범이 될 수 있다고 생각했지만 그는 배움을 줄 수 있는 아내의 눈과 의지를 막아버리고 철저하게 억압할 방법만 모색했다. 아내는 생각했던 것보다 더 순진했던지 그의 위악에 너무도 쉽게 길이 들었으며 그는 별로 힘을 들이지 않고도 아내를 자기 방식으로 사육할 수가 있었다.

물론 신혼 첫날 기선을 잡기는 했다. 그가 아내는 남편의 넥타이와 양복, 양말까지도 벗겨주어야 한다고 일렀고 담배 피우는데 뭘 해? 하고 눈꼬리만 치켜뜨면 아내가 얼른 재떨이를 대령하도록 만들었다. 아내는 길드는데 천재였다. 하나를 가르치면 벌써 둘을 아는 아이처럼 밥상에서는 생선을 발라주고 양말을 벗으면 발을 씻겨주는 등 알아서 척척 움직였고 나중에는 그가 귀찮다고 해도 스스로 머리까지 감겨주겠다고 자청하고 나섰다. 물론 직업을 가질 필요도 없었다. 아내는 출근하면서 그의 양복주머니에 용돈을 넣어두었고 그는 종일 다방을 전전했다. 저녁에 돌아오면 밥상도 잠자리도 다 준비되어 있었으니 취직자리도 그 이상 좋은 데는 없었을 것이다. 친구 창식이가 이제 결혼도 했으니 직장을 잡아야 할 게 아니냐, 자기가 다니는 출판사에 교정볼 사람이 필요하다, 오겠느냐고 했을 때도 그는 당당하게 고개를 저었다.

하지만 건달이 되는 복도 아무나 가진 게 아닌 모양이었다. 결혼 오 개월 만에 아내가 임신을 알려왔다. 아내는 '나 아기를 가졌어요'라고 말하는 것이 아니라 '당신 아기를……' 하고 운을 뗐다. 그 말이 곧 그의 지각을 때리면서 '이 여자가 네 아이를 유괴하고 있다, 어서 뺏어서 달아나라!' 하고 명령했고 다음 순간 세차게 따귀를 맞은 듯 번쩍하고 정신이 들었다. 아기는 아내의 뱃속에 있다는 것, 아내의 배가 아기를 유괴한 것이 아니라 그 뱃속이 아기를 키워주고 있다는 것은 설령 진실이라 해도 그는 납득하기가 싫었고 그 '싫다'는 이상한 생각을 그는 적의를 가지고 직시해보았다. 무언가가 낙하산처럼 그의 앞에 떨어져내렸다. 그것은 기생충 같은 자신의 모습이었고 아내의 뱃속에서 자기와 똑같은 작은 기생충 한마리가 꼬물꼬물 기어나오고 있었으며 그는 아악, 비명을 질렀다.

밤일만 해주는 남편이란 직업, 세상에 없는 직업을 스스로 만들고 그 우물에 빠져 있는 남자, 떳떳한 직업을 가질 만한 아무런 조건도 갖추지 못한 남자…… 생활이라는 공포에 쫓기다가 어느 순간 잡게 된 마지막 무기는 자신은 그래도 '남자'라는 것, 잘만 사용하면 그것도 아주 편리한 무기가 될 것이며 이 세상엔 아직도 그런 무기가 통하는 여성들이 널려 있다는 것, 그래서 쓸 만한 여성을 포획해 사육장에 가두고 철저하게 길들이면서 자신의 생계와 열등감을 보상받으려 했는데 그런 자화상이 식인종 나라의 괴물보다 더 징그럽게 혀를 내밀고 있었다.

그는 소름이 끼쳤고 자꾸 소리를 지르다가 엎드렸다. 머리가 터질 듯이 아팠다. 그는 아픈 머리로 생각의 찌꺼기들까지 하나하나 쓸어내기 시작했다. 아내는 보복하기 위해 내 아이를 가진 것이 아니다, 아내는 착한 여자며 진실로 나를 사랑해서 내 아이를 가져준 것뿐이다, 나는 이제 왜 사랑하는 여자한테서 내 아이를 태어나게 할 수 없느냐가 아니라 내 아기를 가져준 아내의 소중함을 찾고 또 인정해주도록 내 자신을 길들여야 한다. 아기가 이렇듯 홀연히 나타난 것도 아비를 각성시키기 위해서다. 그래, 아기가 나의 스승이다.

마음의 안정을 얻은 그는 창식이를 찾아가 아직도 일자리를 얻을 수 있느냐고 물었고 창식은 요즘 전집이 걸려 일손이 모자라던 참이라면서 그에게 교정직 자리를 얻어주었다. 그는 녹슨 머리와 실력 부족이 걱정되어 책방에서 『교정독본』 책을 샀고 퇴근 후엔 열심히 공부를 하면서 충실히 출근을 했다. 월급을 타서는 매달 저축을 해나갔다. 아내는 그런 남편을 몹시 낯설어했다. 그가 책을 읽거나 공부를 하고 있으면 아내는 잠옷을 입고 그를 유혹했고 그는 태아한테 해롭다고 아내를 달래곤 했다.

아이는 건강하게 태어났고 육아는 그가 맡았다. 호봉이 딸린 아내보다 자신이 직장을 그만두는 것이 어느 기준으로 보든 현명한 방법일 것이었다. 또 아기를 키운다면 더러운 물이 남아 있는 자신의 영혼도 깨끗이 씻어낼 수 있을 것 같았다. 오, 그러나 얼마나 힘겹던가. 세상 어머니들에게 축복 있을진저! 아이가 비록 하늘이 준 선물처럼 경이와 기쁨을 주었다 해도 그 육아는 정말이지 어렵고도 힘겨웠다. 젖병을 삶고 기저귀와 세탁, 아이 목욕까지 시키고 나면 온몸이 늘어져 아내한텐 신경쓸 여분의 힘이 남아 있지 않았다. 더욱이 아이는 커갈수록 일이 많았고 걷기 시작하면서부터 잠시도 눈을 뗄 수가 없었다. 진종일 뒤치다꺼리를 하다보면 밤 열시도 되지 않아 곯아떨어지기 일쑤였다. 그런 어느날 아내는 밤늦게 문을 따고 들어와 젖병을 들고 잠든 그를 내려다보며 비웃었다.

──못난 남자. 애 젖병밖에 모르는 남자……

그는 화가 치밀어 벌떡 일어났다. 그러자 아내는 당황했고 서둘러 욕실로 들어가버렸다. 그는 그때 아내의 욕구불만을 이해했어야 했다. 다시 생리를 시작하면서부터 성욕을 갖는 것도 자연현상이라는 것을. 그런데도 그는 아내가 성교만 밝히는 것 같아 혐오스러웠고 그 혐오는 증오를 만들었다. 따지고 보면 아내를 그렇게 만든 것도 자신일 텐데, 그는 그것까지 헤아리기 싫었고 아내를 사랑한 적이 없다는 사실만 자꾸 되작여지는 것이었다. 그러자 못된 유령의 조종을 받은 듯 그의 위악이 다시 꿈틀꿈틀 되살아나면서 아내한테 보복할 방법을 찾았다. 그것은 미운 노예한테 물을 주지 않듯 아내로 하여금 더 깊은 갈증에 시달리게 하는 것이었다. 그는 아내와의 잠자리를 피했고 아내의 손이 자신의 성기를 더듬을 때면 휙 돌아누우며 속으로 주문을 외웠다. 정 필요하면 다른 남자를 찾아라, 다른 남자를…… 왜 그런 마음이 생겼는지 자신도 알 수가 없었지만 주술은 효과를 발휘해 아내가 정말 바람을 피우기 시작했다.

현수가 두 돌이 지났을 때였다. 아내는 토요일 연수를 간다고 갔다가 일요일 아침나절 돌아와 샤워를 한 후 진종일 잠을 잤다. 그때 아들놈이 제 어미 책상 위에 놓인 핸드백을 열었는데 그 속에서 콘돔이 나왔다. 그는 모른 척 다시 핸드백을 닫아주고 베란다로 나와 담배를 피우면서 이제 당장 짐을 싸들고 나가도 이유는 충분하다는 생각을 했다. 그러나 나갈 집보다 현수가 문제였다. 못나도 제 엄마가 최고라고 그 어린애의 결핍은 또 어떻게 채워줄 것인가. 양친이 그립던 자신의 어린 시절까지 떠올라 당장 이혼하겠다는 생각은 시나브로 잦아들었다. 그래, 아이가 학교갈 때까지만 참아주자.

그러나 그런 일은 의외로 빨리 왔다. 아내는 피임을 했는데도 실패했던지 어느 토요일 아침 출근을 하면서 그에게 말했다.

— 오후 두시에 은행 앞 산부인과로 오세요.

이유를 말하지 않았지만 그는 아내가 복강경 수술을 받는데 보호자가 필요한 모양이라고 짐작했다. 아내가 영구불임 수술을 받든 말든 자신과 상관없는 일이지만 한집에 사는 한 보호자는 되어주어야 한다는 생각에 시간 맞추어 산부인과로 갔다.

간호사가 보호자냐고 물으며 지금 수술중이라고 했다. 그는 간호사가 일러준 수술실로 조용히 문을 열고 들어갔다. 그때 그는 보았다. 의사의 손에 의해 개구리보다 작은 태아가 낱낱이 분해되어 나오는 것을. 아내는 불임수술이 아닌 중절수술을 했던 것이고 그는 그 유충 같은 것이 자신의 아이가 아니었지만 충격을 받았다. 그는 아내가 무서워졌다. 여태 그 여자를 지배하고 살았다 싶었는데 지배나 조종을 당한 것은 오히려 자신이라는 생각이 들었다. 바보 같은 자신은 그것도 모른 채 빌붙어 있었으며 아내는 하루빨리 그를 떼버리기 위해 태아해체라는 충격요법을 동원한 것이라고.

월요일 아침 다소 회복한 아내가 출근차 집을 나설 때 그도 양복을 걸치며 말했다.

—오늘 해결하지.

—뭘요?

—이혼.

—갑자기 왜 그러죠?

—갑자기라니 너무 늦었을 텐데?

—그럼 당신은……

—내 짐은 법원에 다녀와서 가져가도록 하지.

—어떻게 그럴 수 있죠? 당신 정말 잔인하군요. 난 그래도 새 출발하려고 했는데, 모든 걸 다 씻어내고 당신과……

—새 출발? 착각도 보통 수준을 넘었군.

아내는 울면서 말했다.

—난 그저 잠깐 실수를 했는데, 당신에게 질투심을 주려다가 그렇게 된 것뿐인데……

그때 그는 아내가 외계인 같아 보였다. 자신의 외도를 그저 실수로 돌릴 수 있는 그 배짱, 그렇다면 내가 아이를 키웠던 것이 이 여자에게 남편과 아내의 역할까지 아주 바꾸어준 것이더란 말인가. 자기는 돈벌어오니까 그런 실수쯤은 눈감아줘야 한다…… 그는 진저리를 치며 단호히 말했다.

—그럼 내가 당신과 그 남자를 간통죄로 고발해주길 바래?

아내는 하얗게 질린 얼굴로 더듬더듬 물어왔다.

——그럼 상대가 누구란 것도 당신은 알고 있단 말인가요?

——나도 그런 고발 따위는 하고 싶지 않아. 어서 나가지.

아내는 허둥거리며 신발을 신었고 그는 두려움과 비극으로 일그러진 아내의 뒷등을 바라보며 '누군지 모르지만 너와 배가 맞은 그 녀석도 알 만하군' 하고 속으로 중얼거렸다.

그는 그렇게 이혼을 했다. 아내를 이해할 수도 있었는데, 핸드백에 콘돔을 넣고 다닐 때 내가 아이에 대한 공포증으로 부부관계를 피하는 지도 몰라 아내는 이렇게 피임 준비를 했던 거라고 생각할 수도 있었는데…… 그의 냉혹한 심장은 빗장부터 질러버렸고 그 결단에 대해 단 한번도 후회를 한 적이 없었다.

하지만 가끔은 궁금했다. 아내가 섹스만을 사랑으로 생각하는 건 오직 성교에서만 그런 감정을 느끼기 때문인지, 또 그런 유형의 사람도 있는 건지, 혹은 아내가 섹스를 밝히는 것은 본래 체질적으로 그런 사람인지 아니면 정말로 자신이 그렇게 만든 건지에 대해.

하긴 사랑이 없어도 섹스만을 원하는 여자들은 더러 있었다. 공사장 밥집을 하던 여인, 힘 좋은 놈과 무인도에 가서 한달쯤 그 짓만 하다 왔으면 좋겠다고 노골적으로 말하던 그 살집 좋은 여인이 그랬다. 그가 지방 공사장으로 떠날 때 당분간 현수를 맡기기 위해 몇번 밤농사를 거들어주었다. 그리고 최마담. 그녀는 묘하게 사람을 끄는 힘이 있었다. 치장이 아닌 정신이 그랬다. 바텐더 자리에 앉아 자신의 손톱을 내려다 보며 '술집을 하는 여자가 손톱 치장도 않나 싶죠? 내가 이걸 벗는 데 이십오년이 걸렸어요. 스무살도 되기 전부터 나는 진하게 화장을 했고 귀고리에 목걸이 반지 안하는 게 없었어요. 그땐 그런 것들이 왜 그렇 게나 하고 싶던지…… 스물다섯살에 가짜 속눈썹을 그만두고 서른살 에 화장을 줄이고 서른다섯에 머리 염색과 옷 사치를 반성했는데 매니

136

큐어 중독증은 마흔이 되어서야 벗었어요' 하고 느긋하게 웃던 최마담은 그와 재혼하기를 원해서 관계를 청산했다. 그밖에 몇명의 여자와 살을 섞었지만 그때마다 왠지 억울하다는 생각이 들었다. 마치 쓸데없이 자신을 탕진한 듯한 그런 기분……

그는 한숨을 내쉰다. 하지만 현수가 대학을 들어간 뒤부터 그런 일도 없었는데 오늘은 왜…… 문득 아들 녀석이 하던 말이 생각난다.

—— 이제부터 아버지는 혼자서 사셔야 해요. 저도 금방 돌아오진 못할 것이고 돌아온다 해도 아버지와 함께 산다는 보장도 없어요. 그러니 더 늦기 전에 이젠 아버지의 인생을 찾으세요.

아들이 그런 말을 했을 때 서운하기도 했고 벌써 그렇게 컸는가 놀랍기도 했다. 돌이켜보면 자식이라기보다 동무삼아 살아온 녀석이었다. 아내와 이혼하고 금호동에 방 한칸 얻어 살았지만 어린애가 딸려 아무것도 할 수가 없었다. 그는 당분간 삼촌집에 의탁해보려고 부산에 갔고 아이는 벌써 눈치를 채고 그에게서 한 발자국도 떨어지지 않았다. 그가 화장실에 가면 따라와 자기도 바지를 내리고 오줌을 누었고 잠자리에 들 땐 어디서 구했는지 노끈을 가져와 그 조그만 손으로 아빠와 자기의 몸을 묶어두기까지 했다. 그는 차마 그런 자식을 떼놓을 수가 없어 도로 서울로 데리고 왔다. 그때부터 아이는 공사장을 따라다니며 성장해야 했다.

가슴 한쪽이 저며든다. 이제 다 컸는데…… 녀석도 독일에서 제 짝을 만나 애비 품에서 떠나려고 하는데…… 녀석이 초등학교 삼학년일 때 그가 훔쳐본 일기장이 생각난다. 그 일기장엔 눈물이 번져 있었지. '오늘 엄마를 찾아갔다. 엄마는 문을 열어보더니 그대로 닫아버렸다……'

녀석이 대학에 입학했을 때 그는 아들에게 최소한의 진실은 알려주고 싶었다. 네 엄마는 몇번이나 찾아와서 널 달라고 애원했지만 내가 거절했다…… 그는 아내에게 아들을 만나면 교육청에 너의 치정을 알리겠다고 협박까지 했다는 말은 차마 발설할 수가 없어서 '네가 엄마를 찾아갔을 때 엄마는 문을 닫고 진종일 울었다더라. 엄마가 그렇게 한 이유는 내가 널 못 만나게 했던 때문인데……'라고 운을 떼보았다. 아들은 고개를 저었다.

——내가 왜 그런 것까지 이해해야 하죠?

이제 대학생이 되었으니 제 엄마를 만나보아도 흔들리지는 않을 것이라고 생각했는데 아들은 아비보다 더 싸늘하게 굳어 있었다.

——난 엄마에게 복수할 거예요.

——복수라니?

그때 그는 모든 걸 고백하고 싶었다. 네 엄마한텐 큰 잘못이 없다. 얘야, 이 애비가……

——내가 잘되어서 매일매일 신문에 나는 사람이 되겠어요. 엄마가 그걸 볼 테니 괴롭혀줄 수 있잖아요…… 아버지, 난 유명한 음악가가 되어, 사람들이 다 아는 그런 음악가가 되어……

그는 속으로 후유, 하고 안도의 숨을 내쉬었다. 그러자 또 더럭 겁이 났다. 이애는 명예라는 밧줄만 타면서 일생을 보낼 것인가. 그런 인생이란 자신을 고문하는 것과도 같을 텐데. 그는 뜻 하나에 자기를 던진 아버지의 삶도, 사생활이 없는 유명인의 삶도 결코 인생을 풍요롭게 하지는 않는다는 생각을 해왔다. 그가 바라는 이상적인 인생이란 적당히 성공한 뒤 사랑하는 사람을 만나 아이 낳고 오손도손 살아가는 것이었다. 그 어떤 명분도 그것 이상은 없다. 그는 아들이 사랑이나 가정도 없이 잘난 명예의 노예가 될까봐 은근히 겁이 났고 그보다는 모든 것을 가진 넉넉한 자유인으로 살기를 바랐다.

——네 엄마에게 복수하기 위해 네 인생을 고통스럽게 만들 필요는 없지. 현수야, 유명한 사람에겐 그 자리를 지키려는 고통이 있단다. 난

네가 학위를 받아 교수가 되고 좋은 배우자를 만나 어서 가정을 꾸려주었으면 더 바랄 것이 없다. 너에게도 가정에 대한 결핍증은 깊을 텐데…… 아버지는 네가 무엇의 노예가 아닌 네 인생의 주인이 되기를 간절히 바란다.

그래, 사람은 누구나 어디엔가 얽매인 노예인 것이다. 그것이 이상이든 사랑이든 마찬가지다. 그렇다면 자신은 왜 아들이 저명한 음악가가 되기보다 멋진 가정부터 꾸려주기를 바랐던 것일까. 자신이 양친의 울타리에서 살아보지 못했고 아이한테 부모의 이혼이란 상처를 안겨준 죄책감에서? 그럴지도 모른다. 그렇다면 자신의 불행을 거울삼아 아들에겐 따뜻한 가정을 만들어주어야 했는데 자신에겐 왜 그런 마음이 우러나지 않았을까. 아내한테서 내가 원하는 것을 찾을 수 없다고 미리 단정해버리며 새삼 발견해보려는 노력을 하지 않고 또 그녀와 사는 동안 자신에겐 선한 마음이 쥐뿔만큼도 일어나지 않았던 그 이유는 무엇이었을까. 만약 창밖으로 쓸어내도 다시 꼬물꼬물 기어들어오는 개미들처럼 선한 마음들이 내면으로 되돌아오기만 했다면 아내와의 인연도 길어졌을까. 그럴지도 모르지. 성격이 생각을 규정하고 그 규정이 인생을 지배한다면 내 젊은 시절이 온통 뻘밭이었던 것은 타고난 운명이었을까. 이상이 서연에게 딱 머문 채 한치도 발전하지 못한 것도?

그는 가끔 의아했다. 자신에게 주어진 생의 조건이란 장애물경주와 같아 그것을 피하거나 뛰어넘을 수 있는 방법은 부의 축적뿐이며 그래서 세월의 강에서 오직 돈만을 찾아 허둥지둥 헤엄쳐왔는데 어느날 강기슭에 닿아보니 자신이 잡고 있는 것은 돈주머니뿐 꿈과 이상은 강 저쪽 서연에게 두고 왔다는 것이 깨달아졌다. 그래도 '미래'라는 배를 타고 출항해보려 했지만 그 배엔 조타기가 없었다. 혹시 시심(詩心)이라도 불러오면 배가 움직여줄지도 몰라 그 옛날 가지고 놀던 시혼을 찾았지만 그것마저 서연한테 묶여 있었다.

온통 모든 것이 그녀에게 붙박여 있었고 그렇게 묶인 혼은 늙지도 않은 이십대 초반이었다. 그는 그 혼을 풀어 중년이라는 수레에 옮겨오고 싶었지만 그 꿈의 혼은 하도 오랜 세월 묶여 있었던 탓에 스스로 녹이 슬어 떨어지지 않았다. 그래서 그는 한숨을 쉬며 말했다. 내버려둬. 나는 묶여 있지만 실상은 그녀가 내 세월의 한쪽 바퀴인 것을. 내 인생의 수레가 그렇게밖에 굴러갈 수 없다 해도 나는 그래도 행복한 포로인 셈이지.

눈꺼풀이 뻣뻣해진다. 그는 눈을 감는다. 이제 잠을 자야겠군. 다시 아들놈의 말소리가 들려온다.

——엄마는 행복하게 살고 있었어요. 그쪽에 동생도 있고…… 그 동생들이 저더러 형이라고 안겨올 때 모든 원망이 눈 녹듯 녹아내렸어요…… 이제 다 잊고 홀가분하게 떠날 수 있을 것 같아요, 아버지.

아들이 독일로 떠나면서 한 말이었다. 그럼에도 끝내 진실을 고백하지 못한 것은 젊은 한때 뒤틀렸던 자신의 자화상이 들통날까봐 겁이 나서라기보다 아들이 제 어미를 만난 이후 스스로 마음 정리를 해주었던 때문이었다. 그렇게 보면 아내는 삶의 방식에 있어서는 그보다 한 수위였다. 분노도 고뇌도 재빨리 정화해버리고 자기 천성에 스스로 맞추어 아무 저항도 없이 따라갈 줄 알았으니까.

그는 이불을 끌어당긴다. 북풍도 잠자는지 사방이 조용하고 기다려주던 잠이 이젠 그만 눈감으란 듯 가만가만 내려와 눈꺼풀을 다독여준다.

3

  오후 세시. 그녀는 책상에 앉아 시계를 본다. 시침과 분침이 3과 12
에 걸려 있다. 하루에 몇차례나 시계를 보지만 시간이 정각에 닿아 있
는 것은 보기 드문 현상이다. 오후 세시…… 어떤 강한 느낌표가 심해
깊숙이로 들어가 무언가를 주욱 끌어올린다. '비오는 날의 오후 세시'
그것은 초등학교 때 보았던 영화포스터의 제목이다. 이민이라는 배우
의 심각한 옆얼굴도 함께 떠오른다. 오후 세시. 교장선생님이 죽었다.
아이들이 차고 놀던 축구공에 뒤통수를 맞고 그 자리에 쓰러지셨다. 오
학년 때 급장이던 그녀가 교탁에 서서 아이들에게 그 사실을 통보하면
서 속으로 짐작했다. 이제 자신의 머리 뒤꼭지에도 새로운 감각이 올라
붙을 것이라고. 바람소리에도 얼른 뒤돌아보며 경계태세를 취할 것이
라고.
  그리고 또 오후 세시…… 그녀가 배석판사일 때 몇개의 재판이 그
시각에 있었다. 어중간해서 공적인 일에 잘 쓰이지 않을 것 같은 그 시
간대에 여성연합의 연석회의가 열렸고 여자대학 강연과 사관학교 강연
도 날짜는 다르지만 각각 오후 세시에 시작되었다. 강연 삼십분 전 그
여자대학에 들어섰을 때 게시판에는 그녀의 강연에 대한 포스터가 붙
어 있었는데 커다란 사진 아래엔 '우리의 자존심, 이서연 장관을 만나
러 가자'라는 문구가 붉은 글씨로 사람의 눈길을 끌었다. 그녀는 엷은
흥분을 안고 강당으로 들어섰고……

"자, 이제 나갑시다."

기환이 문을 열고 고개를 비죽이 디밀며 말한다. 이십분 전 바람 쏘이러 나가자고 집을 나설 때 사업상의 전화가 걸려왔다. 통화가 길어질 것 같아 그녀는 자기 방에 들어와 기다리던 중이었다. 그녀는 다시 머플러와 안경을 집어들고 방을 나선다.

"바람이 불어요. 머플러는 미리 쓰고 나가지."

기환이 먼저 현관문을 여는 사이 그녀는 욕실로 들어가 거울 앞에서 머플러를 감고 뒤태를 힐끔 살펴본 뒤 현관으로 나간다. 문을 열자마자 바람이 머플러를 잡아채고 그녀는 두 손으로 머리를 누르며 차쪽으로 향해 가다가 주춤 멈춰선다. 언제 왔는지 마당 가운데 쥐색 승용차가 세워져 있고 기환이 그 찻속을 들여다보며 상대와 이야기를 나누는 중이다. 심장이 건반처럼 좌르륵 울리다가 탕탕 빨랫방망이 소리를 낼 때 그녀는 재빨리 등을 돌려 집안으로 들어온다. 쥐색 승용차, 박기자일까? 기환이 문을 열고 뒤따라 들어오며 묻는다.

"영섭이 기억나요? 해양학을 하는 친구 말이오. 찾아온 손님인데 어쩌지?"

칼날처럼 곤두섰던 터럭이 비슬비슬 드러눕는다. 박기자가 아니라니 일단 안심이 됨에도 손님이나 끌어들이는 기환에게 역정이 치민다. 그러면 안돼, 현실은 현실대로 처신해나가야 한다. 더욱이 영섭은 이미 기환이와의 관계를 알고 있는 사람, 자연스러움은 그 어떤 변명보다 나을 수 있다.

"반가운 손님인데 어서 들어오시게 해야죠."

그녀의 말이 끝나기가 바쁘게 영섭이 들어온다.

"두 분 나가는 길이라는데 이거 미안해서 어쩌지요?"

기환이 목도리를 풀어 의자 등받이에 걸치며 대꾸한다.

"옛 친구 만나는 것보다 더 좋은 일 있겠어?"

영섭이 다가오며 손을 내밀고 그녀도 태연히 그 손을 받아 악수를 한다.

"서연씨, 이거 정말 몇십년 만이오? 나야 가끔 신문을 통해 만나고 있지만."

"정말 오랜만이네요."

영섭이 그녀 손을 놓고 어깨를 부르르 떨어 보이며 말한다.

"어 춥다. 갯벌에서 몇시간 떨었더니 뼈마디가 부서지는 것 같네."

"오늘도 데모했나?"

기환이 그렇게 물으며 가스불에 차주전자를 올린다.

"데모라기보다 흙 실은 트럭을 막아본 거지. 그런다고 매립이 중단되겠어? 밤에라도 메울 텐데. 나도 이젠 다된 모양이야. 학생들은 꿋꿋이 버티는데 내가 먼저 해산하자고 보챘다니까."

"날도 곧 저물 텐데 해산 잘했지 뭐."

영섭은 탁자에 앉다 말고 다시 등을 세우고 기환에게 묻는다.

"지금 차를 끓이는 거야? 커피 한잔에 바람 속에서 떤 몸이 풀리겠어? 마시던 것 있으면 술이나 가져와."

기환은 가스불을 끄고 양주와 술잔을 챙겨 탁자로 가져온다. 서연은 정신을 가다듬고 싶어 다시 찻물을 올리고 커피를 타는데 영섭이가 등뒤에서 이리로 오세요,라고 말한다.

그녀는 탁자에 커피잔을 놓고 앉아 영섭을 바라본다. 무테안경에 벗겨진 이마가 나이를 알리는 것 같다. 예전에는 다른 안경을 낀 것 같은데. 해초안경, 뿔테안경…… 여러가지 안경들을 헤치고 물안경 하나가 떠오른다. 대학 일학년 때 여름캠프에서였지. 영섭은 늘 물안경을 쓰고 살았다. 그것도 어린 조카의 것이라 자칫하면 한쪽 눈꼬리가 비어져나올 것 같은데 용케도 두 눈을 안경 속에 몰아넣고 바다로 들어가 곤포며 미역, 청각 따위 아무 쓸모도 없는 해초더미를 잔뜩 끌어안거나 어깨에 걸치고 나왔다. 갯벌, 해양학…… 그때 영섭은 해양생물에 관심이 많았다.

그녀는 찻잔을 들고 두어 모금 마신 후 다시 영섭을 관찰한다. 그을린 얼굴. 그전에도 햇살에 타 피부가 거무스름했지만 나이는 스무살쯤이었다. 그러고 보니 내게도 청춘이 있었구나. 추억이라는 이름의 청춘. 그것은 주로 기환이와 함께 만든 것임에도 영섭의 물안경처럼 이렇듯 개별로 남아 있다니. 그래, 그 캠프는 부산문우회 회원들이 낸 것이었어…… 그때 영섭이 그녀의 상념을 깨뜨린다.

"그건 그렇고 서연씨 대체 나라는 놈, 기억이나 하고 있소?"

"미역 줄기를 내 목에 걸어주며 백만원짜리 목걸이라고 긇려주고 그랬잖아요."

영섭은 손뼉을 탁 치며 맞아요,라고 말한 후 이럴 줄 알았으면 안다고 하는 건데, 하고 중얼거린다.

"알다니?"

기환이 되묻는다.

"사관학교 강연이 어쨌다 해서 서연씨가 신문에 오르내릴 때 말이오. 우리 대학 교수들이 서연씨 장하다고 너도나도 손뼉을 치더란 말이오. 그때 난 교수들한테 서연씰 잘 안다고 자랑하고 싶어 입이 몸살이 아니라 경기를 일으킬 지경이었는데……"

입이 경기를 일으킨다는 말이 그녀의 건조한 마음벽을 툭 치고 들어와 웃음 하나를 끌어내주었다. 그녀가 그 웃음을 입술로 물 때 기환이 끼여든다.

"인마, 창식이 얘길 할까. 무슨 문학상인가 타서 이름이 좀 날아다닐 때였지. 부산에서 주유소를 하는 동창녀석 말이야, 그의 대학생 아들놈이 어느날 창식이 책을 사와서는 자기가 가장 존경하는 작가라고 자랑하더래. 그래서 이 동창녀석이 어, 이 작가는 내 친군데,라고 했더니 그

아들이 뭐랜 줄 알아? '아부지, 거짓말하지 마이소. 아부지 같은 사람이 우찌 이렇게 훌륭한 분이랑 친구가 된단 말입니꺼.' 그러더래, 알겠어?"

"맞아. 교수들도 그랬겠지. '거짓말 아니오? 그 장관 독신이라는데' 허허……"

독신에는 두 가지의 인식밖에 없다. 비난과 선망. 그것을 자연스럽게 받아들이는 사람은 거의 없다. 영섭의 말 속엔 어떤 인식이 함의되어 있을까. 그 장관은 독신, 하지만 예전엔 자기 친구와 살았던 여자? 영섭이 술을 찔끔 마신 후 눈에 웃음을 담으며 뒷말을 잇는다.

"그야 어쨌든 서연씨, 그때 통쾌해한 사람들 많았어요. 역대 장관 그 누구도 못해온 말을 여성부 장관이 타악 터뜨렸으니 말이오. 한데 그것 때문에 장관직에서 밀려난 것 아니오?"

영섭의 말이 별안간 두 개의 돌멩이가 되어 그녀를 때린다. 사관학교에서의 강연과 장관직 해임. 그녀의 표정이 공격당한 짐승처럼 삽시에 굳어지자 영섭은 얼른 사과를 한다.

"미안하오. 아픈 데 찌를 생각은 아니었소. 이 나라 장관이란 것이 일회용 접시 같은 것 아니오. 한번의 생색을 내기 위해 이용되고 그대로 버려지는 신세들. 그래도 서연씬 한방 터뜨리기나 했지……"

"인마, 추운데 어서 술이나 마셔."

기환이 분위기를 바꾸려고 술을 권할 때 그녀는 '정말 추운데요'라고 말하면서 몸을 일으켜 난롯가로 간다. 쏘시개에 불을 붙이고 장작을 올리며 그녀는 영섭의 말을 돌이켜본다. '사관학교에서의 강연, 그것 때문에 밀려난 것 아니오?' 그 두 개의 말은 결국 하나의 돌멩이였다. 그렇다면 정말 그것 때문이었을까? 그랬을까? 그러면 박기자가 캐고 싶어했던 것도 군대에 관한 내 인식이었을까. 장작에 불이 올라붙고 그녀가 했던 강의 내용도 그것처럼 살아오른다.

'이 땅의 어머니, 아내, 자녀들이 진실로 바라듯 나 역시 우리의 군인들이 목숨을 파는 그런 용병이 되는 걸 원치 않습니다. 군인들은 군인이기 이전에 내 아들, 남편, 어버이며 남편과 아버지는 그 무엇보다도 소중한, 이 세상에서 둘도 없는 존재이기 때문입니다.'

아마 그렇게 말했을 것이다. 그런데 신문에서는 그녀가 우리 군인을 용병으로 몰아붙인 것으로 되어 있었다. 그러나 그녀는 별로 신경을 쓰지 않았다. 언제나 알맹이는 빠지고 그 알맹이를 쌌던 포장지만 문제를 삼았으니까. 한데 그것이 해임의 직접적인 원인이 되었다? 그녀는 정말 그럴까, 그럴까, 하고 고개를 갸웃거리다가 정녕 그것 때문이었다면 자신이 잡고 낑낑대오던 밧줄은 절망이 아니라는 생각이 든다. 영섭의 말처럼 짧은 임기중에도 한가닥은 해낸 장관이라고, 그런 인식만 남게 된다면 그건 행운일 수 있다. 한데 그때 군인들은 갑자기 왜 월남파병에 대해 물었을까? 생도들은 여성에 대한 강연을 요청했는데. 그러면 난 그들의 의도에 휘말려들었던 것일까. 어떤 의도?

—장관님, 아시다시피 우리는 남자사회밖에 모르는 청년들입니다. 그래서 우리는 정서함양을 위해 여성들의 생각, 이념, 희망, 페미니즘 운동과 그 방향 등에 대해 알고 싶습니다. 구체적인 실례를 들어주어도 좋구요.

—청년들도 여성운동에 대해 알고 싶다? 그거 괜찮은 생각이로군요.

각 대학마다 여성학에 대한 강의요청이 많을 때였다. 사관학교 생도들의 관심이 그쪽으로 모아진다는 것을 바람직하게 생각해 그녀는 여자대학에서 한 강연내용을 그대로 들고 갔고 먼저 그 사실을 밝혔다.

—이 강연내용은 얼마 전 여자대학에서 했던 것과 같습니다. 이것을 그대로 들고 온 까닭은 여자대학생들은 어떤 강연을 듣는지 여러분들도 궁금할 것이고 또 알아두는 것이 서로를 이해하는 데 도움이 될

것 같아서입니다.

생도들이 함성까지 지르며 박수를 보냈다. 금녀 지역에서의 여성 이야기는 내용이야 어떻든 우선 환영부터 받는 것이 상식이다. 그녀는 여성의 노동과 성, 문화에 대해 이야기하겠고 그것은 여성단체에서 연구 조사한 내용들이라고 알린 후 노동에 대해서는 짧게 요약해서 말했다.

—먼저 유엔보고서를 보면 전세계 빈곤층 인구는 십삼억이며 그중 여성이 칠십프로를 차지하고 있습니다. 불안정한 직업에 실업률도 높고 보수는 우리나라 경우 남성의 절반 수준인데……

그녀는 자신이 무척 딱딱하게 서두를 잡았다는 것을 스스로도 알고 있었고 그럼에도 그 방식을 고수한 것은 남자애들이란 여학생을 그저 성적 대상으로만 보려는 경향이 있겠기에 '여성들도 너희들 못잖게 무겁고 진지하다'는 것을 은연중 심어주고 싶었던 때문이었다.

—다음은 성폭력 추방단체의 조사에 따르면 오십세 전의 우리 여성 중 팔십프로가 성폭력에 대한 경험이 있거나 그것에 노출되어 있습니다. 그런데도 아직 성추행 반대에 대한 법률은 거의 없고 이 문제 해결은 앞으로 여성부에서 풀어나갈 주요과제가 될 것입니다.

여기서 그녀는 정신대나 미군에게 살해당한 위안부 이야기를 하면서 우리 여성수난사에서 군인들은 직접적인 가해자였다. 그러니 우리의 군인들은 세계에서도 가장 훌륭하고 도덕적으로 무장된 그런 멋진 군인상을 만들어가야 한다는 이야기를 덧붙이고 싶었지만 강연을 듣는 대상이 아직 군인이 아닌 어린 생도들이라 생략해버리고 문화계 여성으로 넘어갔다.

—문화계 여성은 지식인일수록 여성운동에 비협조적입니다. 내가 한때 몸담았던 사법계 여성들도 마찬가지였습니다. 똑똑한 여자일수록 일반 여성들이 자립하지 못하는 것을 게을러서 그렇다고 속단해버리지요. 그 경향은 다른 나라에서도 비슷한 모양입니다. 내가 좀 놀란 것은

남미 여성단체에서 이사벨 아옌데라는 여성작가를 비난한 것인데 엄밀히 따지자면 그 작가는 남미 여성들에겐 우상이거나 자랑이어야 합니다. 이해를 돕기 위해 설명을 덧붙이자면 그 작가는 피노체트한테 암살당한 칠레 대통령 아옌데의 조카딸입니다.

여기서 그녀는 자신이 아는 상식, 즉 암살자를 군부, 파쇼, 미국의 조종 등으로 표현하려다가 자신이 서 있는 곳이 사관학교인지라 그냥 피노체트로 지칭하고 곧 여성작가에 대한 설명으로 넘어갔다.

——이사벨 아옌데는 남미라는 지역의 독특한 정서를 살려 마술적 리얼리즘에다 기록문학이라는 새로운 장르를 열었고 또 전세계적으로 그녀의 작품이 많이 읽히고 있는 중요한 작가임에도 실제 자기 나라나 열악한 조건에 살고 있는 남미 여성운동에는 전혀 동참과 협조를 하지 않았다는 것입니다. 이렇듯 여기저기서 페미니즘 문화가 좀 거론되고 있긴 하지만 그 혜택은 문화생산자 개인 향유로 끝날 뿐 여성대중에겐 별로 도움도 되지 않고 있는 것이 지구 위의 현실입니다. 그래서 요즘 여자대학생들은 이 모든 것을 고려, 감안해 자신의 활동이 곧 전여성들의 권익으로 이어지도록 노력하고 그래야 하는 것이 지식인들의 과제며 대안이라고 말합니다.

그때 그녀는 생도들의 눈이 깊어지는 것을 보았다. 그녀는 안심을 하고 마무리를 지었다.

——이 사회의 기본구조가 남성 위주로 되어 있다는 것은 남성인 여러분들이 더 잘 알고 있을 것입니다. 그 구조는 아주 단단해서 여성들이 아무리 무너뜨리고 싶어해도 단박에는 해낼 수 없습니다. 그래서 일각에서는 여성 스스로 그 구조에 스며들어 남녀 모두의 공통적인 이상을 창출하는 데 힘을 기울이고 남성도 함께 변화해가도록 유도해야 한다고 주장하는 사람이 있습니다. 저도 그 방법이 가장 바람직하다고 생각합니다. 궁극적으로 우리가 만들어가야 할 사회는 남녀의 협동과 평

등이 실현되는 그런 이상사회일 테니까요. 이 점을 젊은 남성들인 여러분들도 깊이 이해한다면 그런 사회는 좀더 빨리 앞당길 수 있을 것입니다. 왜냐하면 남성과 여성은 결코 적이 될 수 없고 긴 시간을 함께 살아가야 하는 동반자들이니까요.

대충 그렇게 끝냈을 때 사회자가 좀더 이해를 돕기 위해 여성운동사에 대해 간략하게 정리해달라고 부탁했다.

──우리 여성운동사는 그 꼭지점을 어디에서 잡아야 할지 의견들이 분분합니다. 혹자는 여자대학 창설에서 시작된 것으로 봐야 한다고 주장하고 또 어떤 사람들은 신여성들의 관습에 대한 저항도 일종의 여성운동이었다고도 하며 좀더 냉정한 쪽은 유관순을 그 효시로 잡아야 한다고 강력히 주장하기도 합니다.

──길게 잡아 여자대학 창설에서 비롯되었다고 해도 서구 문물의 유입으로 시작된 게 아닙니까. 그렇다면 서구 여성운동은 어떻게 시발되었지요?

──서양이라고 우리보다 훨씬 앞서 있었던 건 아닙니다. 유럽에서 여성의 권리는 남성들이 전쟁과 식민지 확보로 자리를 비우고 그 업무를 대행하는 데서부터 확보되었다고 하지만 그건 우리 전통사회에서도 안주인이 곳간을 관리하거나 머슴을 부린 것과 비슷하다고 볼 수 있습니다. 실제 여성운동의 효시가 된 것은 참정권 쟁취 때로 봐야 할 것입니다. 반면 미국의 경우는 처음부터 남성과의 동등한 권리를 주장했고 여기서 반목이 생겨 결국 이혼으로 끝나는 일이 많았습니다. 그래서 미국여성들은 제2단계의 운동을 시작했는데 그 주장은 여성을 위한 여성에 의한 삶이었습니다. 말하자면 낙태권 주장, 동침을 원하지 않을 땐 부부강간, 결혼 자체가 남성을 위한 것이라는 인식이 확산되면서 당당한 미혼모가 새로운 시대의 상징이 되기도 했습니다. 그러나 이것은 어디까지나 경제력이 있거나 능력이 있는 여성에게만 해당되었지 가난한

여성에겐 그렇지 못했습니다. 남성들 또한 기득권을 양보한 데서 오는 불안과 여성들이 일으킨 신조류에 적응하지 못했고 급기야는 분노와 갈등이 얽혀 사회적인 문제로까지 확대되었습니다. 그래서 결국 제3의 움직임이 시작되었고 그 대안은 바로 제가 좀전 언급한 '공생의 사회'라는 것입니다.

여기서 그녀는 가족상에 대한 이야기도 덧붙이고 싶었다. '이렇게 남녀문제가 거론되고 있는 것은 가정이라는 조건 때문이다. 일단 가정을 이루면 그 누구라도 자기만을 위해 살 권리가 없고 정신적으로든 물질적으로든 서로 협조 보완해야 할 의무를 가진다.' 그런 말을 하고 싶었던 것은 자신이 수임했던 여러 사건들에서 남성들의 인습과 이기로 파탄에 이른 가정을 익히 봐온 까닭에 앞으로 가정을 갖게 될 어린 청년들에겐 올바른 혼인상을 심어주고 싶었던 때문이었다. 그러나 결국 말하지 못한 것은 '그럼 장관님께서는 그런 의무를 가지기 싫어 결혼하지 않았느냐'는 질문이 터져나올 것 같아서였다.

그런데 그때였다. 뒷자리에서 교관인지 교수인지 나이든 군인이 일어나 대뜸 이 나라의 남성들을 어떻게 보느냐고 물었다.

—아직도 많은 남성들이 여성을 가부장제라는 틀 속으로 집어넣으려고만 하는 것이 현실이지요. 하지만 젊은 층들은 나아지고 있다니까 희망은 지금부터 성숙하리라 믿습니다.

—그럼 군인들은 어떻게 보십니까?

—과거에는 정치 개입이나 쿠데타를 일으킨 일이 많아서 부정적이었지만 지금은 잘해가고 있는 것으로 보입니다.

—월남전 참전 군인들에 대해서는 어떻게 생각하십니까. 용병이다 뭐다 비판적인 발언들이 많았는데……

거기서 그녀는 잘 모르겠다고 발뺌할 수도 있었다. 하지만 월남전에 참전한 젊은이들은 바로 자신의 세대였다. 고등학교 동창만 해도 다섯

명이나 애인 혹은 남편을 그 전쟁에서 잃었고, 그녀와 같은 연배에 대학을 다닌 수많은 젊은이들도 거기서 희생되었다. 그 여파로 여성들은 배우자를 찾지 못했다. 그녀는 같은 시기에 함께 무럭무럭 자라던 청춘의 푸른 싹들이 남의 나라 전쟁터로 뭉청 뽑혀나간 그 분노와 상실까지 모른 척할 수 없었고 그것은 곧 자기 세대에 대한 배반이겠기에 발언하기 전 먼저 질문자에게 물어보았다.

─우선 월남전에서 전사한 군인이 얼마나 되지요?

─오천사백명의 사상자를 냈습니다.

─부상자는요?

─만여명으로 집계되었고……

─고엽제 피해자는 약 사천여명이라고 기억합니다. 한데 그렇게 많은 목숨을 바쳐 수호한 것이 우리의 자유민주주의였습니까? 우리가 미국이나 월남을 도와주기 위해 갔다면 그들은 수호되었습니까? 아니면 우리가 스스로 정의를 수호하기 위해 자원한 겁니까? 스페인으로 간 미국 용병들은 그래도 정의를 수호하자는 명분이 있었습니다. 한데 우리 국군의 희생에는 무엇이 남았지요? 명예가 남았습니까? 남은 것은 대를 물리는 고엽제 환자뿐이었습니다. 아 물론 고속도로도 남았다고 봐야겠지요. 그렇다면 우리 청년들의 고귀한 목숨이 고작 고속도로 가치밖에 안됩니까? 우리 국군에게 용병이었다는 오명이 주어진 것은 바로 그 점, 돈을 위해 참전했기 때문일 것입니다. 물론 그 돈이 우리 경제의 밑천이 되지 않았느냐고 반문할 사람도 있을 것입니다. 그렇다면 여러분들의 어머니나 아내, 애인, 누이들한테 한번 물어보세요. 가난하게 살겠느냐, 내 목숨을 팔아 돈을 얻겠느냐고. 모름지기 모든 어머니나 아내는 가난해도 함께 살겠다고 할 것입니다. 제가 하고 싶은 말은 어머니나 아내들은 남편이나 아들의 고귀한 생명을 정의로운 명예가 아닌 한 결코 돈으로는 바꾸고 싶어하지 않는다는 것이며 이제는 국가

에서도 이 점을 충분히 고려해주어야 한다는 것입니다. 왜냐하면 그 생명을 있게 한 것은 여성들이기 때문입니다.

강연장은 물을 끼얹은 듯 조용했다. 그녀는 그런 분위기가 기분 나빴지만 다음 스케줄에 쫓겨 바삐 나오고 말았다. 그런데 이튿날 신문에는 월남전 참전군을 용병으로 몰았다는 사관학교측 보도가 실려 있었다. 그녀는 이 무슨 시대에 뒤떨어진 트집인가 싶었다. 그 전쟁으로 인해 세계의 양심들이 벌떼처럼 일어났고 전쟁 당사자인 미국은 물론 일본 호주 등에서도 반전운동이 불붙어 전지구로 번졌다. 지금도 미국에서는 반성과 비판으로 떠들썩한데 정작 큰 희생을 당한 우리 군인들은 아직도 그 전쟁에서 명분을 찾자는 것인가. 그러나 자신의 진정한 바람이나 의도는 밝혀지겠거니 하고 잊어버렸다. 그런데 그것이 장관직 파면의 주요 원인이었다? 정말 그러한가?

"불이 아직 피지 않았소?"

기환이가 이쪽으로 고개를 내밀고 묻는다.

"이제 피기 시작해요."

그녀는 난로문을 닫고 탁자로 가 앉는다. 낮술이어서인지 두 사람 얼굴이 벌써 불쾌해보이는데 영섭이 조심스럽게 묻는다.

"내가 마음 상하게 했습니까? 그랬다면 용서하시오. 난 그저 좋은 뜻에서 그랬던 것인데……"

그녀는 웃으며 고개를 젓는다.

"아니예요. 성찰할 기회를 주어 오히려 고마웠어요."

"성찰할 기회? 그럼 정말 괘념했다는 말이 아니오?"

"난 몰랐거든요. 사관학교에서의 발언이 그렇게 큰 파장을 불러일으켰으리라곤……"

"그럼 한가지만 더 알려드릴까요. 국회에서도 서연씬 참 멋졌어요. 느글느글한 의원들의 질문을 깔끔하게 받아칠 때하며……"

그녀는 그에게 고맙다고 해야 할 텐데 의원들과의 불쾌했던 장면이 떠올라 펴지던 얼굴이 다시 구겨진다. 영섭은 '이거 오늘 대화가 잘 안 풀리겠는데' 하고 안경을 치켜올리며 기환에게로 시선을 돌린다. 기환이 웃으며 말한다.

"대화는 풀라고 있는 거야. 너 그런 것 잘하잖아. 다시 한번 풀어봐."

영섭이 기환을 지켜보기만 하다가 불쑥 묻는다.

"그래, 그러고 보니 꼭 풀고 싶은 게 있었어. 이 참에 한번 물어보자. 너 문학은 아주 포기한 거야?"

"원 뚱딴지같이."

"포기한 이유가 뭐냐? 학창 땐 창식이보다 전도가 유망했잖아······ 안 그렇소, 서연씨?"

영섭이가 자신을 지목하는 순간 그녀도 그가 왜 정말 시인이 되지 못했을까 궁금해진다. 자주 지면에 오르내릴 만큼 유명하진 않다 해도 등단은 한 줄 알았는데······ 그녀가 기환을 쳐다보며 묻는다.

"기환씬 왜 정말 그 꿈을 펼치지 못했어요?"

"글쎄, 발전적인 사고를 가진 사람만이 글을 쓰는데 난 그렇지 못한 모양이지."

"글은 자기 이상에 대한 열정이며 그 재능으로 쓰는 게 아니던가?"

"재능과 이상도 나이만큼 발전해야만 글을 쓸 수 있는데 내 이상과 꿈은 어디엔가 꽉 묶인 채······"

기환이 그녀를 힐끗 훔쳐보기까지 하면서 '어디엔가 꽉 묶인'을 강조하지만 그녀는 알아차리지 못하고 그저 '이들의 이야기에는 입맛을 돋우는 향신료 같은 것이 있구나' 하고 자기 생각에 빠져든다. 사람들은 다 이렇듯 상대를 즐겁게 하는 재치나 묘미를 가지고 있는데 자신에겐 왜 그런 게 없을까. 삶 자체가 건조해서? 사람들과 깊이 사귀하면서 살아야 그런 기지도 생기는데 그렇지 못해서? 자신의 감성에는 파릇파릇

돋아난 풀잎이 없다. 오직 가시만 있을 뿐. 그래서 자신이 하는 이야기는 언제나 딱딱하고 재미가 없다. 그럼 나는 이 사회에 뿌리 대신 가시를 박아왔더란 말인가.

"너 누구한테 이상과 꿈까지 묶어두었나, 응?"

영섭은 짓궂게 기환을 물고늘어지는데도 그녀는 그 의도는 알려고도 하지 않고 그저 묘하게 말려올라간 영섭의 입꼬리만 주시한다. 영섭의 입은 수도꼭지 같다. 틀어주기만 하면 콸콸 쏟아져나오는 물처럼 흥미로운 얘기가 줄줄이 이어질 것이다. 그러면 부담없이 그 물줄기를 타고 자신이 가보지 않은 다른 세계로 여행할 수 있다…… 그래, 잘만 하면 저 입이 나를 도피시켜줄 수 있다. 제 방에 갇힌 듯 답답하고 꽉 막힌 이 순간으로부터.

"영섭씨, 뭐 재미난 이야기 없어요?"

"있지요. 창밖에는 바람이 불고 거실에는 세 사람의 옛날 친구들이 앉아 있다. 동시대의 추억을 가진 그들은…… 그래요, 우리 함께 추억이라는 쪽배를 타고 과거로 여행을 합시다. 대학 일학년 때 우리는,으로 시작해서 각자 살아온 이야기를 해도 좋고…… ."

"그건 별론데요."

그녀는 얼른 영섭의 말을 가로막는다. 조금만 더 진행되면 자신의 과거가 앙상한 가시뼈처럼 튀어나올 것 같고 그것은 분위기를 위해서도 좋지 않다고 생각하는데 기환이가 그녀를 돕듯 끼여든다.

"너 오늘 웬일이냐, 사람만 만나면 갯벌 선전하기 바쁘더니."

"갯벌 이야기? 그거 재미있겠는데요."

그녀도 맞장구를 친다. 영섭도 싫지는 않은지 술잔을 훌쩍 비워내고 잔을 놓으며 말한다.

"갯벌 이야기는 상대의 수준부터 알아야 펼칠 맛이 있는 법, 먼저 내가 묻는 말에 대답부터 해보시오. 첫째 이 세상에서 움직이는 것 중에 가장 큰 것은 뭐지요?"

"그야 지구지요."

"지구는 움직이는 것을 직접 볼 수 없잖소."

"그럼 바다."

"그 정도 추임새면 이야기꾼도 흥이 나는데, 맞아요. 출렁이는 바다, 섬과 육지를 감아돌고 어디론가 갔다가 다시 돌아오는 파도, 마치 짐승 같지 않소? 이 지구에서 가장 거대한 짐승. 그런만큼 거느린 자손도 많지요."

그녀는 턱을 치키고 눈을 지그시 내리뜨며 영섭의 이야기를 경청한다. 영섭은 강연 티를 내지 않으려고 바다의 푸른 물은 수십억년간 만들고 다듬어진 그들의 얼굴이다. 평균 수심 3,800미터인 것을 세상에서 가장 크고 넓은 심장으로 표현하더니 문득 이 거대한 바다를 움직이게 하는 것은 무엇이냐고 묻는다.

"그야 만유인력, 달, 바람이지요."

"지구의 자전에 의해서도 바닷물은 밀리곤 합니다. 그런데 바다는 슬퍼요."

왜 슬프냐고 물으려는데 영섭이 먼저 하루에 두 번은 반드시 육지를 만나야 하고, 만나면 인연이 생기고, 인연은 비극을 잉태한다,라고 말하며 껄껄 웃은 뒤 밀물 썰물로 들어간다.

"우리가 매립을 반대하고 자연 그대로 지키려고 하는 서해 갯벌은 황해라는 작은 바다에 면해 있어요. 그러니까 작은 그릇에 물을 담아놓고 이리저리 흔들면 그 쏠리는 폭도 당연히 크겠지요? 바로 그것입니다. 태평양은 넓으니까 중력에 이끌려도 이삼미터만 왔다갔다하지만 황해는 그릇은 작은데 중력은 똑같으니까 육지로 한껏 쏠릴 수밖에 없어요. 그렇게 올라오는 물높이가 팔구미터나 됩니다. 그 물이 또 그 양만큼 빠져나가야 하니까 자연히 갯벌이 길어질 수밖에요."

"다른 나라는 그런 갯벌이 없습니까?"

"네댓 군데 있지요. 독일 연안, 덴마크, 노르웨이, 미국 동부해안 등 인데 우리처럼 그 갯벌에 생활의 토대를 삼고 있지는 않아요."

"그런데 갯벌은 왜 그렇게 시커멓고 이상스럽게 생겼죠?"

"그거 이상한 것이 아닙니다. 신기한 것이지요. 자, 그럼 이제 우리 흙의 여행을 알아봅시다. 설악산이나 지리산, 산마다 바위가 있습니다. 지구의 나이가 사십억살이라면 수십억년 전부터 그 바위들은 거기 앉아 조금씩 자기 몸을 분해해왔습니다. 하늘에서는 수시로 비가 오지요. 바위는 그 빗물에 작은 미립자, 흙으로 분해한 자기의 살비듬을 씻겨보냅니다. 흙이 먼저 가는 곳이 한강이라고 합시다. 한강물은 홍수로 인한 흙탕물을 쓸어안고 김포를 지나 바다로 옵니다. 긴 여행을 한 흙입자는 잔잔한 바다에 가라앉아 휴식을 취하고 싶은데 그만 파도가 와서 너같이 작고 힘없는 입자는 여기서 못살아, 나가, 나가, 하면서 자꾸만 바닷가로 밀어냅니다. 지친 흙입자는 파도에 몸을 맡긴 채 바닷가로 너울너울 떠밀려오고 이때 미생물이 여기 의탁할 집이 있구나 하고 흙입자에 들러붙습니다. 그리고 함께 갯벌에 도착하는 거지요."

"미생물이 의탁할 집……"

"그렇게 함께 와서 쌓이니까 썩을 수밖에요. 썩어도 빨리 썩어요. 미생물 덕택이죠. 그렇게 썩으면서 표면은 시커멓게 되지만 속은 풍부한 영양소를 만들어내어 갯지렁이나 다른 동물들을 키우고 또 그렇게 하면서 빠르게 자기 정화까지 하는 게 바로 갯벌이지요."

"그런 갯벌을 매립해버리면 주위가 다 썩겠군요."

"그럼요. 구체적으로 말하면 갯벌은 한강이 실어오는 더러운 물, 똥찌꺼기나 개숫물까지도 모두 받아먹고 정화시켜줍니다. 요즘은 농촌에서 생활폐수를 처리하기 위해 미나리와 옥잠화를 이용하고 있지요? 그런 식물보다 정화하는 힘이 몇천만배나 큽니다. 또 갯벌에는 헤아릴 수 없는 생물체가 살고 있지요. 그 생물은 인간과 새의 먹이가 되면서 생태계의 순환을 도와줍니다. 그런데 사람들은 경제만 운운하지요. 자연은 자연이 가진 고유한 가치가 있고 그것을 환경경제로 돌려보면 돈으로 환산할 수도 없는데⋯⋯"

영섭의 이야기는 끝도 없이 이어질 것 같다. 자기에게 몰두해주는 것에 신이 난 모양이다. 그녀는 영섭의 이야기보다 그 표정이 더 흥미롭다. 한가지 이야기를 하면서도 얼굴을 찌푸리다 펴고 코를 실룩거리는 등 수많은 표정이 교차된다. 기환에겐 이런 친구들이 많았다. 그 친구들을 돌아가면서 만난다면 한동안은 잘 지낼 수 있겠지.

그녀는 기환을 훔쳐본다. 책을 읽는 듯한 얼굴, 차곡차곡 과거를 담아둔 주머니 같다. 당신이 과거가 아닌 미래의 주머니만 가지고 있다면, 날마다 그 주머니에서 안정된 나날, 고뇌도 걱정도 두려움도 없이 그저 느긋하게 차를 마시거나 인생을 사색할 수 있는 그런 날들만 꺼내줄 수 있다면 난 당장이라도 당신의 주머니 속으로 들어가버릴 텐데⋯⋯ 기환이가 허리를 죽 펴더니 이야기에 끼여든다.

"내가 집을 지으면서 느낀 건데 말이야. 물 좋고 경관 좋은 곳을 고르고 골라 집을 지어놔도 제 값을 못 받아. 다른 나라에는 환경경제라는 것도 있고 또 우리도 전원주택에 대한 선망이 있음에도 이 지경이야. 그건 왜 그런 거야?"

"왜냐구? 우리나라 경제는 아직도 환경경제 운운할 만큼 성장하지 못했으니까. 선진국에서야 경관이나 공기가 좋은 곳의 아파트나 건축물은 환경경제가 적용되어 값이 비싸지기도 한다지만 글쎄 우린⋯⋯"

환경 운운하니까 별안간 페놀사건 때가 생각나고 그래서 그녀가 화제를 되돌려온다.

"영섭씨, 지금은 바다도 오염에 시달리고 있지요?"

"아직은 괜찮습니다. 바닷물이 워낙 많으니까요. 하지만 머잖아……"

그녀는 페놀사건으로 국회에서 싸우던 일을 떠올리다가 문득 기환의 빈자리를 발견한다. 언제 일어났는지 그는 조리대에 서 있다. 밥을 지으려는가. 자기 집이니 손님도 알아서 대접하겠지. 그녀는 식은 커피잔을 들여다본다. 짙은 갈색. 그 속에 푹 담그기만 하면 무엇이든 불투명해질 것 같다. 자신은 지금 얼마만큼 그 색깔에 빠져 있는가. 그때 영섭이 느닷없이 엉뚱한 화제를 끌어온다.

"그나저나 북한 주민들 다 굶는다는데 야단났지 않소?"

한숨까지 쉬는데도 영섭의 말은 저 혼자 달려와 그녀의 커피잔 속으로 풍덩 뛰어든다.

4

그는 쌀을 씻어 밥물을 잡고 그 속을 들여다보며 생각한다. 내가 왜 밥을 하고 있지? 찬거리도 없이 밥을 지어서 어쩌자는 건가. 서연이와 바닷가에 나가 외식하고 들어올 참이었는데. 영섭이가 왔다 해도 나가 외식을 해야 할 처지에 느닷없이 밥은 왜? 그들의 이야기가 끝도 없이 길어져서? 그렇다 해도 아직 여섯시는 되지 않았다. 시장기가 돌면 모두 자연스레 일어나 식사를 하러 가자고 할 텐데?

그는 전기밥솥에 플러그를 꽂으며 아예 된장까지 풀어 반찬도 준비해?라고 자신에게 묻는다. 그럼 저희들끼리 더욱 재미나게 얘기하겠지. 교수와 장관이 만났으니 대홧거리야 무궁무진할 테고. 강연에 숙달

된 언변과 꽉찬 상식으로 바다에서 산으로 산에서 바다로 거침없이 넘나들거나 지구본을 돌려대며 여기저기에 널려 있는 정보를 꽃처럼 뚝따서 이 꽃 이름이 뭔지 알아요? 향기는? 하고 지식놀이를 하고⋯⋯

그가 씽크대 아랫문을 열어놓고 무엇을 해야 좋을지 몰라 그대로 서 있자 등이 스멀스멀 거울로 변하는 것 같다, 자유로를 달릴 때처럼. 하얗게 마른 찻길로 직사광선이 내리쬐자 도로는 그 햇빛을 거울처럼 바닥에 깔고 그 위로 주변의 사물, 가로등이나 가로수, 먼산의 모습을 실체처럼 반사시켜주었지. 지금 자신의 등이 바로 그런 거울이 된 듯 다정하게 얘기하는 두 사람의 모습을 비추기 시작하는데 별안간 서연의 목소리가 높은 파장으로 튀어오른다.

"도대체 북한 주민들은 뭘하고 있는 거죠? 어떻게 그 무능한 지도자를 두고만 보느냐구요?"

"서연씨도 꼭 우리 정부측 사람들처럼 말하는구려."

"그렇지 않은가요. 굶어죽어가면서도 인민들은 아직도 수령, 수령하면서 우상이나 섬기고 있잖아요."

"우상이 없는 사회는 없잖소. 모양과 형식만 다를 뿐 지구 위엔 어디에나 우상이 있기 마련이고 그건 과거에도 마찬가지였소."

"그렇게 말한다면 그 우상에는 다 힘이 있었어요. 하지만 북한의 우상은 이미 자격을 상실했는데도⋯⋯"

대화는 어느새 그렇게 비약해 있고 그는 서연의 곤두선 목소리에서 그 옛날 웅변 때를 떠올린다. 흠, 무슨 마음으로 또 저렇게 열을 올리고 있을까. 그때 영섭의 말소리가 방해전파처럼 등줄기에 부딪쳐온다.

"서연씨, 사실대로 말하자면 나도 한땐 그것이 궁금했소. 그래서 작년 학술회의차 해외에 나갔을 때 동구권 학자들에게 물어보았소. 어떻게 그 사회가 무너질 때까지 모든 인민들이 침묵을 지키고 있었느냐고. 그랬더니 그 학자는 이렇게 대답했소. '이루어본 사람들의 태만 때문이었노라'고."

"무슨 말이죠?"

"당이 관료주의에 빠져 인민을 속이기 시작할 때 정직한 당원이나 지식인들은 문제제기를 했지만 당은 '그럼 당신은 사회주의를 포기하자는 거냐?'고 되물었답디다. 이때 그들은 '사회주의를 포기하다니, 그건 살기를 거부하는 것과 마찬가진데 절대 안되지' 그렇게 생각했다는 겁니다. 당이 무서워서가 아니라 곧 자기의 이념을 거부하는 것이 두려워 그랬다는 것이죠. 그러니까 현재까지 인류가 이루어온 이념 중엔 그래도 사회주의가 가장 낫다고 믿고 있는데 누가 그 제도를 포기하겠느냐는 거예요. 그래서 지금은 과도기라 사회주의를 이런 식으로밖에 운영할 수 없지만 곧 좋아질 것이라고 묵인하고 있던 중에 그만 동구권이 줄줄이 무너지고 있더라 그 말입니다. 아마 북한 주민들이 일어나지 않는 것도……"

"인류적인 이념? 사방에 적을 만들고 굶주리기까지 하면서 인류적인 이념이라구요?"

영섭이 웃으며 말한다.

"서연씬 자본주의사회를 대단히 신뢰하는 모양인데, 우리라고 내내 잘살라는 보장이 없지 않소. 칠십년대 초만 해도 북한이 우리보다 잘살았어요. 박정희가 거기에 충격을 먹어 후발자본으로 뛰어들었지만 언제 또 입장이 바뀔지도 모르는 일이고……"

서연의 대답이 들려오지 않는다. 그는 열린 씽크대 문을 밀어닫고 탁자로 돌아가는데 영섭이가 안경을 치키면서 말한다.

"아직은 현상만 보고 이러쿵저러쿵 할 때가 아니라는 생각이 들어요. 지금도 좌익학자들은 폐기처분된 것은 사회주의 이념이 아니라 그 운영방법이었노라고 말하지요. 자본주의에서는 굶주림만은 확실하게 해결될 수가 있다고 하지만……"

그가 의자로 다가앉는데도 서연은 오른손으로 턱을 괴고 탁자를 내려다보며 혼자 중얼거린다.

"사회주의 우상은 머리털이 빠졌고 자본주의 우상은 저속의 우물에 빠졌고……"

"더 극심한 빈사상태는 우상이 아닌 이념이겠지요. 전인류가 꿈을 잃어버린 시대……"

서연이 팔을 내리고 영섭을 지그시 쳐다보며 묻는다.

"사람들은 궁극적으로 무엇을 바랄까요. 존재의 부조리와 역사의 아이러니를 넘어서는 것? 과연 그런 초월의 비전은 올 수 있을까요?"

"오긴 오겠지요. 스피노자의 말처럼 내일 지구가 멸망한다 해도 오늘 사과나무를 심는 것이 바로 인간이니까요."

서연이 희미하게 웃자 영섭이 서둘러 덧붙인다.

"내 말은 역사의 무대에는 항상 대체이론이 등장해왔다는 것입니다. 이번엔 진정한 유토피아의 부활이 될지, 아니면 기존 이념들처럼 비극적인 결말이나 가져올지 알 수 없지만……"

서연의 입가에 냉소가 흘러들고 그녀는 그 냉소를 잘게 씹듯이 말한다.

"그렇군요. 미래의 꿈은 훗날에 가서 해몽된다……"

"어쨌든 인간의 최대 허영이 낙원에 대한 꿈이라면 지금 내가 바라는 것은 또 한 시기를 휩쓸 그 꿈의 시나리오가 제발 좀 겸손해졌으면 하는 겁니다. 내가 갯벌과 대화하면서 통감한 것도 꿈과 해몽의 이율배반이 인간과 자연까지도 벼랑으로 몰아왔다는 것인데……"

서연은 문득 눈을 들어 창쪽을 바라본다. 바람이 파도처럼 창으로 몰려와 지붕을 타고 지나가자 서연의 목소리는 아득해진다.

"그래서 사람들은 자연을 찾는 모양이에요. 거긴 아직도 순환의 아름다움이 있으니……"

이념에서 순환의 아름다움. 서연은 상념의 바다도 재빨리 뛰어넘지…… 그의 눈이 부드럽게 풀리다가 탁자의 어느 지점에 닿자 갑자기 경직된다. 그가 찾고 있던 서연의 손이, 찻잔을 쥔 그녀의 손이 술잔을 거머쥔 영섭의 손과 맞닿아 있는 것이었다.

"난로에 장작을 넣어야겠군."

그는 벌떡 몸을 일으킨 후 난롯가로 와 문을 열고 그 안을 들여다본다. 맨 위에 놓인 장작이 제 몸을 다 태워가고 있음에도 그는 장작을 넣는 대신 불속을 향해 덥지도 차지도 않은 말만 몰래 던져넣는다. '넌 순환의 아름다움을 말하면서 기실은 순환을 모르는 거야. 자연이 아름다운 것도 그것이 아름답기 때문이 아니라 아름다움으로 받아들일 수 있는 그 마음 때문인 거야. 그 마음은 뭐 자연성인 줄 아니? 훈련에 길들여진 거지. 자연을 보는 감수성들이 호도하고 치장해서 타인에게 이건 아름다운 것이다,라고 말하고 타인은 그 표현법에 그냥 따라가거나 다른 것까지 더 보려고 하는 거지. 순환의 원리를 보는 눈도 두 가지란 말이다. 그저 그렇다고 여기는 것과 깊이 느끼는 것. 그건 바로 사랑 같은 거지. 이성을 보면 곧장 자기를 접속하려는 사람도 있고, 보이는 현상보다 이미 자기 속에 생성된 사랑을 다른 각도로 더 깊이 보려는 사람도 있듯이.'

다 탄 나무가 툭 떨어져내린다. 그는 깜짝 놀라 얼른 장작을 집어넣고 문을 닫는다. 내 감정이 지금 어느 고랑에 빠진 거지? 소외도 아닌 질투? 그때 바람소리가 기다렸다는 듯 그의 등을 밟는다. 그는 바람을 떨어내듯 벌떡 일어나 성큼성큼 창쪽으로 간다.

외출하려고 닫아두었던 커튼이 촘촘하게 빛살무늬를 쏟아낸다. 그 위로 서연의 손이 떠오른다. 그 손이 영섭을 향해 애벌레처럼 기어간다. 척추에 날카로운 발톱이 꾹꾹 박혀오는 것 같다.

그는 커튼을 활짝 열어젖힌다. 빛이 터진 봇물처럼 왈칵 덮쳐든다.

아, 석양. 언덕에 턱을 건 붉은 해가 긴 주단을 밟고 둥둥 달려와 그를 감싸안는다. 이 나이든 어린애야, 무엇을 또 그렇게 가슴에서 키우고 있니. 가슴에요? 아무것도 없어요. 그럼 네 속에서 빨리 자라고 있는 것은 무엇이란 말이냐. 모르겠어요. 소외감인지…… 넌 소외감이라고 말하고 싶겠지만 빨리 자라는 그것은 질투심이란 게야. 쉽게 뽑아낼 수도 없는 고약한 식물이지. 그런 것이 왜 나에게 왔지요? 너에겐 오래 전부터 그것이 있었다. 마치 모기알처럼. 모기는 급하면 방안 벽지에도 알을 낳아둔다. 몇년이 지나도 모기알은 죽지 않고 견딘다. 그러다가 젖은 걸레라도 슬쩍 지나가면 모기알은 그 습기를 먹고 재빨리 부화한다. 예, 그래요. 나의 이 고약한 식물은 서연이만 보면 반응하는군요. 그럼 서연은 모기알도 되고 습기도 되는가요.

전자파 같은 햇살이 그를 쏘아대고 그의 몸은 빛살 쐐기가 되어 사방으로 해체되는 것 같다. 그는 현기증을 수습하며 중얼거린다. 무엇이든 내게 있다는 것은 나쁘지 않아. 그것이 때로는 존재 확인이 될 수도 있으니까. 그러나 서연은 왜 항상 나를 이렇게 비참하게 만드는가. 그녀는 나를 비참하게 만듦으로써 내 속에 존재하려는 것인가.

서연아, 넌 왜 내 곁에만 오면 타인에게로 가니. 너는 왜 한번도 너의 관심과 열정과 애증을 나에게만 흡착시키지 못하니. 오늘 너의 얼굴은 닫혀 있었는데 영섭을 보자 단박 열리면서 생기를 품기 시작하더구나. 나와 함께 있을 땐 고집스럽게 오므린 꽃잎 같다가 타인을 보면 벙긋이 열리는 그 이유는 뭐냐. 사람들은 너더러 이성으로 무장된 여성이라고 하지만 그건 거짓이야. 겉보기엔 냉정하게 정돈된 얼굴이지만 너의 넋은 곧장 어디론가 가버리고 빈자리는 뚜껑으로 은폐해버리지.

또다른 석양이 떠오른다. 서연이가 시화와 함께 사라지던 그 석양. 그때도 영섭이와 친했는데…… 영섭이 바다에서 곤포를 가지고 나와 넓다란 잎에 구멍을 뚫고 안경이라면서 서연에게 씌워주곤 했지만 함께 사라진 것은 영섭이 아닌 강시화였다.

대학 일학년 여름방학 때 그는 서연이와 함께 부산으로 내려갔다. 마침 고등학교 때의 문우회 회원들이 다시 모여 광안리에서 여름캠프를 냈다. 갈 곳이 없던 서연에게도 그런대로 괜찮은 휴식처가 되었다. 친구들은 탈의장까지 불하받아 갈짚 방갈로 운영을 하는가 하면 그 옆에다 텐트를 치고 회원들이 이용하도록 했다.

탈의실 이름은 창식이가 '해변의 길손'이라고 붙였다. 그새 어른들이 된 회원들은 담배를 꼬나물거나 멋을 부린답시고 맥고모자를 삐딱하게 눌러쓰고는 '어, 여기가 해변의 길손 맞습니꺼' 하면서 찾아들었다. 그러면 창식이는 두꺼비처럼 녀석들의 손을 덥석 잡아채고는 '가방 여기에 두고 먼저 입구로 나가 손님부터 꼬드겨 오너래이. 밥값은 하고 놀아야 니들도 맘 편할 거 아니가' 하거나 '야, 너들 시쓴 것 있제? 그것 마분지에라도 써서 벽에 붙여라. 귀한 돈 내고 방 쓰는 손님들한테 우리도 뭔가 봉사해얄 것 아니가' 하고 회원들을 몰아붙였다. 친구들이 밤새 술을 마셔 늦잠이라도 잘라치면 텐트를 걷어붙이며 '인마들아, 퍼질러 자는 것도 공짜 아니다. 어서 일어나기 싫으면 집에 가서 쌀 한 말씩 퍼올래?' 하고 두들겨 깨웠다.

그때쯤 나중에 인기가수가 된 인성이가 애인을 데리고 왔고 뒤이어 병태와 시화가 왔다. 창식은 그 재주꾼들도 내버려두지 않고 오후 두세시가 되면 '재미난 볼거리를 제공해서라도 지나가는 손님을 후려오란 말이다. 그래야 음료수라도 팔 게 아니가' 하면서 집앞 백사장으로 몰아냈다.

그렇지 않아도 어서 놀고 싶어 입이 근질거리던 인성은 모래사장 가운데 의자를 갖다두고 레이 찰즈처럼 눈을 지그시 감고 앉아 쟁강쟁강 기타를 뜯거나 그 특유의 부드럽고 달콤한 목소리로 「해변의 길손」을 불러댔다.

젊음은 젊음을 부른다고 정말로 여성들이 꼬여들었고 창식은 그 여성들에게 '그 친구 노래 잘하지요? 여기 시원한 사이다 한병 사다 믹이 보이소, 그러믄 멋드러진 노래가 자연뽕으로 콸콸 쏟아져나올 낍니더' 하고 너스레를 떨었다. 오후 매상은 그래서 좀 오르기도 했다. 인성의 애인도 사이다에 취해 헤벌대는 인성이를 미워하지 않고 살뜰히 보살펴주었다.

그때 그는 여자도 저렇게 대범한데 자신은 왜 이렇게 옹졸한가 반성해보는 대신 그저 서연이가 다시 창식에게 기울어질까봐 걱정이었고 창식의 통솔력이 돋보일수록 그들의 관계가 곧 진전될 듯해서 불안했다.

그땐 왜 그렇게 질투심이 많았을까. 친구 녀석들이 겉으로는 안 그런 척하지만 속으로는 누구나 서연을 좋아해서? 장난삼아 하는 말도 '네가 어떻게 저 부산의 자랑을 꿰찼냐'고 부러워들 해서? 물론 그런 점도 없지 않았을 것이다. 하지만 내가 질투심의 노예가 되고도 부끄러워하지 않았던 것은 그 즈음 읽게 된 고대 그리스 시인 사포 탓인지도 몰랐다. 그녀는 질투 때문에 자살까지 하지 않았던가. 게다가 서연이도 꼭 사포의 애인처럼 행동하지 않았는가.

그때 서연의 넋을 후려갔던 강시화, 사포는 자기 연적이 볼품없다는 것에 더 분노를 가졌지만 시화는 같은 남자가 보기에도 매력 만점이었다. 인성이는 날마다 '낭만시대'를 연출해서 여성들 시선을 모았다면 시화는 '돌아온 장고' 흉내로 지나가는 아저씨들의 발목까지 잡아세웠다.

글도 잘 쓰는 그 키 큰 녀석은 꼭 해가 기울 때만 무대를 펼쳤다. 붉은 노을이 온 해변에 환상적인 물감을 뿌릴 때면 「석양의 무법자」 주인공처럼 담요를 어깨에 둘러쓰고 반쯤 잘라낸 맥고모자를 클린트 이스트우드 모양 삐딱하게 눌러쓴 뒤 바다 쪽으로 외롭고 쓸쓸하게 걸어가는 것이었다. 때론 그 영화의 주제곡인 휘파람까지 불러대며 어깨를 축 늘어뜨리고 걷다가 어느 순간 아주 갑자기 휙 돌아서는데 거기서부터 녀석의 매력은 폭발했다. 그러니까 휙 돌아선 녀석의 손엔 어느새 총이 들려 있었는데 총이라고 해야 엄지와 검지뿐인데도 관중을 향해 꼬나진 녀석의 손가락과 그 눈매가 하도 차가워 진짜 총인 것처럼 온몸이 서늘해졌다. 녀석은 잔인한 눈길로 사람들을 차례로 쏘아보며 긴장을 한껏 고조시킨 뒤 그만 씨익 웃는 것이었다. 웃을 때는 반드시 입술을 쳐들었는데 그때 막 기울던 햇살이 급하게 뛰어들며 이빨에 반짝반짝 부딪쳤고 그 모든 것이 절묘하게 일치해 남자들까지 탄복을 했고 여자들은 넋을 잃었다. 그때 인성이 '히얼 아이 스탠……' 하고 기타와 함께 노래를 부르면 녀석은 고개를 떨구고 이젠 이 세상에서 가장 고독한 사나이 장고가 되어 쓸쓸히 걸어오는 것이었다.

그날은 녀석의 무대가 좀 일찍 끝났다. 석양이 질 무렵 해가 바다 끝에서 긴 배처럼 흔들리고 있을 때 녀석이 담요를 벗어 텐트 안으로 던지며 '멍게 먹으러 갈 사람?' 하고 물었고 벌떡 일어난 사람은 서연이었다. 그리고 두 사람은 바닷가로 나가 잘게 부서지는 파도를 밟으며 노을 속으로 사라져갔다. 그때 그의 질투심은 다시 부화한 모기처럼 앵앵거리는 것이 아니라 담쟁이덩굴이 되어 척추뼈 마디마디에 미세한 발톱을 박고 쑥쑥 자라오르는 것이었다.

그들이 돌아온 것은 저녁 아홉시경이었다. 그새 친구들이 캠프파이어용 불을 피웠고 창식이는 오늘 수입이 좀 늘었다면서 고등 한 말과 소주 열 병을 친구들 앞으로 돌렸다. 친구들은 고등을 소주 안주로 착안해낸 창식이 역시 기발하다고 놀리면서 고등을 쭉쭉 빨거나 소주잔을 돌렸으며 빨아먹은 고등껍데기를 친구의 코를 향해 던져대며 킬킬거렸다.

그는 그에게 날아온 고등껍데기를 되돌려주긴 했지만 넋은 어디로 갔는지도 모를 서연이와 시화를 찾아 헤매느라 거의 반은 나가 있었다. 그는 자신의 그런 마음이 싫어 소주를 마시기 시작했다. 한병쯤 비웠을 때 그들은 돌아와 그와 마주 보이는 자리에 나란히 앉았다. 얼굴들이 벌건 것이 술을 마신 것인지 서로 흥분해서 그런 것인지 헤아려지지 않았다. 그는 서연의 눈을 보면 무엇이든 판독이 될 것 같아 열심히 눈을 맞추려고 했지만 그녀는 그저 너울거리는 불꼬리만 지켜볼 뿐이었다.

그는 슬며시 일어나 바닷가로 나갔다. 응당 서연이가 따라와 그의 마음을 진정시켜주어야 했음에도 그녀 대신 바닷물만 그의 더운 발을 어루만졌다. 그는 별안간 자신의 처지가 너무 처량하다 싶었고 자기 앞에 버티고 있는 어두운 바다가 그 처량함을 안겨준 친구 시화라도 되는 듯 속으로 외쳐대기 시작했다.

강시화, 너 서연이가 내 여자라는 걸 모르니? 너에겐 자세히 말하지 않았다만 지금 우리는 동거중이란 말이다. 너희들은 서연이가 공부를 잘해 법대를 간 것이 근사해 보이겠지만 기실 그앤 밥도 지을 줄 모르는 벅수란 말이다.

그러면서도 그는 서연이가 자기 곁으로 어서 와주기를, 그래서 어깨라도 잡아주기를 간절히 바랐지만 그앤 올 기색이 아니었다. 그는 그녀와의 첫 키스 한 장소를 찾아 그 모래톱을 뱅뱅 돌면서 사포의 시 「질투」를 자기 것으로 바꾸어 절절히 읊어댔다.

너는 생명을 가진 인간이지만
내게는 신과도 같은 존재.
네가 그와 마주 앉아
달콤한 목소리에 홀리고
너의 매혹적인 웃음이 흩어질 때면
내 심장은 가슴속에서

용기를 잃고 작아지네.
흠칫 너를 훔쳐보는 내 목소린 힘을 잃고
혀는 굳어져
아무 말도 할 수 없네.
내 연약한 피부 아래
뜨겁게 끓어오르는 피는
귀에 들리는 듯
맥박치며 흐르네.
내 눈에는 지금 아무것도 보이지 않네.
온몸엔 땀이 흐르고
나는 마른 잔디보다 창백하게
경련을 일으켜
죽음에 가까이 다가가는 것 같네.
하지만 모든 것을 견뎌야 하지……

난 참아야 한단 말이냐, 그 별볼일 없는 녀석이 널 후려가도…… 그러자 정말 고대(古代)의 강 저쪽에서 질투의 화신이 된 사포가 달려와 자신의 몸으로 강신한 듯 온몸이 떨렸고 가슴이 불붙는지 입에서 타는 냄새가 나기도 했다. 그때 문득 녀석이 다시 그녀를 후려갈지도 모른다는 생각이 찾아들어 그는 허둥지둥 텐트 앞으로 돌아갔다

불가엔 서연이 혼자 앉아 사그라져가는 장작을 모래로 도닥도닥 덮고 있었다. 친구들은 벌써 텐트로 들어간 모양이었다. 그는 그녀 옆에 앉으며 나직이 물어보았다.

—시화가 뭘 사주더노?
—멍게, 해삼, 소주.
—시화가 좋더나?

──나도 지금 생각중이야. 좋은 감정은 분명히 있는데 그게 뭔지……

그는 더이상 말할 수가 없었다. 솔직한 면에서는 거의 백치 같은 그녀라 물어대면 물어댈수록 시화한테 쏠릴 것이고 마침내는 파랑새가 되어 포르릉 날아갈 것만 같았다.

──가서 자거라.

그는 여자들이 자는 '해변의 길손' 갈대집으로 그녀를 들여보내고 자신은 텐트로 돌아왔다.

시화는 이튿날 집으로 돌아갔다. 비가 온 때문이었다.

그때도 별일은 없었잖아. 며칠 후 시화가 다시 왔지만 두 사람의 관계가 진전된 것도 아니고. 한데도 넌 언제나 왜 그렇게 먼저 질투의 가마솥으로 떨어져야 했지? 정말 사포 때문에? 아니야, 서연이가 나를 그렇게 만들었다. 나는 그런 유치한 생각에서 벗어나고 싶었는데 그때마다 서연이가 사건을 만들어 나를 다시 바닥으로 끌어내리곤 했다. 그 드럼쟁이와도 그랬다.

서연이 대학 삼학년 때던가, 어렵게 등록금을 내준 얼마 후 그녀는 이제 스스로 등록금을 벌겠다고 가정교사를 했고 그는 끝날 시간이면 늘 그 집 가까이로 그녀를 데리러 가곤 했다. 그런 어느날 그녀는 말했다.

──이제 데리러 오지 마.

──왜?

──내가 가르치는 애랑 음악실에 가기로 했어.

그 음악실에는 서연이가 가르치던 애의 오빠가 고정적으로 나가 드럼을 쳤고 서연은 또 그 남자에게 매혹되어 음악실에 진을 치기 시작했다. 날마다 수업이 끝나면 그곳으로 가 가까운 탁자에 자리를 잡고 턱을 괸 채 그 드럼쟁이를 우러러보며 시간을 죽였다. 어느날 더 참을 수 없어진 그는 음악실로 찾아가 그애의 어깨를 흔들었다. 서연은 한숨을 쉬며 따라나왔고 그는 어두운 골목으로 들어서자마자 그녀를 잡고 닦아세우듯 물었다.

　　—너 그 드럼쟁이가 그렇게 좋으냐, 응, 응?

　　—좋아. 그를 보고 있으면 내 넋이 화려한 옷을 입고 춤을 추는 것아.

　　—그럼 그 남자랑 살고 싶겠구나?

　그때 그는 단단히 각오를 했다. 만약 서연이 그 남자한테 가고 싶다고 하면 이때 헤어지자. 나도 더이상은 한눈이나 파는 애한테 매달리고 싶지 않다. 내가 없어도 이앤 먹고 살 수가 있다. 법대가 아니냐. 그애 학과 앞에는 가정교사로 초빙해가려는 사람이 줄을 섰다더라. 오냐, 나도 이젠 지쳤다. 그랬는데 그녀의 대답이 엉뚱했다.

　　—그는 가족이 될 수 있는 사람은 아닌 것 같아.

　　—그건 무슨 말이지?

　　—함께 살 수 없다는 뜻이지.

　그런데, 그런 걸 알면서 너의 넋은 왜 자꾸 헤매고 있니. 나를 가족으로 정하고 함께 살기로 했다면 최소한 서로 지켜줘야 할 예의는 있어야 하지 않은가. 어찌하여 넌 상대가 고통스러워 한다는 것은 알려고 하지도 헤아리지도 않는 거냐. 왜 불나비처럼 남의 등잔만 기웃거리느냐. 그 속에 뛰어들어 불타지도 못하면서 왜 그런 엉뚱한…… 서연은 나비병인지도 몰랐다. 천상의 천도복숭아 꽃을 찾아 그렇게 순례하는 나비. 하지만 이제 알아야지 않는가. 이 세상에는 천상의 꽃을 꺾어올 사람은 아무도 없다는 것을.

　해가 깊숙이 가라앉는다. 그는 잡고 있던 커튼자락을 놓고 고개를 떨군다. 그때 등뒤에서 영섭의 말소리가 들려온다.

"야, 일몰 속에 선 남자, 영화장면보다 더 멋지더라."

그가 천천히 돌아서서 그들을 바라본다. 그러나 잘 보이지 않는다. 눈이 광선을 먹은 모양이다. 두 사람이 거무스레한 보자기로 싸버린 물체 같아 보일 때 서연의 말소리가 들려온다.

"나는 기환씨가 일몰에 아주 불타버리는 줄 알았어요."

그가 일몰의 빛 속으로 빨려들어가서 과거로 가는 사이 그들은 그를 관찰하고 있었던 모양이다. 그는 기운이 쭉 빠져 가까이에 있는 안락의자에 주저앉는다.

"이리로 와. 석양에 십분만 희롱당해도 기운이 빠져."

"좀 있다가."

그는 말하고 두 손으로 눈꺼풀을 누른다. 물체를 바로 보자면 한참이나 더 그러고 있어야 할 것이다. 영섭의 말소리가 들려온다.

"갯벌에서 석양을 만나 얼싸안아버리면 그뒤 한참이나 허느적거려요. 태양은 저 혼자 불타기 싫다고 사람의 혼을 빨아들이죠, 바람은 미치도록 불지요, 그렇게 한참 환상의 바이킹을 타다 돌아와보면 주저앉을 듯이 기운이 죽 빠져나간다니까요."

그래, 저들의 목소리는 저렇게나 태무심하고 손이 서로 부딪쳤던 것은 우연일 수도 있는데 내 감정이 또 저 먼저 지레짐작으로 달려갔구나. 이제는 내 기분이나 느낌까지 깊이 투시하고 제어할 수 있다고 생각했는데 왜 서연에겐 그게 안되는가. 그녀에 대한 열등감, 그런 것이 깊숙이 똬리를 틀고 있다가 꼬리를 풀어서? 아니야, 내가 사포에 머물러 있을 때 이미 서연은 떠났고 내 시혼도 사라졌어. 서연이가 돌아오자 이런 감정이 되찾아온 거야.

그럼 시혼도 함께 왔다는? 그렇다면 넌 다시 시심을 찾기 위해 서연을 기다렸던가? 모르겠어. 내가 그때의 그런 감정을 사랑하고 있는지도. 그렇게 불탈 수 있는 젊은 혼의 에너지가 그리웠던 것인지도……

아니야, 질투심을 그리워하다니, 그 무슨 악취미. 난 서연이를 기다렸어. 물론 그녀의 모든 그림자까지도. 그러니까 난 지금 그녀의 그림자부터 밟아들어가고 있는 거야.

그는 눈을 감은 채 발로 살며시 바닥을 찬다. 안락의자가 조용히 흔들거린다. 그랬어, 질투의 그림자. 그녀는 내 몸의 반쪽이며 그녀가 한눈을 파는 것은 내 반쪽이 잘못되어간다고 생각한 경각심이었지. 그녀가 내 몸에서 떨어져나가면 나도 지탱할 수 없다고…… 안락의자가 멈추고 그는 다시 발로 바닥을 민다. 의자가 기분 좋게 흔들리면서 옛날 서연이가 당황해서 하던 목소리를 실어온다.

——기환씨, 기환씨 코가 막 길어져.

정아라는 여자의 빨간 입술이 떠오른다. 「자유부인」인가 하는 영화를 찍을 때였다. 그는 제비족으로 유부녀들을 찾아 댄스홀로 들어가는 그 장면만 찍으면 되었고 명동의 한 다방을 빌려 내부장치까지 다 꾸며두었는데도 감독이 오지 않았다. 그는 다른 단역들과 함께 계단 아래 앉아 담배를 피우며 지나가는 사람들을 구경했다. 한참 후 김지미와 전계현씨가 도착했다. 그들은 자리를 비켜준 후 다시 그 계단에 앉아 감독이 올 때까지 노닥거렸다. 그때 길 건너에서 그를 줄곧 지켜보던 여성이 있었다. 머리가 길었고 티셔츠에 빨간 입술만 언뜻 보였는데 촬영이 끝났을 때 동료가 쪽지 하나를 전해주었다.

——인마, 시간이 늦어도 기다린대.

펴보니 "일곱시에 사장실 다방"이라고 적혀 있었다.

단역배우를 기다리는 여잔 어떻게 생겼나 얼굴이나 봐주겠다고 갔더니 나팔바지를 입은 그녀가 벌떡 일어나면서 손을 흔들었다.

——여기예요.

자신의 이름은 정아라고 하면서 그에게 옛날 짝사랑하던 사람과 너무 닮았다, 잘 드나드는 찻집은 어디냐고 물었다.

——충무로 영화인 다방에서 날마다 죽치죠.

그 다방은 단역들이 진을 치던 곳이었다. 아침에 출근해서 엽차나 커피 한잔을 마시고 있으면 조감독이 사람을 뽑아가거나, 방송국이나 영화사에 엑스트라를 공급해주고 소개비를 챙기는 거간꾼이 와서 사람들을 데려갔다. 벌판에서 대량으로 죽는 사극 촬영이 있을 땐 그 다방이 텅 비기도 하지만 그렇지 않을 땐 일거리를 얻지 못한 단역들이 이 구석 저 구석에서 열심히 성냥만 분질러댔다. 정아는 그 다방으로 그를 찾아왔고 그에게 소주도 아닌 맥주를 샀다. 그가 일찍이 집으로 가버리거나 야외촬영으로 돌아오지 못하는 날은 자정 직전까지 기다리다 갔다는 말을 종업원한테 전해듣기도 했다.

그는 여자가 자신을 따라다니는 것이 솔직히 싫지는 않았다. 그러나 잘 알지도 못하는 상대한테 무조건 주기만 하려는 그 천사 같은 마음이 영 낯설었다. 서연은 사사건건 트집을 잡거나 투정을 부리거나 그에게 요구만 하는데 그녀는 집이 어디냐, 가서 빨래를 해주겠다, 자취한다면 밑반찬도 가져다주겠다고 살갑게 감겨들었다. 그것이 부담일 때 그는 실토하고 말았다.

——죄송합니다. 난 이미 결혼했어요.

——거짓말 말아요. 스물두살짜리가 무슨 결혼이에요.

——이제 고백했으니 안녕히 계세요.

그는 깍듯이 절까지 하고 생맥줏집을 나왔다. 집으로 돌아오는 길에 그는 왜 그런지 즐거웠다. 한눈을 팔지 않은 덕에 자기의 귀한 서연이가 고스란히 지켜진 듯한 감격도 있었다. 한데 집이 가까워지고 방안 불빛이 보이자 그만 서연의 나비병이 생각났다. 난 이렇게 따라다니는 여자들까지 따돌리면서 저를 지키는데 이 바보는 또 어떤 남자한테 혹해서 나를 괴롭힐 것인가. 그래, 이 참에 버릇을 고쳐야 한다. 저가 계속 그러면 이 민기환이도 날아갈 수 있다는 것을 일깨워줘야 한다. 그래야 자기밖에 모르는 그 청맹과니도 정신을 차릴 것이다.

스물두살이나 먹은 사내가 유치하게도 그런 머리를 굴리다니. 그 이유는 「자유부인」을 찍을 때 정아를 만났기 때문일까. 서연은 첫번째 덫에는 잘 걸려들었다.

——너 유부남이 바람피우면 어떻게 되는지 법조항을 일러줄까……우린 사실혼 관계야……

그렇게 손톱을 세우던 그녀가, 이제 정신을 차렸을 테지 하고 안심을 할 때 경고장 같은 말을 했다.

——나 졸업 전에 고시를 보기로 했어. 시험만 치르면 떠날 텐데 그때까지 들어오지 않아도 좋으니 쌀은 사다놔.

그 당당하고 제멋대로인 여자, 자기 남자에 대한 최소한의 예의도 없이 사방을 휘저으며 사는 여자…… 서연이가 그랬다구? 나한테만 그랬을 테지. 그럼에도 난 그녀와 살고 싶어한다. 젊었을 때 못해줬던 것을 다 해주면서 그렇게 살고 싶은 것이다. 아니 다시 젊은 시절로 돌아가 그 감정을 그대로 되살려서 그녀를 사랑하고 싶은 것이다. 이제는 다시 그녀가 영양실조가 되지 않도록 제때제때 먹이며 그녀만을 위해 살고 싶은 것이다.

내 아직도 잊지 못하는 것은, 지금도 가끔 꾸는 꿈은 그녀가 영양실조에 시달릴 때 안집에서 개에게 주려고 수돗가에 내놓은 멸치, 국물을 우려내고 건져둔 그 멸치를 미친 듯이 집어먹던 그 모습이고, 그 뒤 남들이 차마 눈뜨고 볼 수가 없다고 했을 때도 헤모글로빈 한병 사다주지 못한 나의 처절함이다. 어린 사촌동생 선화도 자기 인형에게 때맞추어 밥을 먹이고 내가 인형의 다리라도 밟을라치면 인형이 아프다고 소리쳐 울기도 하는데 나는 세상에 태어나 처음으로 가진 나의 것, 나의 사람도 제대로 돌보지 못한 것이다.

그래, 난 그녀와 삼년여를 동거했지만 함께 산 것은 그녀가 아닌 그녀의 행위와 그녀로 인해 더욱 절박했던 가난뿐이었다. 이제 그 행위가 아닌 그녀의 몸과 마음, 그녀의 전부와 그렇게 살고 싶은 것이다. 그녀에게 물었던 내 인생의 설계, 꿈도 함께 찾고 싶다. 그런데 그녀는 정말 돌아와줄 것인가. 내가 머리맡에 앉아 그녀의 머리를 빗어주면 그 옛날처럼 포근히 잠들 것인가. 성교 한번만 하자고 하면 '그래, 일주일 내내 밥하고 빨래하겠다는 각서부터 써놓으면' 하고 지금도 단서를 달 것인가.

하지만 아직 그녀의 넋은 내게 돌아온 것 같지 않다. 넋까지 왔다면 질투심만 건드리지는 않았을 것이다. 아니다. 그것은 내 탓, 내 열등감의 반란이다. 하지만 나도 이젠 가진 것이 있다. 돈과 사랑, 그녀의 버팀목이 될 튼튼한 내 육신, 그것이면 웬만한 것은 다 덮을 수도 가꿀 수도 있다. 그러니 이 참에는 느긋하게 사소한 것은 다 뽑아버리고 사랑의 나무만 기르는 거다. 이젠 그럴 때다.

그때 영섭의 흥분한 목소리가 들려온다.

"여성운동가들도 도덕성을 지녀야 인정받는 것 아닙니까?"

"왜 보브와르는 남자를 위해 밥이나 빨래를 해주고 싶어하면 안된다는 거죠?"

"그 여자는 여성이 부엌에서 탈출해야 한다고 주장했지 않습니까. 더욱이 계약상태건 아니건 싸르트르라는 남편이 있었는데 다른 남자와 사랑에 빠지고……"

서연의 목소리는 똑같은 톤으로 올라가고 있다.

"싸르트르가 많은 여성과 염문을 뿌린 건 어찌하여 그 누구도 문제삼질 않죠? 그는 남자라서 괜찮다, 그건 자연스럽다 이건가요?"

두 사람이 다투는 소리가 그에겐 이상하게도 청량제로 느껴지는데 그때 영섭이 돌아다보며 구원을 요청한다.

"기환아, 이거 완전 벌집을 건드린 것 같다. 니가 와서 좀 도와줘!"

그는 벌떡 일어나 탁자로 다가가며 말한다.

"아이들은 잘 놀다가도 끝내 싸운다더니……"

그래도 서연은 웃지 않고 식은 커피잔만 꼭 감싸쥔다. 잘 토라지던 옛날 모습 그대로라 그는 끌어안고 싶은 충동을 느끼는데 영섭이 먼저 항복을 한다.

"서연씨, 내가 졌소. 내가 하고 싶었던 말은 사실 이 세상은 분리와 결합으로 이루어졌다, 모든 생명작용도 그렇고 남녀 또한 그런데 거기에는 은밀한 규정이 있다는 이야길 하고 싶었던거요."

"알고 있어요, 영섭씨가 무슨 이야기를 하고 싶어했는지 그 속내까지도요. 하지만 여성문제를 그런 식으로 건드리면 짜증이 나요. 보브와르가 남자의 밥을 해주고 빨래를 해주고 싶어했으면 어떤가요. 남자에게도 사랑하는 사람에겐 그런 마음이 우러날 수 있는 것 아니예요? 하지만 그녀가 탈출하자고 한 그 부엌은 강요된 것이지 여성의 자유의지로 선택한 건 아니잖아요. 만약 자유의지로 선택한 부엌이었다면 이미 그건 탈출의 의미가 없는 것이지요."

서연의 목소리에 짜증이 가득 묻어 있다. 그는 그것이 문득 겁이 난다. 저러다 토라진 아이처럼 나 집에 갈 거야, 하고 가버린다면…… 그는 얼른 영섭을 쳐다보며 말한다.

"그만 식사하러 나가자. 밥을 해놓고 보니 반찬이 하나도 없어."

"식사 좋지. 외포리로 가자. 거기 내가 잘 아는 횟집이 있어."

영섭도 그런 대화에서는 피하고 싶었던지 서둘러 일어선다. 그는 서연에게 머플러를 집어주며 입귀를 살펴본다. 입술이 가지런한 것이 크게 화난 것 같진 않다.

176

5

횟집 앞에서 그녀는 공중전화기를 본다. 새총이 타악, 하고 돌멩이를 쏘듯 박기자라는 이름이 그 위에 떨어진다. 전화를 건다면 그는 무슨 말부터 할까. 거기 어디예요, 그간 어디에 계셨어요? 여행중이에요, 돌아가는 대로 박기자를 만나고 싶은데…… 좋습니다, 기다리고 있겠습니다…… 그때 사방에서 수많은 의문표가 화살처럼 날아와 전화기 위에 일렬로 꽂힌다. 박기자가 알고 싶은 것이 정말 용병사건뿐이라고 누가 보장하니? 응? 응?

"서연씨, 차를 타요."

등뒤에서 기환이 부른다. 계산을 끝내고 나온 모양이다. 영섭도 자기 차에 올라 시동을 걸고 있다. 그녀는 천천히 걸어가 기환의 차에 오른다.

"녀석은 그냥 서울로 돌아가기로 했소. 시내 입구까지 따라가서 작별 인사를 합시다."

"영섭씨가 묻지 않던가요? 내가 왜 여기 왔느냐고?"

"묻지 않았소."

"내가 기환씨 집에 온 게 자연스럽단 얘긴가요?"

기환은 앞만 보고 달리다가 한참 만에 대답한다.

"자연스럽지 않을 것도 없지. 그러나 걱정 말아요. 서연씬 보도연맹 사건에 대한 조사차 온 것이라고 했으니까."

"그 대답 마음에 드는데요."

그녀는 비로소 허리를 펴고 앉는다. 삼거리에서 영섭이가 깜박이를 켜고 정지한다. 기환이가 그 뒤에 차를 대자 영섭은 차창으로 고개를 내밀고 소리친다.

"그만 여기서 헤어지자. 난 이 길로 곧장 서울로 가면 되니까 자넨 그 길로 들어가."

"그래, 조심해서 가. 경관한테 걸리지 않게."

영섭은 '술 다 깼는데, 뭐'라고 대답한 후 '서연씨 오늘 정말 즐거웠어요' 하고 소리친다. 그녀는 '나도요' 하고 대답해준 후 재빨리 차 뒤를 살펴본다. 차가 가까이 오고 있지만 영섭이가 그녀의 이름을 부른 것은 듣지 못했을 것이다. 영섭의 차가 멀어지고 뒤차가 어서 가라고 빵빵거릴 때 기환은 비로소 가속페달을 밟고 오른쪽으로 핸들을 돌린다.

전조등이 검은 사막을 주욱 가르고 지나가는 것 같다. 그녀는 차창 밖으로 고개를 돌린다. 앙상한 가로수, 논, 볏짚더미. 그녀의 눈길이 닿자마자 가로수와 논도 볏짚더미와 먼곳의 불빛도 죽어버린다. 희미하게 살아오는 들, 야산, 구릉까지도. 그녀는 진저리를 치며 차 등받이에 고개를 기댄다.

"피곤하지요?"

기환의 목소리는 부드럽다. 상대를 어루만지듯이. 그럼에도 위안보다 먼저 역정이 치민다. 왜 그럴까? 그의 부드러움엔 우유부단이 실려 있어서? 옛날에도 그랬고 그런 익숙함은 반갑지 않아서? 그의 삶이 고여 있는 듯해서? 아니면 시인이나 작가가 되어 있지 않아서? 내 넋을 후려갈 만큼 멋진 이야기 보따리를 준비하고 있거나 날마다 새로운 것을 꺼내 보여주지 않아서? 나는 무엇을 기대하고 여기까지 왔지? 아라비안 나이트? 호사스럽군. 막다른 골목에 선 주제에. 저만치 주유소가 보인다. 그녀는 앞을 응시하며 부탁한다.

"저기 주유소 전화기 앞에 좀 세워줘요."

기환이 공중전화기 앞에 차를 세운다. 그녀는 먼저 차에 붙은 시계를 본다. 아홉시. 신문사에 전화를 걸면 박기자의 호출번호를 알 수 있다. 그리고 호출기에 음성녹음을 해둔다. 박기자, 이제 그만 연극을 끝내고 싶어. 실종이라니. 나의 실종에 비해 그대가 가진 추적 동기가 너무 약해. 기껏 '용병이라는 아킬레스' 건으로 이 서연이가 계속 쫓겨다닐 것 같아? 아니야, 아니…… 그녀는 고개를 저으며 기환에게 '그만 가세요'라고 말한다.

기환은 말 잘 듣는 로봇 같다. 그녀의 심기가 불편해 보이면 침묵으로 빠진다. 설령 그녀가 복잡한 생각에 지쳐 그 수렁에서 빠져나오고 싶어 손을 내밀어도 그는 가만히 지켜보기만 할 것이다. 소 같은 남자. 타인의 판단에 따라 자기 행동방향을 결정하는 순응적 인간. 차라리 영섭이라도 잡아두었더라면. 그에겐 자기 정견에 대한 고집이 있었고 그 고집이 때로는 상대의 판단을 휘어잡거나 논쟁을 한참 이끌어가기도 하며 경우에 따라서는 열을 올려 싸우게 할 수도 있지. 그랬다면 이 밤, 콩나물처럼 제멋대로 자라는 내 머릿속 생각들은 성장을 멈추고 타인의 정신세계에 들어갈 수 있었을 텐데. 그녀는 다시 등받이에 머리를 기대고 눈을 감는다.

'세상은 분별력이 있는 한 지탱된다, 분별력은 세상의 뼈대다.' 이 문장은 난관에 봉착했을 때마다 그녀가 외우던 기도문이다. 세상의 뼈대…… 자신이 마라톤하듯 살아온 것도 세상의 뼈대가 되기 위해서였다. 중심 뼈대는 그 누구도 뽑아낼 수가 없다, 뽑아내면 세상 자체가 와르르 무너질 것이므로. 자신은 뽑혀지지 않는 존재로서 확실한 보장을 받아야 한다…… 그녀는 오직 그 생각 하나에 쫓겨 살아왔다. 그런데 그것은 거짓, 세상이 분별력을 지녔다는 것은 희망사항.

"어디 가서 한잔 하는게 어떻소?"

기환이가 말한다. 그녀는 꼭 필요한 순간에 그가 적당한 말을 했다고 생각하며 고개를 끄덕인 후 차창 옆을 돌아본다. 벌판을 달리고 있는가, 사방이 깜깜하다. 융단폭격같이 쏟아져내리는 어둠. 저 멀리 산마루가 별안간 고개를 쳐든다. 대지와 논밭, 어둠에 숨을 죽이던 나무들이 그녀의 눈길이 닿자 놀랍게도 속속 되살아난다. 댓가지처럼 조밀하게 서 있는 묘목농원, 비닐하우스……

"어둠의 색깔이 다 똑같지 않다는 것은 강화에 살면서 알았소."

기환이도 어둠을 보고 있었던 모양이다. 짙어졌다 엷어졌다 하는 그 요술을. 각자의 느낌이 한 지점으로 모여질 때 사람의 정신은 소통되는 것일까.

차가 갈대밭 도로로 들어선다. 그녀 옆으론 자우룩한 갈대밭이고 기환의 등 너머로 출렁이는 바닷물이 보인다. 긴 혓바닥같이 내밀고 있던 갯벌은 어디에도 없다. 세상은 분열과 결합으로 지탱된다던 영섭의 말이 생각난다. 갯벌은 지금 바다와 결합하고 있다. 결합은 교미, 갯벌은 그 긴 혀를 바다의 살 속에 묻고 애무를 하는 중인가. 부끄러워하는 바다 위에 어두운 하늘이 이불처럼 내려덮인다. 바다가 끝나 있고 이젠 양옆이 갈대. 기환은 와이퍼를 올린다. 안개 같은 것이 와이퍼에 닦여나가며 저 멀리 은은한 불빛을 당겨온다.

"저기 보이는 저 집이오."

곧 '나그네'라는 통나무 간판이 보인다. 요즘은 통나무 주택이 유행이라는 것과 원목 수입에 대한 생각이 나란히 고개를 내밀 때 기환이 차를 왼쪽으로 꺾어돌린다. 안으로 한참 들어가자 바닷가에 지어진 통나무집이 나온다. 기환은 그 경양식집 앞에 차를 세운다.

종업원이 바다 쪽의 룸으로 안내했다. 그들이 따라가는 사이 실내 테이블에 앉은 한쌍의 남녀 손님이 이쪽으로 고개를 돌린다. 서연은 얼른 안경을 확인하고 룸에 들어가 문틀 벽에 몸을 숨기듯 붙어앉는다.

"뭘 하시겠소? 양주, 아니면 맥주?"

"맥주로 하지요."

종업원이 맥주와 마른안주를 놓고 돌아가자 그녀는 문을 끌어 닫는다. 기환이 그녀를 지켜보다가 나직이 말한다.

"너무 신경쓰지 말아요. 밤이라 사람들은 서연씰 알아보지 못해요."

그녀가 안경을 벗자 기환이가 술을 따른다. 그들은 자기 앞에 놓인 넘치는 맥주잔을 각자 우두커니 내려보다가 말없이 건배를 한 후 술을 마시기 시작한다. 그녀는 기환의 침묵이 보이지 않는 밧줄로 목을 조이는 것 같아 성급하게 잔을 비우는데 그가 조심스럽게 묻는다.

"서연씨, 혹시 사랑하는 사람이 있소?"

사랑하는 사람? 이 나이에.

"왜 그런 걸 묻죠?"

"쫓기는 듯한 그 표정이……"

"사랑 때문에, 그런 한가한 일로 도피할 일이 있다면 기환씨한텐 오지 않았겠지요."

"그럼 나 외에 사랑했던 사람은 있었소?"

그녀는 그만 픽 웃고 만다. 나 외에…… 그럼 기환은 내가 자신을 사랑했다고 믿고 있는가?

"글쎄요……"

기환이와 같은 감정을 가져본 사람은 수없이 많았다. 사법연수원 시절에 범죄 정황에 대해 명강의를 하던 판사, 그 대법원 판사의 마지막 강의는 거의 고해성사 같았다.

—난 한사람의 피의자에게 사형판결을 내린 적이 있어요. 그가 정말 살인범이라는 확신도 없이. 개인적으로 볼 때도 그 피의자는 절대로 살인할 사람이 아니었소. 그 사형수는 운이 없었소. 모든 정황이 그를

살인범으로 몰아갔으니까. 아무리 공정한 판결을 하고 싶어도 때로는 그 '정황'이란 것에 질 때가 있소…… 난 지금도 그를 위해 기도를 해요. 나를 용서하라고. 그리고 나는 바라고 있소. 오늘이라도 그의 범죄를 뒤집을 수 있는 증거나 진범이 드러나기를.

그녀는 그 판사한테 매혹되어 이성을 잃었고 괜히 그의 사무실을 찾아가 여기서 실습을 받고 싶다는 억지를 부렸다. 판사가 자긴 연수생을 받지 않는다고 했음에도 퇴근시간을 기다려 술집까지 따라가기도 했다. 그 판사는 내치지도 받아들이지도 않았고 그녀는 껌처럼 붙어만 달라고 그가 집행하는 법정까지 기웃거렸다. 재판을 끝내고 나오는 그 판사를 보고 얼른 달려가 '어젯밤 꿈에 판사님이 죽어서 슬피 울었다'고 고백하기도 했다. 그녀가 우배석일 때 그 판사는 정말로 죽었다. 그때 그녀는 그를 흠모했던 까닭이 그 판사의 명성과 인품 때문이었다는 것을 깨달았다. 명성과 인품은 VIP 등록증 같은 것……

한순간 몸이 달도록 좋아한 젊은이도 있었다. 좌배석 임명을 받은 얼마 후 맹장염으로 입원을 했을 때 잘생긴 인턴이 보호자가 없는 그녀를 담당해주었다. 그녀는 그의 보살핌이 좋아 소소한 것까지 손길을 요청을 했고 어떨 땐 괜히 바쁜 사람을 잡아두고 대학 때 친했던 의과대학 친구 이름을 들먹이며 그를 아느냐고 묻기도 했다. 그가 모른다고 하자 그녀는 '의사는 참 좋겠어요'라고 엉뚱한 말을 던지기도 했다. 그리고 퇴원 전날 당직실로 찾아가 병원 뜰에서 사이다를 마시자고 은근히 유혹했다. 함께 이야기하는 동안 그녀는 내내 황홀한 눈으로 그를 주시했다. 어쩌면 저렇게나 멋지게 생겼을까. 그때 인턴은 별로 품위있는 이야기를 하지 않았는데도 그녀의 눈과 귀에는 명태껍질이 아닌 비단이 씌워졌다.

—제일 괴로웠던 것은 식도환자였는데요, 음식을 먹을 수 없으니까 굵은 호스를 코로 집어넣어 음식물을 투여해야 하는 거예요. 인턴 석달

째인데 저더러 그 호스를 집어넣으라는 거예요. 별수 있나요? 부들부들 떨면서 호스를 끼워넣는데 환자가 아프다고 생고함을 지르는 거예요. 그때 그 환자가 얼마나 밉던지……

그 의사답지 않는 이야기까지도 화려한 은박지로 싸서 귀에 담으며 그래, 인간이지, 인간, 하고 속으로 되새기곤 했다. 그때는 그렇게 좋았던 남자를 병원 밖에서 만났을 때의 그 실망감이라니. 그가 지껄이는 소리마다 엄살부리는 환자 미워죽겠어요, 하는 것으로 들려 일껏 시켜놓은 음식마저 맛이 싹 없었다.

그리고 최근, 그래봐야 육년 전이었다. 과잉진압으로 여학생이 압사해 생명을 잃었을 때 인권단체에서는 진상조사단을 꾸렸다. 그때 그 단체는 그녀에게 법률담당으로 참여해줄 것을 요청했다. 사실 그녀는 정치와 직결된 그런 일에는 관여하고 싶지 않았는데 대책회의 총책을 맡았다는 교수, 그 유명한 교수가 그녀에게 직접 전화를 걸어 정중히 부탁한 것이었다.

──주로 여성 일에만 관여한다고 들었습니다. 이번은 법정이 아닌 병원에서 사인 규명과 그 법적 대응을 하는 것이라 번거롭긴 하지만 그래도 피해자가 여학생이고 하니 좀 협조해주셔야겠습니다.

그 전화를 받는 동안 그녀는 그에 대한 많은 소문들을 빠르게 기억해냈다. 교수 탄압으로 그가 해직되었을 때 해외 지인들이 우리 정부를 규탄했다는 것, 그중에는 미국을 대표할 만한 사람도 있었는데 그들은 바로 그 교수의 유학동창이었다는 것…… 그녀는 기꺼이 수락을 하고 병원 영안실이 아닌 시위현장으로 먼저 달려갔다.

여학생이 사망한 현장, 대한극장 앞 도로는 이미 물로 청소된 뒤였고 그녀는 미화원을 찾았다. 미화원들은 시위현장에서 습득한 물건들을 가마니에 넣어 보도 위 가로수로 끌어다놓는 중이었다. 신발이 세 가마니나 되었다. 시위대들이 흘리고 간 것이었고 그것만으로도 진압의 강도가 어느 정도였는지 충분히 짐작할 수 있었다. 그밖에도 옷가지, 손수건, 양말, 시계 등을 점검한 후 주위를 살펴보았다. 최루가스 냄새 때문에 행인들은 아직도 질금질금 울면서 지나갔다. 그녀는 현장에서 몇 발자국 떨어진 호프집에 들러 거기서 시위대들이 쫓겨 들어오면서 겹겹이 넘어지고 두 사람은 팔이 부러져 병원으로 옮겨갔으며 한 여학생은 던지는 사과탄에 직통으로 쇄골을 맞아 응급실로 실려갔다는 증언을 녹취한 뒤 병원으로 가 대책회의 사람들에게 자기 소견을 보고했다.

　——퇴로도 주지 않고 사방에서 페퍼포그 차와 전경이 급습, 곳곳에서 시위대들이 포개져 넘어짐. 체포조는 쫓기는 시위대를 골목까지 쫓아가 구타, 연행. 전경들은 넘어진 시위대를 구조하는 대신 머리 위에 최루탄을 터뜨리고 진압봉으로 구타. 그들의 작전명은 '토끼몰이'임. 우리가 긴급 입수, 파악해야 할 것은 전경부대 소속과 그 진압일지, 오늘 동원된 페퍼포그 차와 살포된 최루가스의 양, 현장에 있었던 사람들을 찾아내 구체적인 증언을 듣는 것입니다. 또 신문사에 들러 사진기자들이 찍은 현장사진도 입수해두어야 할 줄 압니다.

　그녀가 보고를 끝내고 나올 때 그 교수가 다가와 악수를 청했다.

　——수고하셨소.

　그녀는 그 교수와 악수를 하는 순간 사랑을 느꼈다. 그를 잘 아는 상황실 남자들이 '그는 너무 도덕적이다, 단 한번도 한눈을 판 적이 없을 만큼 철저하게 자기를 지킨다, 그래서 인간적인 매력은 빵점'이라고 혹평해도 그녀는 그것까지도 황홀했다.

　그러나 그와 일한 기간은 겨우 보름간이었다. 외국어대학에서 국무총리에게 밀가루를 던진 사건이 터졌고 그 빌미로 인권단체가 수세에 몰리기 시작하면서 진상조사단은 결국 해체되고 말았으니까. 마지막으로 여학생 장례식을 끝내고 각자 헤어질 때 그녀는 그의 등을 바라보면서 '당신은 이기는 싸움만 할 줄 알았는데 내가 착각했던 거야'라고 싸늘하게 내뱉었다. 그리고 그때 그녀는 다시 한번 깨달았다. 자기에게 진정한 뿌리가 될 수 있는 것은 여성, 지구의 반이라는 그 거대한 힘뿐임을.

그녀는 '과거를 돌이켜보는 것도 참 좋은 일 같군' 하고 속으로 중얼거리며 기환에게 술잔을 건넨다. 기환은 잔을 받아 단숨에 비운 후 아련하게 웃기까지 하면서 말한다.

"사랑이라는 것은 참 불공평한 것 같아요. 어떤 사람에겐 흔하고 어떤 사람에겐 귀한……"

사랑도 흔하거나 귀하다? 그가 다시 덧붙인다.

"난 그걸 모르겠소. 목숨 같은 사랑도 여러번 할 수 있는지……"

목숨 같은 사랑? 유행가 가사 같다는 생각을 하는데 입술에서는 쓸쓸한 웃음이 밀려나온다. 사람은 누구나 한번쯤 그런 사랑이 있다면 나에겐 왜 없었을까. 용서하고 다시 시작해보고 싶을 만큼 미련이 남는 사람도 없고, 몇차례 이성을 향하긴 했지만 진실로 사랑했던 사람은 없었다. 나의 생존을 기환에게 얻고 싶었을 뿐 그의 존재를 받아들이려 했던 것은 아니었다. 왜 나에겐 그런 게 없었을까? 그럴 만한 사람을 만나지 못해서?

낮에 영섭이 '세상을 돌아가게 하는 에너지원은 분리와 결합, 또는 암수로 이루어져 있다'고 했을 때 나는 그가 말한 미생물을 생각하고 있었다. 어쩌면 내 존재는 미생물 같은지도 모른다. 작은 흙입자를 만나면 그것이 내 삶의 거처인가 싶어 얼른 들러붙지만 그 입자는 곧 부패해버린다. 입자가 너무 작아서. 그래서 미생물은 자기의 거처를 찾아 끊임없이 떠돌지만 결코 면적이 큰 입자는 만나지 못한다. 모든 존재는 자기가 가진 것만큼 상대를 취할 수 있으니까. 인간은 자기가 가진 바가지만큼만 흐르는 강물을 뜰 수 있다. 그래, 내 존재의 숙명은 한 바가지의 물, 그것은 우연히 날아온 돌에도 깨어질 수 있다……

그녀는 술잔을 단숨에 비운다. 기환이 다시 채워주며 말한다.

　"술을 자주 마셨소?"

　나는 밤마다 맥주 한병씩은 비우고 잔다오. 혼자 사는 것이, 혼자 눈뜨고 혼자 잠드는 것이라면 그런 것은 전혀 불편하지 않아요. 누구와 함께 산다고 해도 인간은 꿈길까진 동행할 수 없다는 것을 철들면서 깨달았으니까. 옆자리에 사람이 있다고 생각까지 공유하는 것도 아니니까. 그러나 고통을 주는 것은 불면이었고 아무것도 할 수 없는 그 시간에 잠조차 들지 못한다는 것은 일종의 고문이었어요. 이튿날 해결해야 할 일은 산더미 같은데 잠은 자꾸 달아나는 그 조급증 때문에 나는 술을 마셨어요.

　"서연씨, 우리집에 온 것이 불편하오?"

　"내가 먼저 묻고 싶군요. 기환씬 내가 온 것이 불편한가요?"

　"그럴 리가…… 난 다만 서연씨 얼굴이 내내 편해 보이지 않아서……"

　"어딜 가든 불편한 거야 마찬가지겠지요. 그래요, 난 어디론가 가고 싶은데 갈 곳이 없었어요. 그러자 기환씨 편지가 생각나더군요."

　그는 가만히 경청하다가 조용히 입을 연다.

　"할리우드의 어느 배우가 이런 말을 했소. 정상에 올라보지 못한 사람은 결코 정상에서 떨어지는 그 절망감을 모른다고. 배우를 비교해서 미안하오만, 혹시 서연씨도 장관직에서 해임된 것이 충격이었던 것인지……"

　그녀는 다시 잔을 비우며 말한다.

　"그 배우 명언을 했군요. 그래요, 추락은 비상해본 그 이후에야 맛볼 수 있는 현기증 같은 것……"

　"난 평범한 사람이 되어서 그런 기분 잘 모르겠지만……"

　평범하다는 것이 얼마나 든든한 울타린지 알아? 그것은 큰만큼 그 뿌리도 든든한 것이다. 그러나 똥물이나 걸러내는 물옥잠화, 뿌리조차 떠 있는 부평초, 사회의 폐수를 걸러내기 위해 이용되는 사람들, 태어나면서부터 희생양으로 규정되는 사람들…… 기환이 반쯤 잔을 비우고 다시 묻는다.

"장관직이 그렇게 좋았소?"

"나쁘진 않았어요. 비상할 때는 자신의 모습을 볼 필요가 없으니까……"

"어려운 말이군. 난 비상을 모르니까."

"그러면 기환씨가 사는 목적은 뭐지요?"

"언젠가 창식이가 그런 말을 하더군. 사람은 누구나 제시 본능과 성취의 의지로 사는데 넌 어째서 침묵만 하고도 불편해 보이지 않느냐…… 물론 녀석은 나의 문학을 두고 그런 얘길 했을 거요. 하지만……"

"하지만……"

"침묵하는 건 불편하지 않았소. 불편한 것은…… 사랑하는 사람에 대한 감정, 그 넘치는 사랑을 맘껏 퍼내 주지 못하고 그저 바라보기만 하는 심정이오…… 그 애달픔은 뼛골까지 쑤신다오."

"그렇게나 사랑했던 사람이 있었어요?"

대답은 않고 술잔만 비운다. 이 사람은 설마 나를 두고 하는 말은 아니겠지? 그간 우리는 만난 적도 별로 없고 또 내가 온 것도 기환에겐 우연일 텐데? 그녀는 그가 사무실로 찾아왔을 때를 돌이켜본다. 아버지 이야기를 했을 때 기환은 별 관심을 보이지 않았다. 그리고 나를 보고 싶어했다고 하던가? 그 말도 의례적이었을 뿐 뼛골이 아픈 사랑의 표현은 아니었다. 그랬다면 아버지에 관계된 사건에 뛰어들었을 것이고 그래서라도 자주 만나고 싶어했을 텐데 이 사람은 아버지에 대해서도 시큰둥했다. 어쩌면 무관심했던 것일까. 그러자 보도연맹사건에 매달렸던 자신까지 심한 놀림을 당한 듯 언짢아진다.

"기환씨는 역사에 대해 연연하는 사람들을 어떻게 생각하나요?"

"역사에 연연할 수 있는 사람들은 이미 자기 삶을 극복한 사람들일 거요. 창식이를 보고 느낀 건데 그가 동북아를 하나로 보고 그 역사를 새롭게 조명해보겠다고 했을 때 역시 작가는 다르다는 생각을 했소."

"그건 무슨 뜻이죠?"

"내가 생각하는 역사는 자기가 펼쳐온 삶의 고리에서 벗어날 수 있을 때만 보이는 것…… 난 아직 내가 저질러온 삶의 어느 끈테기도 끊어내지 못했으니 역사까지 넘겨다볼 여유가 없다고 할까."

당신은 지금 역사의 관념을 말하는 건가? 배가 부르거나 일정한 여유가 있을 때 들춰보게 되는 것이 역사라구? 하지만 생계나 자기 인생과는 상관없이 역사를 보고 또 보도록 강요받는 사람도 있는 거야.

"역사인식은 언제나 현재의 갈등과 관심에서 출발하고 역사는 과거에 투영된 현재라는데?"

그녀가 재차 확인해본다. 기환이 가만가만 고개를 젓는다.

"글쎄, 난 내 빈 인생에 어쭙잖은 생각들만 채워온 모양이오. 가끔 위안이 되는 것은 세계는 눈을 뜨고 있지만 제정신이 없다는 것, 그런 세상에서 내가 저지르지도 않은 역사까지 만나고 정리해야 할 필요는 어디에 있느냐……"

"작금의 세상이 제대로 되어 있지 않는데 역사는 정리해서 뭘 하느냐…… 역사를 아주 많이 생각해온 사람 같은데요?"

"아니오. 내가 말하는 역사는 내 아버지요. 역사란 말만 나오면 나는 꼭 내 아버지를 생각하는 버릇이 있어서……"

"그러니까 아버지의 사건을 만나고 싶지 않다 그 말인가요?"

"글쎄, 내가 미완으로 남겨두었던 내 인생을 정리한 연후엔 또 모르지."

정리하지 못한 자기 인생…… 어떤 고집이 느껴진다. 손에 쥔 것부터 해결하려는 우직함이랄까. 그러나 그 가치관에는 뿌리의 단단함, 오만이 숨어 있다.

"서연씨 인생은 너무 무거워 보여요. 그 인생을 실어가는 배가 자칫 침몰할 수도 있지 않을까?"

"무슨 뜻이지요?"

"우리 나이라는 것이 이젠 종착역을 보아야 할 때라는 거요. 죽음이라는 목적지까지 자기 인생을 안전하게 실어가야 할 의무도 있는 거고……"

자기 인생을 안전하게 실어가도록 누가 내버려두니? 누가? 바다라면 폭풍이 있고 인간에겐 안전함을 저해하는 운명이란 것이 있다. 그녀는 설레설레 고개를 저으며 남은 술을 단숨에 비워버린다. 기환이가 그녀 잔을 다시 채워줄 때 문득 느껴지는 취기와 함께 그가 사무실로 전화할 때가 떠오른다. 무겁게 가라앉은 목소리로 만나야 할 일이 있소…… 그러면 그가 미완으로 남겨두었고 또 정리하고 싶다는 것이 나와의 관계인가? 그럴 리가? 이미 결혼해서 자식까지 있는 사람이…… 생각이 거기까지 이르자 그만 역정이 치민다. 동냥 바가지는 작은데 주겠다는 밥은 한솥이라…… 그녀는 슬며시 자조를 띠며 자신에게 이른다. 나에게 지금 필요한 것은 한솥의 밥이 아닌 잠시 머물 수 있는 간이역 같은 것. 다시 떠나도 아무 미련도 없는 그런……

"이만 나가지요."

그녀는 먼저 술집을 나선다. 뜻밖에도 밖에는 눈이 내리고 있다. 저녁엔 핏빛으로 타는 일몰을 보았는데 별안간 눈이라니. 그녀의 머리에 더운 안개 같은 것이 덮여온다. 취기 혹은 낯선 감상 같은.

기환이가 계산을 하고 나온다.

"눈이 오는데 운전하기 괜찮겠어요?"

"아주 좋은데. 오늘 날씨는 마치 나를 위해 맘껏 치장해주는 것 같구려."

그는 시동을 걸고 전조등을 켠다. 갈대밭을 지나 어디론가 한참 달리다가 바다 쪽 소로로 접어든다. 갈대밭 한가운데 차를 세우는데 바로 물가인지 바닷물이 기다렸다는 듯 전조등으로 왈칵 뛰어든다. 그는 조금 후진을 한 뒤 핸드브레이크를 당기고 앞을 바라보며 중얼거린다.

"노을과 바다가 동시에 달려오는군."

그는 전조등을 끄고 라디오를 켠다. 귀에 익은 곡 알비노니의 '아다지오'가 흘러나온다.

"난 이 곡을 들을 때마다 사랑의 편지를 쓰고 싶어져요. 아직도……"

그녀는 그의 목소리에서 문득 편안함을 느낀다. 유치하면서도 평범한 말투, 이상하게도 마음을 가라앉혀주는 그 무엇, 부담없이 실려오는 어떤 힘…… 그래, 자신은 향유할 기회가 없었던 평범함의 힘……

"아까 횟집에서 본 젊은이들…… 그들도 뼈가 저린 그런 사랑을 알까? 우리 때처럼 음악만 들어도 마음 가득 사랑의 언어가 생겨나고 그리움이 저며들고……"

그의 목소리가 아련하게 젖어들자 자신의 넋도 그의 기분에 빠져드는 것 같다. 그러자 울컥 반감이 생겨나면서 그녀는 서둘러 그 빨간 차를 떠올린다. 횟집으로 들어가기 전 차를 식당 앞에 대놓고 나올 때 그 옆 차 안에서 젊은이들은 서로 엉겨 키스를 하고 있었다. 일행들은 못 본 척하고 식당으로 들어갔는데 자리에 앉자마자 기환이가 그 젊은이들 이야기를 끌어왔다.

—그 젊은이들 사랑이나 알고 그러는지 원.

그러자 영섭이가 나섰다.

—요즘 아이들은 속전속결이지. 왠지 알아? 우리 때보다 더 많은 스

트레스를 받거든.

—무슨 소리야?

—재수생한테 요새 부모들은 이렇게 말한데. '너 연애하고 싶어 미치는 것 다 안다. 그래그래, 대학만 들어가면 네 멋대로 해도 좋으니 시험날짜까지만 참아라.' 그래서 요즘 애들한테 순정은 골동품이 된 거지. 뭐, 애들만 그런가? 섹스만 발달하는 작금의 현상도 스트레스로 봐줘야지 뭐.

그녀는 갑자기 차문을 열고 나간다. 스트레스 운운하던 영섭의 말에서 어젯밤 기환이와의 일이 떠올랐고 지금도 똑같이 그 일이 생각난 때문이었다.

그녀는 갈대밭 둔덕으로 올라간다. 마음속에 엉켜 있는 상념들이 한가닥씩 풀려 정리해달라고 외친다. 아니야. 난 지금 아무 생각도 하고 싶지 않아. 그녀는 멈춰서서 눈을 바라본다. 눈은 갈대 사이로 소리없이 내려앉고 작은 갈래의 바람이 그 눈발을 훅훅 빨아들이면서 지나간다. 어둠의 빛깔에 따라 죽고 살기도 하던 사물이 이젠 희끄무레한 눈빛에 쌓여 도도록이 일어난다.

그녀는 하늘을 올려다본다. 눈발이 그녀 얼굴로 입속으로 흘러든다. 술기운이 이성을 덮고 감성을 부추긴다. 오, 나는 또 혼자 허깨비에 쫓기는 가엾은 넋…… 허깨비에? 그녀는 흠칫 놀라 얼른 주위를 돌아본다. 갈대가 으스스 고개 숙인다. 그녀는 황급히 걷다가 다시 멈추어 먼 바다를 본다. 쥐색 바다. 동해바다는 밤에도 푸를까.

그녀는 천천히 걷는다. 갈대도 걸어간다. 달려오던 바람도 우뚝 멈추더니 다시 눈발을 거느리고 그녀와 함께 걷는다. 그녀는 걸음을 멈춘다. 갈대도 바람도 멈추더니 서로 부딪치며 아흐, 비명을 질러댄다. 그녀 왼쪽 눈에 눈물 한방울이 매달린다.

기환의 한손이 그녀의 어깨를 잡는다. 그녀가 휙 돌아서자 기환이 얼른 그녀의 입술을 잡아챈다. 차고 뜨거운 입술. 두 팔로 조여안는 힘! 그래, 난 이제 혼자가 싫어. 너의 평범한 우물에 그냥 풍덩 빠지고 싶어. 그녀 귀를 문 기환의 입술이 점점 뜨거워지고 그 뜨거운 입김이 말한다. 내게로 돌아와. 그리고 나의 배를 타. 우리 함께 남은 인생을 항해하자…… 그의 입술이 목덜미로 향할 때 그녀의 의심스러운 눈은 또 한번 허공으로 달려간다. 평범함은 그 모두를 덮을 수 있을까? 나는 거기에 덮일 수 있을까.

어디선가 모터소리가 들려온다. 그녀가 차를 향해 몸을 돌리자 기환은 그녀의 어깨를 감싸고 함께 걷는다. 오늘밤 이 남자와 섹스를 하게 될까. 정신의 앙금을 씻어내는 건 섹스뿐이라던 영섭의 말처럼 정말 섹스는 그런 신통력을 가졌을까.

기환이 차문을 열어주고 운전석으로 돌아가 시동을 건다. 그녀는 서둘러 코트를 벗고 의자를 뒤로 젖힌 후 반듯이 눕는다. 교접이 혼자라는 이 공포를 덜어갈 수만 있다면 백번이라도 좋다, 어서…… 기환이, 부드러운 너의 목소리와 너의 입술로 이 어둠을…… 기환이도 코트를 벗는다. 그는 한손으로 그녀의 가슴을 더듬으며 말한다.

"여름방학 때 서포리에 갔던 기억이 나? 우린 아무도 없는 바닷가로 가 바위에 걸터앉아 해운대와 광안리 파도를 비교하곤 했지. 내가 먼 바다에서 돌고래가 우리들에게 인사를 보내온다고 하니까 넌 픽 웃으며 바위를 타고 내려갔어. 흰소리 그만두고 조개나 잡자면서. 그러다가 넌 바위에서 미끄러져 옷이 다 젖고 난 그 옷을 짜 바위에 널어주었지. 그때 하늘에선……"

그래, 해가 지고 있었어. 노을이 바위를 비출 때 나는 브래지어를 벗어 꾹 짰고. 그때 기환의 입술이 조개처럼 내 작은 가슴을 꽉 물었고 나는 바위에 쓰러져누웠지. 물길은 내 발등을 만졌고 기환의 뜨겁고 달뜬 입김은 내 목에서 자지러지고…… 그땐 정말 환상적이었어. 기환은 서서히 절정에 오르면서 말했지. 너 지금 내 곁에 있는 거지? 지금 기환이 그렇게 말하고 있다. 너 정녕 내 곁에 온 거지? 너 정녕 내 곁에 있는 거니? 이 순간은 거짓이 아니지? 나 여기 있어. 여기 여기에……그녀의 손톱이 그의 늑골 속으로 깊이깊이 박혀든다.

폭풍우가 지나간 뒤의 고요. 왠지 그 정적이 허망해진다. 성교는 완벽한 망각, 그러나 오래 지속될 수 없는 망각. 이렇게 찰나적으로 끝나는 것을. 나는 왜 이 짧은 순간에 자신을 걸었나. 수십년간 그런 순간에 속지 않겠다고 그렇게나 다짐해왔는데 왜?

기환의 눈물이 가슴을 타고 흐른다. 그녀는 그의 얼굴을 밀어내고 천천히 등을 일으킨다. 누군가가 찻속을 들여다보고 있다. 아, 흰눈. 그새 차 앞 보닛에는 흰눈이 소복이 쌓여 있다. 하늘이 내려준 망각의 이불, 그녀는 성교 이전으로 돌아가려고 서둘러 옷을 걸친다.

불타버린 새

1

그는 난로에 불을 피우고 천천히 등을 일으킨다. 자신의 방문이 눈앞으로 다가들며 장가든 머슴처럼 벌쭉 웃는다. 색시 얻으니 참 좋구먼요. 동시에 아랫도리가 얼얼한 것도 느껴진다. 서연이와 처음 성교를 했을 때도 그랬다. 좁은 살을 헤치느라 얼마나 용을 썼던지 며칠간이나 귀두가 쓰렸는데 이번엔 뻐근한 것에 신경 쓰였긴 해도 기분은 매우 좋았다.

그는 가만가만 조리대 쪽으로 가 냉장고를 열어본다. 장조림과 더덕장아찌, 미역국만 데우면 아침식사는 그런대로 해결된다. 조반은 머슴처럼 점심은 황제처럼, 그리고 저녁밥은 거지처럼 조금 먹으라고 했던가. 어제 그런 이야기를 했을 때 서연은 자긴 저녁을 가장 많이 먹는데 밤에 찾아오는 공복이 싫기 때문이라고 했다. 오늘은 시장을 봐야지. 서연이 좋아하는 맥주와 저녁에 먹을 간식과……

등뒤에서 툭, 하는 소리가 들린다. 장작이 타면서 주저앉는 모양이다. 그는 식탁의자에 앉아 침실문을 주시한다. 이제쯤 나올 때가 되었으니 그대로 지켜보고 있다가 그녀가 문을 열고 나오면 '잘 잤소?'라고 아침인사를 할 참이다. 나오는 순간을 놓치지 않으려고 눈도 깜박이지 않았더니 고개가 아프다. 그는 머리를 젖히고 오른손으로 목뼈를 만져준다. 시선이 나침반처럼 빙글빙글 돌다가 욕실 앞에서 멎는다.

어제 낮 서연은 샤워를 한 뒤 젖은 머리도 닦지 않은 채 옷만 입고 나왔다. 그는 '어떡하지? 드라이기를 준비하지 못했는데?' 하고 미안해하다가 난롯가 의자로 그녀를 불렀다.

—여기서 머리를 빗으면 불기운에 금방 마를 거요.

그는 머리까지 빗겨주고 싶었지만 의자에 앉은 그녀는 스스로 빗질을 했고 머리끝에 매달린 물방울은 검은 폴라 위로 쉴새없이 떨어져 내렸다. 그는 얼른 마른 수건을 가져와 머리끝을 비벼준 후 그 수건자락을 어깨에 펼쳐놓았다. 남은 물기가 있다 해도 이제 그녀의 옷 속으로는 스며들지 않을 것이다.

그리고 그녀의 몸에서 막 손을 떼는 순간 날쌘 포충망 같은 것이 그의 시선을 잡아챘다. 그녀 앞가슴, 아니 셔츠에 도드라져 있는 두 개의 젖꼭지였다. 간신히 셔츠를 쳐들고 있는 작은 젖꼭지를 보고 그의 온몸은 그만 전기 코일이 되어 벌겋게 달아올랐다. 그런 자태로서 유혹하기는 처음이었다. 그저께 밤 차에서 옷을 벗었을 때도 옛날과 똑같다는 생각만 했는데……

그는 좀더 자세히 보기 위해 맞은편으로 돌아가 의자를 끌어당기고 앉아 가만히 지켜보았다. 그녀는 무심하게 빗질을 했고 그럴 때마다 젖꼭지는 드러났다 숨었다 자맥질을 했고 그는 그 부드러운 율동에서 야릇한 감동을 느꼈다. 예전의 서연은 소꿉장난을 하듯 어른의 흉내만 냈는데 어제는 작은 젖가슴으로 이제 난 여자야,라고 말하는 듯했고 그는 그 성숙이 그녀가 집으로 돌아오면서 가져온 선물 같았다. 그래서 다시 한번 확인하기 위해 그 가슴에 얼굴을 묻어보려 했는데 그녀는 빗질을 멈추고 머리카락을 흔들었다. 물방울이 난로벽에 부딪쳐 톡톡 터지는 소리를 낼 때 그는 고개를 젖힌 뒤 그녀의 머리로 시선을 옮겼다.

그녀의 머리칼은 표면부터 마르기 시작하면서 보기 좋은 단발 형태를 잡아갔는데 이번엔 청순한 처녀가 거기에 앉아 있는 것 같았다. 나는 지금 다시 추억의 그 지점으로 돌아와 있는가. 스물세살 때로…… 가방을 싸들고 나간 서연이 며칠 만에 되돌아와 '내가 집을 나간 건 잘 못이었어. 우린 함께 살아야 하는데 말이지. 왜냐하면 우린 아직 여보 당신 소리도 불러보지 못했고 아기도 가져보지 못했으니까'라고 선언하는 것 같았다.

그는 눈을 닦고 다시 보았다. 검은 폴라에 짧은 단발은 기가 막히게 어울렸고 그 헤어 스타일은 대학 때부터 변하지도 않은 그녀의 머리형이었다. 흰머리도 하나 없어, 아직도 전혀 늙지 않았어…… 그때 이십대의 서연이가 급히 달려와 그에게 말을 걸었다.

기환씨, 나 이제부터 머리를 길러야겠어. 머리카락을 팔면 돈을 많이 준다더라……

핏기없던 입술까지 떠올라 그는 나직이 한숨을 쉬었다. 성숙하지 않아도 좋아, 그때와 똑같아도 상관없어, 이제는 절대로 굶기지 않을 테니까, 하고 속으로 중얼거리며 살며시 빗을 빼앗아 들었다. 그리고 그녀 등뒤로 돌아가 머리를 빗겨주면서 아련한 목소리로 물었다.

—사람들은 왜 모두 젊은날로 돌아가고 싶어할까?

그녀는 나직이 그러나 명료하게 '가능성을 되찾고 싶어서겠지'라고 대답했다.

—당신도 그러한가?

——난 아니에요.

　——그럼 현재가 좋다는?

　——아니, 칠십살쯤…… 사회적인 임무도 부채도 벗고 정말로 조용히 쉬어도 되는 그런 나이……

　그는 대답처럼 '칠십살까지 갈 필요도 없지. 네가 나에게 왔으니 지금부터도 조용히 쉴 수가 있다. 그리고 눈치를 볼 필요 없이 넌 너의 자연성으로 살면 되는 거야, 찻속에서처럼'이라고 생각했다.

　그날 밤 자신은 눈이 내리는 갈대밭에서 코트를 깔고 자연의 숨결을 주듯 그녀를 애무하고 싶었는데 그녀는 뿌리치고 차에 올랐다. 그는 그만 가자는가보다 하고 시동을 거는데 느닷없이 옷을 벗었다. 그때 그는 그녀의 알몸보다 옛날의 행동, 촛불 아래서 결혼식을 하자던 서연을 다시 만난 것 같아 울컥 눈물이 나기도 했다.

　——물이 끓어요.

　그가 자신의 생각으로 빠져든 사이 주전자에서는 칡물이 끓어넘쳐 난로 위에서 아우성치고 있었다. 그는 주전자를 내려놓고 다시 그녀 앞에 앉았다. 칡냄새가 더운 증기를 몰고 와 그에게 슬며시 다가들며 '넌 지금 그녀의 실체를 계속해서 확인하고 싶은 거지? 입을 맞추거나 그녀의 살을 만지면서 응? 하긴 진종일 침대에서 살을 맞대고 있는다고 누가 뭐랄 사람도 없잖아'라고 속살거렸다. 그래서 손을 뻗어 그녀 무릎에 올렸는데 그녀의 무릎이 그의 손을 떨궈냈다. '너무 자주 하는 건 싫어'라고 하듯이.

　그는 눈으로도 살을 핥을 수 있지,라고 생각하며 그녀의 얼굴에 시선을 고정했고 그녀는 만지거나 말거나 잠이 드려는 아이처럼 자기 생각에 빠져들었다. 그녀의 콧밥은 숨을 쉴 때마다 보일 듯 말 듯 발씬거렸고 미세한 무료가 개미처럼 콧잔등 위로 기어다녔다. 그녀는 또 손을 들어 귀를 후벼팠고 손가락에 묻은 귀지를 잠깐 들여다본 뒤 입으로 훅

불더니 팔을 뻗어올려 기지개를 켰다. 그는 움직이는 그녀를 보고 '너 정말 그림이나 사진이 아닌 실물이란 말이지. 그동안 어디에 있다가 이 제야 와서 급성장하는 아이처럼 성큼성큼 자라나고 있니' 하고 새삼스 레 감탄했다.

그랬다. 그녀의 몸과 마음이 그에게 돌아온 순간부터 집안의 모든 가 구들은 웃거나 새처럼 노래했다. 따뜻한 기류를 불러모아 베틀에 걸고 '너 이런 기분 처음이지? 실컷 누리고 들으라'면서 황홀한 시어를 짰 다.

정말이지 그런 기분은 처음이었다. 바닷가에서 정사를 할 때도 서연 은 몸만 돌아온 것 같았는데 집으로 돌아와 그의 침실로 파고들 때는 저 먼저 목을 끌어안았다. 그 순간 그는 촛불 앞의 그날처럼 그녀가 완 전히 돌아왔다는 것을 깨달았다. 그때부터 그는 시험을 잘 치른 학생처 럼 느긋해졌고 특히 사랑을 나눈 뒤엔 자신의 넋이 요람에 누운 배부른 아기같이 감미롭고 달콤한 미풍에 흔들리는 것도 같았다.

—시인들은 왜 모두들 자유만을 사랑할까.

그가 말해보았다. 그녀가 쳐다보자 그는 다시 계속했다.

—그러나 예속을 원한 시인도 있었다오. 만해 한용운……

—만해가 예속되고 싶어했던 것은 조국이었지요. 그땐 조국이 없었 으니까……

그리고 그녀는 벌떡 일어나 '이제 차나 마셔요'라고 말하며 조리대 쪽으로 갔고 함께 차를 마시면서 이상 기온이 되어가는 날씨와 과거 친 구들에 대한 이야기를 했다. 그녀는 인성이를 기억해냈고 가수가 되자 마자 요절한 것을 안타까워했으며 그의 아내는 옛날 그 애인이었느냐 고 묻기도 했다.

저녁 무렵 바닷가로 나갔을 때 마침 물과 노을이 갯바닥 위로 함께 달려왔다. 노을이 그녀를 둥실 안아올리는 것 같았다. 바로 그 순간 그녀가 말했다. 여기서 오래 머물러도 되느냐고. 그는 그녀를 가만히 안으면서 여긴 당신 집이야,라고 말했고 '너의 그 말은 미래를 실물로 안겨준 듯 든든하고 기쁘구나'라고 생각했다.

그래, 난 미래를 찾았어. 스물세살 때 잃어버린 그 미래가 혼자 방황하다가 이제야 내게 돌아온 거야. 아마 그 품에는 화가가 그려준 것보다 더 근사한 설계도면이나 퍼즐이 있을 거야. 그것을 펼치면 첫머리엔 이런 글귀가 있겠지. '여기에 있는 미래라는 퍼즐은 반드시 두 사람이 맞추어야 한다.' 비록 그 조각들이 흩어져 있거나 성장하지 못하고 젊은 그날로 돌아가 새로 시작해야 한다 해도 이제는 두번 다시 헤어지는 일은 없을 것이다.

삐꺼억, 방문이 열린다. 서연이다. 그는 몸을 일으키는데 그녀는 그를 보지도 않고 화장실로 간다. 그는 가스불을 켜고 국냄비를 올린다. 아침 준비는 요란할수록 활기를 더해준다. 그는 수도꼭지를 틀어 주전자에 물을 받아 난로 위에 올려두고 바삐 돌아와 김봉지를 내린다. 그런 동작은 휘파람이라도 불듯이 경쾌하다. 그는 가위를 들어 구운 김을 자르며 '보기 좋은 떡이 먹기도 좋다더라, 반듯하고 예쁘게' 하고 중얼거리기까지 한다.

잘라진 김 한장이 너풀너풀 개수대로 떨어진다. 물기에 젖어들면서 더욱 까매지는 김은 서연의 검은 폴라를 연상시킨다. 오늘 아침 눈을 떴을 때 그녀 목을 덮은 그 폴라가 먼저 보였다. 언제 일어나 옷을 입었던 것일까. 밤에 추웠던 것일까. 껴안고 자자고 했을 때 버릇이 되지 않아 불편하다고 했는데…… 추웠던 게지. 그녀는 이 집이 익숙해지면 곧 자신의 짐을 옮겨올 텐데……

한데 정말 추워서 그랬을까. 그럼 내가 이불을 당겨오기라도 했더란 말인가? 그랬을 수도 있겠구나. 오늘밤부터는 조심을 해야겠군. 깊은 잠도 들지 말고 그녀가 일어나면 함께 깨어나 화장실 가는 것도 지켜주고…… 서연은 보살펴줘야지만 안심을 하지. 그녀가 아직 어른이 되지 않았다는 것도 금방 알아차릴 수 있었다. 그녀를 여성으로 보호하거나 어른으로 만들 수 있는 남자가 자기뿐이라는 걸 깨달았을 때는 더 큰 가능성으로 마음이 후더워지기도 했다. 그래, 내 사랑의 샘물, 퍼내 주지 않는다고 뼛골이 아프던 그런 일은 이제 없을 것이다. 날마다 맘껏 퍼내어 서연에게 주고 서연은 그 샘물로 어른이 되어 열매를 맺을 것이다.

그는 접시에 김을 놓고 냉장고에서 밑반찬들을 꺼내놓는다. 이제야 사람 사는 집 같아. 그럼, 그럼. 아침에 빛살이 먼저 달려와 눈꺼풀을 건드려도 난 눈을 뜨는 대신 서연이부터 더듬었다. 그녀의 체온이 습포처럼 전신에 감겨올 때 한없이 마음이 놓인다. 그 밀착감에서 '붙어 있는 것은 항시적 보온을 의미한다'라고 잠꼬대를 하면 잠은 다시 거위의 날개털처럼 온몸을 포근히 감싸온다. 그럼에도 나는 그 깃을 털고 일어나야 했다. 아침 준비를 위해서. 축복은 아침에 있고 그것을 받아 집안 가득 펼쳐두어야 하니까.

서연이가 나온다. 그가 수저를 놓고 있는데 그녀가 다가와 '밥은 내가 푸겠어요'라고 말한다. 그는 그릇을 챙겨주고 식탁으로 와 앉으며 국을 뜨는 그녀의 뒷모습을 지켜본다. 가슴이 아가미처럼 감동으로 벌렁거린다. 마침내 네가 주부로 돌아왔단 말이지? 내 생애의 소망이던 가정을 내게 선사하겠다는 거지? 내 사촌동생 선화는 결혼생활도 소꿉장난처럼 했어. 인형한테 할 때와 똑같이 아기를 쓰다듬고 밥상을 차려 가족들에게 어서 들어요, 들어요 하고, 숟가락질이 서툰 아기한텐 밥을 먹여주고 뽀송뽀송하게 마른 아기의 옷들을 곱게 개켜두고…… 난 그때 그 가정을 훔치고 싶었어. 주부의 손길로 피어나는 가정의 화목을. 넌 알고 있니? 세상의 모든 남자를 감동시키는 것은 바로 그런 일들이며, 위대한 영웅이라 해도 예외가 아니라는 것을.

국과 밥을 날라다놓고 그녀가 수저를 들자 그는 조심스럽게 물어본다.

"오늘 장을 봐야 할 텐데……"

대답이 없다. 그가 다시 묻는다.

"배추를 사와 김치라도 좀 담글까?"

그녀는 잠깐 주춤하다가 다시 수저질만 한다. 왜 표정이 저렇게 굳어 있을까. 어젯밤 애무를 했을 때도 짜증을 냈는데…… 피곤했던 것일까. 하긴 안하던 짓을 거푸 하니까 그렇기도 할 테지. 그는 반듯한 김 한장을 골라 그녀 숟가락에 놓아주며 빙긋 웃는다.

식사를 마치자 그녀는 일어나 빈 그릇들을 주섬주섬 챙겨 개수대로 옮겨놓고 설거지를 시작한다. 그는 난롯가로 가 나무를 넣고 의자에 턱을 괴고 앉아 그녀의 뒷모습을 감상한다. 오늘은 무엇부터 할까. 함께 큰 식품점에 가서 밀차 바구니를 밀며 이것저것 다정하게 골라넣으면 좋을 텐데. 젊은 부부들처럼 그렇게 시장을 봐도 즐거울 텐데…… 그것이 싫다면 차를 타고 나가 그 옛날 그녀와 함께 다닌 추억의 장소에 가볼까. 산정호수 청평 송추…… 월미도는 여기서도 가까운데. 그리고 배가 있으면 아예 서포리까지…… 개수대에서는 시원하게 물소리가 들려오고 그녀는 씻은 그릇을 건조대에 엎어두고 있다. 마침내 행주를 짜는가 했더니 뒤를 돌아보며 묻는다.

"이제 더 할 일이 없어요?"

"집안일? 없는데……"

"찾아봐요! 어서."

그녀의 말에는 갈기가 곤두섰고 그는 그만 가슴이 철렁한다. 너에게 설거지를 시킨 것에 화가 났니? 그녀의 온몸이 양철조각처럼 일어났고 그제서야 그는 알아차린다. 서연은 즐거워서 부엌일을 한 것이 아니라

단지 일거리를 찾고 있을 뿐이라고.

"이리 와 앉아요. 내가 차를 끓이리다."

그가 커피를 끓이는 사이에도 그녀는 서성이기만 한다. 그녀는 그저 흐르는 시간이 견딜 수 없다는 듯 안절부절못하는 것이 심한 일중독자 같다. 어쩌다 저 지경이 되었을까. 그동안 단 한번도 여가를 가져보지 못했던 것일까. 어젯밤은 한몸이 될 때도 끝나자마자 일어나는 것이 밥 수저를 던지고 바삐 학교로 달려가는 아이 같았다. 그는 습관적으로 초조한 여자를 어떻게 다루어야 하는지, 또 어떤 일이 위안이 되는지 알지 못하는 것이 안타깝다.

"자, 커피를 마십시다."

그녀가 식탁으로 다가와 커피잔을 들고 향기를 음미하기 시작한다. 구수한 냄새가 그녀의 잔에서 그의 코끝으로 옮겨져오는데 그녀는 커피도 마시지 않고 투덜거린다.

"이렇게 할 일도 할 이야기도 없을까. 고작 며칠 만에 바닥이 나다니."

찾아보면 있을 거야, 그는 그런 대답을 하고 싶은데 커피 김이 먼저 그녀의 콧날에서 허무를 핥고 있다. 그는 그만 조바심이 나서 속으로 외친다. 할 일이 없다니. 우린 삼십년 만에 만났어. 매일 사랑을 하고 못다한 이야기를 하고 손잡고 산책을 나가고…… 나에게는 가만히 있어도 꿀처럼 흐르는 시간인데, 넌, 넌……

"미안해요."

그녀는 급히 차를 마시고 다시 허공을 보며 중얼거린다.

"내 마음은 항상 시간과 동행했나봐. 시간을 잃고 나니 갈 바를 모르겠어."

"그럼 우리 드라이브할까? 송추나 청평…… ."

그녀의 콧등에 짜증이 곤두선다. 그는 시선을 거두어 찻잔 속을 바라보며 그 눈길로 속말을 새긴다. 솔직히 고백하자면 한때는 널 강제로 데려올 마음도 없지 않았어. 싫다거나 반항을 하면 어떻게 다룰까도 생각해보았고. 하지만 지금은 그런 경우가 아니잖아. 네 스스로 여기에 왔고 또 머물겠다고 자청을 했으니까. 그러면 내가 사는 방법, 내 집안 분위기에 눈을 돌려봐도 되잖아. 정 무료하면 날 기쁘게 해줄 일을 찾아봐도 되고. 큰 것도 바라지 않아. 그동안 가끔 내가 그리웠다거나 닮은 사람만 봐도 생각이 나더라는…… 너의 무릎에 내 머리를 누이게 하고 귀를 파주면서 네가 그런 이야기를 한다면……

아니야, 그건 너무 과분하지. 그저 내 마음을 헤아려주기만 하면 돼. 주위를 둘러봐. 난 네가 갖고 싶어하던 것들을 사다놓았어. 박제 장끼와 별이 쏟아질 거라던 전축도. 더욱이 네 방에 들여놓은 향나무 책상, 그건 일류 목수한테 특별히 주문한 것이란 말이다. 네가 눈이 정상이지 않아 병원에 갔을 때 의사는 영양실조다, 잘만 먹으면 눈은 절로 밝아진다고 했고 우리는 낙엽을 밟으며 순대를 먹으러 갔지. 그때 너는 몹시 추워 보였어. 얇은 블라우스만 입고 있었으니까. 너와 나의 겨울옷들은 전당포에서 잠을 자는데 야속한 가을은 저 혼자 깊어갔지. 나는 낙엽을 꾹꾹 밟아대며 너에게 선언했어, 신춘문예에 응모하겠다고, 상금을 받으면 코트를 찾고 명동으로 통닭을 먹으러 가자고. 그 희떠운 약속도 너는 믿어주고 진지하게 대답했지.

──상금을 받으면 향나무 책상을 사줘. 오래 앉아 있어도 향나무는 피곤을 덜어준대……

사과궤짝에 쭈그리고 앉아 공부를 하던 그녀의 모습이 떠오른다. 심장이 죽죽 눈물을 흘릴 것 같아 그는 얼른 찻잔을 놓고 그녀를 올려다본다.

"시간을 잃고 나니 내 마음도 길을 잃었어요."

"시간이 길을 잃었다구? 그럼 찾아야지. 가로수마다 노란 리본을 달아두면 감옥에 오래 산 죄수도 집을 찾아온다는데……"

하필이면 그렇게 케케묵은 「옐로우 리본」이란 노래 이야기를 끌어오
다니, 역정이 그녀의 입에서 총알처럼 튀어나오려고 한다.

"그런 게 아니란 말예요."

그녀는 역정을 숨기기 위해 손갈퀴로 머리카락을 쓸어올린다. 그의
심장이 뚝 떨어지는 것 같다. 서연아, 네가 그럴 때마다 내 마음은 유리
처럼 산산이 부서져. 그러나 자신의 마음을 추스르는 것보다 그녀의 갈
바 모르는 마음을 잡아두는 것이 더 다급하다.

"그럼 이야기 주머니를 펼쳐볼까?"

그녀는 공허하게 웃는다.

"아라비안 나이트, 아니 천일야화를 한다 해도 우린 이미 재밌어할
나이들이 아니예요."

그는 답답하면서도 조급해진다. 그렇다고 가만히 있으면 그녀는 짜
증을 증폭시키거나 엊그제 밤 차를 타고 돌아올 때처럼 '밤새껏 눈이
내려 망각의 지층이나 두터워졌으면 좋겠다'는 맥빠진 이야기나 늘어
놓을지도 모른다. 그는 손바닥을 비비다가 문득 영섭의 이야기에 흥미
를 갖던 것이 생각나 영섭이 흉내를 내본다.

"세상에서 가장 진화된 것이 동물과 식물 중 어느 쪽일 것 같소?"

그녀는 픽 웃으며 '배우 같아'라고 말한다. 그는 '나 옛날 배우 해봤
잖소, 단역이지만' 하는 말을 그냥 삼키고 어서 대답해보라고 채근한
다.

"그야 동물이겠죠."

"나도 전엔 그런 줄 알았소. 하지만 영섭이 말이 이 지구상에서 가장
진화된 것은 식물이라더군."

"식물?"

"식물만이 자업자족을 한다나. 가장 덜 진화된 인간과 동물은 햇빛

과 물로 습취해둔 식물들의 에너지를 뺏어먹고."

"아, 그래서 인간은 하루 세 끼의 밥을 먹어야 한다는…… 기술이 덜 발달했을 때 만든 자동차일수록 연료를 자주자주 공급해주었다듯이……"

그녀가 슬슬 그의 화술로 이끌려오자 그는 흉내를 그만두고 진지하게 뒷이야기를 이어간다.

"그렇게 자주 음식을 습취하면서도 인간은 또 가장 맛있는 것만 골라 먹는다오. 그리고 박테리아는 정말 썩은 것만 좋아하느냐? 아니오. 감자같이 맛있는 것은 인간들이 다 먹어버리고 박테리아에게 돌아오는 건 썩어서 아무도 먹지 않는 것들뿐이라 그것만 먹는다는데……"

그녀의 넋은 다락문을 닫고 몰래 숨는 아이처럼 슬그머니 사라질 태세다. 그는 허둥거리며 말한다.

"진짜 이야기는 항상 덜 진화된 것들이 먼저 진화한 것을 위협하거나 먹어치운다는 거요. 이 지구 위에서는 모든 것이 말이오……"

그녀는 머리를 뒤로 젖히고 그는 한숨을 쉰다. 어떤 이야기를 해야 이 여자의 관심을 계속 붙잡아둘 수 있을까. 장관까지 지낸 사람들의 일상적인 대화는 보통 어떤 것들일까. 정치? 그런 이야긴 싫다. 흥미도 없고…… 아 참, 대학교수들도 가끔씩 뽀빠이 같은 사람을 불러 웃기는 이야기를 듣는다고 했지. 그랬어, 뽀빠이가 고액을 받고 대학강단에서 교수들한테 한다는 이야기는 음담 시리즈며, 지식인들도 그런 이야기를 즐긴다고 했는데…… 그래 영섭이한테 들은 이야기, 결국 내 유치한 수준을 보인다 해도 지금 급한 것은 그녀의 마음을 끌어오는 일이다.

"서연이, 방금 재미난 이야기가 떠올랐소. 이건 아주 비싸게 거래되는 이야기라는데……"

그녀의 눈이 반짝 치켜진다. 이야기도 비싼 게 있어? 하듯이. 그는 목소리를 가다듬으며 점잖게 입을 연다.

"눈이 오는 날이었오. 어느 까페의 창가에 두 남녀가 마주앉아 있었소. 남자는 머리가 하얗게 세어버린 육십대고 여자 역시 반백이었는데 남자가 여자에게 청혼을 했소. 여자는 다 늙어 무슨 결혼이냐고 거절을 했소. 그러자 남자는 창밖으로 고개를 돌려 눈이 소복이 쌓여 있는 맞은편 건물을 바라보며 시를 읊듯이 말했다오. '겨울이 와 허연 눈이 지붕을 덮을수록 집안의 보일러는 더 펄펄 끓는 법이라오……'"

마침내 그녀가 하하 웃는다. 아주 짧게 웃었을 뿐인데 그 웃음은 마치 도토리가 솜구름 위로 도르르 굴러오는 듯했다. 그러자 용기라는 날개가 그의 겨드랑이에서 어깨로 올라앉아 홰를 치기 시작한다. 그는 신바람이 나서 그녀보다 더 크게 웃었고 그 기운이 창식이가 티베트 여행에서 보았다는 성교하는 불상, 아랫도리는 여자와 몸을 섞고 있는데 윗몸은 아주 느긋하게 화살을 당기더라는 불상 이야기까지 몰고 온다. 그것을 보고 온 창식은 '우리의 성교는 토끼처럼 할딱거리다 끝나는데 그 불상은 진종일 그렇게 붙어 있고 그러면서 유유히 화살까지 쏘고 있더라'고 했는데 그 말은 첫날밤 실패한 일이 떠올라 꿀꺽 삼켜버린다. 대신 그는 그녀의 손을 당겨 가만히 토닥거리며 암스테르담 이야기를 시작한다.

암스테르담은 그가 건축업을 시작한 뒤부터 꼭 가고 싶었던 곳이었다. 그 나라의 건축은 땅이 낮다는 악조건으로 인해 세상에서 가장 튼튼한 건축물을 만들어냈다. 그는 무엇보다도 처음으로 짓는 자신의 집에 풍차를 응용해보면 운치를 더할 수 있지 않을까 생각해보았다. 17세기에 건조된 벽돌집과 운하, 운하에 걸려 있는 여러 모양의 다리, 헤이그에 있는 칠백년 전에 만들어진 빈넨호프의 웅장한 벽돌건축……

"네덜란드에 가 보았소?"

"헤이그가 있는 곳? 거기에 이준 열사의 기념관이 생겼을 텐데."

그는 그 기념관을 가지 않았다. 여행사 직원이 꼭 들러보라고 약도까지 줬지만 빈넨호프까지 가서도 그 집엔 들르지 않았다. 그곳엘 가면 어떤 고통이 기다렸다가 그를 덮칠 것만 같았던 때문이었다. 막 삶의 목적을 찾았고 오랜 세월을 허둥거리다가 이제야 집을 짓고 마음을 정착시키려고 하는데 그런 부담스런 역사를 만나서 뭘 어쩌자는 것인가. 고통을 주는 역사는 싫다. 차라리 화려한 역사를 보는 것이 낫다. 신라 천년의 찬란한 문화, 어떤 기억도 상상도 연상도 불러오지 않을 낯선 나라, 그냥 경이롭게 바라보기만 하는 그런 것이 새 출발하는 데는 훨씬 도움이 된다.

"암스테르담 말이오……"

"밀랍인형관이 있다지요? 미국의 유명한 가수 배우는 물론 세계 정치인들을 실물처럼 만들어두었다는…… 세계화가 된 뒤부터 지구 곳곳의 정보가 넘쳐나 그만큼 우리는 미지에 대한 선망을 잃어가죠…… 아 참, 누가 그러더군요. 그곳 인형관엔 만델라까지 있는데 우리나라 정치인은 한 사람도 없다, 하다 못해 인권운동가 한 사람도…… 우리는 그간 우물 안에서 서로 물어뜯기만 했는지……"

그래요, '마담 투소드'라는 밀랍인형관에서 나오면 곧장 담 광장이오. 그 광장에서 난 여행사 직원과 헤어지고 담라크 거리를 어슬렁어슬렁 걸었소. 그 거리엔 팬터마임을 하는 사람들이 유난히도 많다오. 스무 발짝을 가면 검정색 타이츠와 모자를 쓴 여인이 밀랍인형들 흉내를 내고 좀더 걸어가면 중세의 옷을 입은 남자가 이번엔 로봇 흉내를 내고 있는 거요. 알다시피 난 그런 행위예술엔 별로 아는 것도 취미도 없어 흘끔흘끔 지나쳐왔소. 그러자 곧 노천식당과 까페 거리가 시작되었소. 길이 비좁도록 의자를 내놓은 술집들, 아무데나 들어가서 맥주 한잔을 마셨으면 딱 좋은 그런 분위기였소. 그 술집들이 끝나는 지점에 환전소가 있었소. 마침 내 주머니에 달러밖에 없어 환전소로 들어가 돈을 바꾸는데 돌아서면서 보니 옆집 처마에 '섹스뮤지엄'이라는 간판이 붙어 있는거요.

"그 나라에 섹스박물관이 있다는 건 들어보았소?"

"뭘 가져다놓고 그런 박물관을 만들어요?"

"나도 생전 들어본 적이 없어 슬그머니 호기심이 동했소. 당신 말처럼 뭘 전시해놓고 섹스박물관이라고 하는지 궁금하기도 했고……"

표를 사서 들어가니 입구에 비너스가 고결한 자태로 서 있었다. 그는 속았다 싶어 돌아서는데 느닷없이 등뒤에서 히익히익, 하는 괴상한 웃음소리가 들려왔다. 바로 세 발짝쯤 안에서 남자 인형이 유리관 속에서 그렇게 웃고 있었다. 알몸에 코트 하나를 걸쳤는데 그 코트자락을 휙 쳐들어보였다. 끝이 꼬부라진, 못생긴 가지같이 뭉툭한 성기를 아주 잘난 양 자랑하는 일종의 변태성욕자였다. 그 박물관의 특징이 바로 그렇게 변태가 주종을 이루고 있다는 것은 관람을 끝낸 뒤에야 알았다. 아무튼 그는 다시 두 발짝 안으로 들어갔고 거기에는 커다란 사진이 걸려 있었다. '마타 하리'라고 간첩죄로 총살형을 당한 여인이었는데 그녀가 막 총을 맞고 쓰러지는 장면을 찍은 것이었다.

이층으로 올라가니 층계참에 여자의 커다란 궁둥짝이 걸려 있었고 그가 툭 건드리자 교성을 질러댔다. 이층 전시장으로 들어가면 중세 여인들이 벌거벗고 집단으로 둘러앉아 나무나 뿔로 깎아 만든 남자의 성기, 각좆 하나씩을 들고 자위를 하고 있었다. 남편과 자식이 없는 여인들이 슬프게 헛농사를 짓는다 싶었고 이조시대의 우리 궁녀들이 떠올랐다. 연대가 확실한지는 알 수 없지만 우리 궁녀들이 동성연애를 했다 하여 형벌을 받던 그 무렵 구라파에선 그런 그림까지 그려졌다는 것이 놀랍기도 했다.

인간의 성이 동성이나 변태적인 양상을 띠었던 것은 인간 자체가 애초부터 그렇게 생겨먹은 것이 아니라 전쟁 등으로 인한 성비 불균형,

상대를 구할 수 없는 데서 비롯되었다고 생각하는 것은 옳은가? 우리의 궁녀들이 형벌받은 것을 정치의 미개성으로 돌린다면, 그래서 현대의 성 풍속도는 마치 과거에 보복하듯 그렇게 갑자기 문란해진 것이라면, 상대를 구할 수 있는 작금에 동성연애가 확산되고 더 극단적인 쾌락을 추구하기 위해 목을 조르다 끝내 죽고 마는 현상은 어떻게 봐야 하는가.

"……영섭은 현대인이 성을 밝히는 것이 스트레스를 풀고 싶기 때문이라고 했지만 나는 결핍에 의한 대식증 같다는 생각이 들어요. 우리가 풍요 속에 산다고 하지만 무의식으론 모두 원죄처럼 결핍에 시달리고 있으며 식탐이나 성욕에 병적으로 사로잡혀 있다는…… 현대인은 다 그렇게 무엇엔가 사로잡혀 있으며 그것이 설령 명예욕이라 해도 같은 양상이라는 거요. 결혼한 지 몇년 안되는 주부가 낮이면 전화방을 기웃거리고 아내가 있으면서 늘 다른 여자를 찾아다니는 남자, 모두가 똑같이 결핍증 환자라 싶은데……"

그녀가 마뜩찮은 표정으로 뛰어든다.

"한데 네덜란드까지 가서 그런 것만 보고 왔단 말이에요?"

"그곳에서는 인간의 성 풍속도를 보여주고 있었소. 상상을 초월하는 갖가지 모습을 보여주면서 점잖은 사람들의 성 편견을 비웃는 것 같았소. 아니 인간과 성에 대해 다시 생각해보게 되었다고나 할까."

그가 당황해서 중언부언하자 그녀가 부드럽게 묻는다.

"이준 열사 기념관은 어때요? 그 기념관을 세울 때 우리 대학동창들이 돈을 모금해서 보냈는데. 그분이 나온 학교가 우리 대학의 전신이라나…… 거기라면 나도 가보고 싶었는데……"

그는 그녀의 손을 잡아쥐며 말한다.

"그럼 우리 함께 가봅시다. 나도 거긴 못 가봤거든. 헤이그를 들른 뒤 북구의 겨울 여행까지 하고 돌아온다면……"

그러면 우리는 근사한 재회여행을 하는 것이라고 덧붙이려는데 그녀가 앞질러 고개까지 젓는다.

"여권이 없어요."

"그야 신청하면 되잖소."

"귀찮아요, 그런 일은."

"제주도는 어떻소? 거기라면 여권이 없어도……"

그때 전화벨이 울려온다. 그는 방해받은 것 같아 언짢고 그래서 저 혼자 울리도록 내버려두고 싶은데 서연의 표정이 심하게 흔들리고 있어 얼른 가 집어든다.

"여보세요."

지난 가을 집을 지은 그 지역의 면직원이다. 엊그제도 전화를 해서 정화조 건으로 신고가 들어왔다는 말을 해 그는 알아듣도록 설명을 했다. 그것은 이중으로 설치되었고 물고기도 살 만큼 잘 처리한 후 강으로 빠진다고. 그래도 그 면직원은 신고 건이라 그냥 넘어갈 수가 없다고 했다. 그는 고발을 하든 마음대로 하라고 전화를 끊으려다 사람의 인연은 알 수가 없듯 또 만나게 될지도 몰라 공손히 군에서 나와 수질검사까지 다 해보았다고 했다. 그런데도 오늘 그 면직원은 느글느글 웃으면서 외지에서 와 집을 지었으면 신고식은 해야지 않느냐, 윗사람한테 체면이 없으니 인사비라고 들고 오라고 단도직입적으로 나온다. 관례가 다 그렇지 않습니까, 관례가. 여태 그 누구도 그냥 입 닦아버린 업자는 없다고 덧붙이면서.

그는 알았다고 대답하고 전화를 끊은 다음 시간을 본다. 열한시 사십분. 지금 출발해야만 오늘 중으로 일을 끝낼 텐데…… 그는 그녀에게 다가가며 묻는다.

"잠깐 나가야 하는데 함께 가겠소?"

"어딜 가는데요?"

"정두리라는 데요.. 왕복 서너 시간 걸리는데 사람을 만나는 건 십분이면 끝나요. 그 사이 서연씬 차에 앉아 있어도 되고……"

"아니요, 혼자 가세요."

"점심은?"

"알아서 해결할 테니 걱정 말아요."

그는 방에서 코트를 걸치고 나오며 말한다.

"올 때 케이크라도 하나 사올까?"

그녀는 대답도 표정도 없이 그저 고개만 젓는다. 혼자 있기 싫다는 것인가? 그래, 서너 시간만 참아라. 나 금방 다녀올게. 그는 차 열쇠를 확인하고 현관문을 연다.

2

차소리가 멀어지자 그녀는 갑자기 막막해지고 그 느낌이 언짢아 거실을 서성이며 기환이 흉내를 내본다. '올 때 케이크라도 하나 사올까?' 흠 내가 언제 생일이라고 했던가? 그러자 또 이건 어때? 하듯 기환의 말소리가 뒤를 잇는다.

——제주도는 어떻소?

바보 같은 남자, 제주도라도 비행기를 탈 땐 이름을 확인한다, 알겠니?

——여긴 당신 집이야……

계속해서 그의 말이 들려온다. 바닥, 천장, 난로, 허공까지도 녹음기처럼 그의 말을 녹취했다가 다시 들려주는 것 같다. 아니면 그가 그런 장치를 해두고 나갔는가. 녹음기에 자장가를 틀어놓고 외출하는 엄마처럼. 그녀는 픽픽 헛웃음을 날리며 서늘하게 내뱉는다. 그래봐야 효력이 없어, 이미 내성을 가졌거든. 그런데도 넌 자꾸만 지루함만 연출했지. 그 지루함은 내가 견딜 수 있는 종류가 아니야. 어디선가 또 그의 말, 아니 거친 숨소리가 들려온다.

──서연이 소리를 질러봐. 여긴 아무도 없어. 마음놓고⋯⋯

새끼 낳아 가족을 만들 시기도 지난 빈 쭉정이들이 밤마다 그 짓을 하자구? 어떻게 인간이 그렇게 짐승처럼 살만 파고들 수가 있지? 그래서 이혼한 거 아냐? 돈은 벌어오지 않고 만날 성교만 하자고 했으니 무슨 짐승을 데리고 사나 싶었을 테고⋯⋯

──서연이 기억 나, 우리의 이 키스⋯⋯ 난 그 누구와도 입을 맞추지 않았어⋯⋯

그렇다면 나한테만 자꾸 그런 것을 요구했다? 나한테만 그러고 싶다? 오래간만에 만난 옛정이어서가 아니라 오직 나를 탐하고 싶었던 거다? 그에게 내가 그렇게 특별했던가? 그야 금방 알아차릴 수 있었지. 그가 넌 아직도 몸냄새가 똑같구나, 이 냄새가 얼마나 그립던지, 하고 감격할 때 자신은 그에게 대단히 선심쓰는 기분이었고 뒤이어 남산에서의 일이 떠올랐다.

장관이 된 지 얼마 후 남산의 밤은 여성에게 얼마나 안전한지 살펴보기 위해 그녀는 혼자 숲 사잇길을 걸었고 그때 뒤에서 남자 둘이가 따라왔다. 그녀는 그들이 금방 강도로 돌변할지도 모른다, 등뒤에서 목을 조르고 칼을 찌르려고 할지도 모른다, 그렇게 조마조마하면서도 그들이 칼을 들이대면 재빨리 해줘야 할 말들을 생각했다. '너희들이 날 죽이면 안된다, 왜냐하면 난 특별한 사람이니까. 날 해치고 무사히 달아난다 해도 내일 아침 신문과 방송이 들고일어날 테니까. 그러면 너희들

은 받게 될 벌보다 특별한 사람을 해쳤다는 양심의 가책으로 더 큰 고통을 당하게 될 것이다.'

양볼의 피부가 짝짝 갈라지는 것 같다. 난 그렇게 착각 속에 살았던가. 그걸 알고 있으면서도 기환의 고백들을 또 얼른 보물처럼 챙기려고 했던가. 아니야, 그가 이 집을 짓고 날 기다려왔다는 것은 감동적이긴 했지만, 갈 곳 없는 나에겐 이보다 더 큰 다행도 없겠지만…… 난 그가 낯설고 또…… 가끔은 역겹기도 했어.

그녀는 고개를 불끈 쳐들며 빠르게 중얼거린다. 그래, 삼류 영화에서처럼 수시로 찾아 걸치는 감상이나 감격, 노동과 함께 늙어온 보통 사람의 얼굴, 술을 마실 때면 벌겋게 드러나는 목덜미의 실핏줄을 가진 투박한 사람이 어울리지 않게 뭐 오늘밤엔 추억도 다 함께 불러다놓고 잡시다, 이 침대가 그득하도록? 흠 내가 추억이라면 연체동물이 되는 그런 부류의 여잔 줄 알았나? 되잖게 사랑놀이나 일삼고…… 어디선가 경고 같은 말이 들려온다.

'넌 그를 질투하고 있는 거야.'

그녀는 난롯가 의자에 털썩 주저앉는다. 그래, 사실대로 말하자면 그가 부러웠어. 그는 잘 살아왔고 또 잘 살아가는데, 그렇게 평범한 사람에게도 당당한 미래가 있는데 난 왜 그렇지 못한가. 갈 곳이 없어 겨우 옛 남자한테나 빌붙어 있고 그래서 그가 미웠다. 그럼에도 떠날 수가 없고 시간은 지루함과 초조로 날 고문하고…… 솔직히 가장 큰 괴로움은 내 마음이 자꾸만 그의 인생에 담기고 싶다고 외치는 거야. 물론 그의 집, 그의 몸, 그의 미래로 안전하게 스며들어 아무도 모르게 살 수만 있다면 지금이라도 당장 그러고 싶어. 그의 평범한 일상에 함께 빠져들어 그냥저냥 살아버릴 수도 있어. 하지만…… 그가 보이는 틈이…… 틈이 너무 커. 또 목소리가 끼여든다.

'너를 지배하는 것은 그의 틈이 아니라 너의 불안일 텐데?'

그녀는 벌떡 일어난다. 어떤 오기도 함께 반짝 고개를 쳐든다. 아니야, 정말 그와 살 생각도 했어. 그가 집까지 지어놓고 날 기다렸다면 그 이상 더 좋은 조건도 없잖아? 더욱이 얼핏 보았던 그의 더부룩한 거웃, 그것은 마치 풍성한 뿌리 같았지. 그의 든든한 뿌리 위에 하체 없는 내 존재를 접목하기만 한다면 나의 미래도 안전할 수 있을 거라고…… 그래서 할머니 빈소 앞에서 내가 했던 이야기를 그가 다시 들춰낼 때도 처음엔 기분 나쁘지가 않았어.

　―난 지금도 가끔 그때의 꿈을 꾼다오. '우리 혼례식 하자'고……

　어젯밤 그가 말했다. 가만가만 머리카락을 쓰다듬으면서.

　―그때 그대의 나이 열일곱…… 마치 내 사촌동생 선화가 이웃집 머슴애와 소꿉놀이를 하면서 나는 각시할 거야, 하듯이…… 종종 내 머릿속 생각들은 그대와 선화를 혼동하는 것도……

　거기까지는 좋았어. 그가 다시 '그리고 당신 할머니……' 하고 뒷말을 이었을 때 난 알아차린 거야. 그가 가지고 있는 것은 모두 과거라는 지팡이뿐이라는 것을. 그건 미래와는 거리가 멀다는 것을. 게다가 그 지팡이는 내 기억의 원소까지 건드리는 거야. 어젯밤에도 그랬지. 그가 '네 할머니' 하는데 벌써……

　그녀는 활활 고개를 젓는다. 그리고 황급히 난로문을 열고 나무를 넣는다. 타버린 나무 한토막이 툭 떨어지고 그 위로 기억의 원소가 다시 화살을 쏘아넣는다.

　'네 할머니가 아니면 수녀는 어때?'

　그녀는 그 화살을 가두듯 난로문을 타악 닫고 손바닥을 털며 주위를 두리번거린다. 허공에서 날개털 같은 것이 팔랑팔랑 떨어져온다. 사주팔자!

　―너 사주팔자 믿나?

　고등학교 때 짝이 말했다. 아니. 그앤 또 말했다. 우리 언니 보면 믿어야 할 것 같아. 언니가 어쨌는데?

　　——몇년 전 사주를 봤는데 커서 외국으로 유학간다고 나왔더란다. 공부를 잘하는 것도 아니어서 울엄마는 믿지도 않았는데 언니캉 결혼할 남자가 이민갈 사람이라 안카나. 이번 공일날 결혼식을 올리고 곧장 떠나는데 결혼해서 가나 유학 가나 외국으로 나가는 거는 매일반이지 뭐.

　　사람은 누구나 사주라는 네 기둥을 타고난다면 나의 기둥은 어디쯤 부실하고 또 그 부실한 부분은 수리되거나 고쳐질 수 있을까. 역술가를 찾아가 문의해보면 고칠 수 있는 길을 알아낼 수도 있을까. 만약 그 가능성 중에 기환이와 결혼하는 것도 포함되어 있다면, 그 방법이 팔자를 고치는 중요한 고리가 된다면 그렇게 하고 싶다. 그래, 팔자를 고치기 위해 성형수술도 하고 아기까지 제왕절개로 낳는 세상이 아닌가.

　　그때 통유리 밖으로 뭔가 움직이는 것이 보인다. 그녀는 얼른 커튼 뒤로 몸을 숨기고 바깥을 살핀다. 엽총을 든 남자 둘이 이야기를 하면서 소롯길로 지나가고 있다. 총포상에서 흔히 볼 수 있는 조끼와 모자를 쓴 사람들, 수렵꾼들인 모양이다. 뛰던 가슴이 진정되자 기환에 대한 짜증이 치민다. 커튼도 닫아주지 않고 나가는 남자, 그런 남자가 나를 보호할 수가 있다구? 그녀가 커튼을 밀어닫는데 마당 저쪽에서 또 벙거지를 쓴 마을 사람이 밭을 가로질러 오는 것이 보인다. 그녀는 커튼을 여미고 황급히 현관으로 가 문고리를 건 후 그 문에 등을 붙여 세운다. 발걸음 소리가 마당을 쿵쿵 찍으며 오더니 마침내 문을 두들기기 시작한다.

　　"민선생 기시오?

　　문을 두들기는 그 울림이 등짝으로 가시뼈처럼 박혀드는 것 같다. 그만 두들겨! 차가 없는 걸 보면 사람이 출타중이라는 걸 알 수 있잖아? 그러면 그냥 돌아갈 일이지 문은 왜 자꾸 두들기는 거야, 응…… 그녀가 울 듯이 그런 말을 씹고 있을 때 사내는 '노루를 잡았는데 어딜 갔지' 하고 구시렁거리며 떠나간다.

지는 해가 유리창에 박혀 소리치고 있다. 커튼을 열어라, 커튼을. 그녀는 살래살래 고개를 젓는다. 내가 열어주지 않는 한 아무도 들어올 수가 없어. 그녀는 양주잔을 찔끔 기울인다. 벌써 두 잔째 마시건만 취기도 오르지 않고 터질 듯이 화만 부풀어오른다. 이런 감옥이 있다니. 갇혀 있는 사람도 소리는 낼 수 있건만 이건 청소기를 돌릴 수가 있나, 라디오를 틀 수가 있나, 그렇다고 가방을 들고 사라질 곳이 있나…… 한데 이 수행원, 아니 기환은 여태 뭘 하고 있는 거야? 여름날 고추장 항아리처럼 속이 북적거린다. 더 참을 수가 없어진 그녀는 벌떡 일어나 통유리로 달려가더니 힘껏 커튼을 열어젖힌다. 해가 대포처럼 펑, 하고 뛰어들고 그녀는 주춤 물러나 눈을 감는다. 햇살이 남겨준 빛무늬가 은어떼같이 돌아오는 바다를 연상하자 그녀는 번쩍 고개를 쳐든다. 그래, 낙지를 잡던 남자…… 내가 아까 그 수렵꾼들을 피할 이유가 없었듯이 그 낙지잡이꾼도…… 그래, 다시 가서 확인해보자. 갯벌을 뒤적이던 그 남자 정말 낙지잡이꾼이었는지. 그렇다면 지금도 그 자리에 있을 것이다.

그녀는 코트도 입지 않은 채 현관문을 열고 나간다. 노을은 더 선정적으로 들판에 누웠는데 사람은 아무도 보이지 않는다. 알코올기가 머플러처럼 피부를 덮고 있는지 바람도 차게 느껴지지 않는다. 그녀는 빠르게 들을 가로질러 돌산으로 향하고 산비탈로 올라가 갯벌을 바라본다. 아무도 없다, 물새 한마리도. 바다는 아직도 출타중이고 빈 갯벌만 울다 지친 아이처럼 의기소침해 있다. 그래, 해가 이렇게 기우는데 누가 이 갯벌에 있겠는가.

꺼먼 갯벌 위로 철길이 떠오른다. 할머니는 돌아오지 않고 어린 계집애는 철길을 째려본다. 어둠이 철길을 타고 뱀처럼 구불구불 기어오고 어린 소녀는 마침내 울음을 터뜨리며 집으로 달려간다. 집은 더 큰 괴물로 입을 쩍 벌린 채 어둠속에 웅크리고 있고 계집애는 더 크게 울어댄다.

——울면 어쩐다고 했지?

할머니의 꾸중이 공중에서 들려왔지만 그래도 그 목소리가 두렵지 않았다. 소녀는 반가워 다시 철길로 달려가지만 침목을 타고 오는 것은 새까만 서러움뿐이었다. 할머니 장에 가면 오빠 하나 사와. 동생 하나 사줘……

——그거 뉘기 연이뇌? 당장 갖다줘.

——싫어, 그애가 내 연 잘라먹었는데.

——또 만들어. 연은 제가 만들어야 잘 올릴 수 있는 게야.

바람이 로켓처럼 연 하나를 쏘아올린다. 일직선으로 죽 올라가던 연이 적당한 지점에서 바람을 떨궈내고 혼자 유영을 시작한다. 연은 부드럽게 웃으며 아래로 내려다보거나 햇빛과 놀고…… 그러다가 연은 깜짝 놀란다. 자기의 몸이 추락하고 있다. 한 여인이 말한다. 어떤 사람이 너의 줄을 끊었어. 너에겐 두 가지 선택이 있는 거야, 추락하거나 공중으로 아주 사라지는 것. 그리고 그 여인이 한숨을 쉰다. 누가 네 연줄을 끊었는지 묻지 마라. 안다고 해도 이젠 아무것도 되받을 수가 없어.

그녀는 고개를 푹 떨구고 입술을 꾹꾹 씹으며 중얼거린다. 그래도 난 노래를 부르고 싶어. 사람의 마음엔 누구나 연 하나씩을 가지고 있네. 모두의 소망은 그 연을 가장 높이 띄워 올리는 것…… 그것은 생애의 표상이기도 하다네…… 그러자 이번엔 바닥에 떨어진 연이 보인다. 사람들이 둘러서서 쑤군거리거나 돌멩이를 던지고 연은 찢겨가면서도 슬프게 노래를 부른다. 난 아무 잘못이 없어요. 찢지 말아요, 제발.

그녀는 고꾸라지듯이 산을 뛰어내려가 갈대숲 앞에서 우뚝 멈추어

선다. 노을과 맨몸으로 뒹굴던 갈대들이 놀란 듯 일제히 옷을 입고 그
녀는 어리둥절해 사방을 두리번거린다 지는 해가 큰 혓바닥으로 갯벌
을 핥고 있고 왠지 그것이 따뜻하게 느껴진다 싶을 때 기환의 말이 떠
오른다.

　──존재의 요람이 가정이라지?

　그녀는 고개를 저으며 둑길로 올라섰다. 갈대밭 저쪽 작은 호수에 이
르자 호수면이 진회색으로 도드라지면서 '넌 여기서 완벽한 실종을 꿈
꾸었지. 어서 들어와, 내가 숨겨줄게' 하고 유혹을 한다. 유혹이 참 부
드럽다,라고 느끼는 순간 이성 한자락이 이마를 때린다. '그건 네 방법
이 아니잖아.'

3

　솜 방망이 같은 입김이 뭉실 터져나갈 때면 따악, 하고 도끼날이 나
무에 꽂히고 그는 쪼개진 나무를 집어 장작가리로 던진다. 다시 통나무
를 등걸에 올리고 도끼질을 할 때마다 입은 작은 화통처럼 연신 입김을
뿜어내고 그의 도끼날은 따악따악 장단을 맞추어 나무를 찍어댄다. 이
마에서 후끈 땀이 치솟는다. 사과나무는 굵지는 않지만 껍질이 반들거
려 도끼질에도 숙련이 따라야 한다. 처음 이 나무들을 실어다놓고 기계
톱을 사러 갔더니 물건이 없다, 보름쯤 후에 오라고 했고 그는 당장 난
로를 사용해봐야겠기에 손도끼를 사온 것이 도끼질을 배우게 된 동기
였다. 그럼에도 그간 별 재미를 느끼지 못했는데 이제 아내와 사는 남

자는 이런 식으로 아침을 열어야 한다고 생각하자 절로 기분이 좋아진다. 더욱이 땀방울이 흐를 때의 상쾌감도 전날과 다르다.

나무 향기가 코털을 건드리고 땀방울이 눈속으로 미끄러져내린다. 그는 등걸에 박힌 도끼날을 빼내어 뽀개진 나무를 장작가리로 던지고 등뼈를 주욱 올려 허리를 세운다. 찬 공기가 얼굴로 왈칵 휘덮어온다. 그가 먼산을 올려다보자 희뜩희뜩한 그 산머리도 인사를 한다. 사흘 전에 내린 눈은 거기에만 남아 있고 온 들은 이불도 없이 아침 추위에 몸을 뒤척인다. 이불을 내리고 자던 서연이가 떠오른다. 나올 때 잘 여며줬으니 포근히 자고 있겠지.

빛살 하나가 왼쪽 눈썹에서 가만히 기척을 알리는가 했더니 동쪽 능선에서 막 해가 떠오른다. 이제는 늘 저 해를 보면서 아침을 맞이할 것이다. 내가 마당을 쓸거나 장작을 패는 동안 서연은 아침을 준비할 것이고 밥이 다 지어지면 문을 열고 '여보, 들어와요' 하고 부를 것이다.

해는 둥실 몸을 떠올려 누리에 은빛 쟁기날을 묻고 대지의 아침은 삼태기를 들고 나가 밭에 씨앗을 뿌리는 아낙처럼 그 햇살을 받아 골고루 생명을 뿌린다. 그의 입술에도 햇살이 닿아 곰실곰실 벌어진다.

그는 마지막으로 가장 실팍한 놈을 골라 도끼를 내려치는데 나무는 보기 좋게 쩍 갈라진다. 그는 도끼를 던지고 통에 장작을 담기 시작한다.

집안으로 들어와 장작통을 내려놓고 난로문을 열어본다. 나갈 때 피워둔 불이 벌써 사위어가고 그는 그 위로 장작을 얼기설기 쌓아올린다. 잠시 후면 온 실내가 후끈해질 테고 그때쯤 서연이는 거실로 나올 것이다.

어제 면직원에게 백만원짜리 수표 두 장을 건네주고 돌아와보니 집엔 서연이가 없었다. 현관문이 열려 있었다. 그는 놀라 이 방 저 방을 뒤져보았더니 짐은 그대로 있는데 서연이만 감쪽같이 사라진 것이었다. 어디로 갔을까? 나를 마중하려고 나갔다면 길에서 만났을 텐데.

그때 식탁에 놓인 술잔과 양주병을 보았다. 낮엔 술을 마시지 않는다던 말이 떠올랐다. 그럼 그새 누가 찾아왔던 것일까? 누구? 자신의 친구라면 차가 있거나 어디에 간다는 쪽지라도 써 있을 텐데. 혹시 내가 모르는 다른 남자를 불러들였나? 그래서 간단하게 술 한잔 대접하고 함께 차를 타고 나갔다? 질기기도 한 그 의심 암귀가 다시 꿈틀꿈틀 살아날 때 '너랑 자주 산책한 그 바닷가로 나가봐' 하는 소리가 들려왔다.

그는 바닷가로 뛰어나갔으나 바다도 갈대도 땅거미 옷을 치렁치렁 감고 있어 오솔길조차 어디에 붙었는지 잘 보이지 않았다. 그는 소리쳐 부르고 싶었지만 혼자 있지 않을 수도 있다는 생각에 더듬더듬 산비탈로 올라갔다. 그때 서연의 목소리가 들려왔다.

—나도 너랑 살고 싶어. 너랑……

그는 주춤 멈추었다. 어떤 남자한테 서연은 저렇게 고백하고 있는가. 가만가만 다가가보니 그녀는 혼자였고 어둠을 내려다보며 그렇게 중얼거렸다.

—너가 날 구해줄 수만 있다면……

말투는 뻣뻣했는데 잘 들어보니 그 목소리는 두려움에 떨고 있었다. 서연아, 답답해서 나오긴 했는데 날이 어두워 그만 무서워졌니? 그가 나직이 그녀를 불렀다.

—서연이, 거기 있었소? 난 또 얼마나 놀랐는지……

그는 그녀에게 다가가 덥석 껴안았다. 그녀도 와락 안겨왔다. 바닷바람에 추웠던지 그녀의 작은 몸은 파들파들 떨렸고 두 뺨도 울었는지 축축했다. 그는 그녀의 어깨를 꽉 끌어안고 산으로 내려오며 속으로 맹세했다. 다시는 널 혼자 두고 나가지 않을게. 나갈 일이 있으면 꼭 데리고 갈게. 따라가지 않겠다면 업고라도 갈게.

그렇게 집까지 껴안고 왔고 그가 케이크를 잘라주자 그녀는 그것을 달게 먹었다. 그리고 술을 마셨고 별안간 공포에 질린 얼굴을 하더니 그에게 다가와 목을 끌어안으며 어서 침대로 가자고 보챘다. 그는 별일이다 싶었고 가끔 혼자 두고 집을 비워야겠군, 그래야 아쉬움을 알지, 라고 속으로 생각했다. 그런데 침실로 데려가 불을 끄고 옷을 벗겼더니 그녀는 또 엉뚱한 말을 했다.

——이런 것말고 더 강한 것, 혼이 잡아먹히는 그런 것은 없어?

그는 조용조용 달래며 말했다.

——가만 있어봐, 내가 혼이 달아나도록 해줄게.

그녀는 싫다고 했다가 매달렸다가 몇번이나 뒤설친 뒤 어느 순간 잠이 들었고 그는 그녀에게 이불을 다독여주며 내일은 정식으로 청혼하리라 마음먹었다. 서연이가 불안해하는 것도, 그녀답지 않게 갑자기 이렇게 변한 것도 안정감을 얻지 못한 때문일 것이었다.

서연이가 나온다. 그는 빠르게 그녀의 표정을 살핀다. 내가 밥상을 차리겠어,라고 말할까봐 국도 데우지 않았는데 그녀는 미간을 접고 화장실로 간다. 아직도 마음이 편치 않은 건가. 그는 국냄비를 열어본다. 미역국은 두 사람이 먹을 만큼 남아 있다. 어제 늦어 장을 봐오지 못했더니 먹을 반찬도 변변치 않다.

그녀가 나와 식탁에 앉는다. 밥맛이 없으면 차부터 마실까,라고 말하려는데 그녀는 쳐다보지도 않고 고개를 떨군다.

"얼굴색이 안 좋은데?"

그의 말이 떨어지기가 바쁘게 그녀는 반짝 고개를 치키고 말한다.

"기환씬 왜 아침마다 장작을 패요?"

아, 그것 때문에 심기가 불편했다. 아침잠이 방해가 되어서?

"진작 말할 것이지……"

그녀의 표정이 얼른 진정이 되며 조용조용 말한다.

"아니예요. 사실은 어젯밤에 깨어나 한참 동안 잠을 못 자서 그래요."

"나 때문이었소?"

"술을 설마셔서 그랬나봐요. 아니면 너무 마셔서 체온이 떨어졌거나……"

설마셨는데 너무 마신 것 같은 기분……

"여보, 우리 온천이나 갈까? 수안보나 유성, 서너 시간만 달려가면 될 텐데……"

그는 여보,라고 불러놓고 은근히 눈치를 살펴본다. 그녀는 말없이 일어나더니 냄비에서 끓고 있는 국을 뜨기 시작한다. 그래, 넌 정식 청혼을 기다리고 있었던 거야…… 그녀는 국그릇을 가져다놓고 억양 없이 말한다.

"어제 잊어버리고 말하지 않았는데…… 마을에서 벙거지 쓴 남자가 왔었어요. 노루를 잡았다고……"

"피를 먹으라는 것이오. 도시 사람들이 야생짐승 피를 좋아한다나."

"기환씨도 그런 걸 먹어요?"

"글쎄, 필요하면 먹게 될까. 난 아직 그럴 필요는 없으니까."

그녀가 수저를 내려놓으며 차분하게 말한다.

"아무래도 오늘은 장을 좀 봐와야겠어요. 배추도 한포기 사서 김치도 담그고……"

그래, 그러지. 그는 그녀의 잔잔한 얼굴에서 묘한 충동을 느끼고 그래서 불쑥 당신 짐은 언제 실어올 거야,라고 묻고 싶어진다. 그러나 그런 말은 청혼 뒤에 하는 것이 순서일 것이다.

"고사성어 중 거안제미(擧案齊眉)의 이야기 생각나요?"

그가 물어보자 그녀의 눈이 치켜진다.

"거안제미? 밥상을 눈썹과 가지런하도록 공손히 들고 가는 것 말인가요?"

"그렇소."

그녀는 냉소를 지으며 대답한다.

"여성들이 가장 증오하는 제도가 바로 그런 것들인데……"

"그 시절의 거안제미란 요즘 교통법규를 지켜야 하는 것과 아마 비슷한 수준이었을 것이오. 나에게 중요한 것은 그런 제도가 아닌 남자의 감격이오. 그 마을에서 가장 뛰어난 여성이 자기를 위해 그런 유치한 법도까지 받아들이고 자기 집으로 시집와주었다는……"

"그녀는 그렇게 시집을 와서는 처녀 때 하던 일들이 그립지 않았을까요?"

그는 '그 여자가 바로 너'라는 뜻으로 말했는데 그녀의 대꾸는 방향이 좀 다르고 또 너무 쓸쓸하게 들린다. 그는 나직이, 그러나 힘주어 말한다.

"우리집에 온 처녀는 자기 방식을 고수해도 돼요. 밥상 따위를 없애고 매일 외식을 하자고 해도 좋고……"

그녀는 국그릇을 들고 일어난다.

"나가서 시장이나 좀 봐오세요. 신문도 한장 사고……"

"그러지 말고 함께 나가지. 당신도 며칠간 나가지 않았는데."

"아니요, 혼자 있는 것도 나쁘진 않았어요."

그녀가 개수대로 돌아서자 그가 물어본다.

"그럼 쇠꼬리라도 하나 사올까?"

대답하지 않는다. 서연아, 내가 미련했던 거야. 마을에서 가장 뛰어난 처녀가 스스로 왔는데도 난 여태 청혼을 하지 않았으니 말이야. 하지만 조금만 참아. 시장에 갔다 와서…… 그래, 맞아. 나이가 들수록 형식의 의미도 큰 법인데…… 그는 자신의 귀한 약속을 안주머니에 넣고 현관으로 나가는데 그녀가 등뒤에서 커튼 닫고 가요,라고 소리친다.

서연의 방에서 헤어드라이기 소리가 들려온다. 낮에 시장에서 사다 준 드라이기…… 외출한다고 머리를 만지는 모양이다. 그가 양복을 차려입고 방문을 열었을 때 그녀는 루주를 바르며 좀 기다리라고 말했다. 그녀가 화장을 한다는 것이 신기하면서도 그래, 오늘은 그런 것을 해야 할 날이지, 하고 의미있게 웃었다.

드라이기 소리는 한참이나 더 계속되고 그는 커튼을 들어 바깥을 살펴본다. 여섯시가 조금 넘었을 뿐인데도 벌써 캄캄하다. 호텔 나이트클럽으로 가 저녁을 먹고 홍미리라는 가수가 나와 노래를 부르면 그때 말을 꺼낼까. 아니면 술을 마시면서……

시장을 봐서 돌아올 때 '청혼'이 그를 일깨웠다. 너 정말 자신있어? 괜히 꺼냈다가 그녀가 거절하면? 무슨 소리야, 그녀도 원하고 있는데. 옛날처럼 직접 대놓고 말하진 않았지만 어제 산에서 한 이야기만 참작해도 어서 결혼식 날짜를 잡아달라는 것 아닌가? 문제는 사주단자를 비단으로 싸서 보내야 하는데 입으로 말해야 한다는 거지. 그러자면 비단보다 더 부드러운 분위기가 필요한데……

그때 관광호텔에 걸려 있는 '홍미리의 디너쇼'라는 현수막을 보았다. 홍미리는 그가 젊었을 때 정상을 달리던 매혹의 가수였고 서연에게도 그녀에 대한 향수가 있을 것이다. 그래, 여기서 청혼을 하자. 서연이, 나와 결혼해주시오. 아니 결혼합시다. 한국관에서 한복을 입고 할까. 당신은 처음일 테니까 원하는 대로 합시다. 선상이나 기차, 비행기에서 하는 그런 특이하고 요란스런 결혼식은 아이들이나 선호할 일이겠지?

드라이기 소리가 멎어 있다. 곧 나올 모양이군. 검부러기를 다 걷어낸 우물처럼 심장이 맑아진다. 어제까지만 해도 감정의 불규칙으로 내내 흥분상태였는데 이젠 새로운 기분이 투명하게 덮여오고 그것이 날마다 지속될 것 같다. 공허한 지난날, 공기조차 파삭파삭 부서지던 그

224

런 나날들은 이젠 영원히 안녕이라는 듯이.

서연이가 방문을 밀고 나온다. 쥐색 코트 속에 녹두색 머플러, 처음 외출을 하자고 했을 때는 별로 내켜하지 않더니 저리도 썩 잘 어울리게 단장을 했는가. 하지만 저 잠자리안경은 좀 보기가 싫은데…… 영섭이와 나갔던 날 그녀가 사람들 눈을 의식하던 생각이 났다. 그는 묵인하기로 하고 성큼성큼 다가가 어깨를 잡아주며 말한다.

"꼭 신부 같구려."

그녀는 희미하게 웃어준다. 그는 현관문을 잠그고 자신의 숙녀에게 차문을 열어준 후 차에 올라 시동을 건다. 여섯시 사십분. 라디오를 켜자 「차우 벨라 차우」가 흘러나온다. 사랑하는 남녀가 부른다는 이딸리아 민요, 출발이 잘 맞춘 신발 같다. 그는 볼륨을 좀 줄이고 가속페달을 밟는데 서연이가 앞을 응시하며 말한다.

"기환씨를 보면 사람의 꿈이 그 인생을 얼마만큼 좌우하는가 궁금해져요."

"무슨 뜻이오?"

"꼭 시인이 될 것 같던 사람이……"

"사람 개개인의 꿈이 그 인생을 결정하는 힘…… 물론 사람에 따라 다를 수도 있겠지만……"

그는 말하고 싶어진다, 큰소리로. '이제 시도 쓸 수 있어. 시를 쓰고 싶은 욕망이 세포처럼 증식되고 있어. 정지되어 있는 모든 감성의 뿌리가 너와 함께 살던 그 시기로 돌아가 다시 살아나고 있어……' 그래, 버스에서 칫솔을 팔 때, 엑스트라를 할 때, 귤바구니를 들고 술집으로 팔러 다닐 때 어지럽게 떠오르던 시상, 그러나 받아적을 데도 기록해둘 여유도 없이 그대로 사라져간 시어들이 너와 함께 돌아와 너의 표정, 말, 몸짓에서 속속 되살아나고 있어……

나 역시 그것을 깨달은 순간 마음이 벅차올랐지. 나도 이젠 시를 쓸 수 있겠구나…… 그럼에도 너에게 말해주지 않았던 것은 그런 것일수 록 아껴두었다가 정말 시를 썼을 때 몰래 저축한 목돈처럼 너에게 안겨 주고 싶었던 때문이었어. 오늘 아침 장작을 패면서도 나는 그런 생각을 했지. 내가 장작을 패는 사이 당신은 아침을 짓고, 식사 후 차를 마시면 서 그대는 신문을 읽고 나는 당신을 바라보며 시상을 부르고…… 저녁 이면 내 심장에 샘물로 고여든 그 시어를 당신에게 들려주고……

차를 주차시키고 나이트클럽으로 들어가보니 아직 시간이 이른지 손 님이 별로 없다. 그는 다가오는 웨이터에게 나직이 부탁한다.

"조용한 자리로 안내해주시오."

"식사도 하실 겁니까?"

"그렇소."

"이리로 오십시오."

웨이터는 로열석으로 그들을 안내했고 서연이도 분위기가 마음에 드 는지 선선히 코트를 벗는다.

"뭘로 하시겠소? 난 송아지 고기에 송이 수프를 하고 싶은데."

"똑같은 거로……"

"술은?"

그녀는 대답을 하지 않는다. 좋을 대로 시키라는 듯. 그는 샴페인을 시키며 그 술을 반쯤 마셨을 때 청혼하리라 생각한다. 그녀도 적당히 취했을 때.

식사가 끝나가도록 그녀는 말이 없다. 그는 그녀의 잔에 샴페인을 따 르며 깊은 눈으로 표정을 살핀다. 조명등이 그녀의 표정을 감싸고 있어 그 속을 들여다볼 수가 없다. 마침 음악이 블루스 곡으로 바뀐다.

"춤출 줄 아오?"

"아뇨."

그는 그녀의 잠자리안경을 바라본다. 저 안경을 쓰는 동안 서연은 절대로 플로어 같은 데 나가서 춤을 추진 않을 것이다. 그러나 결혼식을 올리면, 사람들도 서연이가 결혼했다는 걸 알고 나면 안경 같은 건 당장 벗어버리고 나와 함께 어디서든 춤을 추려 할 것이다.

"춤을 배워볼 생각은 해보지 않았소?"

"춤추고 싶어요? 그럼 웨이터를 불러 댄서를 찾으세요."

그녀가 정말 그러라는 듯 말하고 그의 가슴으론 바람 빠지는 소리가 들려온다.

"사실은 나도 춰보지 않았소. 그래서 함께 배워볼까 하는 생각을 했지."

그리고 그는 무대 쪽을 살펴본다. 홍미리라는 가수는 왜 여태 나오지 않는 것일까. 그녀가 나오면 분위기를 돋우어줄 것이고 그러면 그녀의 손을 잡고 청혼할 수 있을 텐데. 서연이 자신의 술잔을 그의 잔 옆에 나란히 세워놓으며 묻는다.

"기환씨, 이 세상에는 정말 이상적인 나라가 존재할까요?"

이상적인 나라? 있고말고. 그건 사람들 생각이 만들 수도 있고 당신과 나도 만들 수가 있는 거요.

"음, 그러니까 유토피아국, 엘도라도, 또 율도국도 있고……"

"그건 환상의 나라일 뿐이죠. 내 말은 생명력으로 유지되는 그런 나라……"

"만약 그런 나라가 존재한다면 어떤 일이 일어나야 하는데?"

"그런 나라엔 그 사회가 전적으로 책임질 수 있는 사람, 꼭 태어나야 할 사람만 태어나겠지요. 또 자연사와 자연출생만 존재할 것이고."

그녀 표정은 정돈되어 있다. 그런데 무슨 마음으로 저런 말을 하는 거지? 잠깐 막연해지는데 맞춤한 생각이 떠오른다.

"이상 사회가 아니라도 꼭 태어날 사람만 태어나는 거요. 탄생에는 사회의 차원으론 잴 수 없는 그 무엇이 있으니까."

그녀가 허리를 뒤로 젖히고 무대 쪽을 본다. 마침 홍미리라는 가수가 검은 드레스에 기타를 들고 나오고 있다. 그들이 청년일 때 전성기를 달리던 사람, 그 허스키한 목소리로 서연의 마음까지 흡수해주었으면…… 그 왕년의 여가수는 먼저 높은 의자에 걸터앉아 기타를 뜯으며 분위기를 집중시킨다. 「자니 기타」 그 곡은 별로 큰 울림이 없다. 차라리 「해변의 길손」이 나을 텐데. 그러면 우린 똑같이 인성이와 그 바닷가를 생각할 수도 있는데. 그는 서연의 손을 찾는다. 탁자 위에 놓인 왼손, 하얗고 가느다란 손, 반지가 없어 더 어린애 같은 손. 그가 그 손을 내려다보며 말한다.

"그 손가락 쓸쓸해 보인다. 반지가 있으면 좋을 텐데……"

그녀는 말없이 그 손을 거두어간다.

"서연인 보석 같은 걸 좋아하지 않소?"

그녀는 보일 듯 말 듯 고개를 저으며 무대를 주시한다. 가수가 다른 노래를 부르기 시작한다. 그가 좋아하는 곡, 「오텀 리브즈」다. 홍미리는 그 노래를 우리말로 개작해서 너무도 쓸쓸하게 부른다. 그의 마음은 금방 우수로 젖어든다.

찬바람에 나뭇잎이 한잎 두잎 떨어지고
가을이 가듯 내 좋은 시절 창밖으로 사라져가네.
지나간 날에 그리운 눈, 시들어간 내 사랑아
메마른 이 가슴 멍들어……
마른 잎 떨듯 운다네……

노래말은 시간의 강을 훌쩍 뛰어넘어 추억의 길목으로 데려갔고 그 거리에는 애틋한 향수가 가슴 저리도록 피어난다. 그리고 곧 한잎 두잎 떨어지는 낙엽. 마로니에 길…… 그녀와 헤어졌을 때던가. 그는 마로

228

니에 길과 학림다방 앞을 혼자 걸어다니며 그 노래를 불렀고 발 아래 구르는 낙엽을 보며 떠나간 그녀를 생각했다.

가슴이 아파온다, 그때처럼. 그는 축축해진 눈을 닦으며 그녀를 바라본다. 그녀도 추억을 만나고 있는지 애틋해 보인다. 그래, 이제 우리 함께 손잡고 그 추억의 길로 들어가자. 가슴이 멍들거나 마른 잎 떨듯 울 일이 없는 그곳, 설령 다시 슬픔을 만난다 해도 성큼성큼 건너뛰며 그렇게 가자. 너와 내가 펼치는 앞날은 추억처럼 그런 나날이 되게 하자. 이제 어른이라 그게 싫다면 해외여행을 다니고 여름이면 바닷가에서 일광욕을 하고 겨울이면 북극으로 오로라를 보러 가고 북구의 백야처럼 밤낮도 없이 그렇게 긴긴 사랑을 하면서 쏘다니자꾸나. 난 이런 날을 위해 황소처럼 일을 했다. 때론 비굴하기도 했고 때론 왕소금이란 소리를 듣기도 하면서 난 오직 나의 집, 나의 신부를 생각하면서 그 모든 유혹을 이겨냈다. 다만 오늘을 위해서. 만약 내 소망이 이루어진다면 나처럼 집과 가정을 갖고 싶어하는 사람들에게 아름다운 주택을 지어주거나 저녁밥같이 따뜻한 사랑의 시를 나누어주면서 그렇게 살자꾸나.

"아, 얼마나 아름다운 곡이오."

노래가 끝났을 때 그는 탄식하듯 말하는데 그녀가 술병을 들어 그의 잔에 따르며 이것만 마시고 나가요, 한다.

"왜 벌써?"

난 아직 본론을 꺼내지 못했는데 넌…… 그녀는 자기 잔까지 채우고 그 잔을 들며 건배도 없이 혼자 마신다. 표정이 어둡고 그 어두움이 목구멍 안에서 대기하고 있는 그의 말을 자꾸 밀어넣는다.

"피곤하오?"

그녀는 대답하지 않고 웨이터를 불러 계산서를 부탁한 후 머플러를 두른다. 그는 그녀를 잡아앉힐 방법을 찾아보았지만 신통한 생각은 떠오르지 않는데 웨이터가 와 계산서를 내민다.

밖에 나와보니 밤바람이 넓은 주차장을 휩쓸고 있다. 그녀는 코트깃을 세우며 운전은 내가 하겠어요,라고 말한다.

"나 술 취하지 않았소."

"나도 가끔은 운전이 하고 싶어요."

그는 차문을 열고 열쇠를 건네준 후 조수석으로 간다. 그녀는 좌석과 룸미러, 사이드미러를 바로잡더니 가속기를 밟는다. 정말로 운전이 하고 싶었던지 표정이 점점 밝아 보인다. 그는 그 기분을 방해하고 싶지 않아 '청혼'은 집에 가서,라고 생각한다. 그러자 문득 시 구절이 떠올랐고 중요한 이야기일수록 더운 뜸이 필요하다 싶어 흥얼흥얼 그 시를 읊기 시작한다.

바람도 없는 공중에 수직의 파문을 내며 고요히 떨어지는 오동잎은 누구의 발자취입니까.

지리한 장마 끝에 서풍에 몰려가는 무서운 검은 구름의 터진 틈으로 언뜻언뜻 보이는 푸른 하늘은 누구의 얼굴입니까.

꽃도 없는 깊은 나무에 푸른 이끼를 거쳐서 옛탑 위의 고요한 하늘을 스치는 알 수 없는 향기는 누구의 입김입니까.

근원은 알지도 못할 곳에서 나서 돌부리를 울리고 가늘게 흐르는 작은 시내는 굽이굽이 누구의 노래입니까.

연꽃 같은 발꿈치로 가이없는 바다를 밟고 옥 같은 손으로 끝없는 하늘을 만지면서 떨어지는 해를 곱게 단장하는 저녁놀은 누구의 시입니까.

타고 남은 재가 다시 기름이 됩니다. 그칠 줄 모르고 타는 나의 가슴은 누구의 밤을 지키는 약한 등불입니까.

차는 어느새 소롯길로 오르고 저만치 집 불빛이 깜박깜박 다가온다.

4

서연은 코트를 걸치고 책상에 앉아 편지를 쓴다.

'이 카드로 새 차를 사세요. 비밀번호는 공오공오예요.'

편지를 접어 카드를 그 위에 올려둔 뒤 그녀는 가방을 들고 일어난다. 막 방문을 나서다가 그녀는 다시 돌아서서 편지와 카드를 집어든다. 그는 이 카드로 차를 살 수가 없다. 싸인을 할 수 없으니까. 현금지급기를 사용한다면 하루에 오륙십만원, 여러 날 걸쳐 돈을 찾으러 다녀야 하고 그러는 사이 나의 행적이 추적될지도 모른다.

그녀는 지갑 속에 카드를 도로 넣고 편지는 구겨서 쓰레기통에 던진 후 서둘러 방을 나간다. 작은 전구알 하나가 천장에 숨어앉아 졸고 있다. 그녀는 코트 주머니 속의 차 열쇠를 확인하고 기환의 방문을 훔쳐본다. 그는 지금 한밤중일 것이다. 어젯밤에는 집에 돌아와서 술을 마시며 오래 이야기를 했으니 늦은 아침에야 일어날 것이다. 그녀는 현관으로 다가가 살며시 문을 민다. 새벽바람이 와락 덤벼들며 열린 문을 되차버릴 태세였고 그녀는 가방으로 그 충격을 가로막은 후 바깥 문고리를 잡고 조심조심 빠져나간다.

그녀는 차문을 열고 시동을 건다. 종아리로 추위가 박혀와 히터를 넣었더니 찬바람만 나온다. 그녀는 다시 꺼버린 후 온도계기판을 훔쳐본다. 밤새 얼었던 탓인지 한참이 지나도 계기판은 오르지 않는다. 그녀는 더 기다리지 못하고 기어를 넣으며 가속페달을 밟는다.

전조등이 힘센 손길처럼 새벽 거리를 척척 벗겨낸다. 경운기 바퀴자
국, 여기저기 쇠똥처럼 엎어져 있는 얼음, 과수원 앞길에 뿌려둔 왕겨,
그 앞으로 죽 드러눕는 내리막길…… 그 어디에 빙판이 있었는지 바퀴
가 옆으로 미끄러져 나갔고 그녀가 신속히 엔진브레이크를 걸자 차는
중심을 잡고 내리막길을 따라 죽 내려간다. 평지에 도달해서 그녀는 엔
진브레이크를 풀었고 그제서야 등줄기에 곤두섰던 긴장도 슬그머니 내
려앉는다.

포장도로가 눈앞에 걸터앉자 그녀는 속도를 줄이고 이쪽저쪽을 살펴
본 뒤 천천히 왼쪽으로 꺾어돌린다. 긴장이 다시 살아난다. 초보운전
때 지방법원으로 가느라 눈길을 달렸을 때에 비하면 이런 긴장은 오히
려 즐길 만하다.

맞은편에서 승용차가 상향등을 켜고 급하게 달려온다. 그 차가 지나
가자 깜깜한 어둠이 누리를 한입에 꿀꺽 삼켜버린다. 그녀는 그 어둠을
부욱, 찢고 나가듯 상향등을 켜고 속력을 낸다.

새벽길은 차가 많지 않아 좋지만 어둠이 사방에서 엉겨드는 성에 같
아 몹시 성가시다. 무릎이 시려와 히터를 올리는데 목덜미가 저 먼저
훈훈해지는 것 같다. 기환의 털코트. 바닷가에서 혼자 떨고 있을 때 그
가 다가와 털코트를 입혀주면서 말했다.

  ——다시는 널 혼자 두진 않겠어.

그래서 그날 밤새껏 그의 바위에 들러붙으려고 안간힘을 썼고 피곤
이 덮쳐와 잠이 들었는데 새벽녘 깨어보니 신생아처럼 혼자 웅크리고
있었다. 그리고 다시 잠들었는데 도끼소리가 들려왔다. 공기를 탁탁 쪼
개는 그 소리는 시간이라는 유충을 옛집 철길 위에 나란히 눕혀놓고 하
나하나 깨뜨리고 있는 것만 같았다.

저만치 군인이 플래시를 흔드는 것이 보인다. 벌써 강화 초입까지 나

온 모양이다. 다리 쪽의 검문은 이십사시간 비상이라더니 정말 그런가 보다. 그녀는 속력을 줄이고 실내등까지 켠 후 앞만 주시하며 천천히 다가가 멈춘다. 군인은 차 안을 쓱 한번 훑어본 뒤 그냥 가라고 한다. 이런 경우 덕을 보는 것은 여성이라는 익명성?

차가 다리로 들어서자 그녀는 조용히 작별인사를 던진다. 기환씨 미안해, 이 방법밖에 없었어…… 그러자 그건 연극이지? 하듯 그의 말소리가 들려온다.

──당신 정말 온 거지? 내 얼마나 오늘을 기다렸는지……

그가 그런 말을 하면 할수록 그녀는 거의 고문당하는 기분이었다. 차라리 낯선 사람과 시간여행을 했다면 그런 시달림은 당하지 않아도 되었을 것이다. 게다가 그가 "우리 이젠 멋있게 사는 거야"라고 말했을 땐 속이 뒤틀렸고 그때 그녀는 깨달았다. 미래에 대한 그의 옷은 결코 자신이 걸쳐도 될 그런 종류가 아니라고. 그러자 점점 더 초조해졌고, 다른 그 무엇으로도 자신의 존재를 완벽하게 변호하거나 보호해낼 수 없다는 것을 잘 알면서 그녀는 슬금슬금 탈출구를 찾기 시작했다. 뜻밖에도 그 출구에 박기자가 서 있었다. 그래, 우선 만나는 거다. 만나서 내 존재의 위치를 확실히 진단해보는 거다.

그래서 어제 기환이가 시장을 보러 나간 뒤 그녀는 의자에 팔짱을 끼고 앉아 내려진 커튼으로 박기자를 불러냈다. 커튼은 화면처럼 먼저 찻집 풍경을 실어왔고 박기자와 자신이 마주앉아 이야기하는 장면을 펼쳐냈다. 오가는 사람, 음악, 한가한 풍경들이 영 어울리지 않았고 무엇보다도 장관까지 지낸 여자가 젊은 기자와 차를 마시는 그 모습부터가 자연스럽지 않았다. 그녀는 법정을 그 화면에 투영해보았다. 박기자를 증언대에 앉히고 보니 자신의 권위는 저절로 살아났고 또 잘 어울리는 모습이라 마음이 놓였다. 그녀 자신은 이서연을 수임한 변호사며 박기자는 이서연에게 유리한 증언을 하기 위해 출두한 사람으로 배치한 후 그녀가 먼저 물었다.

어때요, 박기자, 그대는 이서연에 대해 얼마나 알고 있는지 얘기해볼 수 있어요?

아, 물론 그녀는 여성부 장관이었지요.

그리고?

능력도 있고 장관 재직시 몇가지의 문제는 있었지만 대체로 잘해냈다고 봅니다.

그런데 이서연씨가 월남전 참전군인을 용병이라 표현했다 하여 고발된 상태인데 기자들은 그 문제를 어떻게 보고 있으며 또 이렇게 고발된 것에 대한 생각들은 어떤지 요약해서 말씀해주실 수 있습니까?

말도 안되는 소리지요. 모든 사람들에게 물어보십시오. 정신 똑바로 박힌 자라면 누구든 우리가 용병이었다는 사실을 부인하지 못할 것입니다.

그러면 이서연 장관의 그 발언은 전혀 문제가 되지 않는다는, 아니, 고발거리도 되지 않는다는 얘긴가요?

그런 문제로 고발하는 나라는 아마 우리나라뿐일 것입니다.

그녀는 그 정도로 신문을 끝내고 싶은데 느닷없이 검사가 반대신문을 하고 나섰다.

우리 군인이 용병이라구? 박기자는 국가기강을 해치는 발언을 하고 있군.

국가기강이라구요? 제가 슬픈 이유는 삼십년이 지난 지금까지도 잘못된 역사를 반성해보기는커녕 그저 두둔만 하려는 우리의 의식수준입니다.

좋소, 그건 핵심이 아니니 그렇다 치고 그럼 이서연씨는 어떤 사람이지요?

어떤 사람이라니요?

과연 장관이 될 자격은 있었소?

그야 자기 실력으로 모든 관문을 통과했고 또 여성들이 천거했으
니……

그건 그 사람이 둘러쓰고 있는 후광일 뿐이오. 내가 묻는 것은 그 여
자의 근본, 그 근본……

그때 그녀는 벌떡 일어나 커튼을 걷어버렸다. 검사에게 더이상 발언
권을 허용하면 자신의 증언자를 궁지로 몰아갈 뿐만 아니라 그런 일은
피고 이서연에게도 유리하지가 않았다. 커튼이 열리자 맨살의 통유리
로 다 벗은 겨울풍경이 뛰어들었고 그와 동시에 검사의 말이 또 뒷머리
를 잡으며 '그 여자의 근본! 근본!' 하고 흔들어대는 것이었다. 그녀는
온몸에 털이 벗겨지듯 참담해져서 오스스 몸을 떨었다. 그때 기환의 차
가 돌아오고 있었다. 왈칵 눈물이 날 만큼 반가웠고 자신도 모르게 현
관문을 여는데 아침에 들려온 그 도끼소리가 다시 이명으로 파고들면
서 그녀의 손이 굳어졌다. 그래, 내가 반가웠던 것은 기환이가 아닌 그
의 자동차, 어디든지 갈 수 있는 자유의 가능성이었어. 그녀가 등을 굽
히고 난롯가로 돌아설 때 기환이 찬바람을 이끌고 들어왔다.

──서연이, 우리 오늘 저녁 근사한 외출을 합시다.

그가 그렇게 말하는데 그녀는 '외출'이 아닌, 이 사람과 함께 죽어버
리면 미래는 변조가 가능할까,라는 생각을 집어왔다. 둘이서 갯벌을 깊
숙이 파놓고 나란히 파묻히면 달려온 바닷물이 그들을 아무도 몰래 꼭
꼭 다져주거나 심해 깊숙이로 데려가줄까. 아무 추측도 흔적도 가십거
리도 남기지 않고 그렇게……

──돌아오는 길에 보니 여기 관광호텔 나이트클럽에서 디너쇼를 한
대요. 옛날 왜 그 매혹의 가수 있잖소…… 홍미리라고. 그녀가 출연한
다는데 우리 오랜만에 양식도 먹고 함께 즐기다 옵시다.

중년을 넘어서고 있는 사람이 '매혹의 가수'라고 표현하다니…… 그

의 감성기능은 아직도 성장중인 것 같았다. 고슬고슬 웃는 눈가의 주름살이 힘차게 젖을 빠는 아기의 입처럼 생기가 넘쳤다. 그 순간 그녀는 그의 활력이 놀라워 어리둥절해하면서도 그가 밤마다 줄기차게 섹스를 희망하는 것은 체력을 과시하려던 것이 아니라 어쩌면 정말로 생명력이 넘쳤던 때문이라 싶어졌다. 그렇다면 그와는 함께 죽는 것보다 함께 사는 방법을 구사하는 것이 더 자연스럽지 않을까?

그녀는 미심쩍었지만 그래도 뜻밖의 장땡처럼 또 하나의 카드가 있을지도 모른다는, 미련한 사람들이 걸려들기 쉬운 그 기대에 자신을 걸고 약간의 변장을 한 후 그를 따라갔다. 식사를 하고 술을 마시기 시작했는데도 홍미리라는 가수는 나오지 않았다. 그녀는 그만 돌아오고 싶었으나 그는 좀더 기다려보자고 했다. 조명등이 흐려지고 그것처럼 기대의 카드도 멀어질 때 그녀는 말했다.

—사회가 원하는 사람만 태어났으면 좋겠어.

그는 누구나 탄생해야 할 사람만 태어난다고 대답했다. 그녀의 대화 의도를 또 자기식으로 해석하려 들었다. 그녀는 그의 잔을 채워주면서 사회가 바라는 것은 사회보다 더 높은 차원이 아니라 사회가 정해놓은 규격이야,라고 속으로 반박했다. 그때 기다리던 가수가 나왔고 그 왕년의 가수는 흘러간 노래를 불러댔다. 그는 당장 그 음악에 감격했고 술을 마셔대거나 그녀의 손을 잡기도 했다.

—저 노랜 우리가 대학 때 유행했던 곡이 아니오? 아, 저 노랜……

로맨틱한 분위기로 거침없이 빠져드는 그의 얼굴을 바라보며 그녀는 생각했다. 넌 어떻게 작업복처럼 그런 분위기를 쉽게도 걸칠 수 있니? 어떻게 평생을 물러터진 참외처럼 단내만 풍기고 그렇게 살 수 있는 거니? 그녀는 즐겁거나 태평해지는 그의 감성에 못견딜 만큼 소외감을 느꼈다. 그래서 반란을 시도해보았지만 결국엔 그의 실체와 맞닥뜨려야 했다. 튼실한 생명력…… 언제나 그랬다. 그의 보편성을 거부하고 돌아서면 다시 만나는 존재의 뿌리. 그의 아버지는 역사에 낚시질을 당했으나 그는 용케도 그 강을 피했고 안전한 자리까지 잡아 단단하게 뿌리를 내려온 사람이었다.

——반지를 끼면 그 손이 덜 허전할 텐데……

그의 큼직한 손이 그녀 손을 덮으며 말했고 그녀는 고개를 저으면서도 속으로는 또 미련이 남았다. 너의 풍성한 뿌리 위에 내 옥잠화의 인생이 올라붙는다면 내 생도 안전하게 이식될 수 있을까. 아니 너의 뿌리가 나의 하체가 되면 나는 잎과 꽃을 피울 수 있을까.

차가 올림픽대로로 들어서자 도로는 일직선으로 죽 뻗어 있다. 그녀는 속력을 올려 그대로 달려간다. 차가 잘 빠질 때는 생각들도 비켜간다. 그녀는 숨차게 달려와서 양화대교를 넘는다. 신촌 쪽으로 진입하니 그때부터 차가 많아진다. 바쁜 서울, 잠자지 않는 서울, 서 있는 서울…… 그녀는 굴레방 다리 쪽에서 잠깐 망설이다가 그대로 신문로 쪽으로 방향을 잡는다. 박기자는 몇시에 출근할까.

신문사 지하주차장으로 들어가자 텅 비어 있다. 그녀는 구석자리에 차를 세우고 시동을 끈다. 별안간 온몸이 물속으로 가라앉는 것 같고 졸음까지 저인망 그물처럼 덮여와 그녀의 이마는 핸들로 끌려간다.

그녀는 번쩍 고개를 쳐들고 주위를 살핀다. 벌써 차들이 빼곡히 들어차 있고 시계를 보니 아홉시 반이다. 내가 왜 여기 와 있지? 그녀는 시동을 걸고 허둥지둥 주차장을 빠져나간다.

신세계 앞에서 터널 쪽으로 진입하자 차들은 아예 서 있다. 그녀는 자신의 차가 수많은 차들에 포위된 듯해 초조해져서 좌우를 돌아보니 상대방 차에서 운전자들이 자기를 주시하고 있었다. 그녀는 비로소 변장을 하지 않았다는 생각을 했고 조수석에 둔 가방에 손을 넣긴 했으나 가발을 찾아 쓰기엔 이미 늦었다는 것을 깨달았는데 순간 차가 빠지기 시작한다. 그녀는 손을 들어 이마의 땀을 쓱 훔쳐내며 가속페달을 밟는다.

터널을 지나 한남대교 쪽으로 달리면서 그녀는 내가 지금 어디로 가고 있느냐고 자신에게 물어본다. 박기자를 만나러 갔는데 난 왜 그냥 오고 말았지? 그 까닭을 찾고 있는데 차들이 양옆에서 질주해와 떠오르던 생각들이 소스라치며 달아난다. 그래, 일단 집으로 가자. 어차피 박기자를 만날 거라면 귀가해서 전화를 걸어도 상관없다.

그녀는 한남대교를 지나 오른쪽으로 들어간다. 자신의 아파트가 가까워지자 가슴이 아코디언처럼 벌어진다. 얼마 만인가. 얼마 만에 내 집에 돌아오는가. 이렇게 돌아오면 될 걸 왜 쓸데없이 고생하고 다녔는가. 맘대로 눕거나 뒹굴 수 있는 자신의 공간, 살처럼 편한 내 인생의 흔적들, 제자리에 당당하게 세워져 있는 모든 가구들……

단지 내로 들어가서 초입에 차를 세우고 건물을 올려다본다. 닭장 같은 고층아파트. 지금쯤 주부들은 모두 둥지에 올라앉아 알을 낳는가. 아니면 남편, 아이가 벗어던진 옷이나 양말 따위를 하인 같은 세탁기에 맡기고 소파에 느긋하게 앉아 차를 마시면서 신문을 읽고 있는가. 그렇게 온 집안을 지배하고 있는가.

그녀는 고개를 저으며 자신의 집을 올려다본다. 오층 창문들만 남고 골조들이 옷을 벗듯 떨어져나간다. 다른 아파트도 그렇게 벽들이 사라지자 바쁘게 움직이는 주부들만 보인다. 세탁기와 청소기를 돌리고 감사패나 기념패를 닦고 저마다 일제히 베란다로 나와 빨래를 널고 있다. 한 화면에 수백개의 브라운관을 가져다두고 그 테두리를 제거한 듯 여성들은 허공에서 그렇게 움직이고 있고 저마다 활기가 넘쳐 보인다. 그녀는 다시 자기 집을 본다. 커튼이 쳐진 그 속에서 자신이라는 여성이 엉거주춤 거실에 서 있다. 삶을 지배하지도 그렇다고 다른 여성들 속에 소속되어 있지도 못한…… 삶을 지배하지 못했다? 삶을? 집에 들어가서 다시 한번 살펴보자. 정말 내가 지배한 것이 아무것도 없었나를.

그녀는 차 열쇠를 빼고 조수석으로 돌아가 자신의 짐을 내려다본다. 성급할 건 없어. 일단 들어가보고 별일 없으면 밤에…… 그래, 수위를 만나더라도 잠깐 외출하고 돌아온 듯이.

그녀는 열쇠가 든 주머니에 손을 찌른 채 걷다가 발길을 멈춘다. 혼자 덩그러니 세워져 있는 자신의 자가용. 주위의 차들은 매일매일 일하러 나가는데 자신의 승용차만 거의 열흘간이나 저렇게 혼자 세워져 있어 누가 이상하게 보지는 않았을까. 차에 먼지가 없는 걸 보면 세차하는 청년들이 계속 닦아온 모양이다. 세차비야 미리 주었다 해도 나가지도 않는 차를 매일 닦을 때 궁금증이 생기지 않았을까. 아니야, 그들은 새벽에 일을 하면서 승용차의 상태나 차주인의 행적까지 더듬어볼 수는 없었을 것이다.

그녀는 자신의 라인 쪽으로 천천히 걸어간다. 현관으로 들어서자 수위는 바닥에서 무언가를 줍느라고 고개를 숙이고 있고 그녀는 그냥 그 앞을 지나쳐버린다. 막 엘리베이터 버튼을 누르는데 등뒤에서 수위가 부른다.

"장관님 아니세요?"

그녀는 흠칫 놀랐지만 얼른 표정을 바꾸고 태연하게 돌아본다. 수위가 쪽문을 열고 나온다.

"어디 갔다 오셨어요?"

"시골 친구집에서 며칠 쉬다 왔어요. 왜, 무슨 일이 있었나요?"

"누가 찾아왔는데……"

"누가요?"

"성함은 말씀하지 않았어요. 한사람은 젊었고 또 한분은 나이드신 신사였는데……"

"남긴 말이라도 있나요?"

"아니요, 다시 오겠다고만 했어요."

"알았어요."

고맙다는 인사말이라도 해야 할 텐데 그녀는 그저 알았다고만 대답하고 엘리베이터 쪽으로 몸을 돌린다. 마침 승강기 문이 닫히려던 참이었고 그녀는 다급하게 오른 후 오층 버튼을 누른다. 젊은 사람은 박기자일까. 그럼 나이든 신사는 누구란 말인가. 동료 변호사일 리는 없다. 그 합동사무실엔 당분간 쉰다고 공식선언을 했으니 전화가 안된다고 찾아올 사람은 없을뿐더러 그렇게 나이가 든 신사도 없다. 그럼 누구? 승강기 문이 열린다. 오층이다. 그녀는 내리지 않고 다시 십오층 버튼을 누른 뒤 온갖 기억을 불러 그 기억 속의 사람들을 헤쳐모여 해본다. 그러나 비슷한 사람은 없다.

십오층에서는 버튼도 작동시키지 않았으나 승강기는 스스로 문을 닫은 후 하강을 서두른다. 일층에서 누군가가 버튼을 누르고 기다리는지 승강기는 그대로 주욱 떨어져내리고 그 하강속도에 현기증이 덮쳐 그녀는 눈을 감는다. 감은 눈 속으로 어떤 비행물체가 반짝반짝 다가온다.

그녀는 신문사 건물 옥상에서 하늘을 보고 있었다. 하늘에서 비행기가 날아가는데 햇빛을 가르고 유유히 날아가는 그 비행기는 마치 은종이로 만들어 하늘로 띄워올린 모형비행기 같았다. 그녀는 그 반짝임에 홀려 비행기가 하늘로 올라가면 저렇게 은색이 되는구나, 비행접시도 누군가가 띄워올린 것이었을까,라고 중얼거리는데 저쪽 난간에 기대선 기자들이 모두 그 비행기를 향해 새총질을 했다. 한 기자가 커다란 돌멩이를 쏘아올렸다고 함성을 지르는 순간 비행기는 파편이 되어 너불너불 떨어져내리고 있었다.

승강기가 일층에서 입을 쩍 벌린다. 그녀가 놀라 눈을 홉뜨는데 여러 명의 여성들이 앞에서 진을 치고 있다. 환자 방문이나 전도를 가는 종교인들 같았다. 그녀는 건물 밖으로 나와 끈끈한 이마를 닦아내며 하늘을 쳐다본다. 해가 뿌연 매연 속에 갇혀 허우적대고 있다. 꿈, 그래 그것은 신문사 지하주차장에서 꾸었던 꿈이었어. 그래서 박기자를 만나지 못하고 달아났던 거야.

그녀는 바삐 차에 오른 뒤 수위실 쪽을 본다. 쫓기듯 나오느라 수위가 자신을 지켜보았는지 어쨌는지 확인하지는 못했지만 이번에는 왠지 보지 못했을 것이란 생각이 든다. 그랬다면, 그 신사가 다시 찾아온다면 그 방문자에게 뭐라고 말할까. '분명히 오셨다니까요. 집에 들어가시는 걸 이 두 눈으로 보았단 말이에요.' 아니면 '잠시 슈퍼나 약국에 가셨겠지요.'

그녀가 서둘러 시동을 거는데 엔진소리가 튀어나오면서 이제 어디로 갈 거냐고 묻는다. 글쎄, 어디로 갈까.

──서연이, 우리 다시 결혼식을 올려볼까? 번잡한 것이 싫다면 영섭이와 창식이 같은 옛 친구들만 불러놓고······

어젯밤 기환이가 정식으로 청혼까지 했는데, 그에게 돌아가면 결혼식을 하고 그리고 아무도 없는 먼 이국으로 여행을 가버릴 수도 있는데······ 나는 독신이니까 그런 걸 다 할 수가 있고 가능성도 얼마든지 있는데······ 용기가 없어도 평범한 질서에 풍덩풍덩 빠져들 수 있는데······ 어디선가 비아냥거리는 소리가 들려온다.

'그럼그럼, 사정거리에만 들지 않는다면······'

그녀는 악의에 차서 힘껏 가속기를 밟는다.

차가 경부고속도로로 진입하고 그것이 의식되자 그녀는 흠칫 놀란다. 그러면서도 차머리는 과천길로 빠지지 않고 직진한다. 기환이한테 돌아가도 되는데······ 지금쯤 그는 일어났겠지. 내가 자기 차를 타고 사라진 걸 알면 맨 처음 무슨 생각이 떠오를까. 서연이 떠나서 섭섭하다? 아니면 차를 가져가다니, 난 불편해서 어떻게 하라구······ 그는 새

차를 살 것이다. 그런 능력이 있다고 했으니까. 그리고 시간이 지나면 내가 어떤 약속도 하지 않았다는 것을 상기할 것이고 그러면 미련을 거두어갈 것이다.

그렇게 마음을 다지는데도 왠지 자꾸만 허전해진다. 나에게도 슬픔이나 미련이 자랄 틈이 있는가? 그녀는 픽 웃으며 옆자리를 힐끔거린다. 자신의 가방이 냉정한 얼굴로 빤히 쳐다보고 그녀는 얼른 표정을 고치며 앞만 보고 달린다.

만남의 광장이 다가오자 옆자리에서 또 기환이가 흥얼거리는 것 같다. 묘한 가락으로 읊어대던 시.

그는 만해의 시를 읊었지만 그 염불 같은 가락에 수녀들의 연도미사가 떠올라 그녀는 그만두라고 울컥 언성을 높였다. 그럼에도 그가 마지막 구절을 다시 개작해서 '내 가슴은 그대의 밤을 지키는 든든한 등불이 되고자 합니다'라고 끝을 맺은 뒤 '저는 지금 마침내 구속이 되었습니다. 나를 얽어맨 이 꽃사슬은 너무도 감미롭습니다' 하고 만해의 구속 예찬론을 다시 들먹일 때 그녀는 그만, 그만, 하고 속으로 부르짖었다.

검은 그랜저 한대가 아슬아슬하게 그녀 차를 앞질러간다. 등줄기가 서늘해지면서 불쑥 수위가 하던 말이 떠오른다. 나이든 신사…… 그는 누구였을까. 보통 거물급 시국사범 담당 수사관은 그렇게 다 나이가 든 신사일 경우가 많다. 관록을 중시하는 부서일수록…… 그러자 날카로운 쇠망치가 갈비뼈를 탕탕 치고 지나간다. 우리 사회를 지배·조정하는 그 위성부에서? 결국 그렇게? 좋다, 내가 먼저 확인해주지. 그녀는 가속페달을 힘주어 밟는다. 차는 120에서 140으로 곤두박질치듯 나아가고 그녀는 소리내어 말한다. 어서 가서 검은 그랜저에 누가 탔는지 똑똑히 보겠어. 누가 주행원칙도 없이 그따위로 추적하고 있는지 낯짝이라도 익혀두겠어.

그렇게 미친 듯 달리는데 강릉으로 빠지는 그 차가 보인다. 아니군, 그녀는 서서히 속력을 늦춘다. 문득 공허가 찾아든다. 한데 난 지금 어디로 가고 있지? 고속도로는 또 왜…… 그때 어떤 목소리가 들려온다.

'제대로 가고 있잖아?'

무슨 소리야? 난 지금……

'이제 그만 기억의 술래잡기를 끝내는 게 어때?'

그녀는 신경질적으로 고개를 젓는다. 아니야, 난 지금 기환이란 남자의 차를 훔쳤어. 그 남자의 차를 훔쳐 타고 이렇게 달리는데 그를 떠난 최소한의 이유라도 밝혀줘야 하잖아?

'얼마나 더 끌 수 있나, 어디 계속해보시지.'

그녀는 얼른 목소리를 내리깔고 중얼거리기 시작한다.

'기환씨…… 내가 이렇게 떠나게 된 이유는…… 너의 가슴이 온통 잡풀로 우거진 그런 마당과도 같았던 때문이야. 난 그런 마당엔 깃들일 수가 없지…….'

그녀는 잘못된 대사를 읊었을 때처럼 황급히 고개를 젓는다. 이런 말투는 자칫 상대에게 기대감을 줄 수가 있어. 좀더 직설적으로 수정해서……

'그래, 한다는 말은 왜 그렇게 유치했니? 외국까지 가서 보고 왔다는 게 기껏 섹스뮤지엄이라구? 덧붙이는 말은 또 어떻구.'

하면서 툭툭 경멸을 던진다.

그녀는 자신의 생각이 그런 식으로 달려가는 것이 만족스럽고 그래서 더 힘을 주기 위해

'꼴값떨고 있어, 그 나이에……'

하면서 제법 소리가 나게 중얼거리는데 마치 항변이라도 하듯이 그의 뒷말이 떠오른다.

——누가 그러는데 둘이 합궁할 때 몸무게를 달면 떨어져 있을 때 두

사람 몸무게를 달아 합친 것보다 가볍다고 하더군. 정말 그런진 모르지만 둘이 사는 게 훨씬 가뿐한 건 사실일 거요.

그래서 그에게 내 무거운 존재를 다 실어주어도 괜찮을 것 같았고 또 그렇게 살 생각도 해보았다. 가능하다면 사주팔자까지도 고쳐보고 싶었다…… 울컥 역정이 치민다. 무슨 저능한 도피법인가. 그 어떤 신묘한 초능력을 빌려온다고 해도 이미 나는 사정거리 속에 들고 말았는데…… 사정거리에 들어? 그것은 성급한 일반화의 오류일 수도 있지. 성급한 판단이라구? 그렇다면 넌 박기자도 만나보지 않고 왜 대뜸 이 길로 들어섰는가. 이 길이라니! 그녀는 세차게 고개를 젓는다.

차가 안성을 지난다. 기환의 차는 성능이 좋은지 잘도 달려준다. 차는 키만 꽂아주면 누구든 상관없이 달려간다. 옛날 사람들이 탄 말은 주인만을 허락했다는데. 사람도 기계처럼 단순하게 살 수 있다면 좋겠다. 가족이나 사회에 대한 짐을 지지 않고 그저 먹는 만큼 살아가는……

차가 휴게소를 지나치고 있다. 주유소 큰 간판이 너 어디로 가니? 하고 물어온다. 글쎄, 난 지금 어디로 가는 거지? 그녀가 시침을 떼려는데 보이지 않는 공이 뒤통수를 탁 치고 온다. 초등학교 오학년 때 교장 선생이 맞은 공, 죽을 수도 있는 공…… 아니야, 아니야! 난 그저 이 길로 나왔을 뿐이다. 이렇게 달렸다가 적당한 곳에서 돌아올 참이다. 난 다만 시원하게 한번 달려보고 싶었을 뿐이다. 한발짝 물러나주던 교장선생님 공이 빙글빙글 돌다가 다시 다가온다.

——할머니는 안 죽어?

교장이 죽었을 때 그녀가 할머니에게 물어보았다.

——사람은 다 죽는단다.

——할머니 죽으면 난 누구랑 살아?

——신랑이랑 새끼랑 살지.

──언제 신랑을 얻는데?

──훌륭한 사람이 되면 좋은 신랑이 말타고 온단다.

서러움이 잔뜩 마신 물처럼 목구멍에서 쿨렁거린다. 할머니, 난 아직 훌륭한 사람이 못 되어 알라딘 램프를 가진 신랑감이 오지 않았는가요? 모순으로 뭉쳐진 이 작은 육신을 요술담요에 태워 안전한 나라로 데려다줄 그런 남자는……

'넌 훈련을 하지 못했어. 든든한 배경이 되어줄 힘센 남자를 얻는 덴 특별한 훈련이 필요하지.'

힘센 남자를 얻는 데 필요한 건 훈련이 아닌 힘센 신분이겠지요. 나는 내 신분을 가꾸는 것만으로도 시간이 부족했어요. 가끔 남자가 그립거나 그 품에 포근히 안기고 싶긴 했지만 그런 기회조차도……

'기회가 없었다구? 기환이가 널 안아주지 않았던가?'

기환이? 그가 정녕 프로메테우스처럼 불을 줄 수 있던가? 모순을 고칠 어떤 능력이라도 가졌던가. 아니면 나를 온전히 되살려낼 수 있는 그런 힘을 가지고 있던가? 나를 껴안아야 할 남자는……

'그러니까 네가 최종으로 선택했던 그 교수 같은 남자 말인가?'

그녀는 입술을 꽉 깨물었다가 슬며시 놓는다. 그녀가 '지는 싸움만 한다'고 돌아선 그 교수는 사실 그렇게 약하지 않았고 그런만큼 간단히 포기하지도 않았다. 장관직에서 쫓겨났을 때도 맨 먼저 그 교수가 생각났고 그에게 계속 멋진 여자로 남아 있지 못한 것이 분했다.

그랬다. 그녀는 항상 지혜로운 사람, 지혜가 큰 힘이 되어 세상 어떤 일도 다 해결해낼 수 있는 그런 남자를 원했고 또 그런 사람으로부터 열렬히 사랑받고 싶었다. 그렇게 빛나는 사람과 함께 자신도 광을 내고 싶음이 아니라 그 빛남이 자신의 핵우산이 되어주기를 바랐다. 그래서 그 교수가 학장이 되었을 때 그녀는 편지를 썼다, 사랑과 존경을 그득그득 담아서. 그는 전화로 편지 고마워요,라고 했고 행사장에서 우연히 만나면 칵테일 잔을 가져다주면서 '그대가 해결한 사건, 아주 통쾌했어요. 정말 대단한 사람이야'라고 진심으로 칭찬해주기도 했다. 그녀는 그로부터 인정을 받았다는 것이 천국행 티켓을 받은 만큼 든든했고 그 든든함에 사랑의 감정까지 가세하면서 생애 처음으로 완전한 충일 속에 살았다. 또 그 충일은 기막힌 환상까지 불러와 날마다 그와 함께 경비행기 타는 꿈을 꾸기도 했다.

단둘이 만나 밀어를 나누지 않아도 서로 깊이 사랑을 느낄 수 있는 상대, 상상만으로 모든 것이 가능한 사람이었다. 바닷가를 걷거나 안개를 탔고, 공중에서만 새 그림을 볼 수 있다는 페루의 그 신비한 지역에서, 또는 잉카의 제단 혹은 피라미드 속에서 깃털을 깔고 섹스를 하거나 좋은 풍경만 골라 그 속으로 산책을 하면서 입을 맞추기도 했다.

그런데 언제부터인가 교수의 관심과 기대는 참신한 여성운동가에게 건너가기 시작했고 그때 그녀는 죽도록 괴로웠다. 그것은 실연의 감정과 다른 자존심의 반란이었고 그보다는 지독한 분노였다. 그 남자는 청맹과니야. 아무려면 내가 그 젊은 여성보다 못할까. 관록으로 보나 그 무엇으로 보나 내 실력이 훨씬 나을 텐데…… 아, 내가 사람도 몰라보는, 자기가 신택한 상대를 끝까지 사랑할 줄도 모르는 그런 덜된 남자를 사랑했고 또 그로부터 이렇게 무시를 당하다니……

짧고 강한 괴로움 속에서도 한가지 묘안이 떠올랐다. 복수를 해주자. 최상의 보복은 내가 비상하는 것이다. 비상하기까지는 상대가 눈치채지 못하도록 혼자서 피나게 정진하는 것이다. 공중 높이 우뚝 치솟는 그때 상대가 나를 보고 '아, 내가 저 여자를 무시한 것은 잘못이었어. 역시 저 여잔 뭔가 달랐는데' 하고 후회하도록 만들어주어야 한다. 그리고 만약 그가 다시 나에게 관심을 기울여오면 아주 세련된 방법으로 내색 않고 무시해주는 거다.

그래서 그녀는 여성들이 자기를 장관으로 천거해주도록 보이지 않게 노력했고 마침내 장관이 되었을 땐 '나는 지금 가장 높이 올랐다, 이제 그 누구도 나를 끌어내릴 수 없다, 그 누구도!' 하고 부르짖었다.

'가장 높은 곳? 바로 거기에 너의 함정이 있었던 것 아닌가? 만약 네가 장관만 되지 않았어도 넌 피할 수 있었어. 그렇게 적나라하게 자신을 노출시켰는데 어떤 그늘이 남아 있다고 널 덮어주겠니.'

아, 그래. 내 열정의 원료가 항상 높은 곳만 지향해온 것이 부질없었다는 것, 결국 최상의 배경을 가진 그 학장의 지혜도 알라딘 램프가 될 수 없었다는 것, 그렇게 오르고 또 올라도 결국 하늘은 허공이라는 것, 거기에는 아무것도 잡을 게 없다는 것이 아니라…… 고백하자면 내 인생은 온통 내 존재의 알리바이만을 위해 소모되었다는 것, 그럼에도 확실한 알리바이는 하나도 만들어내지 못한 채 이렇게……

'그래서 막판에는 기환이를 잡고 싶었던 거지? 한쪽 손으로는 거부하면서 또 한쪽 손으로는 그의 발목을 한사코 놓지 않으려 한 거지?'

그렇진 않아. 기환에게서 달아난 것이 사실 나의 초조감 때문이었다 해도 결국은 그가 내 존재를 온전히 받아 안을 수 없다는 자기 인식, 기환이가 잘해주면 잘해줄수록 그것이 내 기대와 점점 멀어지면서 자신에 대한 의심만 더 증폭되었어. 그래서 달아났던 거지. 난롯가에서 기환이가 내 손을 잡고 있는 동안에도 나의 내면 어디에서는 애절하게 수녀가 부르고 있었고 장관직에서 실각한 얼마 뒤 우연히 텔레비전에서 본 북한 소식, 새로 임명되었다는 인민무력부장의 이름이 잘못 붙어온 도꼬마리 씨처럼 내 발목을 찌르곤 했어. 그래서 나는 박기자를 선택했던 거지. 그는 그 모든 것이 잘못 입력된 파일이거나 우연히 묻어온 도깨비바늘일 뿐이라고 말해줄 것 같았어. 너에겐 그저 '용병 발언'에 대한 혐의밖에 없노라고 말이야.

'바로 그 용병 발언이 모든 것의 빌미가 된 게 아니던가?'

그랬던가? 그럴 수도 있겠군. 하지만 박기자는 '용병 발언' 자체에 관심이 컸어. 아내나 딸의 입장에서 군인을 이야기한 것은 처음이라고⋯⋯

'그러면 넌 지금 박기자를 만나지 않고 어디로 가지?'

그래, 당신이 이겼어. 어젯밤 기환이가 하필이면 스님의 시를 읊었고 그 가락에서 수녀들의 연도문을 떠오르게 한 것도⋯⋯

'이제야 정면으로 나오는군.'

정면? 정면? 그녀는 얼굴을 반짝 치켜들고 비죽비죽 웃으며 외치기 시작한다.

그래, 정면이다. 모두 모두 얼굴을 들어라. 생각아, 기억아, 너희들도 이젠 다 오너라. 어차피 막다른 골목, 피할 곳도 없다. 귀신들도 오고 수녀도 오고 내가 너무 깊이 숨겨버려서 드러나지 못한 너 원소도 망설이지 말고 고개를 들어라. 할머니도 오고, 어머니도, 아아, 저주받을 아버지도 오라. 다 오라⋯⋯

그녀의 얼굴은 점점 일그러지고 세상과 자신을 향한 조롱이 그 위를 덮는다. 차는 또 하나의 휴게소를 지나고 있지만 그녀는 쉬지도 않고 달려간다.

5

소리없이 방문이 열리고 하얀 누리가 영사막처럼 펼쳐진다. 벌판과 구릉, 저만치서 공룡의 등뼈처럼 누워 있는 산. 그 위로 눈보라가 춤을 춘다. 오늘은 노루를 잡아야겠군, 사내는 중얼거리며 부드러운 사슴털

로 감발을 친다. 여인이 밥상을 들고 들어온다. 토장국과 조밥, 어제 잡
은 토끼고기가 상 위에서 무럭무럭 김을 피워올리고 있다. 사내가 수저
를 들자 여인은 공손히 물러앉아 가만히 고개를 조아린다. 사내는 달게
밥을 먹다가 흘깃 여인을 바라본다. 목깃을 감싼 깨끗한 속옷 위에 여
우털 배자, 여인은 그 배잣자락을 만지고 있다. 금빛으로 반들거리는
결 고운 털, 어미 품을 떠난 살찐 여우 세 마리를 한꺼번에 잡아서 만든
덧옷이다. 사내는 계곡에서 그 여우들의 가죽을 벗겨 털을 잘 고른 다
음 응달에 말렸고 털이 반들반들 윤기가 흐를 때 그것을 들고 여인을
찾아갔다. 사내는 여인 앞에 황금빛 여우털을 쳐들어보이며 갖고 싶으
냐고 물었다. 여인은 고개를 끄덕였고 사내는 그러면 날 섬기겠느냐고
재우쳐 물었다. 여인은 다시 고개를 끄덕였고 사내는 어서 옷을 벗으라
고 명령했다. 여인은 옷을 벗었다. 사내는 옷을 입은 채로 여인의 배를
말 안장처럼 올라타고 우렁우렁 소리쳤다.

지아비를 잘 섬기겠느냐?

그것은 부족의 오랜 전통이며 가시버시가 되기 전의 예식이었다. 여
인은 대답하지 않았다. 사내는 거칠게 배를 누르며 다시 물었다.

금빛 털이 싫단 말이냐?

아니오.

그럼 잘 섬기겠느냐?

예.

그러나 여인은 가끔 규율을 잊었다. 밥상을 이마와 가지런히 들고 공
손히 들어와야 하건만 덧저고리 자락이 밥그릇에 닿도록 아랫배에 붙
이고 들어올 때도 있었다. 그런데 오늘은 너무도 어여쁘게 들어와서는
저렇듯 고개까지 가만히 떨구고 있는 것이다.

그는 눈을 뜬다. 입가에 뭔가 남아 있다. 침이 흘러 있는 것 같아 얼

른 닦아보니 사라지던 웃음꼬리가 잡힌다. 그는 옆을 더듬어본다. 서연이가 없다. 화장실에 갔겠지. 꿈에서 기분이 좋았던 때문인지 그의 온몸이 목욕물에 담겨 있듯 느긋하다. 무슨 꿈을 꾸었기에 너볏함이 이렇게 오래 가지? 황금털 배자를 입은 아름다운 여인…… 음, 거안제미. 어젯밤 서연에게 청혼을 했다고 그런 꿈을 꾼 모양이군. 불현듯 꿈속의 사내 말이 들려온다.

'지아비를 섬기겠느냐?'

꿈은 반대라고 나더러 서연을 섬기면서 살라는 그런 뜻이겠지. 한데 서연은? 먼저 일어난 일이 없는데 오늘은 웬일이지? 이제 주부가 되어야 하니까 자기 먼저 일어나야 한다? 하지만 별안간 그럴 여자가 아닌데……

그는 벌떡 일어나 옷을 입고 거실로 나간다. 불기도 없는 실내는 냉기만 가득 고여 있다. 그는 화장실 문을 노크해본다. 기척이 없다. 문을 열어봐도 거기 서연은 없다. 그는 다시 그녀 방문을 두들겨본다. 역시 대답이 없자 그는 급히 문을 열고 안으로 들어간다. 텅 비어 있다. 가방도 옷가지도 그녀의 소지품은 단 하나도 남아 있는 것이 없다. 가버렸어, 그녀는…… 그는 침대에 털썩 주저앉는다. 청혼도 했는데, 반지를 사주어야겠다는 그런 생각도 했는데……

다시 거실로 나가 커튼을 젖혀본다. 차가 없다. 그는 마당으로 뛰어나가 동서남북을 빙빙 돌며 중얼거린다. 서연인 정말로 갔어, 내가 아닌 내 차만 타고…… 그러다가 그는 허둥지둥 찻길을 따라 내려간다. 여기저기에 차바퀴 자국이 그대로 얼어 있지만 그것이 언젯적 자국인지 분간할 수가 없다. 그는 기가 막혀 허공을 보며 허허거리다가 다시 터벅터벅 걸어나간다. 과수원집 노인이 왕겨를 들고 나와 길에 뿌리다 말고 알은체를 한다.

"밤 사이 길이 더 얼었어요."

그는 노인에게 물어본다.

"혹시 내 차가 지나가는 것을 보셨어요?"

"못 봤는데 어찌 차를 잃어버렸우?"

"아니요, 친구가……"

그는 하늘을 쳐다보며 걷는다. 다리가 물속에 빠진 듯 헛돌고 있다. 내리막길로 들어서자 조금 미끄러져나간 차바퀴가 보인다. 자세히 보니 바퀴는 곧 제 위치를 잡고 똑바로 이어져 있다. 가버린 거야. 과수원집 노인도 보지 못했다면 내가 깊이 잠든 새벽에 떠난 거야. 그래서 차소리도 듣지 못했던 거지. 한데 왜 그렇게 느닷없이 떠났을까. 청혼했을 때 대답은 하지 않았지만 진지하게 받아들이는 눈치였는데…… 혹시 집에 가서 자기 짐을 챙겨오려고 한 것일까. 그랬다면 말을 하고 떠났을 텐데……

그는 버스정류장에 우두커니 서서 지나가는 차들만 맥없이 바라보다가 천천히 등을 돌린다. 돌아오겠지. 돌아올 거야.

그는 난롯가에 앉아 허공만 바라보고 있다. 여느 때처럼 불을 피웠지만 훈기가 느껴지지 않는다. 그는 아흐, 하고 소리치며 주먹으로 이마를 탁 친다. 그 바람에 손에 쥔 편지가 떨어져내린다. 서연의 방 쓰레기통에서 발견한 쪽지. 이 카드로 새 차를 사세요…… 그녀는 그 차를 빌려타기 위해 며칠간 궁리했던 것이 분명하다. 어젯밤 자기가 운전하겠다고 했을 땐 이미 떠날 시간까지 정했던 것이고…… 그럼에도 자신은 청혼을 했더란 말인가, 떠날 사람한테.

그는 벌떡 일어나 서성인다. 서연아, 차가 필요했다면 왜 진작 말하지 않았니. 그런 차쯤은 열 대라도 줄 수가 있어. 젊은날에는 가진 것이 없어 아무것도 줄 수 없었지만 이젠 무엇이든 해줄 수 있는데…… 이 바보야, 넌 그것도 모르고 그런 식으로 가버리니. 뭐 그리 근사한 인생이 있다고 너의 넋은 아직도 헤매고 다니는 거냐. 이제는 나의 배를 타고 미풍에 흔들리며 한가롭게 흘러가도 될 때가 아니냐. 변호사, 혼자 살기 위해 변호사 노릇한다는 것이 지겹지도 않니. 법정 일이란 아름답지 못한 일, 그런 사건이나 맡아 너의 정열을 빼앗기는 게 억울하지도 않니. 사랑도 완성해보지 못하고, 남들이 다 하는 그런 것도 해보지 못하고……

그는 천장을 향해 서연아, 하고 처연하게 불러본다. 허공이 그 소리를 받아삼킨 듯 메아리를 돌려주지 않는다. 그는 팔을 돌려 뒷짐을 지고 난롯가를 돌며 다시 중얼거린다. 서연아, 너 이제 젊지 않아. 쉽게 사람을 만날 수 있는 나이도 지났어. 그러니 못이긴 듯이 나에게 기대고 의지해서 그 옛날 잠자리에서 장난질했듯 오빠야, 아부지야, 너 마음대로 부르며 가족같이 오손도손 살아야 해. 서로의 온기가 되고 체온이 되는 그런 사랑을 가져야 해. 은근한 모닥불처럼 날마다 서로를 피우면서 그렇게 살아야 할 나이야. 그래서 어젯밤 내가 이야기하지 않았니.

──우린 심심할 일이 없을 거요. 언제든지 함께 손잡고 추억의 오솔길로 갈 수 있으니까.

그리고 말하지 않았니. 추억도 가꾸어야만 빛이 난다면 내 추억이야말로 크리스털보다 더 반짝일 것이라고. 또한 추억은 내 인생에서 가장 멋진 옷과 같은 것이며 내 과거의 옷장 속엔 어떤 배역에도 어울릴 만한 충분한 의상이 있다고. 소년시절에서 화려한 청년시절까지 우리는 젊은날의 의상을 날마다 바꿔입고 이 거실에서 혹은 어디에서든 재공연을 해볼 수 있다고. 그리고 나는 또 말하지 않았니. 이제는 친구와 할머니의 영혼, 추억까지 모두 불러 다시는 지워지지도 그 누구도 부인할 수 없는 그런 혼례식을 가져보자고.

목이 탄다. 그는 조리대로 가 찬물을 벌컥벌컥 들이켜고 의자로 돌아온다. 몸은 의자에 던지고 싶은데 마음은 공중으로 혼자 떠다닌다. 그는 손을 뻗어 허공을 그러쥔다, 자신의 마음을 잡으려고. 그 마음이 말한다. 이제 놓치면 넌 다 놓치는 거야. 네 존재의 소망과 전 생애를.

그는 주먹을 불끈 쥔다, 그럴 순 없어. 내 생애가 나에게 준 것이 뭔데? 생명 하나 던져준 것? 부모, 형제, 가정, 그 아무것도 주지 않고 시장으로 내몰며 밑천도 없이 인생장사를 하라는 것? 그래, 그래서 나는 집도 없는 수캐가 되어 사회라는 장바닥만 뒤적이며 살아왔어. 그 수캐가 바란 것이 무언지 알아? 음식이야 쓰레기통에도 있어. 어슬렁거리다 보면 여자도 만나지. 그런데도 수캐가 소망하는 것은 음식점에서 던져주는 고깃덩이, 시장골목에서 만나는 등 시린 여자가 아니야. 그저 돌아갈 집이야. 따뜻한 불빛이 있고 더운밥을 먹고 훈훈한 아랫목에 잠드는 것, 그리고 꿈을 꾸는 거야. 존재의 소망은 바로 그 꿈에서 오니까. 그래서 서연은 나의 아랫목, 나의 꿈……

서연의 목소리가 달려와 '내가 왜 너의 아랫목이니?'라고 반항한다. 그래, 맞아. 내가 너의 아랫목이 되어야 하지. 그러자 작은 궁둥짝이 떠오르고 그가 그 궁둥이를 보며 말한다. 여기에 기저귀만 채워두면 모두 네가 어린앤 줄 알 거야. 그녀는 얼른 바지를 입고 콧잔등을 치키고 물었다.

—달리기 선수는 왜 젖가슴이 작아야 하는지 알아?

—몰라.

—달릴 때 방해가 되기 때문이야. 높이 날아야 할 사람은 달리기 선수보다 몸이 더 가벼워야 하니까 궁둥이도……

—그 말도 네 할머니가 해주신 거가?

—맘대로 생각해.

그래, 우리는 그렇게 미완성으로 만났어. 그러니까 함께 살아야 할 까닭은 우리 앞에 놓인 미완성의 생을 둘이서 완성해야 되기 때문인 거야. 하필이면 혈혈단신끼리 만난 것도 그렇잖아? 생의 완성, 그것이 너와 나의 운명인 거고.

그가 그 완성을 위해 이미 스스로 아랫목이 되고 물과 공기가 될 각오까지 하고 있었다는 생각을 끌어오자 마치 나간 전기가 들어오듯 '서연은 돌아올 것이다'라는 기대감이 번쩍하고 밝혀진다. 그래, 돌아올 것이다. 내가 그녀의 반쪽이니까. 반쪽? 그러기에 그녀는 너무 커버렸어. 그러자 또 비슬비슬 기대가 무너져내린다.

그는 의자에 앉으며 중얼거린다. 최소한 연락이라도 할 것이다. 아니야, 돌아올 것이다. 그래, 이제 온다면 두번 다시는 놓치지 않을 것이며 그녀로 하여금 매시간마다 알처럼 삶을 낳게 할 것이다. 나는 이제 빈껍질은 싫다. 알 밴 나비. 알을 낳기 위해 날아온 나비, 오자마자 알을 듬뿍듬뿍 낳아 빈자리 없이 채워줄 나비…… 처음 그녀가 스스로 왔을 땐 그런 환상을 가졌다. 그녀는 우리의 혼례를 잉태하고 있다가 지금 그 결정체를 분만하기 위해 돌아온 것이라고.

그러나 넌 아무것도 낳으려 들지 않았어. 아직도 산달이 아니었던 거니? 그래서 떠난 거니? 만삭이 되도록 꽉 채워서 다시 돌아오려고? 이 바보야, 그땐 너무 늦을 수도 있어. 안돼. 아아, 내가 지금 무슨 생각을……

그는 고개를 푹 떨구고 두 손으로 머리칼을 끌어올린다. 가슴에 불이 붙는 것 같다. 그녀가 수없이 등을 보여도 이번처럼 이렇게 절망스럽진 않았다. 그땐 그녀 넋이 사로잡히거나 가닿을 곳을 짐작할 수 있었지만 지금은 그곳이 어딘지 무엇을 잡기 위해 떠났는지 전혀 알 수가 없어서? 아니다. 그땐 시간이 해결한다는 위안이 있었다. 하지만 이제 그럴 시간이 없다. 더 미루거나 지체할 시간이……

셔츠깃 사이로 뜨거운 연기가 뿜어져나오는 것 같다. 정말 왜 이렇게 온몸이 뜨겁지. 활활 타는 듯이 왜 이렇게…… 그는 난롯가를 피해 탁자로 가 앉는다. 뜨거움은 가슴속으로 들어가 거기서 잉걸불로 이글거려 더 참을 수가 없다. 어떤 괴로움도 사람이 견딜 수 있을 만큼 주어진다는 것은 거짓이다. 누각을 짓기 위해 생애를 바쳐 계단을 쌓아올렸는데 본체를 올리기 전에 그 계단이 무너진다면 그 다음 할 일은 거기에 깔려 죽는 길밖에 없다. 그래서 중년의 좌절은 죽음 같은 것이다.

그는 벌떡 일어나 술병을 집어든다. 술은 이렇게 무너져내리는, 견딜 수 없을 만큼 꺽꺽 씹혀오는 이 상실감을 다소나마 걷잡아줄 것이다. 그는 잔도 없이 양주를 마신다. 뜨거운 덩어리가 빈 속을 맴돌다가 목구멍을 치받았지만 그는 그것을 꾹꾹 누르며 마셔낸다.

술병을 놓고 식탁에 앉는다. 날카롭게 날을 세운 고통의 끝이 희한하게도 점점 무디어져간다. 서연은 언제 떠날 생각을 하게 되었을까? 서연이 떠났다는 지점에서 다시 통증이 곤두선다. 그녀는 떠났다? 정말로? 그는 입술을 깨물고 짐승처럼 신음을 한다.

그는 벌컥벌컥 술을 마시다가 그것으로도 성이 차지 않아 담배를 찾아 불을 붙인다. 그런데 이유가 뭘까. 그녀답지 않게 왜 그런 식으로 가야 했을까. 문득 합궁 때 그녀가 웃던 일이 떠오른다. 그러자 미운 생각이 양어깨로 진저리치며 밀려온다.

그래, 넌 떠날 여자라서 그랬던 거야. 아니면 완전한 일체가 되는 거룩한 순간에 그렇게 미친 듯이 웃을 수가 있어? 왜 웃느냐니까 남자도 소리를 지른다는 걸 처음 알았기 때문이라고?

그는 담배를 뻑뻑 피운다. 그러면 그것 때문에 떠났나? 책에서도 없는 표현을 내가 연출했고 그것이 혐오감을 주어서? 그럼 내가 조심할 걸 그랬나? 그녀는 성생활에 익숙하지 못한 것 같았는데…… 그랬어. 무슨 말끝엔가 예술가들은 감성을 훈련하거나 슬픔을 갖기 위해 연애를 하고 싶어한다더라고 하니까 그 예술가의 창조품 다 가짜겠군, 하고 결벽증을 가진 소녀처럼 말했어. 그런 사람이었는데 남녀의 진한 사랑이 어떤 것인지도 알지 못한 여자한테 교성을 유도해내려고 내가 먼저 소리를 질러버렸다…… 그는 아프게 웃는다. 문제는 늘 성숙의 균형을 잡지 못한 데서 비롯되었다?

사람들은 흔히 말한다. 이성에 대한 사랑의 감정이나 그 방법은 똑같다, 물론 두 사람이 만나자마자 동시에 불똥이 튀거나 서서히 좋아지는 차이는 있을지언정 어느 순간에 가면 성교를 하고 감창을 지른다…… 그러나 그런 정상적인 순서를 모르는 사람이 있다는 것을 그는 서연이를 통해 알고 있었다. 예전에 그녀가 다른 사람을 좋아해 그렇게나 자신의 속을 태웠을 때에도 성에 대한 감정은 없었던 것이다. 그녀가 곧잘 무기로 삼듯 '높이 날아야 할 사람은 뼈가 비어야 한데, 새처럼' 하고 말한 것이 정말로 큰 일을 하기 위해 스스로 성장을 억제했는지 아니면 자신의 발육부전을 그런 식으로 옹호했는지는 알 수 없지만 하여간에 아직도 소리를 지를 줄 모른다는 것만은 확실했다. 그녀의 성숙을 단시일 내에 앞당길 수 없다는 것을 알고 있었음에도 그는 섣부르게 굶주린 남자, 그 질탕함부터 풀어대고 말았다. 그런 행위만이 세월의 벽을 단숨에 허물 수 있다고 생각하면서.

난 왜 그녀 앞에만 서면 늘 헤덤비는 인간이 되는가. 오랫동안 갈구해와서? 그랬을 수도 있다. 하지만 나는 부부간의 성교는 가정을 위한 전주곡, 그 합일의 표현이며 살아가는 동안의 의례절차, 끼니때가 되면 배를 채우고 싶듯이 그저 밥먹고 자는 것과 같은 하나의 일상이라고 생각했다. 그녀와 내가 살아가면서 할 수 있는 수많은 일 중의 하나이며 지금 좀 잦은 것은 신혼이어서 어서 빨리 빈틈을 없애고 친밀해지고 싶었던 때문이었다.

문득 꿈속의 성교가 떠오른다. 친구들은 꿈속 성교대상은 주기마다 바뀐다고 했지만 그 자신은 언제나 같은 대상, 서연이었다. 아내를 성욕에 굶주리게 하면서도 그는 꿈에서 서연이와 합궁을 했다. 그래서 가끔은 꿈이 현실이요, 아내와의 생활은 좋지 않은 꿈이란 생각이 든 적이 있었다. 그렇다면 삼십년 동안 늘 가까이 해왔음에도 신혼이며 어서 빨리 친밀해지고 싶었던 거다? 아내를 성의 포로로 잡듯 서연이도 그렇게 잡고 싶어서? 그는 절레절레 고개를 젓는다.

그는 담배를 끄고 술병을 끌어당긴다. 입으로 마시면서 천장을 보는데 거기 어디에서 서연의 말이 고여 있던 빗물처럼 뚝뚝 떨어져내린다.

——꼭 시인이 될 것 같던 사람이……

그는 천장을 올려다보며 쓸쓸하게 대답한다. 어젯밤 내가 은근히 비추지 않았니. 이젠 시를 쓸 수 있을 것 같다고…… 하지만 서연아, 네가 가버리면 내 시도 사라져. 왜냐하면 그것이 내 시의 본질이거든. 나에게 왜 하필이면 시인이 되고 싶었느냐고 묻는다면 그건 아버지의 유전자 탓이라고 말할 수 있겠지. 하지만 내 어린 육신은 가정도 없는 생활 속에 던져졌고 그 결핍증은 큰 갈증의 주머니를 만들었어. 조건없이 주고받는 사랑, 혈연 같은 사랑…… 그래서 널 얻은 내 소년기는 가슴의 모든 언어들이 바로 시였어. 생각이 미어지도록 쏟아지던 그 시어들이 네가 떠날 때 함께 사라져버렸다면 넌 믿겠니? 그런데 다시 온 거지. 네가 데리고 온 거야. 나는 내 시한테 말할 참이었어. 화려한 옷을 입혀달라고 성급하게 보채진 마라. 이제 가정이란 틀을 만들었으니 먼저 사랑의 벽돌부터 쌓아올리고 그 속에 삶과 인생에 대한 지혜가 듬뿍 듬뿍 고일 때, 그때 너에게 아름다운 옷을 입혀주마. 네가 바로 세상에서 가장 서럽고 외로운 사람들, 그들의 따뜻한 옷이 될 수 있도록……

'시를 주는 상대가 왜 반드시 서연이어야만 하지?'

전에 그녀를 기다릴 때는 이런 대답을 했지. 그녀는 최초로 선택한 내 인생의 설계도면이며 그 구도가 아주 마음에 들었음에도 완성해보지 못한 때문이라고. 하지만 지금은 이렇게 대답하고 싶구나. 그녀가 내 인생을 수태시켜준 사람이므로 인생의 결정체는 그녀와 함께 낳아야 한다고.

그는 술병을 들어 또 한모금을 마시면서 '그러니까 시야, 네가 나에게서 태어나고 싶으면 어서 서연이를 데리고 와'라고 하소연을 하는데 서연의 말이 대답처럼 떠오른다.

——시간을 잃고 나니 내 마음도 길을 잃었어.

그는 술병을 밀어놓고 자신의 손등을 쏘아본다. 길을 잃었다? 그 말은 무슨 뜻일까. 장관직을 그만두고 나니 할 일이 없어졌다? 다시 변호사를 하는 게 성이 차지 않아 아주 폐업해버리고 쉴 겸 해서 나를 찾아왔는데 별안간 찾아든 공백이 견딜 수 없었고 그래서 일중독자처럼 그렇게 초조했던 것이다? 그런데 나는 그 심정을 헤아려주는 대신 어떻게 해야 그녀 마음을 끌어오고 또 내게 붙잡아두나 그런 생각만 했다…… 가만, 그녀가 또 무슨 이야기를 했더라. 그는 머리를 흔들어본다.

——그 사회가 바라는 사람만 태어났으면 좋겠어……

그건 시간을 잃었다는 것과는 뉘앙스가 달랐다. 그렇다면 그녀 자신이 사회가 바라는 사람이 아니라는 말이었을까? 장관까지 한 여자가? 그럴 이유가 없는 사람이 그렇게 말한 데는 어떤 문제를 안고 있다는 뜻이다.

문득 그녀가 찾아온 그 밤이 떠오른다. 밤중에 그녀는 홀로 가방을 들고 집 앞에 서 있었다. 차를 타고 왔어야 할 사람이, 자가용이 아니면 택시라도 타고 왔어야 할 사람이 먼길을 걸어왔다? 게다가 이상스런 안경까지 끼고. 그것은 신원노출을 방지하기 위해서였다? 그래, 그녀는 누구엔가 쫓기는 게 분명했다. 전에 없던 정서불안도 그렇고 찾아온 이유에 대해 전혀 말하지 않은 것도 그랬다. 만약 쉬려고 왔다면, 적어도 나와의 관계 회복을 염두에 두었다면 그 아이 같은 여자가 그렇게 내내 침묵만 하지는 않았을 것이다.

그는 벌떡 일어나 수첩을 찾은 뒤 급하게 펼쳐본다. 맨 앞에 그녀의 명함이 있다. 사무실이 아닌 집…… 그는 전화기를 잡고 또박또박 버튼을 누른다. 신호가 간다. 아, 그래 서연아, 집에 있기만 하면 괜찮아. 그러나 신호가 계속 울려도 전화를 받지 않는다. 서연은 다른 데로 피한 거야. 다른 데 가기 위해 내 자동차가 필요했던 거야. 카드를 줄 테니 새 차를 사라고 쪽지를 남겼다 버린 것도 그 증거지. 그러면 서연이 가야 할 곳은 어디란 말인가.

가슴이 답답하다. 머릿속에는 물음표만 복대기를 치는데 어느 것 하나 갈고리가 되어 해답을 꿰어오지는 못한다. 집안 공기가 그를 조여붙이는 것 같아 그는 현관문을 열고 밖으로 나간다. 그녀를 헤아려줄 사람이 이 세상에서 자기밖에 없는데 안타깝게 그녀에 대해 아는 것이 하나도 없다. 그녀와 일주일이나 함께 지냈으면서도 그녀의 심경을 진단해보진 않고, 의견도 물어보지 않고 결혼하자, 여행하자며 그저 일방적인 요구만 해댔다.

그는 바람에 둥둥 떠밀리듯 들녘을 가로질러간다. 논바닥에서 아이들이 연놀이를 하고 연 두 개가 하늘에서 사이좋게 바람을 타고 있다. 너희들 혹시 우리집에 온 여자 어디로 갔는지 봤니? 무슨 소리야, 우리가 함께 산책을 나온 것은 언제나 저녁 무렵이었고 저 아이들이 집으로 돌아간 후였는데…… 그는 아이들을 뒤로 하고 휘적휘적 산쪽으로 걸어간다.

갯벌이 비어 있다. 온 세상 모두가 그렇게 떠나버린 것 같다. 그는 산중턱, 엊그제 서연이 앉아 있던 그 자리에 걸터앉아 빈 바다를 바라보며 여기 앉아 있던 그 여자 지금 어디로 갔는지 넌 아냐?라고 묻는데 바람이 찾아와 술기운으로 부푼 그의 얼굴을 핥으며 네 마음속에 있잖아,라고 말한다. 내 마음…… 언젠가 나는 그녀와 마음에 대한 이야기를 했지.

──사람의 마음에도 눈이 박혀 있을까.

──기환씬 눈이 없는 마음도 있어? 내 마음엔 눈이 너무 많은데.

──이성적인 사람은 다르구나.

──난 언제나 길을 만들어두고 내 마음을 가게 했어.

──그런 사람을 일러 자기 마음을 잘 운영한다고 하나?

──마음을 운영한다? 난 항상 내 마음이 길을 잃을까봐 불안했는
데……

──지금도?

──아니, 젊었을 때.

──그럼 내 이런 마음은 어떤 거지? 내 의지와 상관없이 마음은 줄곧
어떤 여자에게 가 있는 것……

그 말에는 대답하지 않았다. 대신 그녀는 그의 손을 잡아주었다. 이
갯벌에서…… 아픔이 휘젓고 온다. 그는 입술을 꽉 깨물며 중얼거린
다. 그렇게 마음 운영을 잘한다는 사람이 한마디 말도 없이 떠나는 거
니? 어디로 무엇 때문에 간다는 통보도 없이. 그것이 나에 대한 예의
냐? 다른 사람은 생각지도 않고 멋대로 가고 오는 것도 네 마음의 운영
방법이냐…… 그리자 이성이 돌아와 창을 톡톡 두들기며 말한다.

'그 여잔 우연히 온 거야. 잊어버려!'

우연이라고? 그녀는 우연히 왔을지 모르지만 난 그 우연을 필연으로
만들려고 치밀한 준비를 했어.

'그래도 가버렸잖아. 잊어버려!'

안돼. 그녀는 내 왼쪽 골간, 그녀가 없는 나날 나는 늘 아팠어. 난 이
제 그렇게 아프면서 살 순 없어.

'그래 어쩌겠다는 거야?'

기다리는 거지. 그게 죽는 것보다 나으니까.

그는 해가 기울 때까지 그렇게 앉아 혼자 자문자답을 했다. 저 멀리

반짝반짝 물이 들어오고 있을 때 어쩌면 그녀도 그렇게 돌아오고 있을지도 모른다는 생각이 찾아들었다. 아니면 전화라도…… 그는 급히 몸을 일으켜 집으로 내달린다. 전화야, 지금 오고 있는 거니? 잠깐만 기다려, 내가 도착할 때까지.

6

대구 인터체인지가 보일 때부터 가슴 저 밑바닥에서 둥, 둥, 둥 하고 북소리가 울려왔다.

——할미 대구에 갔다올 테니 집 잘 보라우.

——대구에는 맨날 왜 가?

——벌써 얘기하지 않았녀? 다 돌아가시고 늬 할바이 누님이 살아계신다구. 연로하셔서 한번씩 가봐야 하거든.

할머니는 늘 대구에 간다고 했지만 사실은 왜관이었지. 차가 구미 인터체인지를 지나쳐간다. 그녀는 이 길을 피해보려고 금강휴게소로 들어갔고 레스토랑에서 식사를 했다. 그리고 기름을 넣은 뒤 서울 방향으로 되돌아가겠다고 마음먹었다. 그런데 하필이면 자리잡은 테이블이 강가였다. 탁한 강물이 칠곡으로 들어가기 전 그 저수지로 보였다. 그녀는 가족들이 식사하는 테이블로 재빨리 시선을 돌렸다. 할머니와 중년 부부, 아이들이 둥글게 둘러앉아 식사하는 모습이 짱짱하게 얽어짠 커다란 소쿠리 같아 보였고 그들을 바라보며 '저들은 서로에게 든든한 울타리가 되고 있을까. 가족은 그 어떤 공포도 다 흡수할 만큼 자리가 큰 것일까. 기환이와…… 눌러살면…… 나도 작은…… 울타리나마 만들 수 있을까' 하고 중얼거리는데 머리 뒤꼭지에서 그 강은 이렇게 말하는 것이었다.

'미래는 과거의 그물, 너 혼자 만드는 것도 아니다. 네가 아무리 피해가고 싶어도 미래는 너를 놓아주지 않는다.'

마침내 왜관 인터체인지가 다가온다. 그녀는 왜관으로 빠져나와 사거리에서 안내판을 찾는다. 칠곡. 동북 방향. 그녀는 지방도로로 들어서서 달리기 시작한다. 칠곡으로 한참 들어가면 한적한 산속에 그 요양소가 있을 것이다. 다시 북소리가 들려온다. 둥둥둥. 양철을 두드리듯 가파른 쇳소리다.

이십팔년 전 일월, 졸업 전 학과모임차 학교에 들렀을 때 우편함에 편지 한통이 있었다. 그 편지는 칠곡 수녀원에서 테레사 수녀가 보낸 것이었다. 그때 학교에 가지 않았다면 영원히 만나지 않을 수도 있었던 그 수녀는 작고 못난 글씨로 '서연이 학생, 나 좀 만나러 와요. 지금 곧' 하는 것만 써두었고 그녀는 전혀 아는 바가 없었지만 뭔가 다급한 것 같아 다음날 아침 기차를 타고 왜관으로 갔으며 거기서 시외버스를 타고 칠곡으로 향했다.

저만치 산이 다가온다. 솔숲 속의 하얀 지붕이 그때처럼 보였다 가려졌다 한다. 입에서 지독한 쇳내가 났고 손바닥이 미끈거려 운전대가 겉도는 것 같다. 그녀는 고개를 홰홰 돌려 저수지를 찾는다. 왼쪽 편으로 반짝이는 것이 보인다. 서녘으로 기울어진 햇살이 수면에 미늘을 드리우고 빛살을 채올리고 있다.

그녀는 소롯길로 꺾어들어 저수지 앞에 차를 세우고 수면을 바라본다. 너도 그 자리에 있구나. 그러자 저수지가 오래 전에 자신이 뱉어두었던 말을 되돌려준다. '거짓말! 거짓말……' 그녀는 천천히 고개를 돌린다. 저만치 보이는 하얀 지붕이 솔숲 베일로 감싼 이마처럼 홀렁 뛰어든다.

  그날 도착한 때는 오후였다. 산길을 따라 주욱 올라가는 동안 겨울
나무들이 바람에 우수수 흔들리며 그녀를 맞았다. 이 한적한 곳에 네가
웬일이니? 너도 수녀가 되고 싶니? 그녀는 가볍게 고개를 흔들며 아
니, 내가 왜? 난 그저 누굴 만나러 가는 길이야. 어떤 수녀가 날 보고
싶다니까…… 마침내 수녀원 본관이 나왔다. 그녀는 그 건물로 들어가
편지를 내보이며 테레사 수녀를 찾았다.
  ─이리로 오세요.
  테레사 수녀 방은 이층에 있었다. 그녀가 그 방문을 열 때 안에서 신
부가 나오며 짧게 목례를 보내고 지나쳤다. 그녀는 방으로 들어갔다.
수녀는 단정한 정장에 베일까지 쓰고 침대에 누워 있었고 그녀를 보고
는 손에 쥔 묵주를 약간 쳐들어보이며 가까이 오라고 말했다. 수녀는
온 얼굴에 주름투성이인 노인이었는데 그녀가 겁을 좀 먹자 애써 미소
를 띠어 보였다.
  ─더 기다리지 못할 것 같아 종부성사를 했는데.
  종부성사…… 수녀는 임종이 가까운 모양이었다. 그녀는 왜 이 수녀
가 자기를 보고 싶어했을까, 이 사람이 누굴까, 궁금했고 그때 수녀는
곁에 지키고 앉은 젊은 수녀를 밖으로 내보낸 후 가는 목소리로 입을
열었다.
  ─학생의 어머니와 약속을 했지. 죽기 직전에 학생을 만나겠다
고……
  ─어머니,라구요?
  ─들어오다가 오른쪽으로 보지 못했수? 거기 환우요양소에 학생 어
머니가 살았다우. 오랫동안……
  수녀들이 돌보는 결핵요양소, 어머니는 거기 있었다고 했다.

―잘못 아셨어요. 우리 어머닌……

―어머니도 돌아가시기 전에야 내게 말했다우. 딸이 있다고……

그리고 수녀는 입가에 주름살을 모았다 폈다 하면서 이야기를 시작했다.

―내 기억도 흐릿해져서 잊은 부분이 많을 것이오. 또 학생 어머니도 그저 요점만 이야기를 해서…… 자, 거기 의자에 앉아요.

그녀가 의자를 당겨 앉자 수녀는 쉬어가면서 이야기를 했다.

―눈이 펄펄 내리는 날이었다더군. 시어머니가 헐레벌떡 들어와서는 '남으로 가는 배가 있단다, 어서 가'고 하면서 며느리의 손을 이끌더라고…… 시어머니는 아들이 남쪽에 포로로 잡혀 있다는 소문을 듣고 뒷바라지를 해야 한다면서 며느리와 어린 손녀까지 그렇게 몰아댄 것이지. 학생 어머닌 입는 옷과 간단한 식사도구만 챙겨들었고, 할머닌 이불에 재봉틀 대가리를 둘둘 싸서 머리에 이고 원산 부두로 나가 부산으로 오는 배를 탔다더군. 부산에 도착해서 방 한칸을 얻어 짐을 푼 뒤 할머닌 인민군 포로가 있다는 곳마다 수소문하고 다니셨대. 그러다가 아들이 전사했다는 소식을 들었고 그날부터 할머닌 또 아들 시신이라도 찾아야 한다면서 집을 나가 며칠씩 돌아오지 않았고……

여기서 그녀는 할머니가 귀신과 하던 이야기를 떠올려야 했음에도 그것이 전혀 자기 이야기 같지 않아 그저 멍하게 허공만 보고 있었다. 수녀가 계속했다.

―할머니는 격전지마다 찾아다니셨던 게지, 소문만 쫓아서. 그 사이 학생 어머닌 아기와 함께 내내 굶었고 아기는 영양실조로 일어나지도 못하고…… 엄마는 안타까워 자기 손을 베어 아기 입에 피를 넣어주었지만 아기는 입을 꽉 물고 고개를 젓더라고…… 그래서 병원을 찾아가 피를 팔기 시작했다더군…… 먹지도 못하면서 피를 뽑은 것이 그만 결핵이 되었고 그 병이 점점 깊어 기침을 해댈 때야 시어머니는 비

로소 며느리와 손녀를 돌보시게 된 거지. 할머니는 그날부터 재봉틀 대
가리에 집을 맞추어 삯바느질을 시작했고 양식을 사댔으나 이미 며느
리의 결핵은 돌이킬 수 없었다우. 결국 학생만 건지게 된 할머니는 며
느리를 요양원으로 보내고 아기만 맡아 키우셨다는데…… 걱정했던
아기는 그럭저럭 잘 커주었고, 대학에도 붙었다고 어머닌 눈물을 글썽
이며 말했다우……

　　—한데 왜 할머닌 저에게 어머니에 대한 이야기를 전혀 하지 않았
을까요?

　전혀 하지 않은 게 아니라 일찍 죽었다고, 영도다리 밑에 해일이 몰
아칠 때 그때 바다가 업어갔다고 했다.

　　—할머닌 한달에 한번씩 며느리를 찾아와 아이가 커가는 모습을 자
세히 얘기해주시곤 했다는데……

　대구에 간다…… 그것은 며느리, 자기 때문에 몹쓸 병을 얻어 죽게
된 그 며느리를 보기 위한 것이었다. 그리고 손녀에게 엄마를 숨긴 것
은 어린것이 엄마가 보고 싶다고 함께 가겠다고 하면 고칠 수도 없다는
그 병을 옮기게 될까봐 숨긴 거라고, 그녀는 이야기를 들으며 그렇게
추리를 하고 있었다. 게다가 격전지마다 아들 시신을 찾아 헤맸다는 것
은 '안강에도 가봤어요, 낙동강에도 가봤어요' 하고 귀신과 이야기하던
내용과도 어느정도 일치했다. 그런데 수녀는 갑자기 말을 끊었다. 숨이
차서 그런가보다 하고 그녀는 잠깐 기다렸다가 먼저 물어보았다.

　　—그러면 어머닌 언제 돌아가셨지요?

　　—사년 전, 할머니가 돌아가신 얼마 뒤에……

　　—혼자 쓸쓸하셨겠네요. 제가 알았더라면 와봤을 텐데……

　그녀는 이제 수녀가 어머니의 유품을 전해줄 차례며 그것은 사진일
것이다, 그 사진이 어머니가 자기를 안고 있는 것이라면 완벽하게 잃어
버린, 태어나 서너살까지의 시기도 자기 인생에서 다시 복원할 수 있다

고, 미리 그렇게 기대감을 갖고 수녀의 입을 지켜보았다.

—학생……

—말씀하세요.

—학생 어머니는 할머니가 돌아가셨다는 소식을 듣고 사흘을 울면서 식사와 약을 거절하셨어. 그리고 나를 불러 유언 같은 말을 했지. 제이야기를 기억해주세요…… 일기장에도 남기지 말고 오직 머릿속에만 묻어두었다가 수녀님이 돌아가시기 직전에 내 딸에게 전해주세요……

요양원에서 결핵으로 죽었다는 게 뭐가 그리 큰 비밀이라고 죽기 전에 말해달라고 했을까, 하고 그녀가 안타까운 표정을 지을 때 수녀가 가만히 그녀의 손을 잡았다.

—학생, 호적지가 어디지?

—김해요. 할아버지의 고향이라고……

—아버지 성함은?

—이영백……

수녀는 슬며시 그녀의 손을 놓고 나직이 말했다.

—학생, 학생 어머닌 이렇게 당부했어. '엄마 이야긴 다 잊어라. 아니, 세상이 좋아지는 날까지만 잊어라. 엄마도 아버지 이름도 다 잊어라. 할머니가 손녀의 장래를 위해 호적도 고치고 생모와의 인연도 끊었듯이, 그렇게 보고 싶어하는 딸애를 단 한번도 만나게 해주지 않았듯이……'

—무슨 말씀이세요?

—학생 아버지 이름은 이인석이고…… 북에서 살아 계신다고……

—뭐라구요?

—아버진 장교였다고…… 거제 수용소에서 풀려난 사람이 학생 어머니에게 그 말을 전해주었고…… 할머닌 그 소식을 듣고 충격으로 돌아가신……

─거짓말이에요. 전 부산에서 태어났고 제 아버진 국군에 나가 죽었어요!

─이젠 가봐요. 믿지도 잊지도 말고…… 이건 학생 어머니의 당부요……

인민군 장교? 인민군 장교? 거짓말…… 거짓말…… 그녀가 병실에서 뛰쳐나오는데 젊은 수녀가 들어오고 있었다.

그녀는 차를 빼서 수녀원 쪽으로 향한다. 전에는 흙길이었는데 지금은 깨끗이 포장이 되어 있다. 이십팔년 만에 오는 길, 주변 나무는 더 많아졌으나 그때와 시기는 거의 비슷하다. 겨울…… 산자락을 끼고 굽이굽이 돌아가자 수녀원 본관이 나온다. 그녀는 멀찍이 차를 세우고 수녀원이 아닌 요양소 건물을 바라본다. 저기서 죽어간 여자가 있었다. 자식과 남편을 이쪽저쪽으로 던져두고 홀로 죽은 여자…… 가슴에서 둥둥거리던 북소리도 사라지고 알 수 없는 슬픔이 깃들인다.

그때 난 곧장 돌아가지 못했다. 왜관까지 나가 밤차를 타는 대신 여관을 택했고 밤새껏 몸을 뒤척이면서 거짓말, 거짓말 하고 그 말만 되풀이했다. 할머니의 이북 말씨, 김해로 된 호적이 전혀 근거가 없음에도 그것이 옳다고, 할머니 말이 옳다고 외쳐댔다. 그리고 이튿날 거짓임을 확인하기 위해 다시 수녀원으로 달려갔다. 수녀는 어머니와의 약속을 이행하고 개운했는지 밤 사이 임종을 했으며 그 방에는 연도미사가 시작되고 있었다. 그녀는 정말 그 수녀가 죽었나 방으로 들어가 확인해보았고 수녀는 로사리오를 든 손을 가슴에 얹은 채 조용히 눈을 감고 있었다. 그녀는 왜 그랬는지 그 순간 안심이 되었다. 자신의 비밀을 알고 있는 유일한 사람은 이미 더이상 입을 열 수 없다는…… 그래, 그녀가 본 사법고시에 반공법이 많았다는 사실도 농담처럼 잊기로 했다. 그리고 잊었다. 그 끔찍한 기억의 원소조차 아무도 몰래 수녀의 무덤에 함께 묻어버렸다.

……딸아……

어디선가 아이들의 노랫소리가 들려온다. 딸아…… 어린 계집아이들이 영도다리 밑 그 판자촌 골목에서 숨바꼭질을 하면서 그녀를 부르던 일…… 그래, 이젠 보자기를 벗어라. 가끔 수녀에 대한 기억이 깊은 우물 속에서 두레박을 타고 올라올 땐 의식의 칼날이 두레박 줄을 싹둑 잘라버리고 태연히 돌아섰고 그러면 우물바닥에서 들려오는 소리의 갈퀴, …… 딸아……

딸아, 딸아, 인민군 딸아. 너 어디 있노?

인민군 딸이 뭐이고?

그녀가 아이들에게 그렇게 묻고 있을 때 할머니가 뛰어나와 이애가 어찌 인민군 딸이가, 응? 응? 하면서 호랑이처럼 소리를 질렀고 아이들은 도망을 갔다. 할머니는 인민군 딸이라는 소리조차 듣게 해서는 안 될 것 같아 철길 끝 그 집으로 이사를 갔고 손녀의 나이를 고치고 남장을 시키기도 했다. 그러면 호적은 그때쯤 만들었을까. 집요하고 철저했던 할머니는 아마 가족이 모두 폭격에 몰사했거나 대가 끊긴 어떤 집을 찾아내 호적을 갱신했을 것이다. 북한에서 피난온 사람들 중엔 혹시 불이익을 당하게 될지도 몰라 말소된 호적을 찾아 그런 식으로 한 일이 있다니까. 할머닌 마음만 먹으면 무엇이든 다 해낼 분이다. 그 방법도 얼마나 교묘하고 집요했던가. 하나뿐인 손녀가 이 땅에 뿌리내리기 위해서는 우수해야 하고 그 우수함에는 색깔이 없어야 한다는 것, 특히나 인민군 딸에 대한 기억을 국군의 딸로 둔갑시켜놓고는 가족사에 대한 진실은 귀신을 통해 이야기하게 했던 것이다. 귀신은 사람의 넋을 지배할지언정 실제 증빙자료가 되지는 않으니까.

──신님도 참 고달프게 살다 돌아간 분이구려.

수염 휠휠 날리며 바뻬도 오던 그 영감은 살아생전 탄광에서 석탄을

캤으며 새악시는 탄가루가 묻은 옷을 빨아대느라 힘이 들었지만 나중엔 작업복을 입었다는 이야기를 하면서 할머니는 할아버지를 조그만 속주머니에 감추어두었다. '북방 만주벌판엔 그렇게 많은 눈이 왔우까? 거기서 수많은 적병을 물리쳤다구?' 하는 것은 아마 아버지의 전력을 그렇게 피력했을 것이다. 그렇다면 아버진 해방 전부터 군인이었는지도 모른다. '쯧쯧 그렇게 용맹스런 청년장군이 어쩌다……' 하는 것에는 그가 죽었다는 것이고 '신님 이야기를 들어보니 딱하기도 하구려. 그래 신님이 못 찾는 넋을 낸들 어디가서 찾으란 말이우……' 하는 것에는 할아버지 영혼이 가끔 나타나서 하나뿐인 내 아들의 뼈라도 찾아보라고 할머니한테 보챘거나 할머니 스스로 그 부담감에 쫓겼다는 증거가 된다. 그래서 할머니는 격전지였다는 안강에도 가보고 낙동강도 헤매고 다녔을 것이다. '상황이 다급해 전사자들 시신도 수습하지 못하고 퇴각했을 것'이라는 소문에 떠밀려…… 그러다가 할머니는 더러 풀섶에 누워 있는 뼈를 보았을 수도 있고 누구의 뼈인지도 모를 그 뼈들을 보는 족족 땅에 묻어주기도 하면서 그 뼈가 모두 서른두살에 죽은 아들이라고 생각했을 수도 있을 것이다. 젊어 죽은 아들의 영혼은 어머니 곁 풀잎에 앉아 칭얼거렸을 수도 있고 어머니, 가지 말고 여기서 나랑 살자고 보챘을 수도 있을 것이다.

──지나가는 사람마다 바짓가랑이를 잡고 인사를 해도 모른 척……

죽고 나니 사람들도 몰라보더라는 아들, 정말로 영혼이 되어 있을 아들, 그래서 그 아들의 산 흔적을 산 사람 자리에서 말끔히 지워내고 혼백만 챙기고 말았는데 알고 보니 그 아들은 죽지 않고 살아 있었다…… 그 소식을 듣고 차마 더이상 살 수가 없어 할머니는 숨을 거두어버린 것이었을까. 아니면 자신이 쌓은 공든 탑이 결국 무서운 업보였다는 것을 깨닫고 스스로 그 업보에 치여버렸던 것일까.

어디선가 구슬픈 노랫소리가 들려온다. 선창에 이어 여러 여성들이 따라부르는 판소리 비슷한 가락…… 주여, 나 깊고 그윽한 곳에서 주께 부르짖나이다. 주여 내 영혼을 불쌍히 보사…… 수녀들의 연도문, 선창과 후창으로 끝도 없이 이어지던 그 가락은 염불과 비슷했다. 편안해 보이는 수녀의 얼굴에서 별안간 할머니의 죽음, 괴롭게 뒤틀린 할머니의 얼굴이 겹쳐지면서 빨리 가!라고 외치는 것 같아 그녀는 급히 뒷걸음질쳐 나오고 말았다.

땅거미가 수녀원 건물로 줄타기를 하고 현관에는 검은 동복을 입은 수녀와 신부가 나란히 걸어나온다. 오늘도 임종을 기다리는 수녀가 있어 신부가 왔는가? 그녀가 그런 생각을 할 때 수녀가 흘낏 그녀 차쪽을 본다. 수녀가 누굴 찾아왔느냐고 다가올 태세 같아 그녀는 얼른 차를 돌려 수도원을 빠져나온다.

그녀는 고속도로 인터체인지를 향해 달린다. 주남 저수지에 가고 싶다. 철새들이 많이 모이는 그곳. 철새들의 타향은 고향 같은지, 그들의 겨울밤 보금자리는 어떠한지, 그런 것들을 보고 싶다. 첫번째 고속도로행 표지판이 지나간다. 고속도로가 가까워지는 곳, 왼편으로 억새 언덕이 보이고 그 멀리 모래톱 자리도 드러난다. 낙동강이구나. 그녀는 차를 돌려 억새 언덕 쪽 농로를 탄다. 길이 없으면 돌아나오지. 이백미터쯤 가자 언덕이 왼쪽으로 둥글게 휘어지고 그 아래 강쪽 다랑이밭과 이어져 있다. 그녀는 내리막길을 타고 천천히 내려간다. 차단기처럼 어둠이 덜컥 내려앉는다. 그녀는 시동을 끄고 미등도 끈다. 어둠이 커다란 입이 되어 그녀의 차를 통째로 삼켜주었으면 싶다.

낙동강…… 난 왜 이리로 들어왔지? 할머니가 찾아다닌 존재의 허상. 아니 그 과거사를 비웃어주고 싶어서…… 존재의 허상…… 비록 정상적인 성장기를 빼앗겨 보편적인 생명력을 가꿀 수는 없었다 해도, 가정을 가지고 아기를 낳고 힘차게 살아가는 그 평범한 질서엔 뿌리를 내리지 못했다 해도 주어진 것이라도 아름답게 발휘해보려고 노력했다. 매순간 온 힘을 다해서 최고를 잡고 나이가 들어 그것을 놓아야 할 때는 미련없이 뒷자리로 물러날 수 있는 인간, 사라질 때와 죽을 때를 명확히 알고 또 스스로 실천할 수 있는 미덕…… 장관직에서 떨려났을 때도 나는 그 상황에서의 최선책을 생각했다. 나이 오십에 장관이라면 여자로서 잡을 수 있는 영광은 다 잡은 것이다, 다소 갑작스럽긴 했지만 결국 후진들을 위해 물러나야 하며 그 시기가 적당한 때 온 거라고. 남들이 아쉬워할 때 떠나는 것이 가장 아름다운 뒷모습일 거라고…… 비록 고뇌의 광야에 자신을 몰아넣고 근 일주간 쉬지 않고 채찍을 휘두른 끝에야 겨우 얻어낸 결론이긴 했지만 그래도 더이상 헛된 욕망에 애면글면 매달리지 않게 된 자신이 대견하고도 고마웠다. 그래, 그만하면 잘 살아낸 인생, 지금은 사라지지만 큰 흔적은 남기고 가는 그런 여성으로 기억될 수도 있을 것이라 싶었는데…… 내 존재의 부실공사는 그것조차 허락하지 않았다.

마음이 가라앉는다. 그간 들쑤셔대던 불안과 공포의 화살과 돌멩이, 방향을 잃고 겉돌던 시간들도 하나하나 제자리로 돌아간 듯 조용해진다. 그녀는 그래도 머뭇거리는 것이 있나 다시 확인하고 싶어 석관 뚜껑을 열고 그 속에 유기해두었던 기억의 시신들을 찾아본다. 거의 되살아나 떠나갔는데 단 하나가 그대로 누워 있다. 견장 달고 누워 있는 시신…… 아버지, 당신은……

여성지도자들 회의에 후임을 추천하라고 위임한 후 나는 가벼운 마음으로 회의장을 나왔지. 집으로 가기 전 주류가게에 들러 샴페인 한병을 샀다. 깨끗한 뒤끝을 위해 혼자라도 축배를 들어야 했지. 가끔이지만 나는 내가 결정한 것이 마음에 들 때면 그렇게 자축을 했다. 그래도 전혀 쓸쓸하지 않았다. 혼자서 살면서 열 명의 가족 혹은 든든한 배경을 가진 그 누구보다 성공을 했고 또 깔끔하게 살았으니까. 평범한 사람들은 그런 만족을 모른다. 성공이야 행운이 가져다주었다 해도 자기 자신을 철저히 관리한다는 것은 그리 쉬운 일이 아니거든. 이성보다 감성이 먼저 앞서거나 판단 부족으로 얻게 되는 후유증, 번뇌로 자신을 짓뭉개는 것은 정말 어리석은 일이지. 실수한 일을 두번 다시 하지 않으면 피할 수 있음에도 사람들은 실수의 주기를 건너뛸 줄 모른다. 그러면서 '철이야 죽어서 드는 것이지' 하고 스스로 위안이나 하지만 난 그런 것을 비웃었어. 말하자면 '해임에 불복하겠습니까?'라고 의장이 물었을 때 나는 미소를 띠고 '아니오, 여성일꾼들은 많습니다. 후임자를 선출해주세요'라고 여유있게 말했지. 자리에나 연연해하는 그런 사람이 아니라며 인간의 습한 탐욕까지 확 벗어던진 것이었다. 희열은 그 몇분 뒤에 찾아왔지. 아, 이서연 이번에도 넌 뛰어넘었어. 장관도 대수로운 게 아님을 멋지게 보여준 거야……

그래서 나는 잘 처리해낸 자신을 축하해주기 위해 샴페인을 샀고 집으로 돌아와 샤워하고 잠옷을 입은 뒤 샴페인병을 땄지. 그리고 한잔 따라 마시자 심심해지더군. 텔레비전을 켰어. 혼자 사는 사람들은 왜 텔레비전을 보느냐…… 텔레비전에 눈요깃거리가 있어서가 아니라 텔레비전이 말을 하고 있기 때문이었다. 텔레비전이 말을 한다는 것은 사람이 있다는 착각, 그 등장인물과 함께 있다고 무의식이 속아주었기 때문이지.

나는 술잔을 들고 소파에 앉았어. 뉴스시간도 다 끝나고 '북한의 창'인가를 방영했어. 화면엔 느닷없이 길게 사열하는 군인들의 행렬이 나타났어. 그런 사열식이야 사회주의 국가의 특징이라고도 할 수 있지만 그 다음 보여주는 모습, 지도자석에서 최고 수뇌와 나란히 서서 참관하는 인민무력부장의 얼굴…… 잠깐 비추고 지나가는 그 얼굴 위로 아나운서가 이름을 이야기했지. 서열 몇번의 누구…… 아니, 아니, 이인석……

북한주민들은 굶어죽고 있는데 군인들은 철통 같은 정신력으로 사열식을 할 만큼 잘 먹고 있다…… 그 사이사이로 풀뿌리를 캐는 주민들의 흐릿한 사진들이 오버랩되었고 그녀는 당장 그 이름을 되살리지 못했다. 그러다가 수녀의 창백한 입술이 그 위로 덮치며 '아버지 이름은 이인석……' 하고 말할 때 그녀는 술잔을 떨어뜨렸다.

그녀는 하하 웃는다. 그래, 미래는 과거라는 그물로 오는 것이므로 피할 여유가 없는 거지. 또 그런 미래는 현실을 만나면 돌주머니가 터지듯 그렇게 한꺼번에 쏟아져내린다. 박기자도 이미 정해진 미래의 어느 틈에 끼여 있던 하나의 돌멩이였을 거야. 아니면 바로 그 시기에 그런 궁금증을 가졌을 리가 없지.

'이상하지 않습니까. 여성단체에서 천거한 장관을 어떻게 통수권자가 멋대로 해임할 수 있지요? 치명적인 이유가 있지 않는 한 어떻게…… 장관님은 짚이는 데가 없으세요?…… 통치부 비서실에 알아봤더니 뭔가 다른 이유가 있는 것으로 안다던데……'

그녀는 또 헛웃음을 날린다. 마녀사냥은 필요할 때마다 판을 벌일 수 있다는데 그 생명력이 있다. 또 일단 시작되면 피해낼 사람이 없지. 지난번 부통령은 납북된 부친이 친공으로 바뀌어 여론재판을 받다가 실각되었다. 대통령조차 그 불똥에서 안전하려고 피난길에 우연히 죽은 부친을 공비의 만행에 희생된 것으로 대대적인 포장을 하고 있지. 옛날 미국에서는 정적을 마녀사냥으로 청소한 일이 있었다. 그때 매카시 선풍에 휘말렸다가 복역 후 풀려났다는 어느 학자는 말했다. '그 바람은 토네이도우와 같아요. 한번 휘말리면 빠져나갈 재주가 없어요. 거물급도 당했지요. 지금에 와서야 월트 디즈니도 매카시의 앞잡이였다고 하지만 그 사람도 피해자일 수 있어요. 토네이도우가 무서운 건 모두 한꺼번에 휘말아버려 정신차릴 틈이 없다는 거죠……'

서독 빌리 브란트 역시 스파이 혐의로 재판을 받았다. '그의 동독정

책은 같은 민족으로서의 휴먼에 입각한 것이었다'고 밝혀진 것은 실각된 지 수십년 후…… 그래, 역사는 내장을 다 드러내지 않는다. 아니 역사 자체가 내장의 부패를 즐기는지 모른다. 더욱이 박기자의 추적과 때를 맞추어 언론에서는 굶주린 늑대 남침계획설 운운했고 그런 늑대와 내통하는 남한 인사는 사만여명이다, 귀순자 파일에는 상세한 이름까지 있으며 거기에는 이산가족도 있는 것으로 알려졌다, 지금쯤 비밀리에 개인수사가 착수된 것으로 안다는……

그녀는 실컷 웃으려고 했지만 어둠이 그 웃음을 먼저 흡수해버린다. 이미 지구 위의 모든 나라에서 폐기처분해버린 마녀사냥이라는 제도, 그것이 우리나라에만 남아 있다. 영광스럽게도 우리는 유일한 분단국이며 그래서 그 법을 가질 특권이 있다…… 억지로라도 웃어보려 했지만 추위가 내버려두지 않는다. 무릎으로 서릿서릿 감겨오는 한기…… 누군가의 손길이 그립다. 그래, 기환이……

너의 우물이 깊고 안전하기만 하다면 난 지금도 너에게 빠져버릴 수가 있어. 인민군 딸이 국군의 딸로 완전히 교정될 수만 있다면 죽음이라도 상관없어. 차라리 줄 끊어진 연처럼 허공으로 혼자 떠돌 수 있다면 좋겠어. 난 지금 아주 기묘하고도 이상한 처지에 놓여 있는 거야. 아무 해결책이 없는…… 어떤 통로도 방법도 없는. 죽음으로도 되지 않는……

나는 실종으로 나를 윤색해보고 싶기도 했지만 이제 더이상 도장해낼 물감도 재료도 없어…… 사회주의가 몰락한 것은 개인 혹은 인간주의를 잃었기 때문이라고 했지. 스딸린이나 모택동이 미운 개인들을 모아보니 수십만에 이르렀고 그 미운 털이 박힌 사람들을 너무 많이 잡힌 표본실의 곤충처럼 한꺼번에 학살한 거나, 이리 붙었다 저리 붙었다 하는 파리 같은 인간을 학살했을 뿐이라는 캄보디아의 그 편집증 공산주의자, 히틀러, 무솔리니, 이십만의 동티모르인을 학살한 인도네시아 파쇼, 광주시민 학살, 그 모두가 겨냥한 총부리는 역사였니? 결국 거기에서 뿌리가 뽑힌 것은 가족과 개인. 아니, 아니, 넌 참된 이상까지 괴멸시켜왔어. 그것도 유토피아라는 이름으로! 희망이라는 총알로! 역사여, 넌 어찌하여 그렇게 꼭 질 나쁜 폭력물만 골라가며 연출을 하는 거니. 이제 좀 수준을 높여라. 그리고 먼저 구린내를 거두고 이기와 탐욕으로 썩어가는 너의 내장부터 치료를 하라.

그녀는 시동을 걸고 전조등을 켠다. 가자. 가서 철새들의 보금자리나 살펴보자. 아니군, 그보다 먼저 내 거처부터 생각해야 한다. 내 실종을 매듭지을 일······

그래, 이 사회는 어떤 특정한 개인에겐 치명적인 불화살이 되기도 하고 개인은 그 불화살을 이겨낼 방법이 없다. 그런데도 꼭 이기고 싶다면 개인은 어떻게 해야 하나. 대적해서 싸울 수도 없다면 경기가 시작되기 전 미리 사라져주는 것은 어떨까. 사라진다는 것은 자살? 그건 흥밋거리로 부풀려질 소지가 있다. 설령 자살 이유를 유서로 써놓고 죽는다 해도 그 유서까지 변조하는 것이 이 사회다. 누군가가 살짝 고치거나 윤색만 하면 알 만한 사람까지 깜박 속아 꽹과리를 쳐댄다. 그 유서는 가짜야, 이 개명천지에 누가 인민군 딸임을 탓한단 말인가, 아마 누가 그녀를 살해한 후 대필해둔 것일 거야······ 그래, 아직 판을 벌이지도 못했는데 선수가 먼저 사라져버린다면 그들은 자신들의 계획서를 서둘러 파기하고 그 계획을 은폐하기 위해 슬쩍 정보를 흘리면서 개인적인 원한관계로 여론을 몰아갈지도 모른다

그러면 실종······ 실종에도 두 가지 방법이 있다. 일상에서의 실종. 홈리스들처럼 삶의 쳇바퀴에서 떨어져나가 구걸을 하거나 지하철에서 잠을 자고 쓰레기통을 뒤져 누가 먹다 버린 빵조각을 찾거나 하면서 떨어진 내의를 주워입고 같은 부류들과 공원 구석에 모여앉아 소주를 나눠마시고 검댕이 붙은 얼굴들을 보고 서로 웃고 싯누런 이빨이 거멓게

썩어가다가 하수구에 처박혀 죽고 시신이 알아볼 수 없을 만큼 부패되어 청소부에게 발견되면 버려지듯 그렇게 사회로부터 서서히 이탈되어……

그 방법은 너무 길 수도 있다. 고통을 느낄지도 모르고. 완벽한 실종은 삶을 단기간으로 줄이되 아무도 시신을 찾지 못하게 하는 것이다. 방법도 있다. 육개월간만 발견되지 않으면…… 그리고 그때쯤, 아니 그보다 먼 훗날이면 더욱 좋겠다. 내 실종이 드러나면 기자들이 추적하기 시작할 것이다. 지금은 그들의 더듬이가 마취되었다 해도 언젠가는 깨어날 것이며 그때 문득 이서연의 행방, 아니 그 진실에 대한 궁금증도 생겨날 것이다.

그래, 이젠 기자들로 하여금 실종된 진실이나 역사의 이기, 그 내장을 들여다보도록 해야 한다. 기자들이 그 일을 해야 한다. 박기자면 더욱 좋겠다. 나에게 '너의 실존은 더이상 지탱될 수 없다'라고 일깨워준 장본인이니까. 내가 그 영민한 청년에게 해줄 수 있는 유일한 선물은 역사가 아닌 미래다. 그래야만 미래의 보복에서 빠져나올 수가 있다. 어쩌면 그 청년은 통일이 되기 전에 죽을 수도 있다. 또 위성부의 손길이 그의 뒷덜미를 잡아챌 수도 있으며 혹은 그의 인생에서 내가 헤아릴 수 없는 더 큰 절망이 매복해 있다가 그를 덮치게 될지도 모른다. 그렇다 해도 일단 기자로서 진실을 외면했다는 혐의는 벗을 수 있다.

그녀는 차를 돌린다. 이제 정말 철새들이 보고 싶다. 기환에겐 전화를 해줘야 할까. 그녀의 얼굴이 말갛게 씻긴 듯 투명해지고 그 표면으로 냉소가 아닌 겸허가 깃들이면서 조용히 내뱉는다.

"이 방법도 내 존재의 알리바이다."

7

　그는 전화벨 소리에 벌떡 일어난다. 달려가 수화기를 들자 전화는 끊어진다. 누굴까. 바닷가에서 돌아온 뒤 난롯가에 앉아 잠이 든 모양이다. 그는 시계를 본다. 열한시가 되어간다. 그새 밤이 이렇게 깊어졌을까. 큰 상실감이 집안 분위기를 휘젓고 있어도 밤은 저 홀로 잘도 깊어갔구나. 한데 누굴까. 몹시도 목이 탄다. 물을 마시려고 조리대 쪽으로 가는데 다시 전화벨이 울려온다. 그는 고꾸라질 듯이 다가가 전화기를 집어든다.

　"여보세요."

　"………"

　말소리가 들리지 않는다. 그는 다시 한번 여보세요, 하고 조심스럽게 불러본다. 대답이 없다. 그는 거의 애원하듯 말한다.

　"서연이 당신이오? 말을 해봐요!"

　"말할 틈도 주지 않고……"

　서연이다. 그 목소리가 너무나 태연하다.

　"오, 당신이었군. 무사한지 너무 걱정이 되었거든. 그래, 어서 말해봐요. 이제 볼일은 다 끝났소?"

　"차는……"

　"차는 상관없어. 난 그저 당신이 어디에 있는지나 알면 돼. 지금 거기 어디요?"

대답이 없다. 그는 바쁘게 수화기를 옮겨든다. 그녀가 장소도 일러주지 않고 전화를 끊어버릴까봐 혀가 말라 입천장에 들러붙는다.

"서연이, 지금…… 돌아오는 중이오?"

그는 성급해 보이지 않으려고 일부러 천천히 물어본다. 그래도 대답이 없다.

"아니면 내가 갈까?"

"………"

"거기가 어디요, 제발 말을 좀 해요. 무슨 일로 그렇게 나갔는지 나도 알아야 되잖아?"

"아무 일도 없어요."

그녀가 대답한다.

"그러면 내가 뭐 잘못한 거라도 있소? 그렇다고 한마디 말도 없이 가버리다니, 삼십년 만에 돌아와서 그렇게 가버리다니. 이젠 안되잖아. 우리 그럴 순 없잖아. 나 지금 갈게. 거기 어디요?"

그는 '돌아오고 있다'는 그녀의 대답을 기다리고 싶은데 입이 먼저 자신의 말들을 쏟아낸다. 한참 만에 그녀의 목소리가 흘러온다.

"여긴 창원이에요. 기환씨 차는…… 주남 저수지 쪽에 있어요."

"당신은?"

"…… 그간 고마웠어요."

그리고 전화는 뚝 끊겨버린다.

"서연아! 서연……"

그는 다급하게 불러대다가 어쩌면 그녀가 다시 전화해줄지도 모른다는 생각에 얼른 수화기를 내려놓는다. '그간 고마웠어요……' 그건 이 것으로 전화를 끊겠다는 인사말이다. 그럼 이제 어쩐다지? 그래, 창원이라고 했어. 주남 저수지…… 그는 수화기를 들고 택시회사에 전화를 건다.

"창원 주남 저수지까지. 아니 편도요. 삼십만원이요? 오백킬로라 그것도 싸다구? 좋아요. 지금 당장 좀 와주시오."

그는 지갑에 현금과 카드를 확인하고 수첩과 함께 코트 안주머니에 넣은 후 목도리를 두르고 코트를 걸친다. 난로는 이미 꺼져 있고 문만 잠그면 그대로 출발해도 된다. 그가 연신 밖을 내다보고 있을 때 불빛 두 개가 소롯길로 들어서는 것이 보인다. 그는 현관등을 켜둔 채 문을 잠그고 마당으로 나간다.

"급한 일인가보죠?"

강화대교로 나올 때까지 입을 열지 않자 운전사가 물어온다.

"좀 그런 편이오."

"부천길로 빠지는게 좋겠지요?"

"빠른 길이면 어느 쪽이든 상관없소."

"가다가 용변을 보고 싶으면 말씀하세요. 아니면 그냥 달릴 테니."

"알았소."

그는 퉁명스레 대답하고 시트에 머리를 기댄다. 자정이 되어도 부천길은 차가 많다. 초조가 그의 얼굴에 내려앉아 거북등처럼 쩍쩍 갈라지는 것 같다. 주남 저수지에 갔다면 도피하는 사람이 선택할 장소는 아니다. 그러면 바람을 쏘이려고?

혼자서 거기까지…… 숱한 생각들이 머릿속에서 명멸한다. 내가 바람을 쏘이러 가자고 했을 때는 싫다던 사람이…… 애초 그녀는 무슨 마음으로 내게 왔을까. 오직 내 차가 필요해서? 오직 차 때문이었다면 근 일주일간이나 지체하진 않았을 것이다.

──어디론가 가고 싶었는데 갈 곳이 없었어요. 아무데도.

그렇게 내 집에 온 사람이, 갈 곳이 없다는 사람이 짐은 왜 싸들고 나갔으며 주남 저수지에는 또 무슨 일로 갔단 말인가.

──기환씨, 역사에 대해 연연해하는 사람 어떻게 생각하세요?

그래, 그녀가 가장 많이 한 이야기는 역사였다. 역사, 그러면 그녀를 거리로 몰아낸 것은 역사? 말도 안된다. 역사는 관념이며 사람이 추적할 대상이지 그 자체가 사람을 뒤쫓지는 않는다. 그러면 왜…… 집에 들어갈 수 없는 어떤 사정이 있다는 것도 설득력이 없다. 그것은 그녀 성격에.어울리지 않는다. 그러면 예전처럼 또 무언가를 잡기 위해 방황길에 나섰던 거다? 그 나이에 무엇이 또 그녀를 사로잡을 수 있단 말인가. 문득 사무실을 찾아갔을 때 그녀가 하던 말이 떠오른다

—기환씨 아버진 역사에 익사당한 분이에요. 묵인하면 기환씨도 당할 수 있어요.

—걱정 말아요. 난 일찍이 그 물가를 피했으니까.

그땐 내 삶의 목적은 먹고 자고 사랑하는 보통사람들의 기본생활이며 그 정도면 안정권이 아니냐는 뜻으로 말했던 것인데 그녀는 몹시 실망스런 얼굴이었다. 그러면 그녀는 지금 역사적인 어떤 사건을 수임하고 그 해결을 위해 쫓아다니는 중이었던가? 그런 것 같지도 않았다. 그녀는 시간을 잃었다고 했고 그것은 어떤 일도 하고 있지 않다는 뜻이다. 그러면 도대체 무엇 때문이란 말인가. 무슨 혼이 씌어 창원까지 갔더란 말인가.

차가 산업도로로 빠지더니 수원 쪽으로 해서 경부고속도로로 들어간다. 도로가 한산해지자 기사가 다시 묻는다.

"휴게소가 나오면 들어갈까요?"

"운전하기가 피곤하다면 나와 교대를 합시다."

"아닙니다. 곧장 가지요."

그는 코트 주머니를 뒤적인다. 담배를 넣어오지 않았다. 앞으로 네, 다섯 시간을 그냥 달리기엔 입술이 너무 갈급하다. 그는 한숨을 쉬며 말한다.

"휴게소로 들어갑시다. 담배를 사야겠소."

커피 한잔씩 나누고 다시 차에 오르며 그는 담배에 불을 붙인다. 연기를 깊이 빨아들이면 뇌를 빨리 자극할 것이고 그러면 그 어디쯤 저장되어 있을 서연의 말들이 해답처럼 툭툭 튀어나올 것이다. 벌써 하나가 떠오른다. 자주 사용하고 싶어 입구에 넣어둔 말.

——기환씨 집에 오래 머물러도 되나요?

그래, 그녀는 내게 머물고 싶어했어. 내 곁에서 내 몸속으로 파고들며 그렇게 살고 싶어했어. 맞아, 그녀에겐 장관직 해임이 충격이었을 거야. 곧 사회로부터 자신이 버림받았다고 느꼈을 수도 있지. 갑자기 일을 빼앗기자 시간을 잃었고…… 그러다가 나를 생각한 거야. 언제든지 돌아가도 될 둥지, 그녀는 그것을 찾아 내게 돌아왔고 나를 보자 그만 옛 성깔이 되살아나 이렇듯 투정을 부리고 있는 거야. 잘 토라지고 골이 나면 예측할 수 없는 행동으로 나를 궁지에 몰아넣곤 했지. 그래, 지금도 서연이는 차에 앉아 나를 기다리고 있을 거야. 날 시험해보려고 멀리 떠나서는 거기까지 자기를 데리러 오나, 뭘 타고 오나, 비행기, 기차 하고 점을 치면서…… 안돼, 저수지는 위험해. 혼자 차를 타고 있으면 남자들이 침범할지도 모르는데……

그렇게 초조한 생각과 겨루면서 주남 저수지에 도착해보니 새벽 다섯시 반이 되어 있다. 기사도 초행인지 선뜻 저수지로 가는 길을 찾아내지 못했고 몇번 안내판을 찾아 돌다가 간신히 도착했는데 사방은 어두워 어디가 어딘지 구별조차 할 수가 없다.

그는 차에서 내려 전조등 불빛을 따라 앞으로 나가본다. 갈대와 그 앞에 거뭇하게 드러나는 저수지 물, 그밖에는 아무것도 보이지 않는다. 그는 다시 차로 돌아와 기사에게 묻는다.

"플래시 없소?"

"차 트렁크에 비상용 전등이 있습니다만 그건 씨가렛 잭에다 연결해야 하고 또 줄이 짧습니다."

"그거라도 연결해주시겠소?"

기사가 전등을 씨가렛 잭에 꽂아주자 그는 그것을 들고 사방을 비춰 본다. 사물은 전깃불만큼만 모습을 보였다가 또 얼른얼른 숨어버린다. 게다가 안개 같은 것이 얼굴을 덮을 때마다 매캐한 냄새가 물씬 풍겨온다. 이상하다, 왜 여기서 타는 냄새가 날까. 의혹 한가닥이 큰 갈고리를 걸어올 때 동쪽 방향에서 반짝이는 물체가 보인다. 차의 유리인가? 다시 비춰보았지만 너무 멀어서 실체는 보이지 않고 반짝이는 것만 희미하게 잡힌다. 그는 기사에게 전등을 건네주고 라이터를 챙긴 후 그쪽으로 걸어간다.

갈대밭 옆쪽으로 돌아 오십미터쯤 가자 조그만 공터가 나오고 거기에 뭔가 세워져 있는 것이 느껴진다. 라이터를 켜 손안에 가두고 한바퀴 돌아보자 서너 발짝 앞에서 차의 유리가 반짝하고 뛰어든다. 휴우, 그는 안도의 숨을 쉬며 성큼성큼 다가간다.

"서연이!"

대답이 없다. 그는 차문을 열고 다시 라이터를 켜 실내를 살펴본다. 서연은 없고 핸들 위에 쪽지 하나가 펼쳐져 있다. 집어보니 거기엔 민기환 자신의 이름과 전화번호가 적혀 있다. 혹시 그가 오기 전 누가 차를 발견하면 끌고 갈까봐 그랬는지도 몰랐다. 열쇠도 그대로 꽂혀 있고 조수석에는 서연의 녹두색 머플러도 놓여 있다. 그는 쪽지를 주머니에 찔러넣고 기사한테로 돌아가 요금을 지불하며 말한다.

"수고하셨소."

"차는 찾았습니까?"

"그렇소. 차가 고장이 났는데 동생이 랙카를 부르러 간다고 편지를 써놓았으니 아마 곧 올 거요."

"아, 네. 그럼 뒤에 오십시오."

차가 뒤로 돌아 사라져간다. 어둠이 집 단속을 하듯 사방으로 꼭꼭 여며들고 매캐한 연기가 코끝으로 쓱쓱 지나간다.

그는 운전석으로 돌아와 시동을 걸어본다. RPM, 온도, 연료 계기판이 서서히 살아난다. 그는 히터를 틀고 전조등을 켠다. 자욱한 갈대가 갑자기 달려든다. 그는 전조등을 끄고 시계를 본다. 여섯시 십분. 여명이 가까이 왔을 것이다.

서연아, 넌 지금 어디에 있니? 목도리만 남겨두고 어디로 갔니? 혹시 여관에 자러 갔니? 아니면 지금 어디엔가 숨어 내가 오나 안 오나 지켜보고 있니? 바깥은 추운데 어서 이리로 들어와. 네가 오지 않는다면 난 언제까지나 이렇게 기다리고 있을 거야. 숨바꼭질이 지겨워지면 넌 스스로 나타나고 말 거야.

여명이 온다. 푸른 연기 가닥이 차창 옆을 지나간다. 매운 연기, 어디쯤에선가 갈대밭이 불탔는가. 동이 터올 때 그는 차에서 내렸고 저만치 갈대밭이 뭉청 타버린 것을 발견한다. 왜 갈대밭이…… 철새들은 어쩌라구.

그 저수지엔 겨울에만 찾아오는 철새들이 있다. 철새들은 가끔 갈대밭 옆 농작물을 훔쳐먹기도 했다. 농부들은 눈살을 찌푸렸다. 사람들은 왜 텃새도 아닌 철새, 저 소란스러운 것들을 보고만 있는가. 그러다가 어느날 농부 몇명이 결의했다. '내 농작물을 지켜야 한다!' 그래서 그 농부들은 갈대밭에 불을 놓았다. 밤이 내릴 때였고 불길은 사방으로 번져갔다. 수많은 철새들이 보금자리에서 타죽거나 화상을 입었고 다행히 화를 면한 철새들은 둥지 위를 빙빙 돌다가 슬피 울면서 어디론가 사라져갔다.

그는 물가로 밀려온 새 한마리를 집어올린다. 머리에 예쁜 우관을 쓴 댕기물떼새. 푸른 날개가 불타버린 그 새는 뜨거움에 얼마나 놀랐던지 물을 듬뿍 마시고 죽어 있다. 그는 그 새에게 물어댄다. 이름이 뭐니. 네 이름이 뭐니…… 해가 두둥실 떠올라 그의 등을 두들겨대도 그는 귀찮다는 듯이 말한다. 가만 있어봐. 난 이 새의 이름을 알아야 해. 이름을 알아야 박제를 하든지 묻어주든지 할 거 아냐. 새야, 너 어쩌다가 날개가 이렇듯 불타버렸니……

해가 수면을 현처럼 주르륵 훑고 거기 서연의 얼굴이 잠깐 비쳤다 사라진다. 그는 얼른 고개를 들어 뒤를 돌아본다. 그러나 서연은 없다. 그는 사방을 돌아보며 물어댄다.

너 정말 안 올 거니?

후기

사회에서 신뢰받던 여성들이 정치권에서 추락하던 그때부터 내 머릿속엔 '서연'이라는 여자 주인공이 자리잡기 시작했다. 그녀의 인생역정이 대충 그려졌을 때 나는 상대역을 찾아다녔다.

이 소설의 주인공과 비슷한 남자를 만난 것은 바닷가 술집에서였다. TV 문학기행을 위해 며칠간 남해 쪽에 있을 때였다. 촬영을 다 끝낸 날 일행들은 장비를 싣고 먼저 떠났다. 나는 혼자 남게 되었고 잠이 오지 않아 '산호'라는 술집으로 갔다.

늦은 시간에다 비까지 내려서인지 손님이라곤 바텐더 자리에 앉은 두 남자뿐이었다. 내가 부두가 보이는 창쪽을 두릿거리자 주인이 손님도 없는데 따로 자리잡을 필요 없이 자기네들과 합석하자고 권했다. 낮에 일행들과 차를 마셨던지라 주인은 나를 기억하고 있었고 나는 스스럼없이 그들 옆에 앉아 술잔을 받았다. 그때 친구라는 남자가 의자에서 일어나 화장실에 갔고, 주인은 절뚝거리는 친구의 뒷모습을 바라보며 나직이 일러주었다.

"저 친구 일년쯤 전부터 연골이 약해져 저렇게 절어요. 한데 그 이유가 사랑을 퍼내지 못한 때문이라니 믿을 수 있습니까?"

그 친구는 오로지 한 여자만을 사랑했고 그 여자를 잃어버려 요즘은 내내 술로 산다고 덧붙일 때 그 남자가 돌아왔다. 나는 뜸을 들이다가 '병원에선 다리가 아픈 이유를 뭐라고 말하더냐'고 물어보았다. 그는 별 표정도 없이 대답했다.

"의사가 그러더군요. 의학명으로 설명할 순 없지만 사랑의 에너지가 분출구를 잃으면 자신을 허물어뜨릴 수도 있다구요."

난 은근히 상대가 궁금해졌고 그래서 어떤 여성이냐고 물어보았다. 그의 설명에 의하면 그녀는 원주민 토템에 미친 화가로서 혼자 훌쩍 아프리카 오지나 호주 원주민촌으로 떠나곤 했다는 것이다. 호주에서는 원주민들과 살며 그들의 고대 미술양식인 엑스레이 페인팅을 연구했는데, 그가 찾아갔을 때 그녀는 후손이 줄어든 원주민들의 남근 발기근육을 가시뼈로 형상해 그리기 시작했다고 한다. 그때 그는 그녀를 도우면서 석달쯤 함께 살았는데 어느날 원주민들과 자연물감을 채취하러 나갔다가 돌아와보니 그녀는 훌쩍 떠나버리고 없더라는 것이었다. 그녀는 고미술이나 자연색채가 아닌 인간과 삶의 색채를 찾아 아프리카로 갔는데 거기서 깊이 숨어버렸는지 아니면 실종되었는지 아주 소식이 끊겼다고 했다. 그 역시 그림을 전공했고 실내장식으로 돈을 벌기도 했지만 그녀를 잃은 뒤부턴 이렇듯 뼈까지 아파서 사는 데 흥미도 없어졌다는 것이었다.

나는 물론 남자의 사랑도 믿는다. 하지만 그 방식은 거의 자기 위주이며 자신을 위해 상대를 구할 뿐 상대를 있는 그대로 사랑해주기 위해 자신을 불태우는 남자를 본 적이 없다. 더더구나 한 여자에게서만 사랑이 충전되며 그녀를 잃자 그 에너지가 자신의 몸속에서 용암처럼 흘러다니며 뼈와 연골을 녹인다는 사람은.

나는 그 희한한 남자를 바라보느라 넋을 놓고 있다가 어느 순간 이 사람이 바로 내 여주인공의 상대라는 생각이 들었다. 물론 그를 위해서라면 그의 연인을 찾아 아프리카나 호주로 취재를 다니고 또 그 사연을 써야겠지만 그건 그 자신이 원하지 않았고 나 역시 내 여주인공한테 빠져 있을 때라 그럴 여유가 없었다. 그래서 미리 생각해두었던 몇명의 후보자 대신 사랑을 퍼내 주지 못해 뼈가 아픈 이 남자의 이야기를 빌려 소설을 만들었다. 얼마나 진솔하게 표현해냈는지는 알 수 없지만 내 여주인공에게도 이런 남자 한 사람쯤 있어야 공평하지 않겠는가?

끝으로 이름을 밝힐 순 없지만 이 소설의 탄생을 위해 물심양면으로 힘써준 한 젊은 시인과 취재를 도와준 여러분들에게 큰 감사를 드린다.

1998년 2월

윤 정 모